Ashley Carrington führte dreißig Jahre das Leben einer ganz normalen amerikanischen Hausfrau im Süden der USA. Als ihre Ehe scheiterte, begann sie zu schreiben und konnte auch bald erste Erfolge erzielen. Sie lebt heute als freie Schriftstellerin mit ihren beiden Kindern in New York.

Von Ashley Carrington sind ebenfalls im
Knaur-Taschenbuch-Programm erhältlich:

»Jessica oder Die Irrwege der Liebe« (Band 1184)
»Jessica oder Das Ziel aller Sehnsucht« (Band 1388)
»Jessica oder In der Ferne lockt das Glück« (Band 1537)
»Jessica oder Was bleibt ist die Hoffnung« (Band 1653)
»Valerie – Erbin von Cotton Fields« (Band 2021)
»Valerie – Herrin auf Cotton Fields« (Band 2022)
»Jessica oder Die Sehnsucht im Morgenrot« (Band 2835)
»Jessica oder Die Irrwege der Liebe / Das Ziel aller Sehnsucht«
(Band 2920)
»Valerie – Wolken über Cotton Fields« (Band 2963)
»Valerie – Gefangen auf Cotton Fields« (Band 2964)

Originalausgabe 1989
© 1989 by Droemersche Verlagsanstalt Th. Knaur Nachf., München
Das Werk einschließlich aller seiner Teile ist urheberrechtlich geschützt.
Jede Verwertung außerhalb der engen Grenzen des Urheberrechts-
gesetzes ist ohne Zustimmung des Verlages unzulässig und strafbar.
Das gilt insbesondere für Vervielfältigungen, Übersetzungen,
Mikroverfilmungen und die Einspeicherung und Verarbeitung
in elektronischen Systemen.
Umschlaggestaltung Manfred Waller
Umschlagillustration San Julian/Norman Agency
Satz IBV Satz- und Datentechnik GmbH, Berlin
Druck und Bindung Ebner Ulm
Printed in Germany 5 4 3 2
ISBN 3-426-02834-4

Ashley Carrington:
Jessica oder
Die Insel der verlorenen Liebe

Roman

*Für R.M.S.,
dessen Träume
auch meine Träume sind.*

AUSTRALIEN

April 1808

1

Es war nicht richtig, was er tat, und Mitchell Hamilton wußte es. Doch er konnte seinen Blick einfach nicht von ihrem nackten Körper abwenden.

Das Bild, das sich ihm auf der versteckten Lichtung am Goose Neck Creek im warmen Licht der Abendsonne bot, nahm ihn gefangen und ließ ihn vorübergehend vergessen, daß er ein Gentleman und diese junge Frau dort die Tochter des Mannes war, der ihn in seinem schäbigen Haus fern der nächsten Siedlung aufgenommen hatte und ihn vor seinen Feinden versteckte, die ihn am liebsten tot oder doch zumindest im Gefängnis von Sydney gesehen hätten. Daß Cedric Blunt sich für seine Dienste bezahlen ließ und ein verschlossener, wenig umgänglicher Mann war, änderte nichts daran, daß er ihm zu großem Dank verpflichtet war und auch seiner siebzehnjährigen Tochter Sarah. Sie hatte sich, anders als ihr Vater, in den vergangenen Wochen und Monaten liebevoll um sein Wohlbefinden gekümmert, soweit das ihre armseligen Lebensumstände zuließen. Und nun vergalt er ihr all die Herzlichkeit und Gastfreundschaft, indem er sie dabei beobachtete, wie sie sich am Ufer des Baches auszog.

Er war Sarah jedoch nicht zu diesem abgeschiedenen Ort im Wald gefolgt. Zumindest das konnte er zu seiner Entlastung vorbringen. Er war ganz zufällig auf sie gestoßen, als er sich an diesem Nachmittag weiter als gewöhnlich von der Heimstatt des Töpfers Cedric Blunt entfernt, die Kuppe eines Berges erklommen, dort die Aussicht genossen, ein paar Skizzen angefertigt und dann einen weiten Bogen geschlagen hatte, der ihn auf einem neuen Weg zu seinem Versteck auf Van Diemen's Land zurückführen sollte. Er war die altvertrauten Wege, auf die er sich schon seit über zweieinhalb Monaten beschränken mußte, einfach leid gewesen. Und so war er dann auf dem Rückmarsch auf Sarahs geheimen Badeplatz gestoßen. Sie waren fast zur selben Zeit an diesen Ort gekommen, wenn auch aus genau entgegengesetzten Richtungen.
Mitchell Hamilton stand am östlichen Rand der Lichtung, die der kleine Fluß von Nord nach Süd durchschnitt und in zwei fast gleich große Hälften teilte. Zwei mächtige Karribäume, die weit in den Himmel aufragten, warfen ihren Schatten auf ihn. Und dichter Farn, der teilweise bis über seinen Kopf reichte, bot ihm einen idealen Schutz, nicht bemerkt zu werden.
Sarah kam geradewegs aus der Töpferei. Ein langer erschöpfender Arbeitstag am Brennofen lag hinter ihr. Mitchell hatte am Morgen mitbekommen, wie Cedric sie auf seine mürrische Art ermahnt hatte, beim Brennen der Krüge und Schüsseln diesmal noch mehr Sorgfalt walten zu lassen, weil seine Kundschaft in Hobart jede Nachlässigkeit zum Anlaß nahm, einen Preisnachlaß zu verlangen. Ihr altes Kattunkleid, das sie an diesen Tagen trug, wo sie am Brennofen stand, war von unzähligen kleinen Brandlöchern übersät und schon so oft geflickt worden, daß es fast mehr vom Garn der Flicken als vom ursprünglichen Tuch zusammengehalten wurde. Von der graublauen Farbe des Stoffes war nicht mehr viel zu sehen. Das Schwarz der Holzkohle und das Rotbraun der Tonerde hatten

sich auf dem Kattun zu einer schmutzigbraunen Farbe vermischt, die aus dem Kleid nicht mehr herauszuwaschen war, wie sehr sie sich auch darum bemühte.

Noch im Gehen löste Sarah den Gürtel aus geflochtenem Hanf und öffnete die Reihe der selbstgeschnitzten Hornknöpfe im Rücken. Mit einer geradezu ungeduldigen Bewegung, als habe sie den ganzen Tag sehnsüchtig nur auf diesen Moment gewartet, streifte sie dann das verschwitzte Kleid von den Schultern und legte es mit der ihr eigenen Sorgfalt über den Ast eines jungen Baumes in Ufernähe.

Unter dem Kleid trug sie als Leibwäsche nur ein dünnes, verschlissenes Leibchen und eine Hose aus einfachem Leinen, die ihr bis zu den Knien reichte. An ihrer Kleidung gab es nichts, was auch nur im Ansatz reizend ausgesehen hätte. Sie als schlicht zu bezeichnen wäre noch eine Übertreibung gewesen. Ihre Kleidungsstücke waren einfach erbärmlich armselig. Dabei war ihr Vater kein armer Mann. Er hätte es sich schon erlauben können, seiner Tochter ein paar Längen guten Stoffes zu kaufen, damit sie sich neue Sachen nähen konnte. Doch er war so geizig, wie er verschlossen war. Nicht von ungefähr hatte er sich auf Van Diemen's Land, der großen Insel vor der Südostspitze Australiens, weit ab von der nächsten Siedlung niedergelassen. Er vermochte der Gesellschaft anderer so wenig abzugewinnen wie der Sauberkeit oder einem hübschen Kleid für sein einziges Kind.

Eine Welle von Mitgefühl und Bedauern ergriff Mitchell, als er sie in diesen Lumpen sah, derer sie sich nun schnell entledigte, als fühlte auch sie, daß sie sogar einem armen Töpfermädchen wie ihr unwürdig waren. Und als sie dann in völliger Nacktheit in der warmen Abendsonne dieses Herbsttages stand, wurde er sich zum erstenmal bewußt, daß sie nicht nur bescheiden und von herzlichem Wesen war, sondern auch einen sehr weiblichen, wohlgeformten Körper besaß.

Er hatte ihr von Anfang an Zuneigung entgegengebracht und sich an ihrer jugendlichen Frische und liebevollen Art, die sich so wohltuend von der ihres Vaters unterschied, erfreut, wie er sie auch bei jedem anderen jungen Mädchen geschätzt hätte. Doch er hatte sie nie mit den Augen eines Mannes gesehen und sich kaum klargemacht, daß sie in Wirklichkeit dem Mädchenalter längst entwachsen und schon eine junge Frau war.

Diese Erkenntnis und die Tatsache, daß er seinen Blick nicht von ihr wenden konnte, verwirrten ihn. Irgendein magischer Bann ruhte auf ihm und veranlaßte ihn, zwischen den Farnen reglos zu verharren und sich an ihrer Nacktheit zu berauschen, die etwas in ihm erregte, was er nicht begreifen, geschweige denn zu benennen vermochte. Sarahs unverhüllter Körper mit all seinen Reizen war ihm fremd und vertraut zugleich, und das steigerte seine Verwirrung, in die ihr Anblick ihn stürzte.

Sarah stand am Bach, der an dieser geschützten Stelle eine wannenartige Ausbuchtung im felsigen Bett aufwies, und wandte ihm ihre linke Seite zu. Deutlich sah er ihre Brüste, die voll, aber von nicht zu üppiger Fülle waren, und die dunklen Höfe, die sich mit ihren Knospen nach oben reckten. Sein Blick folgte dem anmutigen Schwung ihrer Hüften, verweilte kurz auf dem hellen lockigen Vlies zwischen ihren Beinen und wanderte von den schlanken Fesseln wieder hoch zu ihrem Gesicht. Es war mit seinen klaren Zügen, den braunen Augen, der etwas zu kräftigen Nase und dem stark ausgeprägten Mund zwar nicht ausgesprochen hübsch, aber auf einnehmende Weise offen und ansprechend.

Sie knotete gerade ihr kariertes Kopftuch auf und schüttelte dann befreit den Kopf. Eine Flut goldener Locken ergoß sich über ihre Schultern, die von der täglichen harten Arbeit breiter und kräftiger waren, als es dem allgemeinen Schönheitsideal der Zeit entsprach. Aber hier in der Wildnis von Van Diemen's Land gab kaum einer der freien Siedler und Sträflinge, die das

Land bebauten oder ein Handwerk betrieben, etwas auf solche Dinge. Schon gar nicht ein Mann wie Cedric Blunt.

Das blonde Haar flog wie Goldregen durch die Luft, und Sarah ahnte nicht, daß sie mit dieser befreienden Bewegung bei ihrem heimlichen Beobachter und verstörten Bewunderer eine Flut sehnsüchtiger, schmerzlicher Erinnerungen auslöste.

Mitchell starrte wie hypnotisiert zu ihr hinüber. Sarahs Gesichtszüge verschwammen auf einmal vor seinen Augen, und ein anderes Gesicht erschien vor seinem inneren Auge. Es war das Gesicht der Frau, die er liebte und deretwegen er sich mit dem verfluchten Lieutenant Ken Forbes duelliert hatte.

Jessica!

»Jessica!« Er merkte gar nicht, daß er ihren Namen leise aussprach, während seine Hände das Skizzenbuch so fest umklammerten, als wollte er es zerquetschen.

Als Sarah sich hinkniete, ihr Gesicht mit dem klaren Wasser des Baches benetzte und sich dann in die wannenähnliche Vertiefung des Bachbettes setzte, glaubte er, seine geliebte Jessica vor sich zu haben. Ein versonnenes Lächeln trat in seine Augen, die von einem unglaublichen Blau waren, als Sarah ihren Körper mit einer Handvoll feinem Flußsand einrieb und säuberte. Das Wasser reichte ihr gerade bis unter die Brust, und sie saß ihm zugewandt. Wenn sie den Kopf etwas gehoben und ihren Blick auf das Feld der Farne auf der anderen Seite des Goose Neck Creek gerichtet hätte, hätte er ihr direkt in die Augen sehen können.

Begehren loderte in ihm auf wie eine Flamme, die bei einem starken Windzug aus der Glut eines heruntergebrannten Feuers hochschießt, als sie sich etwas vorbeugte, ein Stück aus einem dichten Mooskissen riß, das einen Baumstumpf überwuchert hatte, und es wie einen Schwamm benutzte. Sie fuhr damit über Schultern und Brüste. Es waren sanfte Bewegungen, die gerade wegen ihrer Unschuld etwas ungeheuer Erregendes an sich hatten.

Mitchell verspürte den fast unwiderstehlichen Drang, sein Versteck zu verlassen, die Kleider von sich zu werfen und Jessica in seine Arme zu schließen, sich dort am Ufer des kleinen Flusses mit ihr zu vereinigen.

Doch dann riß der Schleier vor seinen Augen, und Schamesröte schoß ihm ins Gesicht, als er sich seines wilden sinnlichen Begehrens bewußt wurde, das Sarahs nackter Körper in ihm geweckt hatte. Er kam sich auf einmal schmutzig und gemein vor, daß er sie bei ihren intimen Waschungen beobachtet und sich von ihrer Nacktheit so erregen ließ, daß es ihm in den Lenden schmerzte. Er war ihr etwas anderes schuldig, als ein so unwürdiges, beschämendes Verhalten. Denn sie war es gewesen, die ihn aufopfernd gepflegt hatte, als ihn eine schwere Krankheit am Tage seiner Ankunft bei den Blunts niedergezwungen und an den Rand des Todes gebracht hatte. Von der schweren Schußverletzung, die Lieutenant Forbes ihm beim Duell zugefügt hatte, war er kaum genesen gewesen, als er New South Wales von einem Tag auf den anderen hatte verlassen müssen, weil Kenneth Forbes ihn mit seinem Haß und der gefestigten Macht des rebellischen Offizierskorps verfolgt hatte. Die naßkalte Überfahrt an Bord des Schoners COMET hatte ihn zuviel Kraft gekostet und einen Rückfall verursacht. Daß er ihn überwunden hatte, verdankte er allein Sarah.

Abrupt wandte er sich um und zog sich in geduckter Haltung zurück. Er ging fünfzig, sechzig Schritte in die Richtung zurück, aus der er gekommen war, und schlug dann einen nordöstlichen Bogen, der ihn in sicherer Entfernung um Sarahs zweifellos geheimen Badeplatz herum zur Heimstatt des Töpfers führte.

Cedric Blunt wußte bestimmt nichts davon, daß seine Tochter diesen Platz am Goose Neck Creek aufsuchte, und ganz gewiß hätte er es nicht gebilligt, daß sie sich dort splitternackt wusch. Er hielt nichts von übertriebener Sauberkeit, wie er seinem

Gast oft genug zu verstehen gegeben hatte, und darunter verstand er das Wechseln und Waschen von Kleidern, Bettwäsche und Handtüchern öfter als einmal im Monat. Ständiges Waschen schade der Gesundheit eines Menschen und ruiniere nur den Stoff der Kleidung, hatte er seine Tochter mehr als einmal gerügt. Und erst als Mitchell sein monatliches Entgelt für Kost und Logis von zwölf auf vierzehn Shilling erhöhte, hatte sich der eigenbrötlerische Töpfer widerwillig bereit erklärt, ihm nun öfter frische Bettlaken und Handtücher zuzugestehen.

Gut zweihundert, dreihundert Yards weiter flußabwärts von der Stelle, wo Sarah sich den Schweiß und Dreck des Tages vom Körper spülte, überquerte er das munter dahinfließende Gewässer. Er umging ein Dickicht, das zu einer undurchdringlichen Mauer aus Dornen und graugrünem Blattwerk verfilzt war, und lenkte seine Schritte in Richtung der untergehenden Sonne, denn Cedric Blunts Heimstatt lag von hier aus im Westen. Die Landschaft diesseits des kleinen Flusses war ihm von zahlreichen Erkundungsgängen der letzten Wochen vertraut, aber er hätte auch so dank seines ausgezeichneten Orientierungssinnes ohne Schwierigkeiten nach Hause gefunden. Er konnte sich also ganz seinen Gedanken hingeben, während er ein von hohen Eukalyptusbäumen beherrschtes Waldstück durchquerte.

Er war derart in seine Gedanken versunken, daß er die Gestalt gar nicht bemerkte, die neben einem Gummibaum stand, dessen rissigen, grauen Stamm auch zwei Männer nicht hätten umfassen können.

Mitchell Hamilton fuhr deshalb zu Tode erschrocken zusammen, als der mittelgroße, sehnige Mann, der in dunklen derben Wollstoff gekleidet war und nur noch schütteres schwarzes Haar auf dem Kopf hatte, plötzlich wie aus dem Nichts vor ihm auftauchte und ihm den Lauf seiner Flinte auf die Brust setzte.

Es war Cedric Blunt.

»Mein Gott, haben Sie mir vielleicht einen Schreck eingejagt!« stieß Mitchell Hamilton hervor und wollte den Lauf der Flinte beiseite schieben.

Doch der Töpfer erlaubte ihm das nicht. Mit der Kraft eines Mannes, der durch die schwere körperliche Arbeit, die er von Kindesbeinen an leisten mußte, stählerne Muskeln besaß, hielt er den Lauf der Waffe auf die Brust des Mannes gerichtet, den er für Geld vor der Obrigkeit versteckte.

»Zum Henker! Hab' ich Sie erwischt!« herrschte er ihn wutentbrannt an.

Die Erleichterung, die Mitchell nach dem ersten Schock empfunden hatte, wich augenblicklich wieder von ihm und machte einem Gefühl der Beklemmung, ja der Furcht Platz. Er blickte in das schmale Gesicht von Cedric Blunt, das von einem ungepflegten, schwarzen Bart eingerahmt wurde und die scharfen Züge eines Asketen trug. Zorn loderte in den Augen des Mannes, und Mitchell fragte sich voller Bangen, ob der Töpfer ihn wohl dabei beobachtet hatte, wie er dort zwischen den Farnen gestanden und zugeschaut hatte, wie sich seine Tochter völlig entblößte und wusch. War das der Fall, befand er sich in einer lebensgefährlichen Situation, auch wenn Cedric Blunt ihn nicht über den Haufen schoß. Es reichte schon, daß er ihn davonjagte. Wo sollte er schon hingehen, ein Fremder, den keiner von Bord eines Schiffes hatte gehen sehen?

»Ich verstehe Sie nicht, Mister Blunt«, erwiderte er vorsichtig und innerlich angespannt in Erwartung dessen, was ihn erwarten mochte.

»Der Teufel soll Sie holen, Mister Prescott!« James Prescott war der Name, unter dem Sarah und ihr Vater ihn kannten. Doch beide wußten, daß er nicht wirklich so hieß. »Wie oft habe ich Ihnen gesagt, daß Sie sich gefälligst in der Nähe des Hauses aufzuhalten haben! Im Umkreis von einer Meile höchstens! Daran haben Sie sich, verdammt noch mal, auch zu halten, und wenn Sie zehnmal ein vornehmer Herr sind! Ich habe Ihnen meine Bedingungen von Anfang an genannt. Wenn sie Ihnen nicht mehr passen, steht es Ihnen frei, Ihre Sachen zu packen und sich anderswo ein Quartier zu suchen!«

Mitchell hatte Mühe, sich seine Erleichterung nicht anmerken zu lassen. Der Mann wußte nicht, daß er seine Tochter wie ein lüsterner Jüngling beim Nacktbaden beobachtet hatte. Deshalb fiel es ihm auch leicht, ein entschuldigendes Lächeln zustande zu bringen. »Ich bitte Sie vielmals um Verzeihung, Mister Blunt. Es lag mir fern, Ihre Anweisungen zu ignorieren und Ihren Zorn zu wecken. Und noch ferner liegt es mir, mich nach einem anderen Quartier umzusehen...«

»Das glaub' ich Ihnen gern! Und ich bezweifle, daß Sie ein anderes finden, wenn Sie es versuchen würden. Auch nicht für zwei Pfund im Monat! Jeder freie Siedler wird Sie meiden wie die Pest, und ein Emanzipist wird Sie eher an den nächsten Konstabler verraten, als daß er es riskiert, wegen Komplizenschaft mit Ihnen noch einmal fünf, sechs Jahre Sträflingsketten tragen und sich für andere den Rücken krumm schuften zu müssen!«

Mitchell atmete tief durch. »Sie haben nicht ganz unrecht, Mister Blunt. Aber ich verstecke mich nicht wegen eines Verbrechens, dessen ich mich schuldig gemacht hätte, sondern einer persönlichen Fehde wegen«, erwiderte er, und es war das erste Mal in den zweieinhalb Monaten, daß er ein Wort über den Grund seiner Flucht von New South Wales nach Van Diemen's Land verlor. Und nur zu gerne hätte er gewußt, was Blunt Captain Patrick Rourke schuldete, daß er sich bereit erklärt hatte, ihn, den Fremden, bei sich zu verstecken.

Cedric Blunt machte mit der linken Hand eine herrische Bewegung, mit der er Mitchells Antwort wegwischte. »Ob Verbrechen oder persönliche Fehde! Wer sich, aus welchen Gründen auch immer, mit den neuen Machthabern in Sydney anlegt, und sei es auch noch so weit von hier, der muß nicht ganz klar im Kopf sein!« sagte der Töpfer grimmig, ohne die Flinte auch nur einen Inch zur Seite zu nehmen. »Ja, ich riskiere meinen Kopf für Sie, und der ist mir im Zweifelsfall einiges mehr wert als die vierzehn Shilling, die Sie mir im Monat zahlen!«

»Sie können versichert sein, daß ich Ihre Gastfreundschaft und Ihre... Diskretion sehr wohl zu schätzen weiß«, fuhr Mitchell Hamilton hastig fort. »Aber haben Sie auch ein wenig Nachsicht mit mir. Ich war auf der Suche nach neuen Motiven für mein Skizzenbuch, und dabei muß ich mich weiter von Ihrem Haus entfernt haben, als ich geglaubt habe. Ich habe mich einfach verschätzt.« Es war eine glatte Lüge, aber sie erschien ihm ratsamer als die Wahrheit, nämlich daß er es leid war, sich wie ein Gefangener in diesem Umkreis von einer Meile aufzuhalten.

Als er vor acht Jahren als freier Siedler mit dem Sträflingstransporter TRADEWIND, zu dessen menschlicher Fracht im vergitterten Zwischendeck auch Jessica gehört hatte, nach New South Wales gekommen war, der erst im Jahre 1788 gegründeten britischen Sträflingskolonie an der Ostküste Australiens, als er damals dieses fremde Land betreten hatte, war er gerade dreißig gewesen, voller Erwartungen, Hoffnungen und auch einigen Befürchtungen, und er hätte vieles für möglich gehalten. Er hätte jedoch nicht im Traum daran gedacht, daß er sich eines gar nicht allzu fernen Tages so sehr an die Großzügigkeit und scheinbar grenzenlose Weite dieses Landes, das zugleich aber auch voller Gefahren war, gewöhnt haben würde, um sich in einem Gebiet von einer Quadratmeile schon wie in eine Kerkerzelle eingesperrt zu fühlen. So sehr, wie er sich nach Jessica und ihrer Liebe verzehrte, so sehr fehlte ihm auch der tägliche Ausritt und die Arbeit auf seiner Farm MIRRA BOOKA, die er mit seinem Partner John Hawkley zu einem wahren Juwel unter den Farmen der jungen Kolonie gemacht hatte.

Es war jetzt April und damit Herbst in diesen südlichen Breiten, wo die Jahreszeiten auf dem Kopf zu stehen schienen und das Weihnachtsfest in den australischen Hochsommer fiel. Er durfte gar nicht daran denken, wieviel Arbeit gerade jetzt auf MIRRA BOOKA zu leisten war und wie sein älterer, von Gicht geplagter Partner John Hawkley ohne ihn zurecht kommen sollte. Denn praktisch hatte doch er, Mitchell, die letzten Jahre die Farm verwaltet. Das Sichverstecken und die erzwungene Untätigkeit an diesem abgeschiedenen Ort setzten ihm deshalb derart zu, als hätte man ihn wirklich eingekerkert.

»Mich interessiert nicht, *warum* Sie sich außerhalb des Gebietes, in dem Sie sich bewegen können, aufhalten! Es reicht mir, *daß* ich hier auf Sie stoße, Mister Prescott!« erklärte er mit abweisender Stimme. »Ich habe Captain Rourke mein Versprechen gegeben, daß ich Sie bei mir aufnehme, Ihnen keine Fragen stelle und mein Möglichstes tue, daß niemand von Ihrer Anwesenheit bei mir erfährt – unter der Voraussetzung, daß auch Sie sich an unsere Spielregeln halten. Dieses Versprechen habe ich gehalten. Doch wenn Sie sich nicht an unsere Abmachungen gebunden fühlen und mich in Gefahr bringen, indem Sie sich immer weiter von meinem Haus entfernen und dadurch in Kauf nehmen, von irgend jemandem zufällig entdeckt zu werden, dann will ich, daß Sie lieber noch heute als morgen von hier verschwinden!«

Mitchell gab sich zerknirscht. »Tut mir leid. Es wird nicht wieder passieren. Ich gebe Ihnen mein Wort.«

Einen langen Augenblick sahen sie sich an, und keiner wich dem Blick des anderen aus. »Also gut. Ich will Ihnen glauben. Aber es war meine letzte Warnung«, sagte Cedric Blunt dann mit einem knappen Kopfnicken und schwenkte den Lauf der Flinte beiseite.

»Danke.«

Mitchell mußte sich zwingen, dieses Wort über die Lippen zu

bringen. Er fand, daß der Töpfer gewaltig übertrieb, was die Gefahren einer zufälligen Begegnung in den umliegenden Wäldern und Hügelketten anging, lag doch die nächste Farm fast zehn Meilen westlich von der Heimstatt der Blunts entfernt, und bis zur nächsten größeren Siedlung waren es von da noch einmal gute sieben Meilen. In den zweieinhalb Monaten hatte sich zudem in der Nähe der Töpferei nicht eine einzige fremde Seele gezeigt, noch nicht einmal ein fahrender Händler, der von einer abgelegenen Farm zur anderen zog, hatte sich blicken lassen. Sicher war bekannt, daß die Töpferei kein Ort war, wo Gäste gern gesehen waren. Nein, die Siedler am Derwent-Fluß, an deren Mündung Hobart lag, die größte Siedlung der Insel, mieden ihn genauso, wie der Töpfer ihre Gesellschaft mied.

Mitchell nahm vielmehr an, daß Cedric Blunt ihn in Wahrheit aus ganz anderen Gründen in der unmittelbaren Nähe seiner Töpferei zu halten versuchte. Vermutlich wollte er einfach nur seine Macht auskosten und ihn spüren lassen, daß ihm sein Geld und seine bessere Herkunft hier nichts nutzten.

Er erinnerte sich noch sehr gut an die sarkastische Antwort, die Cedric Blunt ihm vor anderthalb Monaten gegeben hatte, als er ihn gefragt hatte, ob er ihm und seiner Tochter in der Töpferei nicht zur Hand gehen und sich nützlich machen könne:

»Ein vornehmer Herr wie Sie sollte sich nicht die Hände schmutzig machen wie unsereins. Besser, Sie widmen sich den Dingen, von denen Sie etwas verstehen. Ich habe gesehen, Sie haben ein paar Bücher mit Gedichten mitgebracht.«

Damals war er versucht gewesen, dem Töpfer seine Meinung zu sagen und zu erklären, daß er sehr wohl körperliche Arbeit gewohnt war und sich auch nicht zu gut dafür hielt. Doch Tonfall und Blick des Mannes hatten ihm deutlich zu verstehen gegeben, daß mit ihm darüber nicht zu reden war und er ihn nicht in seiner Werkstatt zu sehen wünschte...

Cedric Blunt schulterte seine Flinte. »Gehen Sie zum Haus zurück«, wies er ihn an. »Ich werd' sehen, ob ich noch etwas für den Kochtopf vor die Flinte bekomme. Vor der Dunkelheit bin ich zurück.«

Mitchell ersparte sich eine Antwort und nickte nur, während der Töpfer an ihm vorbeiging und Augenblicke später aus seinem Blickfeld verschwunden war. Mit einem Gefühl der Verdrossenheit kehrte er auf dem kürzesten Weg zur Heimstatt zurück.

Als er schließlich aus dem Wald auf die Lichtung trat, wo Cedric Blunt sich niedergelassen hatte, verwandelte sich sein dumpfer Groll in Niedergeschlagenheit. Der Werkstattschuppen, der Stall und das Wohnhaus waren niedrige, primitive Gebäude und machten einen traurigen Eindruck. Er wagte nicht daran zu denken, um wieviel deprimierender es an diesem elenden, gottverlassenen Ort noch sein würde, wenn die letzten Sonnentage vorbei waren und die Zeit der schweren Herbststürme und wochenlangen Regengüsse anbrach.

Er ging in das L-förmige Wohnhaus. Der Geiz des Töpfers zeigte sich hier überall. Die Fenster waren weder verglast noch mit Wachspapier oder der Haut einer Ochsenblase bespannt, obwohl ihn letzteres nur ein paar Pennies gekostet hätte. Er hatte vor die quadratischen Öffnungen in der Lehmwand verschlissenes Sackleinen gehängt, das gegen die Insekten- und Ungezieferplage kaum etwas ausrichtete.

Der Wohnraum war, wie bei fast allen Heimstätten dieser Art, gleichzeitig auch Küche, doch sie war so spärlich eingerichtet, als müßte sich Cedric Blunt jedes Stück Stoff und jeden Nagel bitter vom Mund absparen. Dabei hatte Mitchell Sarahs gelegentlichen Bemerkungen entnehmen können, daß er sein Handwerk verstand und keine Schwierigkeiten hatte, seine Waren auch zu einem guten Preis in Hobart und den umliegenden Siedlungen zu verkaufen.

Es gab eine große Feuerstelle mit Rauchabzug, einen klobigen Tisch mit entsprechend unbequemen Stühlen, zwei einfache Schränke und ein offenes Regal, in dem einige Becher und selbstgebranntes Geschirr standen. Das beste und einzig wirklich einladende Möbelstück in diesem Raum, ja im ganzen Haus war der gepolsterte Lehnstuhl. Der war jedoch allein Cedric vorbehalten.

Mitchell war im Vorraum stehengeblieben, der mit Töpferwaren in Regalen bis unter die Decke vollgestellt war, und hatte seinen Blick durch den verlassenen Wohnraum zu seiner Rechten schweifen lassen. Einen Augenblick überlegte er, ob er die Glut in der Feuerstelle aufdecken und Holz auflegen sollte, damit Sarah ein kräftiges Feuer vorfand und sofort kochen konnte, wenn sie zurückkam. Er zögerte einen Moment, denn er wußte, daß Cedric ihm nicht einmal dieses geringfügige Entgegenkommen gestattete.

»Zum Teufel damit!« sagte er sich dann und machte sich an die Arbeit. Und da er schon einmal dabei war, ließ er es sich auch nicht nehmen, hinter dem Haus zur Axt zu greifen und ein Dutzend Klötze in handliche Stücke zu spalten, die er rechts von der Feuerstelle in der Ecke aufstapelte.

Als Sarah zurückkam, prasselte das Feuer schon munter unter dem Rauchabzug. Sie war ganz außer Atem, weil sie spät dran und die letzte Wegstrecke gerannt war. Und ein warmherziges Lächeln, in dem auch Erleichterung lag, als sie sah, daß ihr Vater noch nicht zurück war, zeigte sich auf ihrem Gesicht. »Oh, das ist aber nett von Ihnen, Mister Prescott«, bedankte sie sich, daß er ihr diese Arbeit schon abgenommen hatte.

»Ich wünschte, ich hätte viel öfter Gelegenheit, dir und deinem Vater etwas zur Hand zu gehen«, sagte er und musterte sie unauffällig, während sie sich an der Herdstelle zu schaffen machte.

Sie schien ihm wie verwandelt. Dieses Leuchten, dieser rosige

Schimmer auf ihrer Haut, war das nur der Widerschein des Feuers, oder kam es von innen? Und bewegte sie sich nicht ganz anders als sonst? Ihm schien es so. Die Sarah, die er am Morgen zu kennen geglaubt hatte, gab es für ihn nicht mehr. Er konnte jedenfalls nicht umhin, sie nach dem Erlebnis am Goose Neck Creek mit völlig anderen Augen zu betrachten. Und er ertappte sich dabei, daß er seinen Blick auf ihre Brüste gerichtet hatte, deren Wölbungen sich unter dem dünnen Stoff ihres Kleides deutlich abzeichneten, was ihm vorher nie aufgefallen war.

»Ja, Vater ist darin sehr eigen«, sagte sie nur, jedoch mit einem unterschwelligen Ton von Bedauern.

Mitchell setzte sich auf einen der harten Stühle. Es gefiel ihm, ihr zuzuschauen, wie flink sie das Gemüse aus dem eigenen Garten putzte und zerschnitt.

»Warum läßt er nicht zu, daß ich euch bei der Töpferei zur Hand gehe, Sarah? Ich weiß mit meinen Händen umzugehen. Sie sind nicht nur im Umblättern von Buchseiten und im Schreiben geübt, sondern können auch tatkräftig zupacken. Sonst hätte ich die große Farm, die ich in New South Wales besitze, bestimmt nicht zu dem machen können, was sie ist, nämlich ertragreich und ein wahres Schmuckstück«, sagte er voller Bitterkeit.

Sie hielt kurz in ihrer Arbeit inne und warf ihm aus ihren braunen Augen einen mitfühlenden Blick zu. »Die Arbeit in einer Töpferei mag vielleicht wirklich nicht das Rechte für einen Herren wie Sie sein.«

»Du gebrauchst dieselben Worte wie dein Vater, Sarah!« erwiderte er gereizt. »Aber eine Ausrede wird nicht deshalb schon wahr, nur weil man sie einem anderen nachplappert. Ich glaube einfach nicht, daß dein Vater in diesem Punkt auch meint, was er sagt, und du weißt es! Er verwehrt mir jegliche Betätigung, als wollte er mich für etwas bestrafen. Ich wüßte dann nur gerne, was ich ihm angetan habe, verdammt noch mal!«

Sie errötete und nahm ihre Arbeit schnell wieder auf. »Er hegt keinen Groll gegen Sie«, versicherte sie.
»So?« fragte er skeptisch.
»Nicht gegen Sie persönlich«, fuhr sie fort.
»Gegen wen dann?«
Sie zögerte. »Gegen jeden und alles«, sagte sie dann leise. »Vielleicht gegen die Ungerechtigkeit des Lebens. Ich weiß es nicht. Er spricht darüber nicht mit mir, was ihn bewegt und warum er handelt, wie er handelt, und es steht mir nicht zu, ihn danach zu fragen. Aber ich kann mich noch gut daran erinnern, daß er früher nicht so war.«
»Wann früher?«
»Vor gut zwölf Jahren. Als meine Mutter noch lebte.« Obwohl sie sich um einen normalen Tonfall bemüht hatte, war ihm die Trauer in ihrer Stimme nicht entgangen.
»Du hast mir noch nie von ihr erzählt, Sarah. Sie hieß wie du, nicht wahr?« fragte er sanft und dachte an das Grab hinter dem Werkstattschuppen, das von einem hüfthohen Holzzaun umgeben und immer mit frischen Blumen bepflanzt war. Auf dem hübsch verzierten Holzkreuz standen nur der Name Sarah und die Jahreszahlen 1770–1796. Ihre Mutter war also mit sechsundzwanzig gestorben, während ihre Tochter gerade fünf gewesen war.
»Das Grab hinter dem Haus ist nicht...«, begann Sarah nach einer Weile des Schweigens, brach jedoch mitten im Satz ab, als sich Schritte dem Haus näherten. »Das wird Vater sein. Er hat mir verboten, mit irgend jemandem über meine Mutter zu reden. Bitte fragen Sie nicht weiter!« Sie sah ihn flehentlich an.
Er nickte. »Keine Angst, er wird nie erfahren, daß wir darüber geredet haben«, beruhigte er sie.
»Danke«, murmelte sie und beugte sich wieder geschäftig über die Schüssel.
Cedric Blunt kam ins Haus gestapft. Er machte einen zufriede-

nen Eindruck. »Ein Quoakka ist in eine der Fallen gegangen, die ich letzte Woche aufgestellt habe. Zieh ihm das Fell ab und nimm ihn aus!« trug er seiner Tochter auf und stellte die Flinte in die Ecke. »Er ist groß genug, um genügend Fleisch und eine gute Suppe abzugeben!« Ein Quoakka war ein kleines Beuteltier und sein Fleisch ganz annehmbar, wenn man nicht allzu wählerisch war.

»Jawohl, Vater«, sagte Sarah gehorsam, nahm ein scharfes Messer vom Regal und ging hinaus.

Das Abendessen war dank der Gewürze, die Sarah verwendet hatte, und dem frischen Gemüse überraschend schmackhaft. Cedric erlaubte sich und seinem Gast sogar einen Becher Branntwein aus der großen Korbflasche. Mitchell hatte gewöhnlich für diesen scharfen Fusel nicht viel übrig. Doch an diesem Abend nahm er das Angebot des Töpfers dankbar an.

Ein Gespräch kam bei Tisch nicht zustande. So war es jeden Abend. Anfangs hatte Mitchell noch versucht, Cedric Blunt in ein Gespräch zu verwickeln. Doch seine schroffen, einsilbigen Antworten und der scharfe Blick, mit dem er seine Tochter zum Schweigen gebracht hatte, wenn sie etwas sagen wollte, hatten ihn diesen Versuch bald aufgeben lassen.

Nach dem Essen zündete der Töpfer eine Kerze an, holte die abgegriffene Bibel, die er in einer eisenbeschlagenen Truhe aufbewahrte, und tat, was er jeden Abend tat, während seine Tochter den Abwasch erledigte und sich dann zu ihm an den Tisch setzte, um Näharbeiten zu erledigen oder Körbe zu flechten: Er las ihr aus der Bibel vor.

Zweifellos war er stolz darauf, daß er die Kunst des Lesens erlernt hatte, doch er meisterte sie nicht. Sein Vortrag war stockend und monoton wie bei einem Schüler, der schon genug mit den einzelnen Buchstaben und Worten zu kämpfen hat, um sich auch noch Gedanken über den Zusammenhang und die Bedeutung des Vorgelesenen machen zu können.

Aus Zuneigung zu Sarah blieb Mitchell noch eine Weile im Wohnraum und starrte in die Flammen des Feuers, das langsam in sich zusammenfiel. Das Bild hatte etwas Symbolisches für ihn, hatte er doch das Gefühl, daß seine Energie und seine Lebensfreude immer mehr in sich zusammenfielen, je länger er unter diesem Dach weilte.

Er versuchte seine Gedanken auf andere Dinge zu lenken und die Trostlosigkeit seiner Situation zu verdrängen, doch es gelang ihm nicht. Wenn er zu Sarah hinüberblickte und ihr ruhiges Gesicht sah, diese Mischung aus Ergebenheit und Resignation, ein Ausdruck, der für ihn die Duldsamkeit der Wehrlosen und Unterdrückten verkörperte, dann hätte er am liebsten die Korbflasche mit dem Branntwein ergriffen und sie ins Feuer geschleudert, auf daß die Flammen bis zur Decke emporschießen und dieses Haus des Schweigens und der Freudlosigkeit niederbrennen würden.

Doch er saß so still und reglos da wie Sarah auf der anderen Seite des Tisches, zur Tatenlosigkeit in jeder Beziehung verdammt. Schließlich konnte er Cedrics verbissenes Gesicht und sein abgehacktes Vorlesen nicht länger ertragen. Er stand auf, nahm einen tönernen Kerzenhalter vom Wandregal und entzündete ihn mit einem Holzspan, den er ins Feuer hielt. Sarah hob den Kopf, und ihm war, als schenkte sie ihm die Andeutung eines Lächelns, als er ein Kapitelende im Bibeltext zum Anlaß nahm, um sich mit einem gemurmelten Gute-Nacht-Gruß in seine Kammer zurückzuziehen.

Er sank auf die primitive Bettstelle, die den größten Teil der Kammer einnahm. Ein schmaler Tisch neben der Tür, auf dem eine Waschschüssel, ein Krug mit Wasser, seine wenigen Bücher, die er schon x-mal gelesen hatte, sowie der Kerzenhalter standen, und der Stuhl davor waren die einzigen anderen Möbelstücke in diesem winzigen Raum, der knapp fünf Schritte in der Länge und halb soviel in der Breite maß. Seine wenigen Sachen hingen in der hintersten Ecke an einer einfachen Holzstange, die von Wand zu Wand ging. Einen Dielenboden gab es im ganzen Haus nicht, sondern nur festgetretene Lehmerde unter den Füßen. Zum Glück hatte der Verschlag, wo Cedric Blunt ihn einquartiert hatte, ein Fenster. Und wenn es auch noch so klein war, es gab ihm doch das Gefühl, von den Wänden und der Enge des Zimmers nicht ganz erdrückt zu werden.

Er hatte vorgehabt, im Schein der Kerze noch ein wenig an seinen Skizzen zu arbeiten, die er von Bäumen, Pflanzen und Landschaften angefertigt hatte, seinem einzigen Zeitvertreib. Doch er vermochte nicht mehr die Energie aufzubringen, sich an den Tisch zu setzen.

Statt dessen löschte er das Kerzenlicht und schlug das Sackleinen von der Fensteröffnung zurück. Vom Bett aus konnte er gerade noch die Baumspitzen des Waldes und darüber eine Handbreit Himmel sehen. Irgendwie hatte er auf eine klare Nacht mit funkelnden Sternen auf dem Schwarz des Firmaments gehofft, auf den Anblick des Kreuz des Südens, dem Sternzeichen, das die Aborigines, die Eingeborenen auf dem Festland *mirra booka* nannten und nach dem auch seine Farm bei Parramatta benannt war. Doch der Himmel war bezogen und nicht ein Stern zu sehen.

Erschöpft und doch hellwach lag er auf dem Bett, starrte in die Finsternis und fragte sich mit wachsender Verzweiflung, wie lange er noch gezwungen sein würde, sich an diesem Ort versteckt zu halten. Wie lange würde sich das New South Wales Korps noch an der Macht halten?

Im Januar hatte die korrupte Offiziers-Clique gegen den Gouverneur der Sträflingskolonie gemeutert und William Bligh, den berühmt-berüchtigten ehemaligen Captain des Meutererschiffes BOUNTY, in einem Handstreich entmachtet und arretiert. Lieutenant Kenneth Forbes gehörte zu ihnen. Und solange seine Offizierskameraden, die faktisch schon von der Gründung an die Kolonie durch ihr Rum-Monopol beherrscht hatten, die Macht ausübten, würde er nicht auf seine Farm und zu Jessica zurückkehren können.

Wann würden frische Truppen und ein neuer Gouverneur nach Australien kommen, um der Willkür dieser skrupellosen Männer, die den Offiziersrock des Königs mehr als einmal entehrt hatten, ein Ende zu bereiten?

Wie lange würde er die bedrückende Atmosphäre im Haus von Cedric Blunt noch ertragen müssen? Drei, vier Monate? Ein halbes, vielleicht sogar ein ganzes Jahr?

Mitchell gab sich keinen Illusionen hin. Ein schneller Segler brauchte auch bei günstigen Winden und Wetterverhältnissen fünf Monate für die Strecke Australien–England. Und bevor man in London zu einer Entscheidung gekommen war, wie man auf die Rebellion in der fernen Sträflingskolonie reagieren sollte, würden Wochen, wenn nicht gar Monate ins Land gehen. Vor Ablauf eines Jahres war daher nicht damit zu rechnen, daß in Sydney wieder ein rechtmäßiger Gouverneur residierte, der mit loyalen Truppen für Recht und Ordnung sorgte.

Solange würde er auch Jessica nicht wiedersehen, und bei diesem Gedanken legte sich Schwermut auf seine Seele.

2

Die COMET stampfte und rollte in der aufgewühlten See, so daß Jessica sich mit beiden Händen abstützen mußte, als sie den Niedergang hinaufstieg, um nicht zu stürzen. Der Wind pfiff im Rigg und peitschte den Regen über die See. Blitze rissen für Sekunden eine wildgezackte Bahn aus grellem Licht in den regenschweren Vorhang zwischen Himmel und Wasser, gefolgt von Krachen und Donnern, das an Bersten von Holz und Geschützlärm erinnerte.

Gischt, vermischt mit Regen, flog ihr entgegen und umhüllte sie mit einer Wolke salziger Nässe, die ihr bis unter den Kragen ihres hochgeschlossenen Umhanges drang, als Jessica an Deck trat. Der stürmische Wind zerrte an dem feuerroten Schal, den sie sich um den Kopf gebunden hatte. Einige Locken ihrer blonden Haarpracht, die sie mit Kämmen hochgesteckt hatte, lugten vorwitzig unter dem Schal hervor und umflatterten ihr zartgeschnittenes Gesicht mit den seegrünen, ausdrucksvollen Augen wie goldgelbe Bänder. Sie war froh, daß sie sich gegen den Hut entschieden hatte. Die erste Böe hätte ihn ihr vom Kopf gerissen, auch wenn sie die Bänder unter dem Kinn verknotet hätte.

Sie hielt sich am Rand der Niedergangskappe fest, während ihr Blick über das schräggeneigte Deck des Marssegelschoners ging. Die COMET raste gerade ein Wellental hinunter und schien sich mit dem Bug in die schäumende See bohren zu wollen.

Jessica hatte jedoch nicht die geringste Angst, auch wenn ihr die Blitze und das fürchterliche Krachen durch Mark und Bein gingen. Sie hatte schon ganz andere Stürme auf See erlebt, um sich von so einem Unwetter in Angst und Schrecken versetzen zu lassen. Zudem vertraute sie auf Captain Patrick Rourkes seemännische Fähigkeiten und auf die guten Segeleigenschaften des Schoners. Die COMET, die Captain Rourke und ihr zu gleichen Teilen gehörte, war zwar kein schneller Segler, dafür aber robust und zuverlässig, wie sich mehr als einmal bewiesen hatte.

Ein Brecher ging donnernd auf das Vorschiff nieder, und Tonnen schäumender Fluten lasteten auf dem Schoner. Doch er ließ sich davon nicht niederzwingen, sondern hob sich aus der See, so daß das übergenommene Wasser quer über das Deck schoß und durch die Speigatten des Schanzkleides wieder ins Meer zurückfloß.

Jessica wartete, bis der Schoner wieder einigermaßen in der Waagerechten lag und ließ dann ihren Halt los. Das Deck war rutschig, doch in den wenigen Tagen, die sie sich nun schon an Bord des Seglers befand, hatte sie eine gewisse Sicherheit und Standfestigkeit auf dem schwankenden Deck entwickelt, die ihr jetzt zugute kamen. Sie begab sich nach achtern, wo Captain Rourke gerade seinen Steuermann Lew Kinley am Ruder abgelöst hatte.

Der Ire ließ sein weißes, kräftiges Gebiß aufblitzen, als er Jessica über das schwankende Deck balancieren sah.

»Nicht schlecht!« rief er ihr zu, als sie ihn erreicht hatte und sich am Tau festhielt, das als Sicherheitsleine quer über das Deck des Achterschiffes gespannt war. »Wenn Sie jetzt auch noch da oben aufentern«, er deutete mit dem Kopf in die Takelage hoch, wo seine Männer zum Toppsegel aufenterten, um es zu reffen, »dann muß ich mir wirklich überlegen, ob ich Sie nicht auf die Heuerliste setzen soll.«

Jessica wischte sich eine Haarsträhne aus dem klitschnassen

Gesicht und lachte dabei. »Ich bezweifle, daß ich da oben ein gutes Bild abgäbe.«
»Oh, ich bin mir sicher, daß das der Fall wäre! Nur würde ich dann bei allem Respekt, den meine Mannschaft Ihnen entgegenbringt, für die Moral meiner Männer nicht mehr garantieren können«, rief er mit erhobener Stimme, um ein langgezogenes Gewitterdonnern zu übertönen, und fügte mit einer Mischung aus Bewunderung und gutmütigem Spott hinzu: »Eine so schöne Frau wie Sie mit fliegenden Röcken in der Takelage, da hätte ich doch wahrhaftig ernstere Bedenken für die Sicherheit des Schiffes als bei jedem noch so schweren Sturm, Jessica.«
»Vermutlich schafft es nur ein Ire, noch im Sturm die Ruhe und die richtigen Worte zu finden, um einer Frau zu schmeicheln«, gab sie zurück und blickte zu den dunklen Wolkenfeldern hoch, die sich vor wenigen Stunden am Himmel zusammengeballt und ihnen ein kräftiges Unwetter beschert hatten. Es war zwar erst früher Nachmittag, doch die Sonne schaffte es kaum noch, diese dunkle Sturmwand zu durchdringen, so daß man glauben konnte, gleich müsse die Nacht hereinbrechen.
»Das Wetter ist ungemütlich, aber doch nicht so, daß man für nichts anderes mehr Blicke noch Worte übrig haben dürfte«, erwiderte er, stand breitbeinig und wie festgewachsen auf den Planken und hielt die Speichen des Ruders mit fester, sicherer Hand. Unerschütterlich wie der sprichwörtliche Fels in der Brandung stand er da.
Daß Jessica sich trotz des heulenden Windes, dem Donnern der Brecher und dem gleißenden Licht der Blitze, die aus der tiefhängenden Wolkendecke zuckten, so sicher fühlte, war zweifellos das Verdienst von Patrick Rourke. Die Gelassenheit und Ruhe, die er ausstrahlte, ließen keinen Platz für das Aufkeimen von Ängsten.

Der Captain war Mitte Dreißig, ein großer, kräftiger Mann mit breiten Schultern und wild gelocktem Haar, das die Farbe abgelagerten Brandys hatte und noch von keinem Kamm gezähmt worden war. Zerzaust war auch sein rotbrauner Bart, der seinem markanten Gesicht mit den scharfen, wachsamen Augen ein verwegenes Aussehen gab. Gewöhnlich trug er eine ärmellose Schaffelljacke und eine Mütze aus Känguruhfell. Doch bei diesen Regenböen hatte er richtiges Ölzeug vorgezogen.

Wie Jessica war auch er als Sträfling nach Australien gekommen. Während sie ihre Deportation einer verbrecherischen Intrige verdankte, hatte man ihn verbannt, weil er seinen Bruder, der an einem der zahlreichen irischen Aufstände gegen die Engländer beteiligt gewesen war, in seinem Fischerhaus versteckt hatte. Nach Verbüßung seiner Strafe hatte er sich mit der COMET selbständig gemacht. Widrige Umstände hatten ihn Jahre später an den Rand des Bankrotts gebracht. Er hatte einen stillen Partner gesucht – und keinen Trick unversucht gelassen, als ausgerechnet eine Frau namens Jessica Brading wildentschlossen Miteigentümer der COMET werden wollte. Doch letztlich hatte er vor ihrer Hartnäckigkeit und ihrer Geschäftstüchtigkeit kapitulieren müssen.

Inzwischen zählte er jenen Tag, an dem sie ihn mit seinen eigenen Tricks geschlagen und gezwungen hatte, sie zu seinem gleichberechtigten Partner zu machen, zu den glücklichsten seines an glücklichen Fügungen nicht gerade reichen Lebens. Er bewunderte sie als Frau, die in seinen Augen eine hinreißende Anmut und Schönheit besaß, die nicht allein auf ihren äußerlichen körperlichen Vorzügen beruhte, sondern auch von innen heraus kam.

Doch noch mehr als ihre erregende Weiblichkeit bewunderte er ihre Geschäftstüchtigkeit und vor allem ihren eisernen, unbeugsamen Willen. Wenn sie sich einmal ein Ziel gesetzt hatte, ließ sie sich von keinen Widrigkeiten und noch so nieder-

schmetternden Schicksalsschlägen davon abbringen, dieses Ziel auch zu erreichen.
Nur so hatte sie es schaffen können, innerhalb von acht Jahren von einem gestrandeten Sträfling zur allseits respektierten und von manchen auch gefürchteten Herrin von SEVEN HILLS aufzusteigen, der größten Farm am Hawkesbury River. Einer Farm von Tausenden Morgen Land, die zu den ertragreichsten in ganz New South Wales zählte.
Diese unnachgiebige Härte und Widerstandskraft, die in ihr steckten, hatte er noch nie bei einer Frau angetroffen und nur bei ganz wenigen Männern. Und manchmal regte sich Bedauern in ihm, daß ihr Herz schon an einen Mann vergeben war und ihm nur die Rolle des guten Freundes blieb. Doch er war froh, daß ihm immerhin das vergönnt war.
Die COMET neigte sich plötzlich gefährlich nach Backbord, und gleichzeitig übertönte hoch über ihnen ein scharfer, peitschender Knall wie ein Musketenschuß das Heulen des Sturms. Augenblicklich richtete sich der Schoner wieder auf.
»Verdammt!« fluchte Patrick Rourke. »Eine verfluchte Sturmböe hat uns das Toppsegel zerfetzt!«
»Was werden Sie tun, Patrick?« wollte Jessica wissen, während sie beobachtete, wie die Seeleute dort oben in schwindelnder Höhe die Segelfetzen zu bergen versuchten.
»Wir können weiter vor dem Wind kreuzen und versuchen, uns näher an die Küste heranzukämpfen. Das ist die mühseligste und vermutlich auch kostspieligste Möglichkeit«, sagte er und wies auf das zerrissene Segeltuch, das wie Gewehrfeuer im Wind knallte. »Wir können natürlich auch vor dem Wind laufen und uns quasi treiben lassen. Es wäre das Sicherste bei dem Sturm, denn dann würden wir auf die freie, offene See zuhalten, statt auf die Küste von Van Diemen's Land. Außerdem würde uns das unter Umständen auch das eine oder andere zerfetzte Segel ersparen.«

»Aber das würde uns viel Zeit kosten, nicht wahr?«
Er nickte, und das Wasser lief ihm in mehreren kleinen Bächen aus dem roten Bart. »Einen vollen Tag mindestens, schätze ich. Die COMET kann mit rauhem Wind gut dreimal so schnell segeln wie bei idealen Wetterverhältnissen gegen den Wind.«
»Und wie weit haben wir es noch bis zur Küste?«
»Wenn meine Berechnungen stimmen, hätten wir die Küste bei Hobart noch vor Sonnenuntergang sichten können, wenn das Unwetter nicht aufgezogen wäre.«
Jessica überlegte. »Da Sie sagen, daß wir kaum Raum gegen den Wind gewinnen, dürfte die Gefahr, vom Sturm an die Küste geworfen zu werden, vorerst gering sein«, folgerte sie.
»Ja, vorerst. Aber bei so einem Sturm ist jede Berechnung fehlerhaft. Ich weiß nicht, wie stark uns die Strömung abtreibt.«
»Ich möchte keine Stunde verlieren, Patrick!« erklärte sie entschlossen. »Monatelang habe ich davon geträumt, Mitchell wiederzusehen. Und jetzt, wo wir fast sechshundert Seemeilen hinter uns gebracht haben und die Küste endlich in greifbarer Nähe vor uns liegt, sollen wir abdrehen und wieder Kurs auf die offene See nehmen?« Heftig schüttelte sie den Kopf. »Nein! Wenn Sie es verantworten können, dann kreuzen wir weiter vor dem Wind! Vielleicht legt sich das Unwetter in ein, zwei Stunden.«
»Also gut, wenn Sie es so wollen. Ich glaube, ich kann es vertreten. Aber ich möchte Sie nur daran erinnern, daß es zur Hälfte auch Ihr Geld ist, das da zum Teufel geht!« sagte er mit Blick auf die noch immer wild im Wind schlagenden Fetzen des Toppsegels.
»Und wenn ein Dutzend Segel dabei zum Teufel gehen, stellen Sie sie mir voll in Rechnung, Patrick! Hauptsache, wir bleiben auf Kurs und erreichen Van Diemen's Land so schnell wie möglich!« stieß sie leidenschaftlich hervor, und in ihren Augen leuchtete das Feuer mühsam gezügelter Erwartung.

Jede Stunde, die sie hier auf See vergeudeten, war zuviel! »Mitchell, o Mitchell! Ich komme! Ich bin bald bei dir! Und nichts wird mich aufhalten!« hätte sie am liebsten in den Wind geschrien. Sie wollte ihn in ihre Arme schließen. Ihn küssen. Liebkosen. Seinen Körper spüren. In sich. Überall. Einfach nur bei ihm sein. In sein Gesicht blicken und reden oder schweigen. Nur bei ihm sein! Bei ihm sein so schnell wie möglich, um die brennende Sehnsucht in ihrem Herzen zu stillen. Mit seiner Liebe und Leidenschaft. Was war gegen diesen Tumult ihrer Sehnsüchte ein Sturm wie dieser? Er konnte einfach kein Hindernis sein!
Nein, sie würden nicht beidrehen, wenn Patrick ihr die Entscheidung überließ. Niemals!
»Aye, aye, Madam!« Und seinen Männern schrie er zu: »Ein neues Toppsegel an die Rah anschlagen! Zum Henker, wir bleiben auf Kurs!«
Jessica fuhr sich mit der Hand über das regennasse Gesicht und schmeckte Salz auf der Zunge. Doch der bittere Geschmack hatte für sie in diesem Augenblick nichts Unangenehmes an sich.
Als das neue Toppsegel sich an der Rah entfaltete und sich im stürmischen Wind blähte, zuckte ein kaum merkliches Lächeln um Patrick Rourkes Lippen.
»Wissen Sie was, Jessica?«
Sie blickte ihn erwartungsvoll an. »Ja?«
»Wenn Sie sich anders entschieden hätten«, sagte er und machte eine kurze Pause, als ein Blitz sie blendete, dem augenblicklich ein ohrenbetäubendes Krachen folgte, als hätte jemand genau über den Mastspitzen der COMET ein gigantisches Pulverfaß gezündet, »wenn Sie sich anders entschieden hätten, wäre ich von Ihnen enttäuscht gewesen.«
Sie tauschte einen kurzen Blick mit ihm, gab jedoch keine Antwort, weil sie unnötig war. Der Regen drang allmählich durch

ihren wollenen Umhang, doch sie merkte es nicht. In ihr brannte ein Feuer, das sie mehr wärmte als jeder noch so dicke Wollstoff.
Mitchell!
Für ihn war sie bereit, alle Gefahren der Welt auf sich zu nehmen!

3

Trebble Hill war eine kleine Anhöhe bei Parramatta, der größten Siedlung in New South Wales nach Sydney, das sechzehn Meilen weiter im Südosten an der Küste lag. Eine Windmühle, deren Flügel sich reglos in den tiefblauen Himmel reckten, erhob sich auf der Kuppe des Hügels. Es war zur Mittagszeit, als ein offener Einspänner, aus Nordwesten kommend, die Anhöhe hinauffuhr.

Zwei Männer saßen im Wagen, der von einem prächtigen, leichtfüßigen Rappen mit glänzendem Fell gezogen wurde. Der ältere der beiden war John Hawkley, Gründer und Mitbesitzer von Mirra Booka. Er war ein untersetzter, stämmiger Mann von dreiundfünfzig Jahren. Sein etwas grobflächiges Gesicht mit der kantigen Kinnpartie wurde von klaren, scharfen Augen beherrscht, die unter buschigen Brauen lagen.

John Hawkley war einer der ersten freien Siedler gewesen, die aus freien Stücken nach New South Wales gekommen waren und fest daran geglaubt hatten, daß man in diesem wilden, noch unerschlossenen Land sein Glück machen konnte, wenn man nur ausdauernd und willens war, hart zu arbeiten. Männer wie er hatten bewiesen, daß diese sonnendurchglühte Kolonie mehr war als nur ein Abladeplatz für den Abschaum überfüllter englischer Gefängnisse – nämlich ein Land, das trotz seines oft extremen Klimas und seiner zahlreichen Gefahren ein Land voller Verheißungen war und das ungeahnte Möglichkeiten bot, zu Reichtum und zu Macht zu gelangen. Und er war stolz auf das, was er geschaffen hatte. Deshalb war er zum Abschluß der Rundfahrt auch nach Trebble Hill gefahren.

Als der Einspänner den höchsten Punkt des Hügels erreicht hatte, brachte John Hawkley den Rappen mit einem kurzen Zügelkommando zum Stehen. Daß ihn jede Bewegung seiner von Gicht befallenen Hände schmerzte, ließ er sich nicht anmerken. Er hatte für Selbstmitleid und mangelnde Willensstärke nur Verachtung übrig, doch noch mehr als das haßte er das Mitleid anderer.
»Nun, wie gefällt Ihnen mein kleines Reich, Mister Yawdall?« fragte er seinen Begleiter, dem sich von dieser Anhöhe ein einzigartiger Ausblick bot. »Mirra Booka – da liegt es in seiner ganzen Schönheit vor Ihnen! Nennen Sie mir ein Tal, das es mit diesem hier aufnehmen kann!«
Die Felder und Weiden der Farm breiteten sich in einem weiten Tal aus, das von sanften Hügelketten umschlossen wurde. Eukalyptushaine wirkten aus der Ferne wie grüngraue Inseln, die hier und da aus einem Meer wogender Getreidefelder, die reif zur Ernte waren, und saftigen Weiden herausragten. Ein kleiner Fluß, der vom Parramatta River gespeist wurde, schlängelte sich durch das Tal und versandete auch im glühendsten Hochsommer nur ganz selten einmal. Daher war das Gras hier auch nicht so strohig und von spärlichem Wuchs und die Erde nicht so ausgedörrt und verbrannt wie in vielen anderen Landstrichen der Kolonie. Rinder und vor allem Schafherden zogen über die scheinbar endlosen Grasflächen und ähnelten von weitem einem hellen Flockenteppich, den jemand dort auf den Weiden ausgebreitet hatte.
James Yawdall, ein großgewachsener, gutaussehender Mann in den Dreißigern mit schwarzem Haar und einer scharfgeschnittenen Nase, nahm diesen Anblick in aller Ruhe in sich auf. Erst nach einer guten Weile antwortete er John Hawkley: »Daß Mirra Booka eine der bestgeführten und fruchtbarsten Farmen der Kolonie ist, ist mir schon seit Jahren bekannt«, sagte er mit seiner klaren, etwas schleppenden Stimme. »Doch daß Sie

in diesem Tal ein kleines Wunder vollbracht haben, habe ich natürlich nicht ahnen können. Ich bin wirklich zutiefst beeindruckt, Mister Hawkley, und ich habe schon viel gesehen.«
»Ich nehme das gern zur Kenntnis«, freute sich John Hawkley über das professionelle Lob des Mannes, der zu den tüchtigsten Verwaltern von New South Wales zählte – und dessen neue Aufgabe MIRRA BOOKA heißen sollte, wenn sie sich handelseinig würden, was er sehr hoffte. »Doch eine Farm wie diese braucht eine straffe, sachkundige Hand, wie Sie ja sehr wohl wissen. Und diese straffe Hand fehlt meiner Farm seit Monaten, was mir größte Sorgen bereitet.«
James Yawdall nickte. »Ja, auch die beste Farm ist letztlich nur soviel wert wie der Mann, der sie bewirtschaftet und leitet.«
»Eine Aufgabe, die ich allein nicht mehr bewältigen kann«, sagte John Hawkley mit bitterem Unterton. Wenn ihm Rheuma und Gicht nicht so zusetzen und ihn vor allem während der naßkalten Wintermonate manchmal nicht wochenlang in den Rollstuhl zwingen würden, wäre dieses Gespräch mit James Yawdall niemals notwendig geworden. Zumindest redete er sich das ein. Dabei wußte er in seinem Innersten sehr wohl, daß er Mitchell in den vergangenen Jahren mehr und mehr Verantwortung überlassen hatte, so daß sein Partner MIRRA BOOKA zum Schluß praktisch allein geführt und sich um alles gekümmert hatte.
»Ja, darüber sollten wir reden«, sagte der Verwalter. »Und deshalb bin ich ja hier.«
»Richtig. Aber warten wir damit, bis wir im Haus vor dem warmen Feuer sitzen und ein Glas Port in der Hand halten«, bat John Hawkley. Ihn fror leicht, obwohl es ein recht sonniger, warmer Herbsttag war. Doch seit ihn die Gicht plagte, fühlte er sich nur noch in den heißen Sommermonaten wohl und fast beschwerdefrei, während sich alle anderen über die sengende Hitze beklagten und so schnell wie möglich in den nächsten

Schatten flüchteten. Die Krankheit und das dünne Blut des Alters, das war es wohl, was ihn so sehr nach alles durchdringender Wärme verlangen ließ.

»Ganz wie Sie wünschen«, sagte Yawdall mit höflicher Zurückhaltung. Mirra Booka gefiel ihm, und er hatte nichts dagegen, hier zu arbeiten. Aber noch war nicht über die Konditionen gesprochen wurden. Und es gab da ein paar Gerüchte, die über Hawkley und seinen Partner Mitchell Hamilton in der Kolonie kursierten, über die auch geredet werden mußte.

Hawkley lenkte den Einspänner wieder den Hügel hinunter. Wenig später passierten sie das hohe, hölzerne Tor, das aus zwei mächtigen, in den Boden gerammten Eukalyptusstämmen und einem mehr als mannsdicken, geschwungenen Abschlußbalken bestand. In diesen Torbalken hatte Mitchell vor Jahren den Namen der Farm mit dem Brenneisen eingebrannt: Mirra Booka – Kreuz des Südens.

Das Hauptgebäude kam in Sicht. Es bestand aus vier gleichlangen Trakten, die sich um einen Innenhof gruppierten und ein Quadrat bildeten. Böden und Wände bestanden aus Stein, was im Sommer die Hitze aus dem Haus hielt. Und die Dächer waren so weit vorgezogen, daß nur die vergleichsweise schwache Morgen- und Abendsonne durch die bleiverglasten Fenster fallen konnte. In letzter Zeit wünschte Hawkley, er hätte damals weniger massiv gebaut und mehr an die Bedürfnisse des Alters gedacht.

Der Stallknecht Jeremy kam über den Hof geeilt, als der Einspänner vor dem Haus hielt, und öffnete seinem Herrn den Türschlag.

»Gib ihm eine Extraportion Hafer«, sagte Hawkley, griff zu seinem Krückstock, dessen silberner Knauf in Form eines Schafkopfes gearbeitet war, und gab sich Mühe, sich seine Schmerzen beim Aussteigen nicht anmerken zu lassen. Als Jeremy die Hand ausstreckte, um ihn zu stützen, schlug Hawkley sie mit seinem Spazierstock beiseite und funkelte ihn zornig an.

Jeremy murmelte eine Entschuldigung.

»Kommen Sie, Mister Yawdall!« So aufrecht, wie er sich halten konnte, ging er ins Haus voran, sein Gesicht eine starre Maske unterdrückten Schmerzes.

James Yawdall war von der Ausstattung des Hauses nicht weniger beeindruckt als von der Farm. Die Räume waren nicht mit jenen doch recht primitiven Möbeln eingerichtet, wie sie in der Kolonie hergestellt wurden, sondern das Auge traf unter diesem Dach überall auf geschmackvolle, teilweise sogar auserlesene Möbel, die Hawkley sich aus England hatte kommen lassen. Es fehlte auch nicht an herrlichen Teppichen, seidenen Tapeten und geschmackvollen Gemälden. Man konnte meinen, ein Landhaus in England betreten zu haben.

Die Dienerschaft, vertraut mit den Wünschen von John Hawkley, hatte im Salon schon für ein kräftiges Feuer gesorgt sowie zwei Kristallgläser und den Port bereitgestellt, den er jedem anderen Getränk vorzog. Das Silbertablett mit der Karaffe und den Gläsern stand auf einem kleinen runden Kirschholztisch vor dem Kamin. Zwei bequeme, lederbezogene Sessel davor luden zum Platznehmen ein.

»Bitte!« Hawkley wies auf die Sessel. Sie setzten sich gegenüber, und der Farmer füllte die Gläser, von denen er eines seinem Gast reichte. »Ich hoffe, dies ist das erste von vielen Gläsern, die wir in diesem Raum zusammen trinken werden.«

James Yawdall begnügte sich mit einem leichten Lächeln als Antwort, nahm einen Schluck und lobte die Qualität des Portweins.

John Hawkley war kein Mann, der lange um den heißen Brei herumredete. Deshalb kam er jetzt auch sofort auf den Grund ihres Zusammentreffens zu sprechen.

»Mister Yawdall, als ich von Mister Burnett hörte, daß Sie sich

nach einer neuen Stellung umsehen, habe ich nicht einen Augenblick gezögert, Sie zu mir zu bitten«, begann er. »Ich will Ihnen nicht schmeicheln, aber Sie stehen in dem Ruf, ein ausgezeichneter Verwalter zu sein. Und einen solchen brauche ich dringend auf MIRRA BOOKA. Ich biete Ihnen diese Stellung an. Nennen Sie mir Ihre Gehaltsvorstellungen, und ich bin sicher, daß wir uns im Handumdrehen über das Finanzielle einigen werden.«
»Sie wissen, was ich bei Mister Cross bekommen habe?«
»Ja, und ich biete Ihnen fünf Pfund mehr im Monat«, sagte Hawkley ohne Zögern.
Yawdall lächelte. »Ein äußerst großzügiges Angebot«, räumte er ein, doch die Zurückhaltung in seiner Stimme war nicht zu überhören.
»Ungewöhnliche Umstände verlangen ungewöhnliche Maßnahmen. In diesem Fall gehört ein großzügiges Angebot dazu«, erklärte Hawkley, der ahnte, was Yawdall beschäftigte.
»Sie sprechen von ungewöhnlichen Umständen«, nahm der Verwalter das Stichwort dankbar auf. »Es würde mich schon sehr reizen, die Verwaltung von MIRRA BOOKA zu übernehmen. Nur bräuchte ich Klarheit in einigen Punkten, die mit der Bewirtschaftung Ihrer Farm zwar direkt nichts zu tun haben, meine Arbeit aber dennoch beeinträchtigen können.«
Hawkley packte den Stier direkt bei den Hörnern. »Sie sprechen von meinem Partner Mitchell Hamilton und dem Haftbefehl, der gegen ihn erlassen wurde, nicht wahr?«
»Ja. Ich bedaure, dieses unerfreuliche Thema anschneiden zu müssen«, entschuldigte sich Yawdall, »aber wir leben in einer unruhigen Zeit, und da ist jeder gut beraten, der bei der Wahl seiner Geschäftspartner größte Umsicht walten läßt. Denn London ist weit – und damit auch der Arm des Königs.«
Hawkley gab ein ärgerliches Schnauben von sich. »Unerfreulich ist die reinste Untertreibung, Mister Yawdall! Was mit

meinem Partner geschehen ist, kann man nur als Katastrophe bezeichnen! Ihn aufrührerischer Umtriebe wider die Krone zu bezichtigen, ist einfach grotesk! Er stand immer loyal zum König und seinem Stellvertreter in dieser Kolonie, dem Gouverneur!«

»Das will ich gern glauben. Doch Tatsache bleibt, daß er geflohen ist und gesucht wird.«

»Das ist das Verdienst dieser unseligen Frau!« stieß der Farmer erregt hervor. »Verflucht sei der Tag, an dem Jessica meinem Partner begegnet ist! Ich wünschte, sie wäre damals beim Untergang der TRADEWIND ertrunken. Warum mußte ausgerechnet auch sie zu den wenigen zählen, die mit dem Leben davongekommen sind? Sie allein hat Mitchell ins Unglück gestürzt! Verflucht soll sie sein!« Haß loderte in seinen Augen, und seine linke Hand ballte sich zur Faust.

Yawdall sah ihn verständnislos an. »Jessica?«

»Jessica Brading.«

Verwunderung trat auf Yawdalls Gesicht. »Sie meinen Jessica Brading von SEVEN HILLS?«

»Ja, genau die meine ich!«

»Ich wußte gar nicht, daß Mister Hamilton eine... eine Beziehung zu Missis Brading unterhält und daß Sie diese Frau verabscheuen«, zeigte sich Yawdall verwirrt vom Haßausbruch seines Gegenübers.

»Wenn ich an Hexen glauben würde, würde ich schwören, sie habe ihn verhext. Aber was sie mit ihm getan hat, ist nicht weit davon entfernt, glauben Sie mir!« sagte Hawkley mit bitterem Zorn. »Sie hat ihm die Sinne verwirrt, ihm seinen gesunden Menschenverstand geraubt und ihn nach allen Regeln der weiblichen Kunst betört. Jessica ist das Schlimmste, was Mitchell widerfahren konnte! Sie allein ist schuld daran, daß es zu diesem Duell mit dem Lieutenant kam und er sich jetzt wie ein Verbrecher verstecken muß! Sie hat den einen gegen den anderen ausgespielt!«

»Merkwürdig«, sinnierte Yawdall über das Gehörte nach. »Ich bin Jessica Brading noch nie begegnet...«
»Danken Sie dem Herrgott dafür!«
»... aber von den Farmern am Hawkesbury habe ich nur Gutes über sie zu hören bekommen«, fuhr er fort. »Man spricht mit größter Bewunderung und Hochachtung von dieser Frau und dem, was Sie auf SEVEN HILLS leistet.«
John Hawkley mußte alle seine Selbstbeherrschung aufwenden, um darauf nicht mit einem Wutausbruch zu reagieren. Er konnte jedoch nicht verhindern, daß ihm das Blut ins Gesicht schoß.
»SEVEN HILLS war schon eine blühende Farm, als Jessica deportiert wurde, Mister Yawdall! Sie hat nur das Glück gehabt, daß Steve Brading sie damals vor dem Galgen bewahrt und zu seiner Frau gemacht hat.«
»Aber als er vor Jahren eines gewaltsamen Todes starb, hat sie doch bewiesen, daß sie das Erbe ihres Mannes nicht nur zu bewahren, sondern noch beachtlich auszubauen vermochte«, gab der Verwalter zu bedenken. »Wie ich gehört habe, ist sie zudem auch noch Mitbesitzerin eines Schiffes, das die Siedler am Hawkesbury versorgt, und vor kurzem soll sie auch noch ein Kolonialwarengeschäft in Sydney übernommen haben und mit großem Erfolg weiterführen.«
Hawkley machte eine unwirsche Handbewegung. »Ja, das mag schon sein«, räumte er widerwillig ein. »Aber ihre Fähigkeiten als Farmerin und Geschäftsfrau stehen hier nicht zur Debatte. Es ist das Gift ihrer Weiblichkeit, das Mitchells Leben zerstört hat!« Ihm wurde bewußt, daß er in einem derart schroffen Ton nicht mit Yawdall sprechen konnte, wenn er ihn nicht vor den Kopf stoßen wollte. Deshalb zwang er sich zur Mäßigung.
»Sehen Sie«, fuhr er mit beherrschter, ruhiger Stimme fort, »als Mitchell Hamilton vor gut acht Jahren nach New South Wales kam, verstand er von der Landwirtschaft und der Schaf-

zucht so gut wie nichts. Doch er war jung, wißbegierig, von schneller Auffassungsgabe und vor allem bereit, hart zu arbeiten. Ich fand Gefallen an ihm, nahm ihn unter meine Fittiche und brachte ihm alles bei, was ich wußte und konnte. Mir war ein leiblicher Sohn nicht vergönnt gewesen, doch in den Jahren, die ins Land gingen, wurde er nicht nur mein gleichberechtigter Partner, auf den ich bald nicht mehr verzichten konnte, sondern er wuchs mir wie ein eigenes Kind ans Herz. Ich hegte große Pläne mit ihm. Er ist ein Freier wie Sie und ich, Mister Yawdall, keiner dieser Emporkömmlinge aus der Schicht der Emanzipisten, die ihre Sträflingsvergangenheit nicht verleugnen können. Sie werden diesen Makel bis in den Tod tragen, und auch ihre Kinder werden darunter zu leiden haben, wie erfolgreich sie sonst auch sein mögen. Sie wissen, was ich meine, nicht wahr?«

James Yawdall machte eine vage Geste, als wollte er sich nicht festlegen. »Nun ja, ganz ohne sie kommt die Kolonie aber auch nicht aus – vor allem nicht ohne die Tüchtigen unter ihnen.«
»Natürlich nicht!« stimmte Hawkley ihm grimmig zu und füllte ihre Gläser noch einmal. Seine Hand zitterte dabei merklich. »Aber deshalb braucht man sich mit diesem...«, er hatte das Wort ›Pack‹ auf den Lippen, besann sich aber noch rechtzeitig und sagte statt dessen: »...diesen Leuten doch nicht gleich zu verbrüdern! Und es ist doch gesellschaftlicher Selbstmord, als freier Siedler und mit der Position, die Mitchell in diesem Land einnehmen *könnte*, sich mit solch einer Frau einzulassen. Mit einer Emanzipistin wie dieser Jessica ruiniert er seinen Ruf! Ja, er ist auf dem besten Weg dazu! Dabei standen und stehen ihm alle Möglichkeiten offen, eine standesgemäße und gesellschaftlich vorteilhafte Ehe mit der Tochter eines anderen Freien einzugehen. Mein Gott, welche Chancen hatte er schon gehabt! Doch diese Frau, dieser verfluchte Bastard Jessica Brading, hat ihn blind dafür gemacht, was er sich und seinen

Kindern schuldig ist, und es kümmert sie nicht, daß sie ihn mit ihren Verführungskünsten ins Unglück stürzt! Die Pest über sie!«

»Mir scheint, Sie gehen ein wenig hart mit ihr ins Gericht, Mister Hawkley«, tadelte Yawdall sanft, obwohl auch er wenig Sympathien für Emanzipisten hegte, wenn es um ihre Rolle in der Gesellschaft von New South Wales ging. »Immerhin muß ein Mann auch *bereit* sein, sich verführen zu lassen, wenn die Frau Erfolg haben soll. Leider hatte ich noch nicht das Vergnügen, Mister Hamilton persönlich kennenzulernen, aber ich nehme doch an, daß er sehr wohl weiß, was er tut.«

»Das bezweifle ich«, widersprach Hawkley düster und leerte sein Glas mit einem Zug.

Yawdall seufzte. »Ich vermag mir gut vorzustellen, daß diese doch sehr private Angelegenheit Sie bedrückt und Ihnen schwer zu schaffen macht. Ich für meine Person lasse keinen Zweifel daran, daß die Frau, die eines Tages meinen Namen tragen wird, die Tochter eines freien, ehrenwerten Mannes ist«, versicherte er, um ihm sein Mitgefühl auszudrücken. »Ihre Ausführungen waren höchst interessant und aufschlußreich. Ich fühle mich auch geehrt, daß Sie mich an Ihren sehr privaten Sorgen haben teilnehmen lassen. Doch da wohl keiner von uns beiden in der Lage ist, Mister Hamilton die Entscheidung in dieser... äh, prekären Situation abzunehmen, und ich mich aus Unkenntnis der Person Jessica Brading eines Urteils enthalten möchte, wäre es wohl ratsamer, wieder auf das zu sprechen zu kommen, was Sie und ich beeinflussen können.«

»Jaja, natürlich, die Verwaltung der Farm«, sagte Hawkley mit einem schweren Seufzer. Dann straffte er sich. Es war unklug gewesen, sich zu diesem Gefühlsausbruch hinreißen zu lassen. James Yawdall interessierte sich nicht für seinen Haß auf Jessica und seine bitteren Enttäuschungen mit Mitchell. Er wollte Sicherheiten, was seine mögliche Anstellung betraf.

»Ist Mister Hamilton einverstanden, daß Sie einen Verwalter einsetzen?«
»Gewiß. Ich handle in völliger Übereinstimmung mit ihm.«
Yawdall hob überrascht die Augenbrauen. »Dann stehen Sie also in Kontakt mit ihm?«
Hawkley verzog das Gesicht. »Ich wünschte, es wäre so. Leider ist das nicht der Fall. Ich habe nicht die geringste Ahnung, wo er jetzt ist und wer ihn versteckt hält. Und wenn mich das manchmal auch schmerzt, so sagt mir meine Vernunft doch, daß es gut so ist. So werde ich nie in Versuchung kommen, sein Versteck zu verraten. Aber ich habe nach seiner Flucht ein Schreiben erhalten, in dem er mich drängt und bevollmächtigt, einen Verwalter einzustellen. Ich gebe Ihnen gerne Einsicht in das Schreiben.«
»Darum wird sich Mister Burnett kümmern«, winkte Yawdall ab. Hugh Burnett war der Mann, den Hawkley eingeschaltet hatte, um einen Verwalter zu finden. Der feiste Geschäftsmann handelte mit Menschen genauso wie mit Grundstücken, Weideland und Waren aller Art. Alles, was einen Profit oder eine Vermittlerprovision abwarf, nahm er in das Angebot seiner vielfältigen Dienste auf, von denen einige recht zwielichtig waren, wie man sich hinter vorgehaltener Hand erzählte. Doch das hatte Hawkley nicht interessiert. MIRRA BOOKA brauchte einen fähigen Verwalter, koste es, was es wolle!
»Sie werden hier eine sichere Stellung haben, Mister Yawdall!« versicherte Hawkley ihm nun. »Mein Partner mag mit einigen der Offiziere vom New South Wales Corps seine Schwierigkeiten haben, doch ich habe diese nicht.«
»Sie und Ihr Partner stehen auf verschiedenen Seiten?« fragte Yawdall interessiert.
Hawkley überlegte seine Worte genau. Seit die Offiziere Gouverneur Bligh gestürzt und ganz offen die Macht in New South Wales übernommen hatten, mußte man aufpassen, was man

zu wem sagte. Früher hatten die Offiziere die Kolonie wirtschaftlich beherrscht und ausgepreßt, weil sie sich von Anfang an das Rum-Monopol gesichert hatten. Doch ihrer Willkür waren Grenzen gesetzt gewesen. Seit dem Umsturz gab es diese Grenzen nicht mehr. Die Rum-Rebellen regierten New South Wales uneingeschränkt.

Rum war die Währung dieses Landes. Sie war es schon, als die erste Sträflingsflotte in der Bucht von Sydney Cove vor Anker ging. Mit Rum wurden ebenso Arbeitskräfte bezahlt wie Saatgut und alle anderen Waffen. Die Offiziere hatten dafür gesorgt, daß die einfachen Leute so wenig echtes Geld wie nur möglich in die Finger bekamen, denn sie bestimmten den Preis für den Rum – und damit ihre enormen Gewinne. Kein Wunder, daß sie gegen Bligh meuterten, als dieser den Versuch unternommen hatte, ihre Macht zu beschneiden und das Rum-Monopol zu zerschlagen.

»Ich habe von Rum als Zahlungsmittel nie viel gehalten, Mister Yawdall, aber ich kann mich mit den Offizieren arrangieren«, erklärte er nun. »Ich vertrete zwar andere wirtschaftliche Interessen als sie, habe in ihren Reihen jedoch keine Feinde – und dabei wird es auch bleiben. Sie können deshalb versichert sein, daß keiner dieser Offiziere es jemals wagen wird, MIRRA BOOKA anzutasten. Deshalb werden Ihnen auch keine Schwierigkeiten erwachsen, wenn Sie die Stellung bei mir annehmen. Mister Burnett wird Ihnen das bestätigen können, und er steht dem Corps meines Wissens bedeutend näher als ich.«

»Sehr beruhigend.« Yawdall nickte zufrieden. »Damit wäre dieser Punkt geklärt. Jetzt geht es nur noch um die Dauer der Anstellung. Das scheint mir ein Problem zu sein. Niemand weiß, wie lange sich Ihr Partner wird versteckt halten müssen.«

Hawkley lächelte verhalten. »Richtig. Niemand weiß zu sagen,

wie lange sich die Offiziere um Major Johnstone und John MacArthur werden an der Macht halten können.«
»Sicher ist, daß ihre Herrschaft nicht von Dauer sein wird«, wagte Yawdall zu sagen. »Ob man nun mit ihnen sympathisiert oder nicht, das ist wohl eine Tatsache.«
»Da stimme ich Ihnen zu. Der König wird niemals zulassen, daß Offiziere, die seinen Stellvertreter im Handstreich abgesetzt haben, ungestraft davonkommen.«
»Ihr Ende kann also gegebenenfalls recht schnell kommen«, folgerte Yawdall. »Ich wäre also quasi ein Verwalter auf Abruf.«
Hawkley überlegte nicht lange. »Nein. Ich biete Ihnen einen festen Zwei-Jahres-Vertrag an.«
»Und was passiert, wenn Mister Hamilton schon sehr viel früher nach Mirra Booka zurückkommt?«
»Dann haben Sie drei Monate Zeit, sich zu überlegen, ob Sie bleiben oder gehen wollen. Entscheiden Sie sich zu gehen, zahle ich Sie voll aus. Ist Ihnen das Sicherheit genug, Mister Yawdall?«
Dieser lächelte nun zum erstenmal richtig entspannt. »Ja, bei diesen Konditionen gibt es wirklich keinen Grund zur Klage.«
»Sie nehmen mein Angebot also an?«
»Ja, mit dem allergrößten Vergnügen!« erklärte Yawdall.
Eine Welle der Erleichterung durchflutete Hawkleys schmerzgeplagten Körper. Yawdall hatte akzeptiert. Damit war ihm eine große Sorge von den Schultern genommen. Mirra Booka würde während Mitchells Abwesenheit nicht herunterkommen!
»Stoßen wir darauf an!« rief Hawkley erfreut.
Der helle, klare Klang der Kristallgläser mischte sich in das fröhliche Prasseln der brennenden Holzscheite, als die beiden Männer ihre geschäftliche Abmachung mit einem weiteren Glas Port besiegelten.

Danach begab sich John Hawkley an seinen Sekretär, griff zur Feder und setzte den Lohn und die Dauer der festen Anstellung in einen schon in doppelter Ausfertigung vorbereiteten Vertrag ein. Jeder von ihnen erhielt eines der gleichlautenden Dokumente, die von beiden unterschrieben waren.
»Ich freue mich, Sie für MIRRA BOOKA gewonnen zu haben. Und ich bin sicher, daß auch Mitchell keine andere Wahl getroffen hätte, wäre er an meiner Stelle gewesen. Auf gute Zusammenarbeit!« Hawkley schüttelte ihm die Hand.
Wenig später verließ der neue Verwalter die Farm, um alles für eine rasche Übersiedlung nach MIRRA BOOKA vorzubereiten, denn der Farmer wollte aus verständlichen Gründen, daß er noch in dieser Woche seine Arbeit bei ihm aufnahm.
John Hawkley holte sich eine Zigarre und kehrte dann wieder in seinen Sessel am Feuer zurück. Mit einem zufriedenen Lächeln auf dem kantigen, von tiefen Furchen durchzogenen Gesicht starrte er in die züngelnden Flammen. Das Problem mit dem Verwalter war gelöst. Nun endlich hatte er Zeit, sich seinem anderen Vorhaben zu widmen, von dem er geradezu besessen war – Jessica!
Sie hatte Mitchell ins Unglück gestürzt. Und es gab seiner Überzeugung nach nur einen Weg, um sich für das, was sie Mitchell – und damit auch ihm – angetan hatte, zu rächen und ihn vor dem zu bewahren, was sie ihm noch in Zukunft an Unheil zufügen konnte – er mußte sie vernichten!
Die ersten Vorbereitungen hatte er schon vor Wochen getroffen. Jetzt war es an der Zeit, die verschiedenen Strategien seines Planes zu koordinieren und sein Vorhaben in die Tat umzusetzen, das nur ein Ziel hatte: Jessicas Ruin!

4

Nichts deutete mehr darauf hin, daß am Tag zuvor ein schweres Unwetter getobt hatte. Die See war ruhig, der Wind beständig, die regenschweren Wolken hatten sich in der Nacht aufgelöst und die Temperaturen waren seit den frühen Morgenstunden unter einem sonnigen Himmel beständig geklettert, so daß Jessica ihren Umhang schon am Vormittag in ihrer Kabine hatte lassen können.

Sie hatte mit Patrick Rourke und Lew Kinley ein herzhaftes Frühstück zu sich genommen, da keiner von ihnen am Tag zuvor mehr als eine Handvoll Zwieback gegessen hatte, und war dann die ganze Zeit an Deck geblieben, während die COMET unter voller Besegelung und auf südwestlichem Kurs durch die tiefblauen Fluten schnitt. Noch immer war nichts als die schier grenzenlose Fläche der glitzernden See zu sehen, die von Horizont zu Horizont reichte. Jessica vermochte ihre Ungeduld kaum zu zügeln. Unruhig ging sie an Deck auf und ab, und vom angestrengten Starren auf den westlichen Horizont schmerzten ihr die Augen.

Wo blieb nur die Küste? War es möglich, daß der Sturm sie so weit von ihrem Kurs abgebracht hatte, daß sie schon an der Südspitze von Van Diemen's Land vorbeigetrieben waren? War es mit Patrick Rourkes Navigationskünsten doch nicht so weit her? Sie schämte sich dieses Gedankens, konnte sich seiner jedoch nicht erwehren, obwohl ihr Verstand ihr sagte, wie unsinnig das war.

Die Sonne hatte ihren höchsten Punkt am Himmel schon vor

mehr als einer Stunde überschritten, als dann endlich der erlösende Ruf aus dem Mastkorb der COMET kam: »Land voraus! ... Land voraus! ... Drei Strich Steuerbord!«
Jessica stürzte an die Reling und tat dem Captain insgeheim Abbitte, daß sie auch nur einen Augenblick an seinen Fähigkeiten gezweifelt hatte. Van Diemen's Land! Endlich hatten sie ihr Ziel erreicht! Angestrengt blickte sie nach Westen, um auch ja nicht den Augenblick zu verpassen, wo sich die Küste aus dem Meer hob.
Patrick Rourke trat neben sie, ein Fernrohr in der Hand. »Es wird noch etwas dauern, bis man die Küste mit bloßem Auge erkennen kann.«
Jessica deutete auf das Fernrohr. »Darf ich?«
»Sicher. Aber eine dunkle, schmale Linie ist alles, was Sie sehen werden, Jessica.«
»Das macht nichts«, sagte sie fröhlich. »Es ist für mich das erste Mal, daß ich an Deck eines Schiffes stehe, während eine Küste in Sicht kommt, die ich noch nie zuvor gesehen habe.«
»Das ist natürlich etwas anderes.« Er zog das Fernrohr aus und reichte es ihr. »Versuchen Sie, die Bewegungen des Schiffes abzufangen, sonst wird Ihnen schwindlig.«
Sie konnte wirklich nur einen dunklen Streifen am Horizont ausmachen. Doch der Anblick dieses konturlosen Schattens, der die Küste der Insel darstellte, die für Mitchell zum Exil geworden war, versetzte sie in freudige Erregung.
»Wann werde ich Mitchell sehen?« fragte sie ohne Umschweife und mit bewegter Stimme.
Captain Rourke strich sich über seinen Bart. »Das kann ich Ihnen erst sagen, wenn wir näher an der Küste sind und ich sehe, wie weit uns der Sturm gestern von unserem ursprünglichen Kurs abgetrieben hat.«
»Im schlimmsten Fall wie weit?«
Ein Lächeln hob seine Mundwinkel. »Auf jeden Fall nicht so

weit, daß Ihr Wiedersehen mit Mister Hamilton noch bis morgen warten müßte, Jessica.«
Sie gab einen leisen Seufzer von sich. »Oh, machen Sie mir lieber nicht zuviel Hoffnung, Patrick. Wenn Sie Ihr Versprechen nachher nicht halten können, ist die Enttäuschung um so größer.«
Er nahm ihr das Fernrohr ab und studierte selbst die Küstenlinie. Dann sagte er: »Ich verwette meinen Anteil an der COMET, daß Sie Mister Hamilton heute noch sehen werden – sofern sich dort nichts Unvorhergesehenes ereignet hat und er noch bei Cedric Blunt ist«, schränkte er ein. Er kannte die verschlossene Art des Töpfers zu gut und wußte um die Trostlosigkeit seiner einsam gelegenen Heimstatt. Ob und wie ein Mann wie Mitchell Hamilton damit fertig wurde, wußte er nicht zu sagen. Aber sie würden es bald wissen.
Sorge mischte sich in Jessicas Freude. »Was sollte denn passiert sein?«
Patrick Rourke zuckte die Achseln. »Was weiß ich. Aber es sind jetzt knapp drei Monate her, seit ich Mister Hamilton an dieser Küste abgesetzt habe. Das ist eine lange Zeit, in der unendlich viel passieren kann.« Er sah, wie sie zwischen freudiger Zuversicht und quälender Ungewißheit hin und her gerissen wurde, und bereute, was er gesagt hatte. Warum sollte er ihr die Freude nehmen? Wenn es eine schlechte Nachricht gab, was der Allmächtige verhüten mochte, würde sie die noch früh genug erfahren.
»Aber was rede ich da! Nichts als dummes Zeug!« sagte er deshalb betont aufgekratzt und schob das Fernrohr zusammen. »Bestimmt geht es ihm gut, und natürlich ist er noch bei Cedric Blunt. Wo sollte er sonst auch hin, nicht wahr?«
»Ja, wo sollte er sonst auch hin?« wiederholte sie leise und blickte unverwandt nach Westen.
Bald war die Küste auch mit bloßem Auge zu erkennen, und die

COMET flog mit prallen Segeln darauf zu. Jessica wußte von Patricks Berichten, daß Van Diemen's Land eine völlig andere Landschaft besaß als New South Wales. Doch als sie dann die teilweise schroffe Küste mit ihren dichten, hohen Wäldern und der üppigen grünen Vegetation sah, war sie doch überrascht. In den acht sonnenheißen Jahren in Australien waren ihre Erinnerungen an das saftige Grün englischer Wälder und Hügelketten zu einer Erinnerung verblaßt, die nichts mehr mit ihrer Welt zu tun hatte. Eine Erinnerung, die sie aber nicht wehmütig stimmte.

Während New South Wales von weitem Buschland, rotbrauner Erde und langen heißen Sommern mit extremer Trockenheit geprägt wurde, die immer wieder zu verheerenden Buschbränden führten, wurde Van Diemen's Land von einem Klima beherrscht, dessen zahlreiche Niederschläge der Insel eine geradezu verschwenderische Vielfalt und Fülle an Bäumen, Blumen und Gewächsen aller Art bescherte. Ein dunkles kräftiges Grün, wie sie es in dieser Intensität und Ausdehnung nur von England her kannte, schien Jessica die vorherrschende Farbe dieser so weit im Süden gelegenen Insel zu sein.

Es war ein herrlicher, erhebender Anblick, den sie nach den langen regenlosen Sommermonaten am Hawkesbury genoß. Doch der Wunsch, ihre Farm möge sich hier in dieser Region befinden, wo das Gras so üppig wuchs, regte sich nicht in ihr. Ihre Heimat war das Siedlungsgebiet am Hawkesbury River. Dort waren ihre Wurzeln und dort hatte sie ihre Kinder Edward und Victoria zur Welt gebracht.

Am Nachmittag lief die COMET, gut dreißig Meilen südwestlich von Hobart an der Mündung des Derwent River, in eine stille Bucht ein. Sie war ein ideales Versteck. Jessica hatte erst geglaubt, die COMET liefe geradewegs auf die von Kiefernwäldern bedeckte Felsenküste zu und müsse dort unweigerlich zerschellen, wenn Patrick Rourke nicht bald das Ruder herumwarf.

»Captain!... Wollen Sie das Schiff auf die Felsen setzen?«
hatte sie erschrocken hervorgestoßen, als er nicht die geringsten Anstalten gemacht hatte, den Kurs zu ändern.
Doch er hatte nur gelacht. »Ich werde mich hüten! Ich habe einen Heidenrespekt vor allem, was meiner COMET auch nur im entferntesten den Rumpf ankratzen könnte.«
»Die Felsen werden den Rumpf *unserer* COMET nicht nur ankratzen, sondern vermutlich sogar aufreißen und nichts mehr von ihr übriglassen!«
»Ganz ruhig, Jessica. Unserer COMET wird gar nichts passieren. Denn genau vor uns liegt eine Durchfahrt.«
»Ich sehe aber nichts als Felsen und Wald!«
»Sie wissen nur nicht, wonach Sie Ausschau halten müssen«, hatte er sie zu beruhigen versucht. »Haben Sie denn kein Vertrauen mehr zu mir?«
Sie hatte ihm einen gequälten Blick zugeworfen. »Doch, schon. Auch wenn sich mir der Magen zusammenkrampft. Ich wünschte nur, auch ich würde diese Durchfahrt sehen, die da vorne sein soll!«
»Warten Sie es ab.«
Und wirklich, als sie ganz nahe herangekommen waren, sah Jessica, daß die Küste hier wirklich einen Einschnitt hatte. Zwischen zwei Landzungen, die versetzt hintereinander lagen und sich etwas überlappten, so daß sie aus der Entfernung wie ein einziges durchgehendes Küstenstück aussahen, klaffte eine Fahrrinne, die gut vierzig Yards breit war. Hinter den bewaldeten Landzungen lag eine große Bucht von mehreren Meilen Durchmesser, still und unberührt wie ein großer Binnensee. Das von hohen Kiefern, Karris und Eukalyptusbäumen bestandene Ufer ging nach einer halben Meile in eine nicht minder dicht bewaldete Hügelkette über, die sich in einem weiten Bogen von Osten nach Südwesten erstreckte.
Captain Rourke nahm Kurs auf das Nordufer der Bucht, wäh-

rend die Mannschaft die Segel einholte. Der Bug der COMET drehte in den Wind, und der Schoner verlor seine Fahrt. Dann, eine viertel Meile vor dem Ufer, klatschte der Anker in das klare Wasser.
»Eine wunderbare Bucht!« schwärmte Jessica, begeistert von der Stille und landschaftlichen Schönheit. Fischreiher kreisten mit ausgebreiteten Schwingen im Süden der Bucht über dem Wasser.
»Ja, schon. Aber wollen Sie nicht doch besser an Bord bleiben?« vergewisserte sich Patrick Rourke noch einmal, bevor er den Befehl gab, das Beiboot zu Wasser zu lassen und zu beladen. »Das fände ich viel vernünftiger.«
Jessica schüttelte energisch den Kopf. »Nein. Ich würde damit keinem einen Gefallen tun – weder Ihnen noch mir«, entgegnete sie und fügte in Gedanken hinzu: ›Und bestimmt auch Mitchell nicht.‹
»Ein paar Tage könnten wir hier schon ankern, Jessica«, unternahm er einen letzten Versuch, sie von ihrer Idee abzubringen, die ihm jetzt genausowenig gefiel wie am Morgen, als sie ihm davon erzählt hatte. »Und wir könnten es so machen: *Ich* kampiere mit meinen Männern am Ufer, während Sie und Mister Hamilton die COMET ganz für sich haben. Ich weiß, daß meine Kabine wenig Komfort bietet, aber immerhin doch noch mehr als ein provisorisch errichtetes Zelt.«
»Das ist wirklich sehr großzügig von Ihnen, kommt aber überhaupt nicht in Frage, Patrick! Ich bin mit dem festen Boden, der Ackerscholle verwurzelt, und fühle mich an Land am wohlsten, während Sie und Ihre Männer auf Schiffsplanken zu Hause sind. Daran wollen wir auch jetzt nichts ändern«, lehnte sie sein Angebot freundlich, aber entschieden ab.
Nach den langen Tagen auf See war sie froh, die COMET endlich verlassen zu können und nicht mehr auf den engen Raum der Kabine oder des Decks beschränkt zu sein. Sie freute sich dar-

auf, sich wieder frei bewegen zu können – nicht nur die paar Schritte von Backbord nach Steuerbord oder vom Bug zum Heck und zurück. Außerdem gefiel ihr die Vorstellung nicht, daß er und seine Männer, wie freundschaftlich zugeneigt sie ihr auch sein mochten, ständig zur COMET herüberschauen und darüber reden würden, was sie und Mitchell an Bord des Schoners wohl gerade tun mochten. Zudem war das Ganze völlig unnütz und eine Zeitverschwendung, von der sie aus den verschiedensten Gründen nichts hielt.
»Ich kann gut allein auf mich aufpassen, Patrick. Außerdem ist Mitchell ja bei mir. Und Sie können die Tage nutzen, um nach Hobart zu segeln und eine Ladung bestes Plankenholz einzukaufen und an Bord zu nehmen. Sie haben mir doch selbst gesagt, daß wir damit in New South Wales ein gutes Geschäft machen können, oder?«
»Sicher, so gutes Holz wie auf Van Diemen's Land gibt es bei uns nicht. Es ist besonders für den Schiffsbau geeignet, und es bringt in Sydney in der Tat einen guten Preis, aber...«
»Da gibt es kein Aber!« schnitt sie ihm energisch das Wort ab. »Die COMET soll uns beiden Gewinne bringen, nicht wahr? So war es doch ausgemacht.«
Er wand sich, weil er wußte, daß sie ihn mal wieder geschickt in die Ecke gedrängt hatte. Manchmal wünschte er sich, sie wäre nicht ganz so clever und schlagfertig, obwohl er sie eigentlich ja gerade wegen dieser und natürlich auch einiger anderer Eigenschaften so bewunderte.
»Sicher...«
»Na also! Ein Schiff, das in einer Bucht vor Anker liegt, während sich die Mannschaft der Muße hingibt, kostet nur Geld, statt Gewinne einzufahren! Dabei wartet in Hobart doch offensichtlich ein gewinnbringendes Geschäft auf die COMET. Da werden Sie doch nicht kostbare Zeit in dieser Bucht vertrödeln wollen, oder? Sagen Sie jetzt bloß nicht, es mache Ihnen nichts aus!«

»Jessica, ich...«, setzte er zu einer Antwort an.
Sie ließ ihn auch jetzt nicht zu Wort kommen. »Nein, das würde ich Ihnen auch nicht glauben! Dafür kenne ich Sie mittlerweile zu gut. Machen wir uns doch nichts vor. Ein gutes Geschäft lockt Sie genauso unwiderstehlich wie mich. Ich bin nach Van Diemen's Land gekommen, um Mitchell endlich wiederzusehen. Aber wenn dabei gleichzeitig noch ein lukratives Geschäft für uns beide herausspringen kann, dann will ich gerne das angenehme Private mit dem nützlichen Geschäftlichen verbinden. Sie nicht auch?« Sie lächelte ihn mit entwaffnender Offenheit an und fügte dann noch hinzu: »Außerdem will ich Sie und Ihre Männer nicht in meiner Nähe haben, wie sehr ich Ihre Gesellschaft sonst auch zu schätzen weiß. Wollen Sie noch mehr hören?« Herausfordernd reckte sie ihr Kinn, als warte sie nur auf ein Widerwort, um dann erst richtig zum Angriff überzugehen.
»Nein, belassen wir es besser dabei. Ich weiß, wann ich mich bei Ihnen geschlagen geben muß, Jessica.«
Sie gab sich betroffen, doch ihre Augen leuchteten schelmisch. »Oh, das klingt ja entsetzlich, Patrick!« sagte sie und schlug die Hände zusammen. »Muß ich mir jetzt Vorwürfe machen, weil ich Ihnen schrecklich unrecht getan habe?«
Sein schiefes Grinsen verriet den Widerstreit der Gefühle in ihm. Einerseits machte er sich Sorgen um sie, wollte sie beschützen und sie auf keinen Fall ohne ausreichenden Schutz hier in der Bucht zurücklassen, während er nach Hobart segelte. Andererseits hatte sie nur zu recht, was das lockende Geschäft betraf. Ihm bereitete allein schon die Vorstellung Magenschmerzen, mehrere Tage lang untätig in dieser Bucht ausharren und mit Nichtstun vergeuden zu müssen, während er in derselben Zeit die COMET bis unter die Luken mit bestem Plankenholz beladen konnte.
Eines war sicher: Er konnte nicht beides haben. Außerdem war

die Entscheidung schon gefallen, und wenn er ehrlich sein sollte, war er froh, daß Jessica sie ihm abgenommen hatte.
»Streichen wir das ›schrecklich‹ und vergessen wir den Rest«, brummte er und wandte sich dann zu seiner Crew um, die auf seine Befehle wartete: »Laßt das Beiboot zu Wasser!« Dann winkte er Lew Kinley zu sich heran.
»Captain?«
Der Rudergänger hatte ein Stück Holz zwischen den Zähnen und kaute darauf herum. Jessica konnte sich nicht erinnern, ihn einmal ohne solch einen Holzspan zwischen den Zähnen gesehen zu haben. Lew behauptete, dies sei das beste Mittel gegen Skorbut und ein halbes Dutzend anderer Krankheiten, die er aber nicht so genau zu benennen wußte.
»Das Beiboot wird wie besprochen beladen«, trug Patrick ihm auf. »Segelplanen, ausreichend Decken, zwei Hängematten. Lebensmittel für gut eine Woche...«
»Ich denke, Sie wollen in drei Tagen wieder zurück sein?« warf Jessica ein.
»Daran werde ich mich auch halten. Aber Verzögerungen kann es immer mal geben, und dann sollen Sie nicht hungern müssen«, erwiderte er und fuhr in seiner Aufzählung fort: »Ein kleines Wasserfaß, Lew. Das können sie drüben bei der Quelle frisch auffüllen. Kerzen, genügend Schwefelhölzer, Feuerstein, Stahl und Baumwollflocken, eine Laterne... Bestecke, Kochgeschirr... Habe ich noch etwas vergessen?... Ach ja, Sie bekommen meine Flinte sowie Pulver und Kugeln.«
Jessica hob die Augenbrauen. »Rechnen Sie mit wilden Tieren oder kriegerischen Eingeborenen?«
Er verzog das Gesicht. »Die Eingeborenen hat man auf dieser Seite der Küste schon längst ausgerottet. Das ist traurig, aber wahr. Und von wilden Tieren ist mir nichts bekannt. Aber dennoch fühle ich mich besser, wenn ich Sie bewaffnet weiß. Sie verstehen ja mit einer Flinte umzugehen, nicht wahr?«

Jessica nickte. »Also gut, wenn Sie meinen.«
»Ich bestehe darauf.« Und zu Lew Kinley gewandt sagte er: »Seht zu, daß ihr das Zeug schnell ins Boot bekommt. Wir haben keine Zeit zu verlieren.«
»Aye, aye, Captain! Wir sind schon so gut wie drüben an Land!« versicherte er mit einem breiten Grinsen und eilte davon, um seine Kameraden auf Trab zu bringen.
Wenig später war alles eingeladen. Jessica kletterte an einer Strickleiter von Bord des Schoners und nahm im Beiboot Platz. Patrick und Lew warteten schon auf sie, und zusammen mit den beiden anderen Seeleuten brachten sie das Beiboot mit kräftigen Riemenschlägen von der COMET an den nahen Strand.
Als Kies unter dem Kiel knirschte, sprang Patrick ins flache Wasser und half Jessica aus dem Boot. Sie raffte ihre Röcke hoch und schaffte es mit einem kleinen Sprung vom Dollbord, trockenen Fußes und ohne feuchte Rocksäume an Land zu gelangen.
Patrick gab Lew einige Anweisungen. Dieser machte sich zusammen mit seinen beiden Mannschaftskameraden sofort an die Aufgabe, an leicht erhöhter Stelle einen geeigneten Lagerplatz zwischen den Bäumen zu suchen, mit Segelplanen und Hängematten eine provisorische Unterkunft zu errichten und dann die Vorräte aus dem Boot dort hinzuschaffen.
»Befindet sich das Haus dieses Cedric Blunt hier in der Nähe?« wollte Jessica wissen, als Patrick seine letzten Instruktionen erteilt hatte und sich aufmachte, Mitchell Hamilton zu holen.
»Nein, die Töpferei liegt jenseits der Hügelkette«, erklärte Patrick und machte eine vage Geste in nordwestliche Richtung.
»Warum kann ich Sie nicht begleiten?«
Er warf einen Blick auf ihre Röcke. »Weil ich in dem dichten Unterholz allein schneller vorankomme. Zudem ist es sowohl für Sie als auch für Mister Hamilton sicherer, wenn Cedric

Blunt Sie nicht zu sehen bekommt und nichts von Ihrer Anwesenheit diesseits der Hügelkette erfährt. Je weniger der Mensch in einer solchen Situation weiß, in der Mister Hamilton steckt, desto besser ist es. Ich möchte nicht auch noch Sie in Gefahr und auf der Liste der Rum-Rebellen wissen.«
Jessica verstand. Es wäre unvernünftig gewesen, darauf zu bestehen, ihn begleiten zu wollen. »Wann werden Sie zurück sein?«
Er blickte zum Himmel hoch. Sein Blick galt dem Sonnenstand. »Sie werden sich in Geduld üben müssen. Zwei, drei Stunden werde ich schon brauchen. Aber vor Einbruch der Dunkelheit bin ich bestimmt zurück – mit Mister Hamilton.«
»Drei Monate habe ich auf diesen Tag gewartet, Patrick. Da werde ich doch auch diese drei Stunden noch verkraften können«, erwiderte sie mit einem tapferen Lächeln, obwohl sie fürchtete, daß jede dieser Stunden, die sie jetzt, so nahe am Ziel ihrer Wünsche und Sehnsüchte, warten mußte, ihr wie ein ganzer Monat erscheinen würde.
Er nickte ihr aufmunternd zu und begab sich dann auf den Weg. Jessica sah ihm nach, bis ihn das Dämmerlicht des Waldes verschluckte.
Es war, wie sie befürchtet hatte. In den Monaten, die Mitchells Flucht gefolgt waren, hatte sie zwar schmerzlich unter der Trennung gelitten und sich so sehr nach ihm gesehnt, daß die Stärke ihrer Empfindungen sie manchmal selbst erschreckte. Doch sie hatte in jener Zeit so viel in Sydney mit der Übernahme des Geschäftes von Deborah und Albert Simonton und auf SEVEN HILLS zu tun gehabt, daß sie sich mit der Arbeit hatte ablenken können. Vor allem auf SEVEN HILLS hatte es zur Erntezeit an schwerer Arbeit wahrlich nicht gemangelt. Sie war mit ihren Arbeitern schon vor Sonnenaufgang auf die Felder hinausgezogen und erst im letzten Licht des Abends nach Hause gekommen. Oft war sie von der Feldarbeit so ausgelaugt

gewesen, daß sie sich aufs Bett gelegt hatte, um ihren schmerzenden Knochen nur einen Augenblick Ruhe zu gönnen, dann aber tief und fest eingeschlafen und erst spät in der Nacht aufgewacht war.

Auf einer so großen Farm wie SEVEN HILLS gab es immer irgendwelche Arbeiten zu verrichten. Das hatte sie manchmal als Last empfunden, in diesen schweren Monaten aber dankbar begrüßt.

Jetzt jedoch gab es nichts, womit sie sich ablenken und die Zeit des Wartens verkürzen konnte. Patricks Männer hatten fünfzig Yards oberhalb von der Stelle, wo sie mit dem Beiboot gelandet waren, einen geeigneten Lagerplatz gefunden. Als sie sich zu ihnen gesellte und helfen wollte, nahm Lew Kinley sie beim Arm, führte sie mit sanftem Nachdruck beiseite und bat sie, nicht in ihre Arbeit einzugreifen.

»Ich will doch nur helfen.«

»Lieber nicht, Missis Brading«, riet er ihr mit gedämpfter Stimme.

»Aber warum denn nicht, Lew?«

»Das ist Männerarbeit«, sagte er leicht verlegen, »und wenn Sie ihnen zur Hand gehen, verletzt das ihren Stolz und gibt ihnen das Gefühl, Sie seien mit ihrer Arbeit nicht zufrieden, verstehen Sie?«

»Nein. Auf der Farm leiste ich noch viel schwerere Arbeit. Also warum soll ich hier nicht auch mitanpacken können?«

»Auf der Farm ist das etwas anderes als auf See, Missis Brading.«

»Aber wir sind hier doch an Land«, wandte sie verwundert ein.

»Trotzdem«, beharrte Lew Kinley mit der seltsamen Logik eines Mannes, der Frauenarbeit in seinem Beruf ablehnt und sie als persönliche Beleidigung seiner Mannesehre empfindet, »wir sind nun mal Seeleute und keine Farmarbeiter.«

Ärger wallte kurz in ihr auf. Doch dann sagte sie sich, daß es sich nicht lohnte, deshalb einen Streit vom Zaun zu brechen. Sie zuckte daher nur die Achseln, drehte sich um und ging wieder zum Strand hinunter, wo sie sich auf einem dicken Felsbrocken in die warme Sonne setzte.

Doch schon nach wenigen Minuten hielt sie es nicht mehr auf ihrem harten Sitzplatz. Die innere Unruhe, die sie in heißen Wellen überfiel und ihr regelrechte Schweißausbrüche verursachte, trieb sie hoch. Würde Patrick auch wirklich mit Mitchell zurückkommen? Ging es ihm gut? Was, wenn er gar nicht mehr beim Töpfer war?

»Um Himmels willen, mach dich nicht verrückt!« ermahnte sie sich, preßte die Hände gegen die Schläfen und bemühte sich, ein wenig von ihrer Selbstkontrolle und Beherrschung zurückzugewinnen, indem sie sich selbst gut zuredete. »Es ist alles in bester Ordnung. Patrick hat schon gewußt, warum er ihn nach Van Diemen's Land zu diesem Töpfer gebracht hat. Ich muß mich nur noch etwas gedulden. Nur noch ein ganz klein wenig Geduld. Zwei, drei Stunden sind es doch bloß noch, und dann werde ich ihn wiedersehen und in seinen Armen liegen!« Diese lächerlich kurze Zeitspanne würde sie wohl noch überstehen, ohne daß sie sich die Nägel von den Fingern kaute.

Sie überlegte, ob sie eines der Bücher, die sie in Sydney noch am Abend ihrer Abfahrt für Mitchell erstanden hatte, aus ihrem Gepäck holen sollte. Doch schon im nächsten Moment verwarf sie diese Idee. Sich aufs Lesen zu konzentrieren, dafür fehlte ihr jetzt die nötige Ruhe und innere Ausgeglichenheit. Sie mußte einfach etwas tun, sich zumindest bewegen, wenn es sonst nichts gab, womit sie sich ablenken konnte. Am liebsten hätte sie jetzt etwas unternommen, das ihre ganze Kraft und Aufmerksamkeit erfordert hätte. Ein scharfer Ausritt wäre so etwas gewesen. Aber sie war weder in Sydney noch auf SEVEN HILLS, wo sich ihr vielerlei Ablenkungen geboten hätten. Ihr blieben daher nur der Strand und ihre eigene Willenskraft, und so marschierte sie los.

»Beschäftige dich in Gedanken oder stell dir selbst eine Aufgabe, und sei sie auch noch so lächerlich!« ermahnte sie sich.

Sie fand eine Aufgabe, indem sie einen markanten Punkt dreihundert, vierhundert Yards vor sich zum Ziel bestimmte und ihre Schritte zählte, die sie brauchte, um den Baum, die Bodenerhebung oder die sandige Stelle am Strand zu erreichen. Auf dem Weg zurück variierte sie diese Aufgabe, indem sie alle zehn Schritte stehenblieb, einen flachen Kiesel suchte und sich bemühte, ihn so oft wie möglich über das Wasser tanzen zu lassen. Die Anzahl dieser Sprünge und die Zahl der Kiesel, die sie zwischen ihren beiden Ausgangspunkten geworfen hatte, bemühte sie sich zu behalten.

Jessica dachte sich noch eine ganze Reihe anderer Rechen- und Denkspiele aus, während sie das Uferstück immer wieder abging. Dabei entfernte sie sich jedoch nie weiter als eine halbe Meile von der Stelle, wo das Beiboot der COMET auf dem Strand lag. Wenn Mitchell kam, wollte sie nicht zu weit von ihrem Treffpunkt entfernt sein, auch wenn erst eine Stunde vergangen war...

Als das Lager unter den Eukalyptusbäumen errichtet und das Boot entladen war, brachte Lew Kinley seine Schiffskameraden zum Schoner und kehrte allein an den Strand zurück. Dort blieb er im Boot sitzen und schmauchte eine Pfeife.

Die Sonne sank tiefer und näherte sich den Baumwipfeln auf der Westseite der Bucht. Lange Schatten krochen aus den Wäldern und verdrängten das warme Licht der Sonne mehr und mehr von den Ufern.

Jessica machte gerade an einem Baumstumpf kehrt, den sie sich für ihre Wanderung als neues Ziel gesetzt hatte, als sie Patrick Rourke etwa hundertzwanzig Yards von ihr entfernt aus dem Wald heraustreten sah – gefolgt von einem zweiten Mann.

Wie angewurzelt blieb sie stehen und starrte zu dieser großen, schlanken Gestalt hinüber, die sich gerade aus den Schatten der Bäume bewegte und nun von der abendlichen Sonne erfaßt wurde.
Er war es wirklich!
Mitchell!
Im ersten Moment glaubte sie, ihr Herz müsse zerspringen, so groß war ihre Freude, und eine entsetzliche Schwäche ergriff von ihrem Körper Besitz. Sie fürchtete, ihre Beine würden ihr den Dienst versagen, sowie sie einen Schritt zu gehen versuchte.
»Mitchell!... Mitchell!«
War es wirklich ihre eigene Stimme, die da über die ruhige Bucht schallte, von unbeschreiblichem Glück in die klare Luft getragen? Und war es ihr Herz, das so wild und ungestüm in ihrer Brust pochte, als gebe es nur ein einziges Mittel, um seinem rasenden Schlag Einhalt zu gebieten: ein Kuß, ein zärtlicher Blick, eine liebkosende Berührung ihres Geliebten.
Mitchell hatte sie nun erblickt, und sie sah, wie er zusammenfuhr, ja sie meinte sogar trotz der Entfernung sehen zu können, wie sich seine Augen in ungläubigem Erkennen weiteten.
»Jessica!... Mein Gott, Jessica!« rief er dann, und seine Fassungslosigkeit bestätigte ihren Verdacht, daß Patrick ihm nicht verraten hatte, daß sie mit ihm nach Van Diemen's Land gekommen war.
Jessica löste sich nun aus ihrer Starre, raffte ihre Röcke zusammen und lief ihm entgegen, so schnell sie ihre Beine tragen konnten. Ihr Haar wehte wie ein Schleier aus goldenen Fäden, und sie verlor ein grünes Samtband aus ihrer blonden Lockenpracht, doch sie merkte es ebensowenig wie die scharfe Kante des Steines, der ihren linken Knöchel blutig kratzte, als sie mit dem Fuß umknickte und fast gestürzt wäre.
Doch sie fing sich geistesgegenwärtig, ohne den Blick auch nur

eine Sekunde von Mitchell zu nehmen, der nun auch losgelaufen war. Sie flog ihm förmlich entgegen, mit ausgestreckten Armen und Tränen, die ihr über das Gesicht liefen. Sie lachte und weinte zugleich.
»Oh, Mitchell!«
»Jessica!«
Noch ein letzter Schritt, und dann fielen sie sich stürmisch in die Arme. Mitchell drückte sie an seine Brust und hielt sie fest, als wollte er Jessica nie wieder freigeben.

5

Zärtlich strich er über ihr Gesicht und wischte eine Träne von ihrer Wange, während er sie mit einem Lächeln anblickte, aus dem Unglauben und unbeschreibliches Glück sprachen.
»Ich kann es noch gar nicht richtig fassen, daß ich dich wirklich in meinen Armen halte, daß du hier bist«, sagte er mit heiserer Stimme und schüttelte wie benommen den Kopf. »Mein Gott, Jessica... das kommt mir wie ein schöner Traum vor. Ich habe Angst, daß ich im nächsten Moment aufwache und du bist nicht mehr da!«
Sie war noch ganz außer Atem, und ihr Busen hob und senkte sich unter dem grün-grau gestreiften Mieder, das sie zu ihrem perlgrauen Reisekleid trug. Doch auch wenn sie nicht so schnell gerannt wäre, wäre sie jetzt so atemlos gewesen – vor unbändiger Freude.
»Ja, mir ergeht es ebenso, mein Liebster! Aber es ist kein Traum«, versicherte sie und schaute in seine Augen, deren intensives Blau Wärme und Zärtlichkeit ausstrahlten.
»Aber wie kommst du hierher?« Seine Frage angesichts der COMET, die in der Bucht vor Anker lag, verriet deutlich, wie aufgeregt und verstört er war.
»Mit dem Schoner natürlich!« Sie lachte, und ihre langen Wimpern glänzten noch von den Tränen, die sie in ihrer Freude geweint hatte. »Ich konnte einfach nicht länger ohne dich sein! Ich mußte dich unbedingt sehen, und deshalb habe ich Patrick gut zugeredet, noch einmal nach Van Diemen's Land zu segeln

und mich mitzunehmen. Du hast mir so schrecklich gefehlt, und ich hab' mir Sorgen um dich gemacht. Ich mußte einfach kommen.«

Mitchell Hamilton nahm ihr Gesicht in beide Hände. »Wenn du wüßtest, wie sehr ich mich nach *dir* gesehnt habe, Jessica. Ich kann dir gar nicht sagen, wie sehr«, sagte er zärtlich und zog sie an sich.

Jessica legte den Kopf in den Nacken, und ihre Lippen öffneten sich leicht und mit einem kaum merklichen Zittern in Erwartung seines Kusses. Sie wollte die Augen offenhalten und ihm ins Gesicht blicken, wenn er sie küßte. Doch als sie dann seinen Mund auf dem ihren spürte, den sanften Druck und die Süße seiner Lippen, war es, als versinke sie in einem warmen Strom der Zärtlichkeit, und sie schloß die Augen, legte ihre Arme um ihn und gab sich dieser selbstvergessenen Seligkeit hin, die von ihren Lippen ausging und ihren ganzen Körper erfaßte.

In inniger Umarmung standen sie da, alles andere um sich herum vergessend. Ihre Zungenspitzen suchten und fanden einander, und als er tief in ihren Mund eindrang, raste ein ungezügeltes Verlangen durch ihren Körper. Augenblicklich richtete sich seine Männlichkeit auf und drückte mit so heißer Härte gegen seine Hose, daß Jessica sie spüren mußte, so eng, wie sie sich an ihn preßte.

Ein unterdrücktes Stöhnen entrang sich seiner Kehle, als sie den Druck ihres Unterleibes noch verstärkte und ihm damit zu verstehen gab, daß ihr seine jähe Erektion nicht entgangen war und es sie danach verlangte, sie zu spüren. Seine Hände glitten über ihren Rücken und legten sich auf die herrlichen, festen Wölbungen ihres Gesäßes. Er war versucht, ihre Röcke zu heben, um ihre samtweiche sinnliche Haut fühlen und streicheln zu können.

Doch in dem Augenblick drang kehliges Gelächter von der Comet zu ihnen herüber, und er riß die Augen auf. Ihm war, als erwachte er aus einem Rausch. Fast erschrocken zog er seine Hände zurück, und flammende Röte überzog sein Gesicht, als er sich wieder bewußt wurde, daß sie nicht allein am Ufer waren, sondern Captain Rourke und Lew Kinley ganz in ihrer Nähe standen. Vermutlich verfolgten auch die Seeleute auf dem Schoner ihre leidenschaftliche Umarmung und machten dazu ihre deftigen Bemerkungen.

Er trat schnell einen halben Schritt zurück, hielt aber ihre Hände. »Es tut mir leid«, murmelte er mit schwerem Atem und hoffte, seine Erregung möge sich nicht zu deutlich unter seiner Kleidung abzeichnen. »Ich hatte mich nicht in der Gewalt. Es ist einfach so über mich gekommen, als ich dich in meinen Armen spürte. Bitte entschuldige meinen Mangel an Beherrschung.«

Verwirrt schaute sie ihn an. »Was ist?«

Mitchell verzog das Gesicht und deutete mit einer Kopfbewegung zum Strand. »Ich hatte ganz vergessen, daß wir hier nicht allein sind, Jessica. Ich glaube, wir haben ihnen eine wohl zu leidenschaftliche Vorstellung geboten, die ihnen für die nächste Zeit reichlich Gesprächsstoff bieten wird«, sagte er mit einem gequälten Lächeln. Er war als Gentleman erzogen, und eine derart unverblümte Zurschaustellung leidenschaftlicher Gefühle geziemte sich für einen Gentleman nicht.

Doch Jessica machte sich nichts daraus, sondern lachte nur glücklich. »Ach, mach dir wegen Patrick und seinen Leuten keine Gedanken«, ging sie amüsiert darüber hinweg. »Die hätten sich auch so über uns den Mund zerrissen und ihre zotigen Bemerkungen gemacht. Mich kümmert das nicht. Dagegen hätte ich es dir nicht verziehen, wenn du mich auch nur eine Spur weniger leidenschaftlich geküßt hättest, Mitchell. Dann hätte ich womöglich an deiner Liebe zu mir gezweifelt. Du siehst also, daß du dich vorbildlich verhalten hast – zumindest in meinen Augen.«

Er lächelte sie liebevoll an und drückte ihre Hände. »Du weißt, wie sehr ich dich liebe. Aber jetzt scheint es mir doch ein Gebot der Höflichkeit zu sein, zu Captain Rourke zu gehen und mich bei ihm für diese wunderbare Überraschung zu bedanken.«
Sie schmunzelte. »Er hat mich dir also verschwiegen?«
Mitchell nickte. »Ja. Er tat sehr geheimnisvoll. Es gebe etwas Wichtiges zu besprechen, doch auf dem Weg hierher wollte er nicht darüber reden«, antwortete er, während sie zum Beiboot zurückgingen, wo Captain Rourke und Lew Kinley warteten. Unauffällig blickte er an sich hinunter, um nachzusehen, ob sein Körper ihn verriet, denn seine Erregung war noch immer nicht abgeklungen. Er vermochte es nicht zweifelsfrei festzustellen. »Ich fürchtete schon, mein Versteck beim Töpfer sei verraten worden und eine erneute Flucht Hals über Kopf vonnöten. Und dann sah ich dich dort am Ufer stehen. Er hätte mich darauf vorbereiten sollen. Ich hätte einen Herzschlag bekommen können, als ich dich, ahnungslos wie ich war, plötzlich dort erblickte.«
»Ich war darauf vorbereitet – und doch hatte auch ich das Gefühl, es würde mich im Innern zerreißen, als du mit Patrick plötzlich aus dem Wald tratest.«
Die beiden Männer von der COMET lehnten mit vor der Brust verschränkten Armen am Beiboot und blickten ihnen mit breitem Grinsen entgegen. Sie hatten sich die heißblütige Wiedersehensszene nicht entgehen lassen.
»Nun denn, die Überraschung scheint mir ja gelungen zu sein«, meinte Captain Rourke, als Jessica und Mitchell zu ihnen traten.
»Allerdings«, bestätigte Mitchell mit einem verlegenen Lächeln. »Ich weiß nicht, wie ich meine Schuld bei Ihnen jemals wieder abtragen kann, Captain Rourke.«
Der bärtige Ire machte eine ungeduldige Handbewegung. »Es war nicht meine Idee, nach Van Diemen's Land zu kommen,

schon gar nicht mit Jessica an Bord. Um der Wahrheit die Ehre zu geben, ich habe mich nur ihrer Forderung gebeugt, zu der sie als Miteignerin der COMET das Recht hatte«, übertrieb er und fügte dann mit gutmütigem Spott und einem Augenzwinkern in Jessicas Richtung hinzu: »Was ich in Fällen wie diesen manchmal bedaure. Aber warten Sie! Vielleicht können Sie mir doch einen Gefallen tun, Mister Hamilton...«
»Ja, gerne. Sprechen Sie, Captain.«
Patrick kratzte sich den Bart und warf Jessica einen ernsten Blick zu. »Nun ja, Jessica hat sich da so eine verrückte Idee in den Kopf gesetzt, Mister Hamilton.«
Sie ahnte sofort, worauf er hinauswollte. »Patrick! Kein Wort mehr darüber!«
»Worüber?« fragte Mitchell verwundert.
»Sie hat es sich in den Kopf gesetzt, hier in dieser gottverlassenen Bucht mit Ihnen für mehrere Tage in einem primitiven Zelt zu kampieren, während ich mit der COMET nach Hobart segeln und Holz übernehmen soll«, erklärte Patrick hastig.
»Es ist nicht das erste Mal, daß ich ein paar Tage und Nächte in freier Natur verbringe«, entgegnete Jessica ungehalten, denn sie fand seine Sorge in diesem Fall reichlich überzogen. »Außerdem steht unser Zelt schon, Mitchell, und ich finde, es ist sehr einladend. Wir haben hier alles, was wir brauchen: Wasser, ausreichend Lebensmittel, Decken. Sogar eine Flinte hat er mir aufgeschwatzt. Ich könnte es hier eine Ewigkeit lang aushalten.« Sie tauschte mit ihm einen liebevollen Blick, der besagte: ›Wenn du nur bei mir bist, mein Geliebter!‹
Zu Patricks Verwunderung zeigte sich nun ein vergnügtes Lächeln auf Mitchell Hamiltons Gesicht. »Ich glaube, Jessicas Worten brauche ich nichts mehr hinzuzufügen, Captain. Es hindert Sie also nichts, nach Hobart zu segeln und Ihren Geschäften nachzugehen.«
Jessica drückte stumm seine Hand und bedachte den verblüff-

ten Captain mit einem strahlenden, triumphierenden Lächeln. Sie hatte gehofft, nein gewußt, daß Mitchell genauso empfand wie sie.

Captain Rourke gab sich mit einem schweren Seufzer geschlagen. »Also gut, wenn Sie beide es so wollen.«

»Ja«, versicherte Mitchell mit fester Stimme und konnte es nicht erwarten, daß der Captain und Lew Kinley an Bord des Schoners zurückkehrten.

Der Ire rang sich zum Abschied ein Lächeln ab. »Hoffentlich hält sich das Wetter noch ein paar Tage«, brummte er, während Lew schon das Beiboot ins Wasser schob.

Jessica drückte ihm zum Dank für alles die Hände. »Und überstürzen Sie in Hobart nichts, Patrick. Lassen Sie sich nur Zeit«, raunte sie ihm zu. »Ich mag Sie ja wirklich sehr, aber ich glaube nicht, daß ich Sie so schnell vermissen werde.«

Er atmete tief durch: »Jessica...«, begann er, brach dann jedoch ab, schüttelte nur den Kopf und stieg zu seinem Rudergänger ins Boot, während er sich eines Lachens nicht erwehren konnte.

Als sie den Schoner erreicht hatten, griff Mitchell nach Jessicas Hand. »Das mit dem Zelt war eine wunderbare Idee!« sagte er ganz aufgeregt. »Wo ist es, unser Lager in der Wildnis? Zeig es mir. Mein Gott, wir haben wirklich mehrere Tage ganz allein für uns. Ich kann es noch gar nicht glauben.«

»Und wir werden jede Minute genießen, Liebster!« versicherte sie mit glänzenden Augen.

»Und ob wir das werden!«

»Komm, ich zeig' dir unser Zeltlager. Ich bin sicher, es wird dir gefallen.«

»Ich will nur dich, Jessica. Alles andere ist unwichtig.«

Hand in Hand gingen sie den Strand entlang, und Jessica führte ihn zu ihrem Lagerplatz, der sich im Schutz eines knorrigen Baumes mit mächtiger Krone befand. Lew und seine Kameraden hatten mit primitiven Mitteln Erstaunliches geleistet. Die derben Segeltuchplanen waren über zwei starke, tiefliegende Äste des Baumes gespannt, die ein V bildeten und somit dem Zelt die Form eines auf der Seite liegenden, sich nach hinten verjüngenden Kegels gaben. Ein gutes Dutzend Holzpflöcke, schräg ins dunkle Erdreich geschlagen, hielten diese Planen straff am Boden. Zwischen Ästen vom Umfang eines kräftigen Männerarmes waren auch die beiden Hängematten gespannt. In jeder lagen mehrere warme Wolldecken. Die Lebensmittel waren fein säuberlich im hinteren Teil des Zeltes aufgestapelt, sofern es sich um Pökelfleisch, gut verpackten Zwieback und andere, nicht so leicht verderbliche Lebensmittel handelte. Das frische, in feuchtes Leinen eingewickelte Fleisch und das Gemüse dagegen befand sich in einem Jutesack, der zwischen den Hängematten von einem der Äste hing, so daß es vor Ungeziefer und anderem kleinen Getier sicher war. Die Flinte lehnte am Stamm, und an einem Nagel hing der Beutel mit Pulver und Blei. Sogar an zwei dreibeinige Hocker hatte Lew Kinley gedacht. Auf dem kleinen Wasserfaß, das vielleicht zwei Gallonen faßte, standen die Laterne mit brennender Kerze, drei Flaschen Wein und zwei Zinnbecher. Daneben lagen, eingewickelt in Wachspapier, noch weitere Kerzen sowie die Utensilien zum Feuermachen. In einer kleinen Holzkiste waren Geschirr, Topf und Pfanne sowie Besteck verstaut. Sie hatten auch schon Brennholz zusammengetragen und zu einer kleinen, hüfthohen Pyramide aufgestapelt.

Mitchell stand beeindruckt im Eingang des Zeltes und sah sich um. »Hier scheint wirklich nichts vergessen worden zu sein«, sagte er. Dann ging sein Blick zu den Hängematten, und er wußte sofort, daß sie beide sie nicht benutzen würden. Die kurze Zeit, die ihnen hier zusammen vergönnt war, würden sie nicht getrennt verbringen – nicht einmal im Schlaf! »Ja, bis auf eins...«

Sie verstand und lächelte. »Wir brauchen kein Bett«, sagte sie mit deutlichem Verlangen in der Stimme und machte eine Handbewegung, die nicht nur das Zelt, sondern die ganze Bucht umschloß. »Das hier wird unser Bett sein, Mitchell, die Wiese zwischen den Bäumen, der Strand, alles, wo immer wir zusammensein wollen. Es wird uns hier an nichts fehlen.«
Er wandte sich zu ihr um, schaute ihr in die seegrünen Augen und erwiderte ihr verheißungsvolles Lächeln. »Ja, du hast recht.«
Seine Hände lagen auf ihren Armen, und die Berührung ging ihr durch und durch. Vom Wasser her kamen die gedämpften Kommandos von Patrick Rourke, der den Anker einholen und die Segel setzen ließ. Ihr fuhr durch den Kopf, daß er noch vor Einbruch der Dunkelheit in Hobart sein konnte, wenn er Glück hatte. Dann erlosch der Gedanke an ihn und die Welt dort draußen, und es gab nur noch sie und Mitchell. Und die Liebe und die brennende Leidenschaft, die ihren Körper wie ein Feuersturm von einem Augenblick zum anderen lichterloh in Brand setzte, als seine rechte Hand nur ganz kurz über ihre Haut strich.
»Schlaf mit mir!« brach es unvermittelt aus ihr heraus. »Ich möchte, daß du mich liebst. Jetzt sofort. Laß uns nicht damit warten.«
Sein Blick ging unwillkürlich zum Zelt hinaus, als wollte er sagen, daß sie doch besser warten sollten, bis die COMET ausgelaufen war. Doch als er ihr wieder ins Gesicht blickte, kannte auch er kein Zögern mehr.
»Ja«, sagte er mit belegter Stimme und zog sie an sich, um sie zu küssen. Auch er konnte es nicht erwarten, sie zu lieben, ihren Leib mit seinen Lippen, seiner Zunge zu schmecken und sich in der wunderbaren Wärme ihres Schoßes zu verlieren.
»Laß uns nicht eine Sekunde damit warten!«

6

Der Himmel über Sydney hatte sich am frühen Nachmittag bezogen. Ein graues Wolkenband war vom Meer herangezogen und hatte sich über die Küste und die junge Kolonie gelegt, die einen langen, glutheißen Sommer hinter sich hatte. Alles deutete darauf hin, daß es an diesem Tag Regen geben würde. Jeder ersehnte einen erfrischenden Regenschauer nach der langen Zeit der Trockenheit und Schwüle. Der Herbst war zwar schon angebrochen, doch die meist katastrophalen Regenfälle waren bisher noch ausgeblieben.

Auf der Westseite der Bucht, die sich wie ein riesiger Keil in das Land bohrte und wegen ihrer geschützten Lage und Schönheit bei vielen Seeleuten als der schönste Naturhafen der Welt galt, auf der Westseite von Sydney Cove wartete an diesem Nachmittag eine braun lackierte Kutsche im geschäftigen Hafenviertel vor einem der Anlegestege.

Es war die Kutsche von Lieutenant Kenneth Forbes, der nicht eben erfreut gewesen war, ausgerechnet hier auf Captain Charles Hembow zu stoßen. Er hatte für die wohlwollende Geschwätzigkeit dieses Mannes nicht viel übrig. Doch er ließ sich das natürlich nicht anmerken. Charles Hembow bekleidete nicht nur einen bedeutend höheren Rang als er, sondern war auch noch ein guter Freund von John MacArthur. Das wog in seinen Augen noch mehr als alles andere. Wer sich gut mit John MacArthur stand, dem Kopf des Rum-Monopols und eigentlichen Anführer der Rebellion gegen Gouverneur Bligh, der hatte ausgesorgt.

»Was Sie nicht sagen! Sie haben sich also nach der Farm in Parramatta jetzt auch noch ein Haus hier in Sydney zugelegt, Lieutenant«, sagte der schwergewichtige Captain mit dem rundlichen, erhitzten Gesicht.

»Mir bot sich eine überaus günstige Gelegenheit, der ich einfach nicht widerstehen konnte, Captain«, erklärte Kenneth Forbes, ein schlanker, äußerst attraktiver Mann von achtundzwanzig Jahren. Er hatte die klassischen makellosen Gesichtszüge einer griechischen Götterbüste. Tiefbraune Augen lagen unter schwungvollen Brauen, und um die langen Wimpern hatte ihn schon so manch schöne Frau beneidet. »Zudem fühlte sich meine Frau dort draußen auf THREE WELLS nicht ganz glücklich. Vielleicht liegt es auch an ihrer Schwangerschaft. Auf jeden Fall bedaure ich nicht, zugegriffen und dieses Haus erstanden zu haben.«

»Recht so, Lieutenant. Ein Mann muß die Zeichen der Zeit erkennen und sie zu nutzen wissen«, lobte Captain Hembow, der ihm an Skrupellosigkeit und Raffgier in nichts nachstand. »Wo liegt denn das Haus?«

»In der Marlborough Street, drüben auf der Ostseite der Bucht«, erklärte Kenneth Forbes.

Der Captain schmunzelte anerkennend. »Sie zeigen Geschmack und einen sicheren Griff, Lieutenant. Marlborough Street. Das ist allerbeste Lage. Merkwürdig, daß mir von dieser günstigen Gelegenheit nichts zu Ohren gekommen ist.«

Kenneth lächelte entwaffnend. »Ich war wohl der erste, der von den Verkaufsabsichten seines Besitzers erfuhr, und damit erübrigte es sich auch, weitere Interessenten zu suchen, Captain. Tut mir leid.«

»Das bezweifle ich! Sagen Sie, werden Sie Ihre Farm denn jetzt verkaufen?«

Kenneth schüttelte den Kopf. »Ich werde THREE WELLS behalten. Wie Sie wissen, bin ich ja in Parramatta stationiert und werde mich dort wohl auch die meiste Zeit aufhalten. Zudem ist das Klima in Parramatta im Sommer doch um einiges besser als hier in Sydney. Meine Frau wird deshalb sehr froh sein, wenn sie die Stadt dann verlassen und sich aufs Land begeben kann.«

»Eine prächtige Farm in Parramatta, ein Stadthaus in Sydney und dazu noch ein paar lukrative Geschäfte mit Rum – alle Achtung! Sie sind zwar noch nicht lange in der Kolonie...«

»Noch kein Jahr«, warf Kenneth ein.

»Donnerwetter! Dafür haben Sie schon eine Menge erreicht! Und damit meine ich nicht Ihre militärische Laufbahn, Lieutenant, sondern das, was sich einem Mann, der auf der richtigen Seite steht, in dieser Kolonie an einmaligen Möglichkeiten bietet.« Er grinste breit und fuhr dann in spöttischem Tonfall fort: »An blutigen Schlachten teilzunehmen mag unter Umständen Ruhm und Ehre bringen, sofern man das Glück hat, mit dem Leben davonzukommen. Doch ich habe nicht das geringste dagegen einzuwenden, wenn ich mich hier mit einem beschaulichen, ganz unkriegerischen Leben und schnödem Reichtum *zufriedengeben* muß. Wie sehen Sie das?«

Kenneth lächelte. »Ich hätte es nicht besser auszudrücken vermocht, Captain.«

»Wissen Sie, als ich vor sechs Jahren nach New South Wales kam...« Er führte den Satz nicht zu Ende, sondern deutete über das Wasser und rief lebhaft: »Sehen Sie! Da kommt die Magdalena ja schon! Ich bin erfreut, auf diese Weise endlich einmal Ihre Gattin kennenzulernen!«

»Meine Frau wird entzückt sein, Ihre Bekanntschaft zu machen, Captain«, kam es Kenneth glatt und mit einem falschen Lächeln über die Lippen. Dabei würde Rosetta alles andere als entzückt sein. Sie hatte für die Offiziere vom New South Wales Corps nur Verachtung übrig. Ausnahmslos. Und als er daran dachte, daß das auch ihn einschloß, gefror sein Lächeln zu einer

Maske. Sie verachtete ihn als Offizier und verabscheute ihn als Mann. Aber sie hatten ihre Abmachung. Und er würde dafür sorgen, daß sie ihren Teil der Vereinbarung erfüllte!

Die MAGDALENA war ein behäbiges, bauchiges Flußboot mit Lateinerbesegelung. Ihr Eigner unterhielt einen regelmäßigen Pendelverkehr zwischen Sydney und der sechzehn Meilen landeinwärts gelegenen Siedlung Parramatta, die an dem gleichnamigen Fluß lag. Am Vormittag war das Boot stromabwärts gesegelt, mit einer Ladung Melassefässern und drei Passagieren an Bord: Rosetta Forbes, Kate Mallock und Maneka.

Das Flußboot hielt auf die Westseite der Bucht zu, wo sich Werkstätten und Lagerschuppen drängten. Kleine Werften, Bootsausbesserer, Segelmacher und Schiffsausrüster sowie Handelskontore hatten sich hier niedergelassen. Unmittelbar hinter dem Fort und den Unterkünften der Soldaten begannen *The Rocks*. Das berüchtigte, labyrinthische Lasterviertel der Stadt erstreckte sich über eine felsige Landzunge, die diesem Sumpf menschlicher Abgründe ihren Namen gegeben hatte. In den Rocks frönte man allen Spielarten des Lasters und der Ausschweifung, die sich ein Mensch nur vorstellen konnte.

Ein gutes Dutzend Bootslängen vor dem Anlegesteg wurde das Segel eingeholt, und die MAGDALENA lief aus. Ein letztes Rudermanöver, und das Boot stieß gegen den breiten Bohlensteg. Die drei Frauen standen schon an Deck, offensichtlich begierig darauf, an Land zu kommen.

»Sie sind ein Glückspilz, wie ich es schon sagte, und auch um Ihre Frau zu beneiden«, sagte Captain Hembow, während er Rosetta musterte. Sie war eine zierliche Person mit braunem Haar und sehr ansprechenden Gesichtszügen. Die Wölbung unter ihrem reizenden gelben Kleid verriet, daß sie schwanger war. Doch im Gegensatz zu vielen anderen Frauen ließ die Schwangerschaft sie nicht unförmig erscheinen. Sie hatte das seltene Kunststück vollbracht, auch in diesem Zustand noch sehr weiblich und attraktiv auszusehen. »Reizend, wirklich ganz reizend. Ihre Frau erscheint mir wie eine frische Lilie in einem alten Strauß vertrockneter Feldblumen, wenn Sie mir diese Bemerkung erlauben, Lieutenant, – und mir versprechen, sie nicht im Kreis der anderen Offiziersdamen zu wiederholen!« Er zwinkerte ihm zu.

›Wie eine Lilie mag Rose ja aussehen. Nur daß sie den Liebreiz und die Sinnlichkeit einer Distel hat, das sieht man ihr nicht an!‹ dachte Kenneth voller Ingrimm, sagte jedoch mit einer Doppeldeutigkeit, die dem Captain verborgen bleiben mußte: »Ja, Rosetta ist in der Tat eine ungewöhnliche Frau, wie ich sie eigentlich nicht verdient habe.«

Hembow hielt das für eine dezente Liebeserklärung. »Schön gesagt. Ich hoffe, Ihre Gattin macht Sie zum stolzen Vater.«

»Sie wünscht sich einen Sohn fast noch mehr als ich«, bemerkte Kenneth und unterdrückte ein hämisches Lächeln. Denn nur wenn sie ihm endlich den Sohn und Erben schenkte, würde er sein Versprechen halten und sie nicht mehr zu ihren ehelichen Pflichten zwingen, vor denen sie sich so ekelte.

Es gab Tage, da wünschte er sich fast, sie möge auch diesmal eine Fehlgeburt haben oder aber ein Mädchen zur Welt bringen. Nicht, daß er sich nach ihrem Körper verzehrte. Weit gefehlt! Die billigste Hure in den Rocks konnte ihm mehr Vergnügen bereiten als sie. Der Genuß lag vielmehr in der Macht, die er dann wieder über sie ausüben konnte, und der Erniedrigung und Ohnmacht, die ihr deutlich ins Gesicht geschrieben standen, während er sie nahm und in sie hineinstieß.

»Und wer ist dieses bildhübsche, dunkelhäutige Wesen mit dem blauschwarzen Haar neben ihr?« wollte Hembow wissen.

»Maneka, das indische Mädchen meiner Frau«, sagte Kenneth und verschwieg, daß er sie auf der Überfahrt beim Spiel von einem mitreisenden Händler gewonnen und mehr als einmal versucht hatte, sie zu seiner Geliebten zu machen. Doch Rose hatte das vereitelt und Maneka unter ihren persönlichen Schutz gestellt. Normalerweise hätte ihn das wenig interessiert und ihn nicht daran hindern können, sich zu nehmen, wonach er begehrte. Doch Maneka war Teil der Abmachung, die er mit Rose getroffen hatte, und vorerst gedachte er sich daran zu halten – wie schwer es ihm manchmal auch fiel, wenn sein Blick auf ihren schönen, jungen Körper und auf ihr ebenmäßiges Gesicht fiel. Ihre getönte olivenfarbene Haut war so verführerisch glatt, und ihre Augen hatten den geheimnisvollen Farbton von dunkler Jade.

Der Captain seufzte und sagte anzüglich: »So ein Mädchen wäre auch nach meinem Geschmack, Lieutenant. Wenn Ihre werte Gattin einmal keine Verwendung mehr für sie haben sollte, bin ich gern bereit, mich ihres Mädchens anzunehmen.«

Kenneth lachte höflich und stillte die Neugier von Captain Hembow, als er nun zu wissen wünschte, wer diese dritte, dürre Frau in dem hochgeschlossenen bleigrauen Kleid an Deck der MAGDALENA war, wo zwei Seeleute gerade damit beschäftigt waren, eine Treppe für ihre Passagiere zu holen.

»Kate Mallock, die Zofe meiner Frau«, erklärte er knapp und mit grimmigem Tonfall.

Hembow warf ihm einen erstaunten Blick zu. »Sie scheinen ihr nicht gerade viel Sympathie entgegenzubringen«, sagte er mit fragendem Unterton.

Kenneth zuckte die Achseln und sagte mißmutig: »Ich habe sie von Anfang an nicht ausstehen können. Sie hat die unangenehme Angewohnheit, lautlos wie eine Hexe durch das Haus zu schleichen und nur mit flüsternder Stimme zu sprechen. Nein, ich mache keinen Hehl daraus, daß ich es lieber heute als morgen sähe, wenn diese Kartenleserin aus meinem Haus verschwände. Aber meine Frau sträubt sich dagegen. Kate war schon als Kindermädchen bei ihr. Aus einem mir nicht erklärlichen Grund hängt sie an ihr und weigert sich, sie gegen eine andere Zofe zu ersetzen. Ich werde diese... Person also noch eine Weile in meinem Haus ertragen müssen!« Und den Haß, den Kate Mallock ihm entgegenbrachte und den er mit derselben Intensität erwiderte. Sie übte zuviel Einfluß auf Rose aus, allein schon deshalb hatte er sie loswerden wollen. Einmal ganz davon abgesehen, daß er sich in ihrer Nähe unwohl fühlte. Ihre ganze Erscheinung war ihm einfach zuwider: das schmale, abgehärmte Gesicht mit den hohen Wangenknochen, über die sich die Haut spannte, die spitz zulaufende Kinnpartie und vor allem die grauen tiefliegenden Augen unter den dünnen Brauen, deren Blick stechend und so voller Geringschätzung war, wenn er sich auf ihn richtete.

Captain Hembow fand das belustigend. »Wie beruhigend zu hören, daß auch Ihr Glück nicht ganz vollkommen ist. Doch ein Kratzbesen als Zofe scheint mir doch ein sehr erträglicher Wermutstropfen zu sein, mein Freund.«

»Bitte entschuldigen Sie mich«, sagte Kenneth, als er sah, daß mittlerweile alle Maßnahmen getroffen waren, damit die Passagiere von Bord gehen konnten.

»Nur zu, Lieutenant. Lassen Sie Ihre reizende Gattin nicht warten!« rief Hembow ihm nach.

Kenneth kam noch rechtzeitig, um seiner Frau die Hand reichen zu können, als sie die Treppe heraufkam, die vom Deck der MAGDALENA auf den Anlegesteg führte.

»Ich dachte schon, du würdest es nicht für nötig erachten, deiner schwangeren Frau von Bord zu helfen«, begrüßte sie ihn spitz.

Er lächelte spöttisch. »Solltest du dich auf einmal nach der Nähe deines Mannes verzehren, Rose?«

»Solange er sich an die Manieren eines Gentlemans erinnert, habe ich nichts dagegen einzuwenden, ihn an meiner Seite zu haben«, gab sie schlagfertig und mit einem hochmütigen Blick zurück.

»Ausgenommen in deinem Bett«, konnte er sich nicht verkneifen, mit gedämpfter Stimme hinzuzufügen.

Ihre Stimme wurde eisig. »Ich dachte, wir hätten uns darauf geeinigt, uns gewisse... unerfreuliche Dinge unseres Zusammenlebens zu ersparen. Wenn du also witzig sein möchtest, such dir dafür ein Publikum, das deine geschmacklosen Bemerkungen entsprechend würdigt!«

Er neigte leicht den Kopf. »Verzeih. Es soll nicht wieder vorkommen. Ich werde mich um Besserung bemühen«, versprach er, doch es klang nicht so, als bereute er seinen Hieb auch wirklich.

Kate Mallock trat zu ihnen. »Guten Tag, Lieutenant«, grüßte sie steif.

Ein Blick in ihr zerfurchtes, griesgrämiges Gesicht brachte ihm den Geschmack von Galle auf die Zunge. »Kümmere dich mit Maneka um das Gepäck, Kate!« wies er sie grob an. »Hinter der Kutsche wartet ein Gepäckwagen auf euch. Mit dem kommt ihr nach. Der Kutscher weiß schon, wo das Haus ist!«

»Es sieht nach Regen aus, Lieutenant!« wandte die Zofe mit ihrer heiseren Flüsterstimme ein.

Er verzog das Gesicht. »Erwartest du vielleicht, daß ich extra für dich eine Kutsche schicke? Du bist Zofe und keine Prinzessin! Also tu gefälligst, was ich dir auftrage!« fuhr er sie an.

Kate funkelte ihn an, und ihr Mund wurde zu einem schmalen Strich. »Wie Sie meinen«, stieß sie dann hervor und wandte ihm den Rücken zu.

Kenneth wußte, daß Kate ihre Wut jetzt an Maneka auslassen würde, die ihr ein Dorn im Auge war. Doch es kümmerte ihn nicht. Er hoffte insgeheim, Kate eines Tages so weit zu bringen, daß ihr gar nichts anderes übrigblieb, als zu kündigen und sich eine andere Stellung zu suchen.

»Das war unnötig«, rügte Rosetta ihren Mann, als sie zur Kutsche hinübergingen, wo Captain Hembow auf sie wartete. »Kate und Maneka hätten ruhig mit uns in der Kutsche fahren können. Du schikanierst sie, und das dulde ich nicht.«
»Und ich dulde keine Widerworte und Impertinenz vom Personal!« entgegnete er scharf und setzte mit gemäßigtem Tonfall hinzu: »Bis das Gepäck entladen und auf dem Wagen ist, kann gut eine halbe Stunde vergehen. Willst du vielleicht so lange in der Kutsche sitzen und warten? Das dürfte doch wohl unter unserer Würde sein.«
Diesen Einwand ließ sie gelten, denn sie erwiderte nur: »Ein paar freundliche Worte hätten denselben Zweck erfüllt. Aber das ist wohl zuviel von dir erwartet, wenn es um Kate geht.«
»Mag sein«, räumte er freimütig ein. »Und jetzt mach ein freundliches Gesicht. Das dort ist Captain Hembow. Ich weiß, er ähnelt mehr einem Mastschwein als einem Offizier, aber er kann uns sehr von Nutzen sein. Er hat ausgezeichnete Beziehungen zu Major Johnstone und Mister MacArthur.«
Sie lächelte dünn. »Das wiegt natürlich so manches auf, ja?«
»Das Haus konnte ich dir nur kaufen, weil ich es verstanden habe, mich mit solchen Leuten wie Captain Hembow gutzustellen«, erinnerte er sie leise. »Also denk daran, mit wem du sprichst und daß ein Lächeln und ein paar freundliche Worte sich in klingender Münze auszahlen.«
Rosetta war so charmant und freundlich zu Captain Hembow, daß dieser vor Entzücken geradezu zerfloß und später in den höchsten Tönen von ihr schwärmen sollte, was für eine außerordentlich hübsche, geistreiche und so reizende Frau Lieutenant Forbes doch sein eigen nannte. Wie gut, daß er nicht hörte, was sie über ihn sagte, als sie schließlich mit Kenneth in der Kutsche saß und auf dem Weg zu ihrem Haus in der Marlborough Street war.
»Was für ein abstoßend feister Langweiler!«

Kenneth lachte amüsiert. »Du hast das Talent, eine Person mit wenigen Worten treffend zu skizzieren, meine Liebe. Ich muß gestehen, daß mir die Schärfe deiner Zunge allerhöchstes Vergnügen bereitet.«
»Ja, aber nur, wenn sie nicht dich zum Ziel hat!«
Er lehnte sich mit einem Lächeln auf den Lippen gegen die bepolsterte Wand. »Wirklich ein Jammer, daß wir verheiratet sind. Wir könnten uns sonst so prächtig verstehen.«
»Das werden wir auch als Ehepaar, wenn du dich an unsere Abmachung hältst.«
»Habe ich dir nicht das Haus gekauft, ganz wie du es dir gewünscht hast, und zudem auch noch einrichten lassen? Sogar eine Köchin und Putzfrau habe ich angestellt, diese Eugenia Boldwin. Ich hoffe, sie taugt was.«
»Das wird sich schnell herausstellen«, erwiderte sie und war insgeheim ganz zufrieden. Er hatte sich wirklich äußerst großzügig gezeigt, was das Haus und seine Möblierung betraf. Daß er so ein schönes, geräumiges Backsteinhaus auf der Ostseite der Bucht kaufen würde, keine zehn Gehminuten vom Gouverneurspalast entfernt, hätte sie nicht gedacht.
»Wie war die Fahrt mit der MAGDALENA?« wollte er wissen. Er hatte darauf bestanden, daß sie das Boot nahm, statt sich fast einen ganzen Tag lang in einer Kutsche durchrütteln zu lassen. In dem Zustand, in dem sie war.
»Bequem und ereignislos.«
»Sag mal, ist es nicht bald an der Zeit, einen Arzt zu konsultieren?« fragte er mit einem Blick auf ihren gewölbten Leib.
»Nein! Das kommt überhaupt nicht in Frage!« antwortete sie heftig und hatte Mühe, die Angst vor ihm zu verbergen, mit der sie schon seit Monaten lebte. Seit Kate sie überredet hatte, das Baby einer anderen als ihr eigenes auszugeben und eine Schwangerschaft nur vorzutäuschen. Jede auch nur oberflächliche Untersuchung würde ans Tageslicht bringen, daß kein

Kind in ihr heranwuchs, und nur ein straffes Polster, das Kate jede Woche etwas dicker machte und geschickt formte, für die scheinbar wachsende Wölbung ihres Leibes verantwortlich war.

»Aber warum sträubst du dich bloß so sehr gegen einen Arzt?«

»Diesmal lasse ich keinen an mich heran, Ken!« stieß sie hervor. »Immer hat sich ein Arzt um mich gekümmert. Und was war das Ergebnis? Drei Fehlgeburten! Nein, ein Arzt macht mich nur krank und gefährdet das Baby. Das weiß ich. Und mir geht es diesmal doch so wunderbar. Ich brauche und ich *will* keinen dieser Pfuscher in meiner Nähe haben!«

»Wenn du meinst, daß das richtig ist«, sagte er zögernd. Es ging ihr während dieser Schwangerschaft tatsächlich bedeutend besser. Sie hatte kaum Beschwerden und sah auch nicht so mitgenommen aus. Es war möglicherweise etwas dran, wenn sie behauptete, Ärzte verstünden nichts vom Körper einer Schwangeren und machten sie nur krank...

Wenig später erreichten sie ihr Haus in der Marlborough Street. Es hatte einen hübschen Vorgarten mit Blumenrabatten und zwei jungen Bäumen, der von einem weißgestrichenen Holzzaun umgeben war. Es war ein stattliches Gebäude, solide gebaut, mit einem hübsch anzusehenden Giebeldach und zwei Kaminen an den Seiten.

Eugenia Boldwin, eine etwas mollige, untersetzte Person um die Vierzig mit den flinken Bewegungen eines Wiesels, erwartete sie schon. Sie führte ihre neue Herrschaft in den geschmackvoll eingerichteten Salon und servierte Tee, den sie in weiser Voraussicht schon aufgesetzt hatte, als sie die MAGDALENA in den Hafen hatte einlaufen sehen. Von den oberen Zimmern, die nach vorne hinausgingen, hatte man nämlich einen wunderbaren Blick auf einen Großteil der Stadt und die Bucht.

»Wann mußt du wieder zurück nach Parramatta?« erkundigte sich Rosetta, als sie vor dem Kamin in den mit Chintz bezogenen Sesseln Platz genommen und Eugenia sich wieder zurückgezogen hatte.

»Leider heute schon. Ich habe morgen Dienst in der Garnison, und es ist zu wichtig, als daß ich einen Kameraden hätte bitten können, für mich einzuspringen«, log er mit der beiläufigen Selbstsicherheit eines Mannes, dem Lügen und Halbwahrheiten längst in Fleisch und Blut übergegangen waren, als daß er sich noch anstrengen müßte, um überzeugend zu klingen.

Aber wenn er es richtig betrachtete, war es ja nicht einmal gelogen, daß er nach Parramatta mußte, fiel ihm plötzlich ein. Er hatte doch diese merkwürdige Einladung von Mister Hawkley erhalten, dem Partner von Mitchell Hamilton, seinem verhaßten Nebenbuhler, und er hatte sie angenommen. Fast hätte er diese Verabredung über all den anderen Dingen, die ihn beschäftigten, vergessen. Er wurde morgen abend auf MIRRA BOOKA erwartet und war jetzt schon gespannt, wo denn nun die gemeinsamen Interessen liegen sollten, von denen John Hawkley in seinem Brief geschrieben hatte...

»Schade.« Auch sie log. Sie war froh, ihn die nächsten Tage fern von Sydney zu wissen.

»Ich bin sicher, du wirst dich auch ohne mich hier gut einleben. Wenn du etwas brauchst, reicht ein Wort zu Eugenia oder James. Die Kutsche steht dir natürlich auch zur Verfügung. Ich habe sie im Mietstall von Henry Oates untergestellt, bis wir hinter dem Haus eine Remise und einen eigenen Stall haben. Aber bis dahin ist es ja kein großer Umstand, Kate oder Maneka zum Mietstall hinüberzuschicken. Er ist nur ein paar Straßen entfernt. Eugenia wird sie das erste Mal begleiten.«

Rosetta nickte nur und trank ihren Tee.

Er zog seine Uhr heraus, ließ den Deckel aufspringen und sagte dann: »Ich muß bald los.«

»Wann kann ich wieder mit dir rechnen?«
»In ein paar Tagen«, sagte er und erhob sich, als er das Rattern von Wagenrädern auf der Straße hörte. Es war das offene Fuhrwerk, das Kate und Maneka sowie ihr Gepäck brachte. »Ich werde dir natürlich vorher eine Nachricht zukommen lassen, wann ich eintreffe.«
»Danke, das ist sehr rücksichtsvoll«, sagte sie mit der Andeutung eines Lächelns auf dem Gesicht.
»Rose?«
»Ja?«
»Denkst du auch an deinen Teil unserer Abmachung?«
»Ich werde täglich tausendmal daran erinnert, Ken«, antwortete sie und legte die Hände in einer demonstrativen Geste auf den Bauch. »Aber auch ich kann jetzt nur noch hoffen, daß es ein Sohn wird.« Sie vermied es, ihn dabei anzusehen, weil sie fürchtete, ihre Augen könnten sie verraten.
»Ja, aber wir haben auch noch etwas anderes vereinbart. Nämlich daß du dich nicht länger in dein Schneckenhaus zurückziehst und dich von allen gesellschaftlichen Aktivitäten fernhältst. Du hast versprochen, die Frauen anderer einflußreicher Offiziere, Kaufleute und Farmer zum Tee einzuladen und auch Dinnerpartys zu geben, wie es sich für uns gehört – und erwartet wird«, erinnerte er sie. An seiner Frau als Zierde bei Abendgesellschaften und Bällen war ihm sehr gelegen. Auch mußte der äußere Schein einer glücklichen Ehe unter allen Umständen gewahrt bleiben. Jeder Mann hatte seine diskreten Affären und Geliebten, aber das hatte mit einer Ehe nichts zu tun. Eine Frau wie Rosetta, die einer guten Familie entstammte und sich auf die Kunst der Konversation verstand, konnte seine Geschäfte sehr positiv beeinflussen, wenn sie sich nur ein wenig bemühte. Und genau das hatte sie ihm versprochen.
»Ich weiß«, sagte Rosetta, »aber gewiß wirst sogar du dafür

Verständnis haben, daß ich in meinem Zustand kaum in der Lage bin, Abendgesellschaften zu besuchen, geschweige denn selber welche zu geben.«
»Ich rede davon, was nach der Geburt sein wird«, sagte er. »Und ich möchte, daß du schon heute weißt und dich darauf einstellst, was ich von dir erwarte. Ich werde dir eine angemessene Zeit zur Erholung einräumen, wenn du niedergekommen bist. Doch spätestens im Dezember werden wir hier oder auf Three Wells unser erstes großes Fest geben.«
»Dann wird es auch so sein.«
»Gut. Das wollte ich nur hören. Schon dich also, meine Liebe«, ermahnte er sie zum Abschied und verließ das Haus, ohne Kate noch eines Blickes zu würdigen. Maneka dagegen war ihm mehr als nur einen Blick wert. Ihr war eine Hutschachtel entglitten, und sie kniete nun am Boden, um all die Nadeln und Bänder einzusammeln, die über den Kiesweg zerstreut waren. Daß sie ihm in ihrer gebückten Haltung einen tiefen Einblick in den Ausschnitt ihres Kleides und auf ihre Brüste gewährte, merkte sie in ihrer Geschäftigkeit gar nicht.
Er mußte sich zwingen, nicht stehenzubleiben und sie anzustarren. Schnell ging er weiter. Die Kutsche stand gemäß seiner Anordnung noch draußen auf der Straße. James, der auf dem Kutschbock gedöst hatte, setzte sich schnell auf.
»Zur Garnison!« rief Kenneth ihm zu und stieg ein.
»Zur Garnison. Sehr wohl, Sir!« Der Kutscher löste die Kurbelbremse und nahm die Zügel auf. Das Gefährt rollte los.
Als sie schon auf der anderen Seite der Stadt waren, zog Kenneth den kleinen Schieber auf, der in die Wand hinter dem Kutschbock eingelassen war, und gab James sein wahres Ziel an: »Bring mich zu *Betsy's Place!*«
Diesmal wiederholte der Kutscher die Ortsangabe nicht, sondern er begnügte sich mit einem verständnisvollen Lächeln und einem »Verstanden, Sir.«

Betsy's Place war zwar eine der exklusivsten Adressen von Sydney, ja von ganz New South Wales! Aber dennoch sprach man den Namen nicht laut in der Öffentlichkeit aus, denn es handelte sich dabei um ein Bordell.

7

Mitchell hatte ihre Röcke hochgeschlagen und seine linke Hand unter den Bund ihres Höschens geschoben, um ihre nackte Haut zu spüren. Indessen hielt seine rechte ihre Brust umfaßt und liebkoste sie voller Begehren durch den Stoff ihres Mieders, während ihre Lippen sich zu einem stürmischen Kuß fanden.

Diesmal brauchten sie ihrer Leidenschaft und ihren Händen keine Zurückhaltung auferlegen. Sie küßten sich ungestüm und mit einer Gier, als wollten sie all das nachholen, was ihnen in den vergangenen Monaten der Trennung verwehrt gewesen war.

Noch während sie sich küßten, versuchten sie sich gegenseitig zu entkleiden, was sie aber rasch aufgaben, weil sie sich dabei nur behinderten und nicht schnell genug zum Ziel kamen. Widerstrebend ließen sie voneinander ab.

»Ich möchte dich ausziehen. Warte nur einen Augenblick«, bat er, als sie die Schnürbänder ihres Mieders aufzog. Hastig zerrte er ein paar Decken aus den Hängematten und breitete sie auf dem Boden aus.

Dann entkleidete er sie. Als sie nur noch in ihrem dünnen Leibchen und in kurzen, spitzenbesetzten Beinkleidern vor ihm stand, entledigte er sich seines Hemdes und seiner Hose. Doch nun ließ sie es sich nicht nehmen, ihn von seiner Leibwäsche zu befreien.

Nackt stand er schließlich vor ihr.

»Wie schön und wie stark er ist«, stieß sie fast andächtig her-

vor, während sie ihn mit beiden Händen umfaßte und sich vor ihn kniete. Warme, feuchte Lippen umschlossen ihn, zärtlich und doch auch fordernd.
Es kostete ihn größte Selbstbeherrschung, sich nicht einfach ihren Zärtlichkeiten hinzugeben. »Nicht, Jessica!« stieß er gepreßt hervor, entzog sich ihr sanft und sank mit ihr auf die weiche Lage Decken.
»Ich kann es nicht erwarten, dich zu spüren, Liebster, und mit dir zusammenzusein«, flüsterte sie. »Laß mich nicht zu lange warten. Wie oft habe ich davon geträumt, endlich wieder so mit dir zusammenzusein.«
»Ja, ich auch. Aber laß es uns genießen. Ich möchte dich ansehen«, sagte er und machte sich an ihren Strumpfbändern zu schaffen. Er löste die Knoten und rollte ihre Strümpfe zu einer Handvoll zarten Stoffes zusammen. Er warf sie hinter sich zu den anderen Kleidungsstücken, die über den Boden des Zeltes verstreut lagen. Dann widmete er sich ihren schwellenden Brüsten, die unter dem dünnen Batisthemd wogten und es zu sprengen drohten, als er darüber streichelte und sie einen Augenblick durch den Stoff hindurch behutsam massierte. Dann erst streifte er ihr das Leibchen ab und entblößte ihre vollen, festen Brüste. Sie schienen sich ihm verlangend entgegenzurekken, als sie sich etwas aufsetzte und ihre Arme um ihn schlang.
»Es schickt sich nicht für eine Frau, so ungestüm nach ihrem Geliebten zu verlangen«, tadelte er sie im Scherz.
»Mir ist es gleichgültig, was sich schickt, wenn du mich nur liebst und zu mir kommst!« drängte sie.
»Warte es nur ab. Du wirst schon sehen, wie sehr ich dich liebe. Nur zügle deine Ungeduld noch etwas«, erwiderte er, nahm ihre Hände von seinen Hüften und drückte sie wieder auf das Lager zurück.
Sie gab einen Seufzer von sich, doch in ihren Augen stand ein

ganz eigentümlicher Glanz, den nur Menschen kennen, die einander in hingebungsvoller Liebe und grenzenloser Leidenschaft verfallen sind.
»Du bist so schön anzusehen wie... wie nichts sonst auf der Welt«, flüsterte er, strich über ihr Gesicht, ließ seine Finger kurz auf ihren Lippen verweilen, die sie sofort zum Kuß formte. Dann glitten sie am Kinn entlang und folgten der Linie ihres schönen Halses bis zum Ansatz ihrer Brüste.
Die kleinen Knospen in ihren dunklen Höfen hatten sich schon aufgerichtet. Er nahm sie zwischen seine Fingerspitzen und rieb sie leicht. Sie waren hart und erinnerten ihn an die dunklen Kerne fruchtiger Kirschen. Nach einer Weile wanderten seine Hände weiter, abwärts zu ihrem Bauchnabel und stießen schließlich auf zarte Spitzen.
»Fast zu hübsch zum Ausziehen«, sagte er lächelnd und spielte mit der feinen Spitze, die den cremefarbenen Batist säumte. »Aber es muß fallen, mein Schatz. Denn das schönste Kleid ist deine bloße Haut.«
Jessica hob ihr Gesäß etwas an, damit er ihr das Höschen von den Hüften streifen konnte. Es blieb an ihrem linken Fuß hängen, und sie schleuderte es mit einem kurzen Tritt von sich. Und dann lag sie nackt vor ihm, vor sinnlicher Erregung und ungeduldiger Erwartung zitternd.
Einen Augenblick sah er sie mit stummer Bewunderung an, ließ seine Augen voll zärtlicher Liebe über ihren nackten Leib wandern und nahm das Bild, das sich ihm bot, tief in sich auf. Wenn er sie so sah, war er immer wieder überwältigt von ihrer Schönheit und Sinnlichkeit, die sie, gepaart mit einer seltenen Natürlichkeit, ausstrahlte.
Dann ließ er seine Hände ganz langsam über ihre glatte, seidenweiche Haut gleiten, berührte jede Stelle ihres erregenden Körpers, zeichnete all ihre Rundungen, Wölbungen und intimen Einbuchtungen nach. Seine Fingerspitzen kreisten erneut

um ihre festen Brüste, strichen über ihren flachen, straffen Bauch und drangen in das buschige, dunkelblonde Vlies zwischen ihren Schenkeln ein. Feuchte Wärme begrüßte ihn. Ihr Schoß drängte sich ihm entgegen.
»Oh, Mitchell, ich halte es nicht mehr aus. Ich brenne am ganzen Körper! Nimm mich!« flehte sie ihn an. »Laß mich nicht länger warten! Ich möchte dich spüren. Ganz! In mir!«
»Gleich. Ein ganz klein wenig Geduld noch!« Er lächelte und beugte sich jetzt über sie, nahm erst ihre linke und dann ihre rechte Brust in den Mund. Sie stöhnte auf, und ihr schlanker Leib bog sich ihm vor Wollust entgegen, als seine Lippen und seine Zunge ihre Brüste abwechselnd liebkosten. Mal küßte er sie ganz sanft, dann saugte er an ihnen und ließ seine Zunge über die Spitzen tänzeln, daß ein Wonneschauer nach dem anderen durch ihren Körper ging.
Ihre Hände wühlten in seinem Haar, glitten über seinen Rücken und liebkosten ihn auf eine Art, daß er sich ihr immer wieder entziehen mußte, weil er fürchtete, von der Lust zu schnell übermannt zu werden.
Endlich kam er zwischen ihre Schenkel, die sich ihm weit öffneten. Er nahm ihr Gesicht in beide Hände und beugte sich hinunter, verschloß ihren Mund mit seinen Lippen, während er noch immer über ihr verharrte und den Augenblick der lustvollen Vereinigung noch etwas hinauszögerte. Als er schließlich in sie eindrang, entrang sich ihrer Kehle ein Seufzer der Erlösung. Sie kam ihm mit einer heftigen Bewegung ihres Beckens entgegen und schlang die Beine um seine Hüften, als wollte sie sichergehen, daß er sich ihr nicht im letzten Moment wieder entzog. Sie nahm ihn so tief in sich auf, wie sie nur konnte, und ihre Augen blieben weit geöffnet, als er sie mit seinem Glied ausfüllte, daß sie meinte, ihn mit jeder Faser ihres Körpers spüren zu können.
Augenblicklich fanden ihre Körper den gemeinsamen Rhyth-

mus, und ihre Leiber verschmolzen zu einer einzigen Quelle der Lust. Sie liebten sich mit einer Heftigkeit, die ihnen beiden den Atem nahm.

Jessica fühlte sich vom Sturmwind ihrer körperlichen Liebe emporgehoben und davongetragen, und sie ließ es nur zu bereitwillig geschehen. Sie krallte ihre Hände in seine Schultern, als sie unter seinen Stößen zu verglühen schien. Und dann geschah es. Die ungeheure Erregung brach sich Bahn in einer mächtigen Woge lusterfüllter Glückseligkeit, schien sie von aller irdischen Last zu befreien und wie die Eruption eines sinnlichen Feuerwerks in eine samtene Dunkelheit zu schleudern, die sie voll Wärme, Geborgenheit und Erfüllung umfing.

Als sie sich mit einem langgezogenen Stöhnen unter ihm aufbäumte und sich an ihn klammerte, entlud sich auch bei ihm die ungeheure Anspannung, und mit Zuckungen, die er bis in seine Zehenspitzen spürte, entlud er sich in ihren feuchten Schoß.

»Mein Gott, was ist nur mit uns geschehen?« stieß sie atemlos und mit einem seligen Lächeln auf dem entspannten Gesicht hervor, als die Erde sie wieder hatte.

»Ich glaube, man nennt es Liebe«, sagte er, strich ihr das Haar aus der Stirn und küßte ihre Lippen, die sich im Verhältnis zu ihrem erhitzten Körper erstaunlich kühl anfühlten. Es war, als wäre all ihr Blut im Moment des Höhepunktes hinunter in ihren Schoß geschossen und bräuchte nun Zeit, um wieder zurückzuströmen und sich zu verteilen.

»Und ich dachte, ein Wunder wäre geschehen.«

»Ist das nicht ein und dasselbe?«

Jessica lächelte. »Ja, das ist es... mit dir«, sagte sie voller Liebe und gab ihn noch immer nicht frei, als er sie von seinem Gewicht befreite und sich auf die Seite rollte.

»Was hältst du jetzt von einem Glas Wein?« fragte er. »Ich fühle mich ganz ausgetrocknet.«

»Eine gute Idee. Doch wie kommen wir an die Flasche, ohne daß ich dich dabei verliere?«

Er lachte. »Nur mit schwersten Verrenkungen. Doch ich fürchte, diese Anstrengungen werden sich nicht lohnen, mein Schatz.«

Jessicas Augen blitzten ihn fröhlich an. »Keine Sorge, ich hole ihn mir schon wieder«, sagte sie, hielt kurz die Luft an, als sie sich aufrichtete und er dabei aus ihr glitt, und ging dann zum Wasserfaß hinüber, wo die Weinflaschen und Becher standen.

Gemeinsam leerten sie einen Becher und dann noch einen zweiten. Es war ein guter Tropfen, den Captain Rourke ihnen da überlassen hatte. Er löschte ihren Durst, nicht jedoch ihre Lust, die sie nun erneut überfiel.

»Nein, nein!« rief sie, als er sie zu streicheln begann und ihre Brustspitzen küßte. »Bleib schön ruhig liegen. Jetzt wirst du dich in Geduld üben.«

Mit einem scheinbar resignierten Seufzer sank er auf die Dekken zurück. »Also gut, ich ergebe mich in mein Schicksal – und ganz in deine Hände.«

Ihre Hände liebkosten seinen Körper von Kopf bis Fuß, so wie auch er sie verwöhnt und mit seinen empfindsamen Händen erregt hatte. Doch auch ihre Lippen, die ihre feuchte Wärme wiedergewonnen hatten, blieben bei diesem zärtlichen Vorspiel nicht untätig. Mund und Hände ergänzten sich bei ihren Liebesbezeigungen, die keiner Worte bedurften.

Ein Schauer überlief ihn, als die Flut ihrer Haare sich über seine Brust ergoß und er ihre Zunge spürte. Sie bewegte sich ganz langsam und in Schlangenlinien über seinen Brustkorb, über seine Bauchdecke und schließlich an seinen Oberschenkeln hinunter und wieder hinauf.

Heiß pochte das Blut in seinen Lenden und drängte sich zu männlicher Härte zusammen, noch bevor ihre Zunge ihn dort berührte. Doch als es geschah und sich ihre Lippen um ihn schlossen, glaubte er, noch nie zuvor solch eine Erektion gehabt zu haben wie in diesem Moment. Und er wußte, daß sie beide jetzt Zeit genug hatten, um zu genießen, wonach immer ihnen der Sinn stand.

Jessica bestimmte diesmal Ablauf und Tempo. Als sie meinte, ihn genug mit Mund und Zunge verwöhnt zu haben, setzte sie sich auf ihn. Und diesmal kosteten sie die Vereinigung viel bewußter aus, als beim erstenmal, als sie nicht schnell genug den Höhepunkt hatten erreichen können, um von der unerträglichen Erregung befreit zu werden. Jede Bewegung ihrer Körper, von zärtlichen Berührungen und Küssen begleitet, genossen sie nun viel bewußter.

Er umfaßte ihre vollen Brüste, während sie auf ihm ritt, und sie sahen sich lächelnd in die Augen, flüsterten sich zärtliche Worte zu, bis ihr Rhythmus schneller wurde und sich ihre Gesichter im Taumel der Leidenschaft verklärten und die Lust sie erneut davontrug und die Welt um sie herum zu einem Schleier verschwamm.

Hinterher lag sie mit dem Kopf auf seiner Brust, erhitzt und mit zittrigen Gliedern. Sie hörte das schnelle Schlagen seines Herzens, und auch bei ihr dauerte es eine geraume Zeit, bis sich ihr Atem einigermaßen normalisiert hatte. Draußen vor dem Zelt verglühte die Sonne.

Jessica atmete tief durch und hauchte einen Kuß auf die Narbe, die von der Schußverletzung zurückgeblieben war. »Es kommt mir immer wieder wie ein Wunder vor, wenn ich so mit dir zusammen bin und du mich so unsagbar glücklich machst, Mitchell. Jedesmal denke ich, daß es sich nicht wiederholen kann, weil es einfach so wunderbar war. Doch dann nimmst du mich wieder in deine Arme, und ich habe das Gefühl, es war schöner als je zuvor. Wie machst du das nur?«

Er schmunzelte. »Es ist keine große Kunst, dich zu lieben und mit dir eine solche Erfüllung zu finden, Liebste. Außerdem vergißt du zu erwähnen, daß du dich dabei nicht gerade untätig zurückhältst. Und du kennst doch das alte Sprichwort: ›Wie man in den Wald ruft, so schallt es heraus.‹ Ich glaube, es trifft auch auf die Liebe zu«, sagte er und streichelte über die herrlichen Rundungen ihres Gesäßes.

Sie warf ihr Haar mit einer heftigen Kopfbewegung zurück. »Komm, laß uns ein Bad in der Bucht nehmen!«

Er runzelte die Stirn. »Es wird gleich dunkel sein und das Wasser kalt.«

Sie lachte nur. »Ich wollte immer schon mal mit dir nackt und bei Dunkelheit baden gehen. Und so kalt kann das Wasser gar nicht sein, um mich davon abhalten zu können. Ich habe das Gefühl, von innen heraus zu glühen, so daß ich sogar in Eiswasser springen würde. Es wird uns bestimmt guttun.«

»Also gut, spielen wir Adam und Eva beim Bade«, sagte er und ging mit ihr, nackt wie sie waren, ans Ufer hinunter. Die Sonne war mittlerweile hinter den Bäumen verschwunden und hatte mit ihrem letzten feurigen Rot den Himmel über den Wäldern in Brand gesetzt.

Das Wasser war kühl, und auch Jessica holte im ersten Moment tief Atem, als die sanfte Dünung ihre Beine umspülte und an ihren Schenkeln hochleckte. Sie faßte Mitchells Hand fester, ging jedoch weiter, bis ihnen das Wasser bis über die Brust reichte. Und dann verschwand auf einmal das Gefühl der Kälte.

Beide empfanden das Bad als erfrischende Wohltat, und sie blieben eine ganze Weile im klaren Wasser der Bucht, während das Feuer am Himmel allmählich verglomm, um dann von den vorrückenden Schatten der Nacht gänzlich erstickt zu werden.

Die Laterne in ihrem Zelt wies ihnen den Weg zurück zu ihrem Lager zwischen den Bäumen. Und als Mitchell sah, wie der

warme Schein der Leuchte auf Jessicas Körper fiel, auf dem das Wasser perlte, regte sich wieder Begehren in ihm, und er fragte sich, ob er jemals genug von ihr bekommen würde.
Sie lachte, als sie die Reaktion seines Körpers bemerkte. »Du bist ja unersättlich!« warf sie ihm vor, doch das Leuchten ihrer Augen strafte ihren Tadel Lügen.
Er zuckte die Achseln. »Das Fleisch ist nun mal leider schwach.«
Mit einem warmen Lächeln auf den Lippen und in den Augen trat sie zu ihm und umschloß seine Männlichkeit mit zärtlicher Hand. »Oh, das würde ich nicht behaupten wollen. Im Gegenteil. Es ist sogar außerordentlich stark.«
Es dauerte noch eine ganze Weile, bis ihre Lust endlich gestillt war und sich ein anderer Teil ihres Körpers nachdrücklich meldete – ihr Magen. Wie dankbar waren sie jetzt, daß schon ausreichend Brennholz zur Hand war.
Im Handumdrehen loderte ein kräftiges Feuer vor dem Zelt, und es dauerte auch nicht lange, bis ihnen der Geruch von gebratenem Speck, Kartoffeln und Bohnen das Wasser im Mund zusammenlaufen ließ.
Mit wahrem Heißhunger machten sie sich über das deftige Essen her und leerten dabei die Flasche Rotwein, während sie in Decken gehüllt am Feuer saßen. Und erst jetzt fanden sie Zeit und Ruhe, um über anderes als ihre Liebe zu reden.
»Erzähl mir, wie es dir ergangen ist«, forderte sie ihn auf, als ihr erster großer Hunger gestillt war und sie den Rest der Pfanne auf ihre Teller verteilte.
Ein Schatten fiel auf sein Gesicht, und das Glück, das ihn erfüllt hatte, trat in den Hintergrund, als er an sein Leben hier auf Van Diemen's Land erinnert wurde. Er wünschte, Jessica hätte ihn nicht danach gefragt.
Doch woher hätte sie wissen können, daß er nicht gern darüber sprach, weil es ihn bedrückte?

Er zögerte. »Nun, wie soll es mir ergangen sein«, sagte er unentschlossen, was er ihr denn darauf bloß antworten sollte, und zuckte dann mit den Achseln. »Ich muß mich hier verstecken, und ich schätze, das sagt genug.«
»Aber mir nicht, Liebster. Ich möchte mir vorstellen können, wo du lebst und was du tust«, sagte sie liebevoll. »Ich wollte, daß Patrick mich zu diesem Töpfer mitnimmt, aber er hat abgelehnt. Es wäre nicht gut für meine und deine Sicherheit, sagte er.«
Mitchell nickte. »Es war schon unvorsichtig genug, daß du überhaupt nach Van Diemen's Land gekommen bist«, sagte er und versuchte, dem Gespräch eine andere Wendung zu geben. »Dein Verschwinden aus New South Wales wird dort bestimmt nicht unbemerkt bleiben. Und so glücklich ich bin, daß du bei mir bist, so wäre es doch vernünftiger gewesen, wenn du nicht gekommen wärst.«
Sie schüttelte so heftig den Kopf, daß die Decke von ihren Schultern rutschte und ihre Brüste halb entblößte. Feuerschein tanzte über ihre Haut und gab ihr den Schimmer von rötlichem Marmor.
»Wenn wir immer nur das täten, was vernünftig ist, dann wäre das Leben nicht mehr lebenswert. Ich mußte dich einfach sehen und mich mit eigenen Augen überzeugen, daß es dir gutgeht. Aber geht es dir denn auch wirklich gut?« fragte sie, und als sie ihn prüfend ansah, fiel ihr auf, daß sein Gesicht in den vergangenen Monaten schmaler geworden war. Seine Züge hatten auch mehr Schärfe bekommen, und sie war sicher, daß er diese Linien, die sich zwischen Mund und Kinn eingegraben hatten, noch nicht gehabt hatte, als er SEVEN HILLS verlassen hatte und an Bord der COMET gegangen war. »Was ist dieser Cedric Blunt für ein Mann? Behandelt er dich wenigstens anständig? Du machst auf einmal so einen bedrückten Eindruck. Bitte verschweig mir nichts!«

Er fing ihren prüfenden, besorgten Blick auf und wußte, daß er ihr nichts vormachen konnte. Sie konnte in seinem Gesicht lesen, daß schwere Zeiten hinter ihm lagen.
»Zwischen dem Töpfer und mir besteht nicht gerade eine große Liebe«, beantwortete er ihre Frage mit bitterer Ironie. »Er tut wohl mehr Captain Rourke als mir einen Gefallen. Wenn er dem Iren nicht etwas schuldig wäre, würde ihn wohl auch mein Geld nicht dazu bewegen, mich unter seinem Dach wohnen zu lassen. Kurzum: er ist ein sehr verschlossener Zeitgenosse, dessen Gesellschaft ich bestenfalls *ertrage* – und das auch nur, weil mir gar keine andere Wahl bleibt.«
»Beschreib mir alles, damit ich wenigstens in Gedanken bei dir sein kann, wenn unsere Tage hier vorbei sind und wir uns wieder trennen müssen«, bat sie leise.
»Sprich nicht jetzt schon davon, daß wir nur ein paar Tage haben, Jessica. Ich mag nicht daran denken, daß wir uns nur eine kleine Zeitspanne aus dem Paradies gestohlen haben, die schon bald verstrichen sein wird!« begehrte er auf, und tiefe Niedergeschlagenheit erfaßte ihn, legte sich wie eine dunkle Wolke auf seine Seele. Nach einem gedankenschweren Augenblick des Schweigens begann er dann zu erzählen, von der einsamen Lage der Töpferei, der Trostlosigkeit und den Auflagen, die Cedric Blunt ihm gemacht hatte. Daß er dabei Sarah verschwieg, geschah nicht absichtlich, sondern ganz unbewußt. Doch später sollte er sich fragen, was ihn tief in seinem Innersten dazu bewogen hatte, die Tochter des Töpfers mit keinem Wort zu erwähnen.
»Es gibt Tage, da habe ich das entsetzliche Gefühl, ich halte es nicht länger aus. Dann fühle ich mich wie ein Tier, das in die Enge getrieben ist und nicht mehr weiß, was es tun soll.«
Sie griff mitfühlend nach seiner Hand. »O mein Gott. Ich hätte nicht gedacht, daß es so schlimm sein würde, so trostlos und schäbig. Wenn ich doch nur etwas tun könnte«, sagte sie be-

troffen. »Wenn ich zurückkomme, werde ich zu Kenneth gehen und versuchen, ihn zum Einlenken zu bewegen.«
Als Mitchell die Tränen in ihren Augen sah, machte er sich innerlich heftige Vorwürfe, daß er sich so hatte gehenlassen. Er hätte ihr seine Sorgen und Ängste verschweigen müssen. Hatten ihn die drei Monate schon so sehr zermürbt und ihm jegliche Selbstachtung geraubt, daß er sich wie ein Waschlappen bei ihr über sein hartes Los beklagte und ihr etwas vorjammerte?! Mußte er ihr denn noch mehr Sorgen bereiten, als sie ohnehin schon hatte? Schämen sollte er sich. War er denn nicht Manns genug, sein Schicksal zu tragen, statt Jessica damit zu belasten? Es war in der Tat unverzeihlich, daß er auch nur ein Wort darüber verloren hatte!
»Nein, tue das nicht! Das darfst du auf keinen Fall tun!« beschwor er sie. »Er wartet doch nur darauf, daß du zu Kreuze kriechst. Wenn du mich liebst, wirst du nicht zu ihm gehen! Bitte, versprich es mir!«
»Mitchell...«
»Versprich es! Jessica, du mußt mir dein Wort geben!« Er drückte so fest ihre Hand, daß es schmerzte. »Ich weiß nicht, was über mich gekommen ist, daß ich mich so über Cedric und mein Leben dort beklagt habe. Ich habe es schlimmer erscheinen lassen, als es in Wirklichkeit ist. Ich weiß ja, daß es nicht für ewig ist. Und was sind schon ein paar Monate in einem Leben, nicht wahr? Die Überfahrt nach Australien hat acht lange Monate gedauert, und damals hatte ich zehnmal weniger Bewegungsfreiheit an Bord als jetzt. Ich habe mich eigentlich schon ganz gut damit abgefunden, auch wenn das gerade nicht so klang. Habe ich dir erzählt, daß ich begonnen habe, ein Skizzenbuch anzulegen? Ich war früher schon recht gut mit dem Zeichenstift, doch jetzt habe ich erst die richtige Sicherheit bekommen, auch in der Perspektive und in den Proportionen. Du wirst erstaunt sein, wenn ich dir meine Skizzen zeige, wie ge-

nau sie sind. Später, wenn ich mehr Zeit und auch das nötige Material habe, werde ich die besten davon kolorieren. Was hältst du davon?« Die Worte sprudelten in einem wahren Schwall nur so aus ihm heraus, als wollte er damit das zuvor Gesagte auslöschen.
»Mitchell, mein Arm! Du tust mir weh!«
Wie benommen blickte er auf seine Hand und ließ dann erschrocken ihren Arm los. Seine Finger hatten deutliche Male auf ihrem Gelenk hinterlassen. »O mein Gott! Was habe ich da bloß getan? Es tut mir leid.«
Sie zwang sich zu einem Lächeln und massierte den Arm. »Es ist nicht weiter schlimm. Du bist eben in jeder Beziehung ein starker Mann.«
»Ich wollte dir nicht wehtun. Es tut mir leid. Es ist mir gar nicht bewußt geworden, daß ich deinen Arm so fest gedrückt habe«, entschuldigte er sich, beugte sich zu ihr hinüber und küßte sie auf die Stelle, wo sich die Abdrücke seiner Finger schon wieder auflösten.
»Es ist ja schon wieder gut, Mitchell.«
»Du hast mir aber noch immer nicht versprochen, daß du nicht zu Kenneth gehen wirst!« beharrte er. »Du weißt, daß er das alles nur getan hat, weil er dich in die Knie zwingen will. Du darfst jetzt auf keinen Fall nachgeben. Wenn du dich vor ihm erniedrigst, verletzt du damit auch mich.«
Jessica dachte unwillkürlich daran, wie Kenneth nach Mitchells Flucht von SEVEN HILLS mit einer Abteilung Soldaten auf der Farm aufgetaucht war und wie er in ohnmächtiger Wut getobt hatte, als er gesehen hatte, daß er zu spät gekommen war. Wenn er gewußt hätte, daß es ausgerechnet Rosetta gewesen war, seine eigene Ehefrau, die sie vor dem Vorhaben ihres Mannes gewarnt hatte, wäre die Begegnung bestimmt nicht halb so glimpflich für sie verlaufen. Warum sie das wohl getan hatte? Daß Kenneth seiner Frau keine Liebe entgegenbrachte,

war offensichtlich. Aber das allein konnte sie doch nicht dazu bewogen haben, ihrem Mann in den Rücken zu fallen und der Frau zu helfen, die er zu seiner Geliebten machen wollte. Also was war der Grund für Rosettas rätselhaftes Verhalten?
»Jessica, du hast mir noch immer keine Antwort gegeben!« riß Mitchells Stimme sie aus ihren Gedanken.
»Ich werde es nicht tun. Du hast mein Wort«, versprach sie und beschloß, ihm nicht davon zu erzählen, wie sehr Kenneth am Tag seines Besuches auf SEVEN HILLS sie in ihrem eigenen Schlafzimmer bedrängt hatte. Er hätte sie vergewaltigen können, und niemand hätte sie davor bewahrt. Nicht einmal ihr treuer Verwalter Ian McIntosh, der sich dem skrupellosen Offizier, der ihr Halbbruder war und Mitschuld an ihrer Deportation nach New South Wales trug, mutig in den Weg gestellt hatte. Aber mit einem Bajonett an der Kehle war man nicht einmal in der Lage, sich selbst zu helfen. Sie verdankte es allein dem übersteigerten Selbstbewußtsein von Kenneth, daß sie ihm nicht zu Willen sein mußte. Er war in seiner Besessenheit überzeugt, daß sie sich ihm eines Tages aus freien Stücken hingeben würde. Welch ein Wahnwitz!
»Gut«, sagte Mitchell nun erleichtert und warf noch etwas Holz ins Feuer. »Und jetzt laß uns von anderen Dingen reden. Was hört man über Gouverneur Bligh? Wie ist die Stimmung in der Kolonie?«
»Man hält ihn noch immer unter Arrest. Das Rum-Corps hat die Kolonie fest in der Hand und macht von seiner Macht schamlos Gebrauch. Sie bereichern sich, wo sie nur können. Nicht nur, daß die Rum-Preise wieder einmal gestiegen sind. Die Offiziere teilen sich und ihren Freunden großzügig Kronland zu, bezahlen aber nur einen Bruchteil dessen, was das Land in Wirklichkeit wert ist. Sie sind sich ihrer Sache so sicher, daß sie sich nicht einmal die Mühe machen, ihre zwielichtigen Geschäfte auch nur im mindesten zu verschleiern.«

»Man wird sie eines Tages dafür zur Verantwortung ziehen!« sagte Mitchell zornig.
»Ja, aber im Augenblick ist das ein schwacher Trost«, sagte sie düster.
»Wie ist es um Seven Hills bestellt?« wechselte er das Thema. Die Situation in New South Wales war bedrückend, und es gab nichts, was sie dagegen unternehmen konnten. Er wollte diesen wunderschönen Tag nicht damit beenden, daß sie sich in düsteren Betrachtungen verloren. Es gab noch so viel anderes, das erfreulich war und über das sie reden konnten. »Bestimmt habt ihr am Hawkesbury eine prächtige Ernte gehabt, nicht wahr?«
Ihr Gesicht entspannte sich etwas. »Ja, es gibt wirklich keinen Grund zu klagen. Es war ein gutes Jahr, was das betrifft. Wir haben einen schönen Überschuß erwirtschaftet, und Scheunen und Vorratsschuppen sind so voll wie nie zuvor. Trotz der schlimmen Hitze, die uns den ganzen Sommer so geplagt hat, haben wir nur verhältnismäßig wenig Schafe verloren.« Sie berichtete auch von ihrer Freundin Lydia, die ein Stück weiter stromaufwärts die kleine Farm New Hope bewirtschaftete und nun voller Zuversicht in die Zukunft blickte, nachdem Jessica ihr wieder auf die Beine geholfen und ihr zeitweise ein paar ihrer Arbeiter überlassen hatte. Von dem Ochsen ganz zu schweigen, den sie ihr zum Geschenk gemacht hatte.
Mitchell hörte aufmerksam zu und ließ sich nur zu bereitwillig von ihrem Erzählstrom in die Welt zurücktragen, die er genauso liebte wie sie. Denn wenn sie von Seven Hills sprach, dann war ihm so, als würde sie gleichzeitig auch von Mirra Booka berichten. »Und die Kinder? Sind sie wohlauf?« wollte er dann wissen, als sie lang und breit über die vielfältigen Gesichtspunkte der Landwirtschaft geredet hatten.
»O ja! Edward schießt in die Höhe. Ich glaube, er wird mich schon um einen Kopf überragen, bevor er noch in den Stimm-

bruch kommt«, berichtete sie voller Mutterstolz. »Er ist sehr wißbegierig und überall da anzutreffen, wo gerade Not am Mann ist. Es ist erstaunlich, wieviel er schon aufgeschnappt hat und über SEVEN HILLS weiß. Natürlich steckt er noch immer mit dem alten Baker zusammen und löchert ihn mit tausend Fragen, ob es sich nun um das Scheren handelt oder um die Bewässerungsanlagen. Alles will er wissen.«
Mitchell lachte leise auf. »Ich hab's ja immer gesagt, daß er der geborene Farmer ist und seiner Mutter in nichts nachsteht. Es ist schön, so einen Sohn zu haben«, sagte er, und in seine Stimme schlich sich eine Spur Wehmut ein, als er daran dachte, daß er der Vater dieses Kindes hätte sein können. Doch er verdrängte diesen bitteren Gedanken schnell. »Und was macht unser zarter Schmetterling?«
»Victoria?« Jessica schmunzelte. »Sie ist so verträumt wie eh und je und hängt Lisa und Anne am Rockzipfel, wenn sie nicht gerade malt. Bei ihr habe ich den Eindruck, daß sie niemals erwachsen wird.«
»Laß ihr nur Zeit. Sie ist doch noch ein Kind, Jessica. Sie wird noch früh genug am eigenen Leib erfahren, wie hart das Leben ist«, sagte er verständnisvoll. »Laß ihr diese unbeschwerten, verträumten Jahre ihrer Kindheit.«
»Sicher, sie wird erst sechs«, räumte sie ein. »Aber irgendwie habe ich das Gefühl, daß es nichts mit dem Alter zu tun hat. Am liebsten sitzt sie stundenlang in einer Ecke und malt. Dumm ist sie bestimmt nicht. Victoria kann mit fünf schon besser lesen als ich mit zehn. Es ist an der Zeit, daß ich einen Hauslehrer nach SEVEN HILLS kommen lasse und sie einen anständigen Unterricht erhält. Aber dennoch, manchmal wünschte ich mir, sie würde ein wenig von der direkten, aufgeweckten Art ihres Bruders haben.«
»Jede Blume wächst und blüht nach ihrer eigenen Zeituhr und Bestimmung. Und was wäre die Welt ohne die Träumer?« gab

er zu bedenken. »Sie wäre grau und leer und ohne all die erhabenen Schönheiten, die uns Maler, Musiker, Literaten und all die anderen sogenannten Träumer bescheren.«

Seine Worte berührten sie. »Ja, natürlich, du hast recht – und ich bin ungerecht«, gestand sie sich ein und sah ihn an. Das Feuer war heruntergebrannt, und der schwache Schein der Glut reichte kaum noch aus, sein Gesicht in der Dunkelheit zu erkennen. Doch seine geliebten Züge waren ihr so vertraut, daß sie sie auch jetzt noch deutlich zu erkennen glaubte. Ja, ihr war sogar, als könne sie das Blau seiner Augen sehen. Dieses unbeschreibliche Blau, das manchmal den törichten Wunsch in ihr weckte, ihre Seele könnte in dieses samtene Blau hinabtauchen, um tief in seinem Innersten mit der seinen zu verschmelzen.

»Ich möchte so gern ein Kind von dir, Mitchell«, sagte sie in das Schweigen, das schon eine Weile währte, ohne daß sie sich dessen bewußt geworden wäre.

»Seit wann kannst du meine Gedanken lesen?« fragte er mit zärtlich leiser Stimme und legte seine Hand auf ihre nackte Schulter. »Ich habe gerade daran gedacht, wie schön es wäre, wenn du mir ein Kind schenken würdest. Es wäre mir egal, ob Junge oder Mädchen, wenn es nur unser Kind ist. Das ist schon lange mein stiller, sehnsüchtiger Wunsch.«

Sie erhob sich, zog die Decke weg, so daß sie nackt vor ihm stand, und streckte ihm die Hand hin. »Dann komm und laß uns etwas tun, damit unser Wunsch so bald wie möglich in Erfüllung geht«, forderte sie ihn auf und setzte neckend hinzu: »Falls du noch die Kraft dazu hast, mein Liebster. Sonst können wir auch erst ein paar Stunden schlafen.«

Er schüttelte lächelnd den Kopf. »Ich brauche dich bloß so anzusehen, um zu spüren, wie die Kraft wieder in mich zurückströmt. Außerdem hatte ich Zeit genug, um mich von deiner stürmischen Liebe zu erholen, Jessica.«

»Dann komm«, sagte sie.

»Ich möchte, daß dieses Kind meinen Namen trägt«, sagte er wenig später, als er in sie eindrang und sie dabei in seine Arme nahm. Wie ein goldener Schleier umfloß das lange Haar ihren Kopf auf der wollenen Decke. »Heirate mich, Jessica. Laß uns nicht länger damit warten. Wir gehören zusammen. Du weißt es so gut wie ich.«

Sie war ihm nicht böse, daß er gerade jetzt davon sprach. In der Vergangenheit hatte sie sich gegen eine allzu schnelle Heirat gewehrt. Sie liebten sich, das stand außer Frage. Aber das allein reichte nicht, um auch in einer Ehe das Glück zu finden, das sie beide ersehnten. Da war ihre unterschiedliche Herkunft, vor allem jedoch SEVEN HILLS, das sie niemals aufgeben würde, für keinen Mann der Welt. Nein, auch für Mitchell nicht. Ach, es gab noch so vieles, was sie zwischen sich zu klären hatten und wofür sie eine Lösung finden mußten.

Doch in dieser Stunde war sie von einer so tiefen Liebe erfüllt, von einem allumfassenden Gefühl des Glücks, das keine Macht auf Erden zerstören konnte, so daß sie all diese Einwände vergaß. Sie war sich ganz sicher: Irgendwie würden sie einen Weg finden, gemeinsam, weil sie den Willen dazu hatten und die Kraft, denn die stärkste Macht der Welt war die Liebe – und würde es auch immer sein!

»Ja, es soll deinen Namen tragen, Mitchell«, sagte sie deshalb. »Wenn ich dein Kind unter dem Herzen trage, will ich gern deine Frau werden.«

Er küßte sie zärtlich und betete inständig zu Gott, daß es ihm vergönnt sein möge, mit Jessica ein Kind zu haben. Ein Kind, das ihr gemeinsames Glück vollkommen machen würde – und Jessica zu seiner Frau.

8

Es klopfte, dann ein leises Hüsteln. Kenneth drehte sich jedoch nicht um. Den Rücken der offenstehenden Tür seines Schlafzimmers zugewandt, stand er bewegungslos am Fenster und blickte hinaus in den Regen, der über THREE WELLS niederging. Die Gebäude auf der anderen Seite des Hofes waren hinter den dichten Regenschleiern nur mehr als Silhouetten zu erkennen. Spätestens in einer Stunde würde die Nacht hereinbrechen. Einen großen Unterschied zu den jetzigen Lichtverhältnissen würde das aber nicht machen. Draußen konnte man schon jetzt kaum noch etwas sehen.
»Ihr Uniformrock, Sir«, machte sich der Diener in seinem Rücken bemerkbar. »Ich habe ihn gründlich abgebürstet und die Knöpfe poliert, wie Sie es wünschten.«
»Ist gut, Charles. Leg ihn aufs Bett.«
»Calvin läßt Ihnen ausrichten, daß die Pferde bereits angeschirrt sind und er jederzeit bereit ist, aufzubrechen«, fügte der Diener hinzu.
Kenneth überhörte den fragenden Tonfall. Er wußte noch nicht, ob er überhaupt fahren würde. Aber das würden Calvin und Charles noch früh genug erfahren. »Du kannst gehen, Charles.«
Wortlos zog sein Diener die Tür zu und entfernte sich. Kenneth blickte noch immer mit gefurchter Stirn hinaus in den strömenden Regen. Er fühlte sich erschöpft, und leichte Kopfschmerzen plagten ihn. Sie hatten sich schon am Nachmittag eingestellt, als er auf THREE WELLS eingetroffen war –

gerade noch rechtzeitig vor dem Regen, der keine halbe Stunde später eingesetzt hatte.

Es wurde Zeit, daß er endlich zu einem Entschluß kam. Wenn er noch rechtzeitig bei John Hawkley auf MIRRA BOOKA erscheinen wollte, mußte er bald losfahren. Aber bei dem Regen verspürte er eigentlich wenig Verlangen, das Haus zu verlassen und durch die Dunkelheit zu kutschieren. Die letzte Nacht saß ihm noch in den Knochen. Er hatte mal wieder nicht genug bekommen können – weder vom Alkohol noch von Fionas erstaunlichen Künsten im Bett. Aber Huren wie sie konnte er nur in dieser Kombination ertragen. Er brauchte den Alkohol einfach, um zu vergessen, daß er mit harter Münze für ihre Liebesdienste bezahlte. Betsy ließ nicht zu, daß die Kunden in ihrem Bordell anders als mit echter Währung bezahlten.

Er verzog das Gesicht. Sicher, Fiona war jung und hübsch und blond und verstand es, einem Mann Lust zu schenken. Aber eine wie sie konnte jeder haben, der Geld in der Tasche hatte und gewillt war, es dafür auszugeben. Und die Vorstellung, daß sie dieselben wollüstigen Spiele vor ein paar Stunden mit einem anderen Mann getrieben hatte und sie mit weiteren Kunden wiederholen würde, sowie er gegangen war, widerte ihn in nüchternem Zustand an. Erst nach einem entsprechenden Quantum Branntwein vergaß er ihre Käuflichkeit und fühlte sich bei ihr wie ein Mann. Bei einer Frau wie Jessica dagegen war das anders...

Der Gedanke an Jessica ließ ihn seine Müdigkeit und Unlust vergessen. Vielleicht erfuhr er bei Hawkley etwas über Jessica und ihren verfluchten Geliebten. Es wäre dumm, sträflich dumm sogar, diese Einladung nicht wahrzunehmen. John Hawkley wollte etwas von ihm, sonst hätte er ihn ja nicht auf so eindringliche Art gebeten, nach MIRRA BOOKA zu kommen. Und wenn die Sintflut vom Himmel kam, zum Henker damit! Er würde jetzt zu ihm fahren!

Er wandte sich vom Fenster ab, zog den gereinigten Offiziersrock über und riß die Tür auf. »Charles! Meinen Umhang! Und Calvin soll die Kutsche vorfahren!« rief er mit der ihm eigenen herrischen Ungeduld. »Ich hoffe, daß er auch für genügend Decken gesorgt hat!«
Charles eilte mit dem Umhang seines Herrn herbei und versicherte, daß für die Bequemlichkeit des Lieutenant in der Kutsche gesorgt sei.
Augenblicke später verließ die schwarzlackierte und mit pastellgelber Seide ausgeschlagene Kutsche den Hof von Three Wells. Wasser spritzte unter den Rädern und Hufen der Pferde weg, als Calvin Henders das Gespann zu größtmöglicher Eile antrieb. Das flackernde Licht der Kutschenlaternen spiegelte sich in den großen Wasserlachen, die sich in den Mulden überall entlang des Weges gebildet hatten. Der Boden war nach den Monaten extremer Trockenheit so hart gebacken, daß er diese Wassermassen gar nicht aufnehmen konnte. Es blieb nur zu hoffen, daß dieser Regen nicht Tage anhielt. Dann würde es zu katastrophalen Überschwemmungen kommen.
Kenneth zog von innen die Lederrollos vor die Fenster, legte die Beine auf die gegenüberliegende Sitzbank und wickelte eine der Decken zu einer Rolle, die er sich in den Nacken schob. Er konnte die Fahrt ebensogut für ein kleines Schläfchen nutzen. Calvin kannte den Weg nach Mirra Booka und war ein vorzüglicher Kutscher, so daß er nicht in Sorge zu sein brauchte.
Er fiel in einen tiefen Schlaf, aus dem er vierzig Minuten später recht erfrischt erwachte, als die Kutsche auf dem Hof von Mirra Booka mit einem Ruck zum Stehen kam. Der Regen hatte zwar noch nicht aufgehört, doch er trommelte längst nicht mehr so heftig auf das Kutschdach wie noch vor knapp einer Stunde, als er aufgebrochen war.
Kenneth befreite sich von den Decken, zog seine Uniform zurecht und fuhr sich kurz über das Haar. Dann wurde auch

schon von einem von Hawkleys Bediensteten der Schlag aufgerissen.

John Hawkley begrüßte ihn noch auf der Veranda. »Lieutenant!« rief er erfreut und streckte ihm die Hand hin. »Ich fürchtete schon, das ungemütliche Wetter könnte Sie davon abhalten, meiner Einladung zu folgen.«

Kenneth tauschte mit ihm einen kräftigen Händedruck, insgeheim überrascht von der demonstrativen Freundlichkeit des Farmers. Er hatte angenommen, Hawkley würde ihm zumindest mit einer gewissen Form von Reserviertheit entgegentreten. Doch in seinem Verhalten lag nicht die geringste Spur von Vorwurf, daß er seinen Partner Mitchell Hamilton wegen Jessica zum Duell gefordert und ihn dabei schwer verletzt hatte. Er wertete das als ein gutes Omen.

»Ich muß gestehen, daß ich heftig gegen die Versuchung ankämpfen mußte, keinen Schritt mehr aus dem Haus zu tun«, räumte er ein. »Zumal ich erst vor wenigen Stunden aus Sydney nach THREE WELLS zurückgekehrt bin.«

»Sie können versichert sein, daß ich Ihr Kommen zu schätzen weiß, Lieutenant Forbes«, sagte John Hawkley überaus freundlich und führte ihn ins Haus. »Und ich wage schon jetzt zu behaupten, daß Sie es nicht bereuen werden, gekommen zu sein.«

Kenneth sah ihn mit leicht skeptischer Miene an, während er seinen Umhang einem Diener überließ. »In der Tat, ich bin gespannt auf den Grund Ihrer Einladung.«

Hawkley erlaubte sich ein Lächeln. »Sie waren schon früher Gast auf MIRRA BOOKA«, erinnerte er ihn daran, daß er den Offizier schon in der Vergangenheit mehrfach auf seiner Farm begrüßt und bewirtet hatte.

»Gewiß, aber nicht unter solch geheimnisvollen Umständen«, erwiderte Kenneth. »Zudem hatte es sich ausnahmslos um gesellschaftliche Einladungen gehandelt, während es Ihnen diesmal doch wohl um ein sehr privates Gespräch unter vier Augen geht, nicht wahr?«

»Es ist richtig, daß ich Sie zu mir gebeten habe, weil ich Dinge von höchster Brisanz mit Ihnen zu besprechen habe, die auch einer dementsprechenden Diskretion bedürfen«, erklärte Hawkley. »Es wird jedoch nicht ein Gespräch unter vier, sondern unter *sechs* Augen sein.«

Kenneth war sichtlich überrascht. »Und wer wird noch an dieser... brisanten Unterhaltung teilnehmen?«

»Kommen Sie, ich werde Sie der Dame vorstellen«, sagte der Farmer mit einem Lächeln, das sich jeglicher Deutung entzog. »Sie ist auch soeben erst eingetroffen.«

»Eine Dame?« fragte Kenneth verblüfft. »Wer ist sie?«

»Lassen Sie sich überraschen, Lieutenant. Ich bin sicher, Sie werden sich noch an sie erinnern können.« Und mit gedämpfter Stimme fügte er hinzu: »Ich bitte Sie aber jetzt schon um Geduld und Nachsicht.«

»Wofür?« fragte Kenneth verdutzt.

»Das werden Sie schon sehen – und hören«, murmelte Hawkley.

Mit wachsender Verwunderung und Spannung, was das alles zu bedeuten hatte, folgte Kenneth Forbes ihm in den Salon. Im Kamin brannte ein kleines Feuer und verbreitete Behaglichkeit. Links davon, an einem der bleiverglasten Fenster, stand eine hagere Frau in einem schwarzen Taftkleid, das einen sehr konservativen, strengen Schnitt aufwies. Ihre übertrieben steife Haltung drückte Unnahbarkeit aus, und dieser Ausdruck lag auch auf ihrem schmalen Gesicht, das einer verbitterten, alten Jungfer alle Ehre gemacht hätte.

Er erkannte sie sofort, obwohl er ihr nur einmal begegnet war, nämlich auf dem Silvesterball, den John Hawkley und Mitchell Hamilton vor vier Monaten auf MIRRA BOOKA gegeben hatten. Diese Frau hatte Jessica ein Glas Wein ins Gesicht geschüttet!

Er hatte sie schon damals nicht gemocht und war auch jetzt alles andere als erfreut, ihr hier wieder zu begegnen. War sie der Grund, weshalb Hawkley ihn um Geduld und Verständnis gebeten hatte?

»Lieutenant, darf ich Sie mit Missis Simonton bekannt machen? ... Misses Simonton, das ist Lieutenant Forbes«, stellte Hawkley sie einander förmlich vor.

Kenneth deutete eine höfliche Verbeugung an und ließ sich nicht anmerken, daß er sie wiedererkannt hatte. »Es ist mir eine Ehre, Missis Simonton.«

Deborah Simonton musterte ihn aus argwöhnischen Augen und nickte ihm nur kurz zu, als wäre das das höchste an Entgegenkommen, was er von ihr zu erwarten hätte.

›Arrogante Vogelscheuche!‹ fuhr es Kenneth wütend durch den Kopf. ›Was glaubt sie denn, wer sie ist!?‹

John Hawkley lächelte ihm zu und bat sie beide, doch Platz zu nehmen, und Kenneth fragte sich im stillen, ob er aus gutem Grund soviel Platz zwischen den einzelnen Sesseln gelassen hatte. Sie standen nämlich recht weit auseinander.

Deborah Simonton gab ihre stocksteife Haltung auch im Sitzen nicht auf. Sie ergriff unverzüglich das Wort, und ihre Stimme hatte einen ungeduldigen, ja gereizten Klang, als sie zu Hawkley sagte: »Sie haben mich gebeten, Sie an diesem Abend hier aufzusuchen, weil Sie angeblich wichtige Dinge mit mir zu besprechen hätten, die keinen Aufschub erlauben. Sie schrieben etwas von gemeinsamen Interessen, Mister Hawkley. Doch ich wüßte nicht, welche meiner Interessen sich mit den Ihren decken könnten, geschweige denn mit denen von Lieutenant Thorwes.«

»Forbes«, korrigierte Kenneth sie mit höflichem Nachdruck.

Sie zuckte nur mit den Achseln, als wäre sein Name nicht weiter von Belang. »Ich war zufällig in Parramatta, so daß ich es ohne größere Umstände einrichten konnte...«

›Nur weiter so!‹, dachte Hawkley mit kühler Verachtung, während sein Gesicht höfliche Aufmerksamkeit ausdrückte. ›Ich weiß, daß du lügst, sowie du dein verkniffenes Lästermaul aufmachst. Aber ich brauche dich nun mal, wie du mich brauchst!‹

»... doch ich frage mich nun ernstlich«, fuhr Deborah von oben herab fort, »weshalb ich Ihrer Einladung überhaupt gefolgt bin.«

Hawkley lächelte verbindlich. »Nun, ganz einfach, Missis Simonton: Weil Ihre Neugier stärker ist als Ihr Mißtrauen, und letzteres kann man bei Ihnen bestimmt nicht als unterentwickelt bezeichnen.«

»Mister Hawkley!« stieß sie empört hervor und schoß wie von der Tarantel gestochen aus dem Sessel. »Wenn Sie mich beleidigen wollen, dann...«

Beschwichtigend, doch ohne Hast fiel er ihr ins Wort. Er schien sich seiner Sache sehr sicher zu sein, stellte Kenneth fest, was immer diese ›Sache‹ auch sein mochte.

»Aber Missis Simonton! Bitte setzen Sie sich wieder. Nichts liegt mir ferner, als Sie beleidigen zu wollen. Meine Worte waren vielmehr Ausdruck von Wertschätzung.«

»Dann pflegen Sie eine äußerst ungewöhnliche Art, diese zum Ausdruck zu bringen!« sagte sie spitz, setzte sich aber wieder.

Hawkley bedachte sie mit einem gewinnenden Lächeln. »Neugier ist eine sehr menschliche Regung, die in meinen Augen nichts Anrüchiges an sich hat. Ganz im Gegenteil. Sie als Geschäftsfrau müßten doch aus Erfahrung wissen, daß gesunde Neugier eine wahre Tugend für einen jeden Geschäftsmann ist, der vor unliebsamen Überraschungen gefeit sein will.«

Deborahs Miene entspannte sich etwas, doch so ganz überzeugt schien sie noch nicht zu sein. »Also gut, das können Sie sehen, wie Sie wollen, Mister Hawkley. Doch jetzt möchte ich endlich wissen, weshalb Sie um dieses Gespräch gebeten haben!«

Kenneth nickte. »Ich schließe mich Missis Simontons Bitte an«, sagte er mit unterschwelligem Sarkasmus, denn Deborahs Aufforderung hatte so gar nichts Bittendes an sich.
Hawkley blickte in die Runde. »Wie ich Ihnen schrieb, verbindet uns bei aller privaten und geschäftlichen Gegensätzlichkeit doch ein gemeinsames Interesse.«
»Und welches wäre das?« fragte Kenneth.
»Jessica«, sagte Hawkley nach einem kurzen Schweigen. »Unser gemeinsames Interesse gilt Jessica Brading.«
Kenneth war nicht sehr überrascht, als er das hörte. Irgendwie hatte er geahnt, daß Jessica etwas mit dieser Einladung zu tun hatte.
Deborah dagegen war einen Augenblick sprachlos. Dann zeigten sich rote Flecken auf ihrem Gesicht. »Jessica Brading?« stieß sie mit schriller Stimme hervor. »Was bilden Sie sich bloß ein, Mister Hawkley? Mit diesem verdammten Weibsstück verbindet mich nichts! Aber auch gar nichts! Mit einem räudigen Straßenköter verbindet mich mehr als mit diesem Miststück!«
Kenneth fühlte sich von ihrem giftigen Wortschwall persönlich beleidigt und reagierte mit spontaner Empörung: »Ich verbitte mir den Ton, in dem Sie von Jes... von Missis Brading sprechen!«
Deborah fuhr zu ihm herum und funkelte ihn an, als wollte sie ihm im nächsten Moment das Gesicht verkratzen. »Verbitten Sie sich, was Sie wollen, Lieutenant, aber *ich* lasse mir den Mund nicht verbieten! Ich sage jedem, der es hören will, was ich von dieser Emanzipistin halte: Sie ist den Dreck nicht wert, auf dem sie ihre Notdurft verrichtet!«
Kenneth sprang mit zorngerötetem Gesicht auf. »Sie vergessen, mit wem Sie reden!«
»Ich muß Sie enttäuschen, ich weiß sehr wohl, mit wem ich spreche. Aber mich schreckt Ihre Uniform nicht, *Lieutenant!*«

geiferte sie. »Also sparen Sie sich Ihre Einschüchterungsversuche! Ich bin eine Freie und gehöre nicht zu dem verkommenen Sträflingspack, für das Sie offenbar eine so große Sympathie hegen. Oder sollten da vielleicht eher persönliche Gründe eine Rolle spielen, weshalb Sie dieses Bradingweib so in Schutz nehmen?« Sie spie die Worte hervor wie eine angreifende Viper ihr Gift.

Kenneth blieb im ersten Moment die Luft weg. Dann sprang er auf. Eine Zornesader schwoll auf seiner Stirn an und pochte heftig. »Wären Sie ein Mann, fänden Sie sich morgen bei Tagesanbruch auf freiem Feld wieder!«

Hawkley kam ohne Eile aus seinem Sessel und legte ihm eine Hand auf den Arm. »Lieutenant, würden Sie mir bitte den Gefallen tun, sich zu beruhigen und wieder Platz zu nehmen?« bat er ihn und drückte seinen Arm, als wollte er sagen: ›Denken Sie daran, daß Sie mir versprochen haben, Geduld und Nachsicht zu üben!‹

Kenneth sah ihn mit zusammengepreßtem Mund an, als wollte er ihn zum Teufel wünschen und auf der Stelle gehen. Doch dann wich die Spannung aus seinem Körper. »Also gut, aber nur weil Sie mich darum bitten – und ich Ihre Erklärung für dieses absurde Treffen nicht verpassen will!«

»Danke.« Hawkley wandte sich nun Deborah zu. »Und Ihnen wäre ich sehr verbunden, wenn Sie sich mäßigen würden. Sie schaden sich nämlich mehr, als Sie sich nützen.«

Sie setzte zu einer scharfen Erwiderung an. Doch Hawkley ließ sie nicht zu Wort kommen. Seine Stimme nahm nun einen schärferen Ton an. Es war an der Zeit, dieser Frau vor Augen zu führen, wie es um sie bestellt war. »Wenn ich richtig unterrichtet bin, haben Sie und Ihr Mann das Geschäft für Stoffe und Kolonialwaren in Sydney an Jessica Brading verloren – weil Sie sich geweigert haben, eine Emanzipistin wie sie zu bedienen, und sie unter Beleidigungen aus Ihrem Geschäft geworfen haben.«

»Das ist ja lächerlich!« erregte sich Deborah. »Wir haben unser Geschäft verkauft...«

»... weil es Jessica Brading gelang, Schuldscheine über eintausendzweihundert Pfund aufzukaufen«, fiel Hawkley ihr ins Wort. »Schuldscheine, die Ihr Mann am Spieltisch und in Häusern mit sehr zweifelhaftem Ruf unterschrieben hat. Er hat das Geschäft buchstäblich verspielt, und Sie mußten an Jessica verkaufen, weil Sie gar keine andere Wahl hatten. Erst fünfundsechzig Prozent. Doch als Sie Jessica auf meinem Ball den Wein ins Gesicht schütteten und sie zudem noch zu betrügen versuchten, zwang Jessica Sie, auch noch Ihre restlichen Anteile an sie zu verkaufen. Letztlich war es also genauso Ihre scharfe Zunge wie die Spielleidenschaft Ihres Mannes, die Sie den Laden gekostet hat!«

»Hört, hört«, sagte Kenneth voller Häme.

»Das ist ja der Gipfel der Unverschämtheit!« explodierte Deborah. »Nichts als infame Lügen!«

»Tun Sie mir den Gefallen und heben Sie sich Ihre Entrüstung für den Damentee auf, Missis Simonton! Ich habe mich genauestens über Sie informiert, und Sie können versichert sein, daß es nicht Zufall ist, daß ich ausdrücklich nur Sie zu mir gebeten habe und nicht etwa Ihren Mann. Ihr Mann haßt Jessica nicht, sondern bemitleidet nur sich selbst und hadert mit seinem Pech am Spieltisch. Sie dagegen hassen Jessica aus tiefster Seele«, sagte Hawkley ihr direkt ins Gesicht, »und Sie zermartern sich das Gehirn, wie Sie sich rächen und ihr das heimzahlen können, was Jessica Ihnen angetan hat! So verhält es sich doch, nicht wahr? Natürlich. Ich weiß es. Aber bisher ist Ihnen noch nichts Erfolgversprechendes eingefallen. Ich dagegen wüßte eine Möglichkeit, wie Sie zu Ihrer Rache und auch wieder zu Ihrem Geschäft kommen können, und ich bin gern bereit, Sie in meinen Plan einzuweihen. Ich erwarte jedoch, daß Sie hier nicht weiter die empfindliche Dame spielen, die Sie nicht sind! Also entscheiden Sie sich, Missis Simonton: Entweder Sie bleiben jetzt hier, verhalten sich vernünftig, legen Ihr aufgeblasenes, arrogantes Benehmen ab und nehmen die einmalige Chance wahr, die Lieutenant Forbes und ich Ihnen bieten, oder aber Sie verlassen MIRRA BOOKA auf der Stelle. Dann aber werden Sie Ihr Geschäft niemals wiederbekommen, geschweige denn eine Gelegenheit zur Rache finden. Es liegt jetzt ganz bei Ihnen.«

Deborah Simonton hatte mehrmals entrüstet nach Luft geschnappt, wie ein Fisch auf dem Trockenen, und war im Gesicht so rot angelaufen wie eine überreife Tomate. Doch sie hatte ihm zugehört und sich jedes weiteren Protestes enthalten. Kerzengerade und wie zu Stein erstarrt saß sie nun da, während Hawkley auf ihre Entscheidung wartete und Kenneth sie mit unverhohlener Schadenfreude musterte.

»Ich habe nicht die Absicht, mich über die Richtigkeit Ihrer Ausführungen auszulassen, denen vielleicht hier und da ein Körnchen Wahrheit nicht ganz abzusprechen ist«, sagte sie schließlich mit säuerlicher Miene. Es fiel ihr sichtlich schwer, einzugestehen, daß nicht alles erlogen war, was Hawkley da von sich gegeben hatte. »Mich interessiert jedoch, was Sie gegen Jessica Brading zu unternehmen gedenken.«

»Das heißt also, Sie bleiben und wir können von jetzt an wie vernünftige Geschäftspartner miteinander reden, ja?« vergewisserte sich Hawkley. »Denn um ein Geschäft auf Gegenseitigkeit geht es hier nämlich.«

Sie nickte knapp. »Ja, ich bleibe.«

Der Farmer lächelte zufrieden. »Das freut mich.«

Kenneth räusperte sich. »Mister Hawkley, ich kann schwerlich behaupten, daß ich mich unter Ihrem Dach langweile. Ihrem Gespräch mit Missis Simonton zuzuhören ist ganz im Gegenteil sehr anregend und streckenweise auch überaus amüsant«, sagte er sarkastisch und begegnete Deborahs wütendem Blick

mit einem Lächeln. »Aber ich bin mir nicht sicher, ob ich in diese Runde passe. Zudem möchte ich doch klarstellen, daß ich von einer Chance, die ich mit Ihnen Missis Simonton biete, sich an Jessica zu rächen, wie Sie das gerade behauptet haben, nichts weiß... und eigentlich auch nichts wissen will.«
John Hawkley hatte mit dieser Reaktion des Offiziers gerechnet. »Lieutenant, Sie können versichert sein, daß auch Ihre Interessen bezüglich Jessica Brading in dieser Runde bestens aufgehoben sind.«
»Das wage ich zu bezweifeln!« widersprach Kenneth. »Wenn ich es recht betrachte, haben Sie sogar einen großen Fehler begangen, Mister Hawkley. Denn ich habe weder einen Grund noch die Absicht, mich an Jessica zu rächen. Ich werde sie vielmehr warnen, vor Ihnen auf der Hut zu sein, was immer Sie auch planen mögen.«
»O nein, *das* werden Sie ganz gewiß nicht tun, Lieutenant«, sagte Hawkley fast belustigt. »Denn damit erreichen Sie nie ihr Ziel. Und es ist doch Ihr Ziel, Jessica in die Knie zu zwingen und sie zu Ihrer Geliebten zu machen, nicht wahr?«
Kenneth fuhr zurück, als hätte Hawkley ihm eine Ohrfeige verpaßt. »Sie gehen entschieden zu weit!« stieß er hervor. »Ich warne Sie!«
Nun war es an Deborah Simonton, sich an seiner falschen Empörung zu weiden und voller Schadenfreude das Gesicht zu verziehen. »Wie ich es mir doch gedacht habe. Na ja, die Rolle der Offiziers-Hure ist ihr ja auf den Leib geschrieben«, schoß sie ihren Giftpfeil ab.
»Wagen Sie es nicht noch einmal, so von Jessica zu reden!« herrschte Kenneth sie an. »Noch ein solches Wort, und ich sorge dafür, daß Sie ausgepeitscht werden! Und ich werde schon ein Verbrechen finden, dessen ich Sie beschuldigen kann!«
Scharf zog Deborah die Luft ein.

Hawkley lachte belustigt. »So ist es richtig, Lieutenant! Nun haben wir uns alle von unserer besten Seite gezeigt und wissen, was wir voneinander zu halten haben. Unter dem Strich kommt dabei folgendes heraus: Jeder von uns ist bereit, die Regeln der Gesellschaft und die Gesetze zu mißachten, wenn es darum geht, ein uns wichtiges Ziel zu erreichen. Skrupel hat wohl keiner von uns.«
Kenneth starrte ihn aufgebracht an, zügelte jedoch sein Temperament. Insgeheim konnte er nicht anders, als ihm grimmigen Respekt zu zollen. Hawkley hatte ihn mit der Wahrheit genauso in Verlegenheit gebracht wie Deborah Simonton vor wenigen Minuten. Ihren Fehler wollte er nicht wiederholen. Auch er wollte nicht so dumm sein, etwas abzulehnen, von dem er nicht wußte, was es war.
Daher fiel sein Protest sehr moderat aus. »Also gut, warum soll ich mein Interesse an ihr auch leugnen«, sagte er achselzuckend, »zumindest hier in dieser Runde. Ich möchte jedoch in einer Beziehung erst gar keinen falschen Eindruck aufkommen lassen: Wer mir das in der Öffentlichkeit nachsagt und mich zum Gespött der Leute zu machen versucht, den werde ich zur Rechenschaft ziehen! Und zwar mit meiner ganzen Macht und ohne Skrupel, dabei auch Gesetze zu mißachten!« Dabei faßte er Deborah Simonton scharf ins Auge.
Sie schnaubte verächtlich. »Wer interessiert sich denn noch für die... Liebchen der Herren Offiziere, wo man sich doch über ganz andere Ausschreitungen von ihnen stundenlang den Mund zerreißen kann.«
Kenneth ging nicht darauf ein, sondern wandte sich ihrem Gastgeber zu. »Mister Hawkley, mir gefällt es nicht, daß wir uns hier von Ihnen wie ungezogene Kinder abkanzeln und unsere Sünden vorhalten lassen, ohne zu wissen, was Sie überhaupt bezwecken – und wo *Ihr* Interesse liegt! Zum Henker, lassen Sie endlich die Katze aus dem Sack!«

Hawkley genoß diese Situation offensichtlich und nahm sich Zeit. »Uns verbinden unterschiedliche Gefühle mit Jessica Brading. Sie, Lieutenant, begehren sie als Frau, lieben sie aber nicht.«

»Einmal ganz davon abgesehen, daß diese Frage hier nicht zur Diskussion steht, dürfte es Ihnen schwerfallen, das zu beurteilen«, erwiderte Kenneth abweisend.

»Ganz im Gegenteil. Es fällt mir außerordentlich leicht, dieses Urteil abzugeben, Lieutenant«, erwiderte Hawkley, erhob sich aus seinem Sessel, nahm ein paar Scheite aus dem Kupferkessel neben dem Kamin und legte sie ins Feuer. »Sie haben nichts unversucht gelassen, um sie zu demütigen und ihren Stolz zu brechen. Das sind nun nicht gerade die klassischen Ausdrucksformen der Liebe, oder? Wenn ich auch nur den geringsten Verdacht gehabt hätte, Sie könnten Jessica wirklich lieben, dann hätte ich Sie nicht eingeladen.«

Kenneth zog es vor, dazu nichts zu sagen.

»Nein, zwischen Ihnen besteht ein Machtkampf ganz eigener Art«, fuhr Hawkley fort, »und Sie wollen ihn gewinnen, koste es, was es wolle. Sie sind nicht einmal davor zurückgeschreckt, sie auf dem Umweg über Mitchell Hamilton zu treffen. Deshalb auch das Duell und dann später der Haftbefehl. Sie wollen meinen Partner doch nur in die Hand bekommen, um dadurch Druck auf Jessica ausüben zu können, weil Sie wissen, daß Sie sonst nie an Ihr Ziel gelangen.«

Kenneth wischte ein nicht vorhandenes Staubkorn von seinem Ärmel. »Warten wir es ab«, sagte er vage, ohne Stellung zu beziehen.

»Das ist ja zweifellos alles sehr aufschlußreich, was Sie da erzählen, Mister Hawkley«, sagte Deborah Simonton ungeduldig, »aber ich weiß wirklich nicht, was das mit dem zu tun haben soll, weswegen Sie uns zu sich gebeten haben?«

Hawkley setzte sich wieder. »Mehr als Sie glauben, Missis

Simonton. Aber allmählich nähern wir uns dem Kern der Sache, auch wenn Ihnen das wenig glaubhaft erscheint. Es tut mir leid, wenn ich Ihre Geduld und auch Ihre Selbstbeherrschung auf eine harte Probe gestellt habe, aber zuerst mußten wir doch jeder vom anderen wissen, wie er in Wirklichkeit zu Jessica steht und...«

»Nur Sie haben sich bisher noch darüber ausgeschwiegen!« warf Kenneth ihm vor, als er ihm ins Wort fiel. »Ich schätze, Sie sollten diese Lücke schließen, wenn Sie an einem Fortgang dieses Gespräches interessiert sind.«

Deborah nickte knapp. »Allerdings, das sollte er wirklich! Und es ist allerhöchste Zeit!«

Hawkley rieb sich die von Gichtknoten gezeichneten Hände, während sein Gesicht einen harten Ausdruck annahm. »Keine Sorge, ich hätte Ihnen das gewiß nicht vorenthalten. Es darf jeder wissen, was ich für Jessica Brading empfinde«, sagte er mit scharfer, fast überdeutlicher Stimme und machte eine kurze Pause, bevor er fortfuhr: »Ich hasse sie. Ja, ich hasse sie aus tiefstem Herzen! Wie Sie, Missis Simonton. Doch aus anderen Gründen. Ich hasse Jessica, weil sie Mitchell Hamilton verführt hat und ihn ins Unglück stürzt. Sie ruiniert seinen Ruf, seine Karriere, sein ganzes Leben. Mitchell ist für mich wie ein Sohn, und es bricht mir das Herz, zu sehen, wie diese Frau ihn ins Verderben stürzt und alles zunichte macht. Wegen Jessica wäre er im Duell fast getötet worden, und wegen ihr mußte er wie ein Verbrecher flüchten! Ich hasse diese Frau wie nichts sonst auf der Welt, weil sie alles zerstört, was mir etwas bedeutet!«

Kenneth fühlte sich unbehaglich und glaubte, etwas zu seiner Verteidigung sagen zu müssen, wußte aber nicht, wie er seine Erwiderung formulieren sollte. »Ich, äh... ich habe nie die Absicht gehabt...«

Schroff unterbrach Hawkley ihn. »Sparen Sie sich Ihre Worte, Lieutenant. Wir sind uns alle viel zu ähnlich, als daß wir uns etwas vorzumachen bräuchten. Sie nutzen Ihre Macht aus, um Ihr Ziel zu erreichen. Dasselbe tun Missis Simonton und ich. Reden wir also nicht mehr darüber, was früher einmal war, sondern sprechen wir über das, was wir jetzt tun können, damit wir *alle* das erreichen, was wir uns vorgenommen haben!«

»Darauf warte ich schon die ganze Zeit«, sagte Deborah gereizt.

»Sie werden mir doch zustimmen, daß wir erst einmal einen gemeinsamen Nenner finden mußten, Missis Simonton«, sagte Hawkley.

Kenneth verzog das Gesicht. »Sie beide mögen ihn haben. Aber bei mir sieht das doch wohl etwas anders aus, auch wenn Sie mir unterstellen, nicht in selbstloser Liebe zu ihr entbrannt zu sein. Also ich kann beim besten Willen keine Übereinstimmung aller Interessen sehen.«

»Dann will ich Ihnen die Augen öffnen, Lieutenant«, sagte der Farmer und genoß die Rolle desjenigen, der alle Fäden in den Händen hielt, ganz offensichtlich. »Ob wir Jessica nun hassen oder begehren, was ist es, was sie für uns alle scheinbar unerreichbar macht?«

Kenneth zuckte die Achseln. »Ihr falscher Stolz?«

Hawkley schüttelte den Kopf. »Nein, zumindest nicht in erster Linie.«

»Was ist es dann?« wollte Deborah wissen.

»Es ist ihre Eigenständigkeit, ihr Erfolg, ihre wirtschaftliche Stellung!« erklärte Hawkley grimmig, als käme ihm das Eingeständnis von Jessicas Geschäftstüchtigkeit nur widerwillig über die Lippen, was ja auch der Fall war. »Solange Seven Hills so gute Erträge abwirft und sie auch Gewinne mit ihrem Geschäft in Sydney und mit der Comet macht, wird Jessica die stolze, schwer in die Knie zu zwingende Frau sein, die sie jetzt ist, und Sie werden keine Chance haben, ihre Beachtung, geschweige denn ihre Zuwendung zu finden. Erst ihr völliger Ruin wird sie gefügig machen.«

»Nichts würde mir mehr Genugtuung bereiten, als sie völlig ruiniert zu sehen!« stieß Deborah hervor, und in ihren Augen stand die Hoffnung, diesen Tag möglichst bald zu erleben. Dafür war sie bereit, so gut wie alles zu tun.

»Ich weiß nicht«, zweifelte Kenneth. »Jessica gehört nicht zu denjenigen, die ihren Stolz und ihre Starrköpfigkeit verlieren, nur weil sie plötzlich viel Geld verloren haben und vielleicht sogar zu den Armen gehören.«

»Grundsätzlich mögen Sie da ja recht haben«, pflichtete der Farmer ihm bei, »doch Sie vergessen, daß Jessica zwei Kinder hat und daß SEVEN HILLS für sie mehr ist als nur eine äußerst ertragreiche Farm. Es ist ihr Leben, ihr Halt! Ihre schicksalhafte Bestimmung. Das sind übrigens nicht meine Worte, sondern ihre eigenen. Die Farm hat ihrer Deportation einen Sinn und ihrem Leben eine Aufgabe gegeben. Sie fühlt sich auch noch immer ihrem verstorbenen Mann Steve Brading verpflichtet, dessen Lebenswerk sie weiterführen und eines Tages in die Hände ihres Sohnes Edward legen will. Sie können mir glauben, SEVEN HILLS bedeutet ihr mehr als alles andere, und ich kann das sehr gut nachempfinden. Auch ich würde für MIRRA BOOKA jedes Opfer bringen. Ich würde sogar Mitchell opfern, wenn ich einen leiblichen Sohn hätte. Jessica würde für SEVEN HILLS ihr eigenes Blut hergeben, wenn sie es auf diese Weise für ihren Sohn retten könnte. Auch ein Mann kann diese besessene Liebe nicht ersetzen. Ich bezweifle sehr, daß sie Mitchell aufrichtig liebt«, sein Mund verzog sich geringschätzig, »aber auch wenn sie dazu in der Lage wäre, würde sie doch immer SEVEN HILLS wählen, wenn man sie vor die Wahl stellte, sich entweder für ihn oder für die Farm zu entscheiden. Die Hingabe zu diesem Land macht sie stark – aber gleichzeitig auch sehr verwundbar. SEVEN HILLS ist ihre Achillesferse, und dort werden wir sie treffen. Wer ihr die Farm nimmt, zerstört sie – und wer sie ihr wiedergibt, kann alles von ihr verlangen, was sein Herz begehrt. Aber auch wirklich *alles!*«

Verblüffung zeigte sich auf Kenneth' Gesicht und wich dann einem Ausdruck unverhohlener Bewunderung. »Mein Kompliment, Mister Hawkley. Ich wäre nie auf die Idee gekommen, daß man SEVEN HILLS auch *gegen* sie benutzen kann. Ich verstehe nur nicht, was *Sie* davon haben, wenn Jessica ruiniert ist.«

»Ich verfolge zwei Ziele«, antwortete Hawkley bereitwillig. »Zum einen stört es meine Eitelkeit und mein Selbstbewußtsein, daß ausgerechnet Jessica Brading, ein Sträfling, Herrin über eine Farm wie SEVEN HILLS ist, die sogar MIRRA BOOKA noch aussticht. Sie sehen, auch ich mache kein Hehl aus meinen Schwächen. Zum anderen bin ich der festen Überzeugung, daß Mitchell endlich von Jessica loskommt und Vernunft annimmt, wenn sie erst einmal Ihre Geliebte geworden ist. Sein Stolz wird es niemals zulassen, ihr zu verzeihen, sich mit Ihnen eingelassen zu haben, nur um ihre Farm zu retten. Liebe und Haß sind zwei nahe Verwandte, Lieutenant. Ich spekuliere darauf, daß er die feine Grenze, die dazwischenliegt, dann überschreiten wird. Das wäre mein zweiter Sieg.«

»Raffiniert«, sagte Kenneth anerkennend. »Ich hätte wirklich nicht gedacht, daß sich unsere Interessen tatsächlich decken würden.«

»Auch ich muß zugeben, daß ich von Ihrem Vorhaben sehr angetan bin«, mischte sich Deborah wieder ins Gespräch. »Doch wie wollen Sie den Plan, Jessica in den Ruin zu treiben, in die Tat umsetzen? Und welche Rolle haben Sie uns dabei zugedacht?«

»Eine gute Frage, die mir auch schon auf der Zunge lag«, sagte Kenneth.

Hawkley wählte seine Worte mit Bedacht. »Ich habe einen detaillierten Plan ausgearbeitet, der mehrere Phasen und ver-

schiedene Aktivitäten vorsieht. Doch da es sich bei diesen Maßnahmen nicht gerade um Aktionen handelt, die dem Gesetz entsprechen, halte ich es für ratsamer, sie für mich zu behalten. Je weniger Sie wissen, desto kleiner sind die Risiken für Sie selbst und für die anderen, die am Plan beteiligt sind.«
Deborah runzelte die Stirn. »Wir sollen also nicht erfahren, was Sie zu tun beabsichtigen?«
»Oh, ich bin ganz sicher, daß Sie es schon erfahren werden«, sagte Hawkley mit einem spöttischen Lächeln, »aber erst dann, wenn es schon geschehen ist. Eigentlich sollte Ihnen das doch entgegenkommen. Es ist zu Ihrem eigenen Schutz – und garantiert, daß keiner dem anderen in den Rücken fallen kann, aus welchen Gründen auch immer.«
Auch Kenneth war leicht irritiert. »Schön und gut. Normalerweise ist dagegen nichts einzuwenden. Aber Sie haben uns doch bestimmt nicht kommen lassen, nur um unsere prinzipielle Zustimmung zu Ihrem Plan zu erhalten, oder? Ich nehme doch an, daß Ihnen vielmehr an unserer aktiven Beteiligung und Unterstützung gelegen ist.«
»Allerdings«, stimmte Hawkley zu. »Doch Sie werden nicht direkt an der blutigen Feldschlacht teilnehmen, um es mit einem Vergleich zu verdeutlichen, sondern die schmutzige Arbeit Söldnern überlassen. Ihre Aufgabe wird es sein, mich bei der Wahl der zukünftigen Schlachtfelder zu beraten und im verborgenen für Flankenschutz zu sorgen.«
»Was heißt das konkret für mich, Mister Hawkley?« wollte Deborah aufgeregt wissen. »Sagen Sie mir, was ich tun soll, und ich werde es tun!«
»SEVEN HILLS ist zwar unser Hauptangriffsziel, und dort wird die Schlacht auch entschieden. Aber in einem Krieg ist es immer gut, Kräfte des Gegners an anderen Fronten zu binden und Verwirrung zu stiften, sei es durch einen unerwarteten Angriff oder auch nur durch Scharmützel. Dazu eignet sich das

Geschäft in Sydney sehr gut. Es wäre ein schwerer Schlag für Jessica und würde sie schwächen, wenn sie es verlieren würde. Es ist Ihre Aufgabe, sich dazu etwas einfallen zu lassen.«
In ihren Augen brannte das leidenschaftliche Feuer blinden Hasses. »Wir können es niederbrennen!«
Hawkley lächelte dünn. »Das Geschäft liegt mitten in Sydney, meine Liebe, und zufällig gehören mir und meinen Freunden einige Immobilien in unmittelbarer Umgebung. Brandstiftung kommt somit nicht in Frage. Außerdem bliebe dann ja wohl kaum noch etwas von dem Geschäft übrig, zu dem ich Ihnen doch wieder verhelfen möchte.«
»Natürlich, Sie haben recht«, pflichtete sie ihm eifrig bei. »Mir wird schon etwas einfallen!«
Hawkley nickte. »Ich bin da auch sehr zuversichtlich, Missis Simonton. Die Erfahrung hat mich nämlich gelehrt, daß nichts die kriminelle Phantasie so sehr anregt wie Haß und der Wunsch, schnell und ohne viel Arbeit zu Geld zu kommen.«
»Und wo haben Sie mich verplant?« fragte Kenneth.
»Ich denke, darauf sind Sie bereits selbst gekommen, Lieutenant.«
»Ich soll vermutlich denjenigen, die Sie vorhin als Söldner bezeichnet haben, den Rücken freihalten und dafür sorgen, daß niemand zu genau beobachtet, was da oben am Hawkesbury vor sich geht«, mutmaßte er.
»Sie haben es erfaßt, Lieutenant. Man sagt Ihnen nach, beste Beziehungen zu den einflußreichsten Männern zu unterhalten, die zur Zeit in New South Wales das Sagen haben. Sie sind zudem in Parramatta stationiert und haben schon zuvor Ihr Interesse am Hawkesbury-Siedlungsgebiet kundgetan. Sie haben mächtige Gönner und sind genau zur richtigen Zeit am richtigen Ort. Es dürfte Ihnen daher nicht schwerfallen, das Kommando zu bekommen, wenn es darum geht, eine Patrouille dort hinzuschicken, um den merkwürdigen Dingen auf die Spur zu

kommen, die sich in der Gegend um SEVEN HILLS ereignen. Und es ist Ihnen dann bestimmt ein leichtes, die wahren Übeltäter nirgends zu finden, sondern vielmehr zu dem Eindruck zu gelangen, daß unzufriedene Sträflinge, die Jessica zu sehr knechtet, für alles verantwortlich zu machen sind. Natürlich werden Sie nicht in der Lage sein, Namen zu nennen. Aber wer will die auch schon hören, nicht wahr?«
Kenneth grinste hämisch. »Warum eigentlich nicht? Ich wüßte da schon einen, dem ich gerne was anhängen würde«, sagte er und dachte an Jessicas Verwalter, diesen Iren Ian McIntosh, der es doch bei seinem letzten Besuch auf SEVEN HILLS tatsächlich gewagt hatte, Jessica vor ihm schützen zu wollen.
»Das können Sie machen, wie Sie wollen, Lieutenant«, ließ Hawkley ihm freie Hand. »Wichtig ist nur, daß keiner zu genaue Untersuchungen anstellt, wenn die ersten Klagen aus SEVEN HILLS bei Ihnen in der Garnison in Parramatta eintreffen. Dann müssen Sie schon alles im Griff haben.«
»Wann soll es denn losgehen?«
»Nicht vor einer Woche, spätestens aber in zwei.«
»Kein Problem. Bis dahin habe ich dafür gesorgt, daß mir die Region am Hawkesbury auch ganz offiziell unterstellt wird«, versprach Kenneth. »Aber wie sieht es mit den Kosten aus? Söldner kennen nur eine Treue – und die gilt ihrer Bestechlichkeit. Verläßliche Männer kosten daher eine Menge Geld.«
»Darüber machen Sie sich keine Gedanken. Geld ist mein geringstes Problem. Was ich besitze, kann ich gar nicht mehr ausgeben. Die Leute werden von mir bezahlt – und zwar sehr großzügig. Außerdem hat der Mann, der diese ganze Aktion am Hawkesbury leiten wird, noch seine ganz eigene Rechnung mit Jessica Brading zu begleichen. Auf ihn ist deshalb hundertprozentig Verlaß.«
»Ausgezeichnet. Dann kann ja gar nichts mehr schieflaufen«, stellte Kenneth fest.

»Jessicas Ruin ist schon jetzt besiegelt, Lieutenant, und der Tag, an dem sie Ihnen gehören wird, nicht mehr fern. Doch bevor wir auf unser Triumvirat und unsere Abmachungen anstoßen, erwarte ich Ihr Ehrenwort, daß der Haftbefehl gegen meinen Partner aufgehoben wird!« verlangte Hawkley.
»Sofort?« fragte Kenneth mit hochgezogenen Augenbrauen.
»Ja, in den nächsten Tagen. Ich erwarte einen schriftlichen Widerruf der Anschuldigungen, eine uneingeschränkte Ehrenrettung.«
»Ist das nicht ein wenig viel verlangt?« wandte Kenneth ein. »Ich meine, eine stillschweigende Übereinkunft...«
»Nein, ich verlange die schriftliche Wiederherstellung seiner Ehre. Und es ist nicht zuviel verlangt, sondern auch zu Ihrem eigenen Besten. Ich stehe auf Ihrer Seite, Lieutenant, und Sie wissen, daß wir aufeinander angewiesen sind. Mitchell wird Ihnen nicht mehr im Weg stehen. Außerdem wissen Sie so gut wie ich, daß Sie den Haftbefehl nicht ewig aufrechterhalten, geschweige denn später vor Gericht werden rechtfertigen können. Und Sie wissen, daß irgendwann einmal ein neuer Gouverneur in Sydney residieren und einige unangenehme Fragen stellen wird. Sie tun also auch sich einen Gefallen, wenn Sie einen Freien und Großgrundbesitzer wie Mitchell Hamilton nicht weiter verfolgen. Ich gebe Ihnen mein Wort als Ehrenmann, daß man Sie später deshalb nicht zur Verantwortung ziehen wird und Sie einen Fürsprecher haben werden, der bezeugt, daß Sie immer loyal zum König gestanden haben.«
Kenneth überlegte und nagte an seiner Unterlippe. Er war kein Dummkopf. Johnstone und MacArthur würden nicht ewig am Ruder sein. Es war also wirklich nicht falsch, schon ein wenig für die Zeit nach ihnen vorzubauen, und John Hawkleys Wort hatte Gewicht in der Kolonie – egal, wer gerade hier regierte. Aber andererseits paßte es ihm nicht, Mitchell schon so früh vom Haken zu lassen. Er hatte ihn damals beim Duell bis auf

die Knochen blamiert. Doch wenn er beides gegeneinander abwog...

»Also gut, Sie sollen Ihren Willen haben, Mister Hawkley«, sagte er schließlich. »Aber Sie müssen mir versprechen, daß mir Ihr Partner nicht wieder in die Quere kommt.«

»Ich werde es so einrichten, daß Mitchell erst dann nach MIRRA BOOKA zurückkommt, wenn schon alles entschieden ist«, versicherte Hawkley.

»Einverstanden.«

Der Farmer füllte zwei Gläser mit Brandy und für Deborah eines mit Sherry. Dann stießen sie auf ihr verbrecherisches Komplott an. Der Pakt, der Jessica den Ruin bringen sollte, war geschlossen!

9

Mitchell hielt sie fest umschlungen. »Ich laß' dich nicht gehen, Jessica! Bleib bei mir. Ich ertrage es einfach nicht, wenn du mich jetzt verläßt!« flüsterte er ihr mit eindringlicher, leidenschaftlicher Stimme zu. »Wir gehören doch zusammen...«
»Ja, wir gehören zusammen, mein Liebling«, versicherte Jessica und kämpfte gegen die aufsteigenden Tränen an. »Aber wir sind deshalb doch nicht frei in unseren Entscheidungen. Ich kann nicht bleiben.«
»Aber warum denn nicht? Captain Rourke kann doch in ein, zwei Monaten wiederkommen und dich dann erst wieder mitnehmen«, redete er beschwörend auf sie ein, obwohl er wußte, wie unrealistisch sein Vorschlag war.
»Es geht nicht, und du weißt es.« Es schmerzte sie, daß sie es ihm sagen mußte.
»Missis Brading!« rief Patrick Rourke, der in diskreter Entfernung sein Messer immer wieder in den dicken Stamm eines Eukalyptusbaumes schleuderte. »Tut mir wirklich leid, aber wir müssen los. Ich möchte, daß die Küste bei Einbruch der Dunkelheit hinter uns liegt.«
»Ja, sofort Captain!« rief sie zurück und löste sich aus Mitchells Umarmung.
»Soll das alles gewesen sein?« fragte er vorwurfsvoll. »Ist das alles, was uns an Glück vergönnt sein soll? Ich kann es nicht glauben.«
»Es ist nur ein vorübergehender Abschied, mein Liebster«, ver-

suchte sie ihn und auch sich selbst zu trösten. »Weißt du noch, wie schrecklich verzweifelt wir waren, als du SEVEN HILLS innerhalb von Stunden hast verlassen müssen? Glaubten wir damals nicht auch, wir würden uns ein halbes, ja vielleicht sogar ein Jahr und länger nicht mehr sehen? Erinnerst du dich noch daran?«

»Ja«, sagte er widerstrebend. »Aber...«

»Aber es ist kein Jahr geworden, nicht einmal ein halbes«, fuhr sie schnell fort. »Wir haben uns wiedergesehen und mehr als das. Vier wunderbare Tage haben wir gehabt, so voller Glück und Liebe... und soviel Leidenschaft.« Sie lächelte ihn an. »Hat es uns auch nur an irgend etwas gefehlt? War unser Glück nicht vollkommen?«

»Ja, das war es«, sagte er mit schwerer Stimme. »Aber es war nur das Glück von vier Tagen. Wir können mehr als das haben!«

»Ja, wenn die Zeit dafür reif ist. Aber sollten wir bis dahin nicht dankbar sein, daß uns diese vier Tage überhaupt vergönnt waren?« erwiderte sie mit sanftem Vorwurf, obwohl der Abschiedsschmerz auch ihr schier das Herz zerreißen wollte.

Doch er haderte mit dem Schicksal. »Was sind schon vier Tage, wenn wir immer zusammensein könnten!«

»Ein wunderbarer Vorgeschmack auf das, was noch vor uns liegt, mein Geliebter«, antwortete sie zärtlich.

»Missis Brading!« mahnte Captain Rourke.

»Jessica, bleib! Ich habe so eine furchtbare Ahnung, daß wir uns nie mehr wiedersehen, wenn du jetzt von mir gehst!« stieß Mitchell hervor.

»Hast du vergessen, daß Edward und Victoria zu Hause auf mich warten?« hielt sie ihm ruhig vor. »Nicht einmal wenn ich wollte, könnte ich bleiben.«

»Das heißt, du willst es auch gar nicht!«

»Mitchell! Sag so etwas nicht! Keiner von uns kann tun und

lassen, was er will. Ich habe Pflichten und Verantwortung auch für andere Menschen, nicht nur für meine Kinder. Verschließe doch nicht die Augen vor der Wirklichkeit.«
Mitchells Schultern sackten zusammen, als wiche die Kraft der Auflehnung aus ihm. »Ja, natürlich. Ich weiß, daß du fahren mußt«, sagte er mit gebrochener, müder Stimme. »Entschuldige, daß ich dich so bedrängt habe. Ich weiß selbst nicht, was in mich gefahren ist. Es fällt mir nach den vier Tagen nur so entsetzlich schwer, mich damit abzufinden, daß unsere Zeit abgelaufen ist. Ich war egoistisch. Dabei warten deine Kinder bestimmt schon sehnsüchtig auf dich. Du hast sie lange genug allein gelassen... und die Farm. Mach's gut, mein Liebling. In Gedanken werde ich immer bei dir sein und du bei mir, das weiß ich.«
»Ja«, hauchte sie nur, und Tränen füllten ihre Augen.
»Weine nicht.« Er nahm ihr Gesicht in beide Hände, und sie küßten sich ein letztes Mal mit all ihrer Zärtlichkeit und Liebe. Es kümmerte sie nicht, daß Patrick Rourke nicht weit von ihnen stand und wartete.
Zwei Matrosen saßen im Beiboot, blickten mit breitem, gutmütigem Grinsen zu ihnen herüber und warteten auf ihren Captain und Jessica.
Mitchell verabschiedete sich am Strand von Patrick Rourke mit einem kräftigen Händedruck. »Danke für alles. Und kommen Sie alle gut nach Sydney zurück!«
»Da habe ich keine Sorge, Mister Hamilton«, brummte der bärtige Ire, seine Anteilnahme hinter einer verdrossenen Miene verbergend. »Und Sie sind sich sicher, daß Sie auch allein zur Töpferei zurückfinden?«
Mitchell nickte. »Es ist nicht allzu schwer, sich den Weg zu merken, wenn man gewöhnt ist, sich in der Wildnis zurechtzufinden. Es ist ja nur ein Marsch von anderthalb Stunden.«
»Dann auch Ihnen alles Gute.«

Mitchell berührte Jessica noch einmal kurz am Arm. »Paß auf unser Kind auf!« flüsterte er ihr zu. »Ich weiß, daß wir in diesen Tagen ein Kind gezeugt haben. Und du hast versprochen, meine Frau zu werden. Also paß gut auf euch beide auf.«
Sie sah ihn nur an, weil die Tränen ihre Stimme erstickten. Dann riß sie sich von seinem Anblick los, raffte ihre Röcke hoch und ergriff die hilfreiche Hand von Captain Rourke, der ihr ins Boot half.
Mitchell stand am Ufer der Bucht und sah zu, wie das Beiboot sich rasch entfernte. Er winkte ihr zu, als sie dann an Deck der COMET stand und der Singsang der Matrosen, die den Anker einholten und die Segel setzten, über das Wasser zu ihm herüberwehte.
Der ablandige Wind füllte die ausgeblichenen Segel. Langsam setzte sich der schwerbeladene Schoner unter einem grauen Himmel im Bewegung, ging auf Steuerbordbug und hielt auf die schmale Fahrrinne zwischen den beiden Landzungen zu.
Die Gestalt am Heck ließ ein rotes Tuch im Wind wehen. Das war das letzte, was Mitchell von Jessica sah. Wenig später erreichte die COMET die Passage. Ein letzter Blick, dann verschwand der Schoner jenseits der dichten, hohen Wälder, und die Bucht lag so still und leer vor ihm, als hätte hier nie ein Schiff vor Anker gelegen.
Mitchell stand noch eine ganze Weile dort. Dann wandte er sich langsam ab und ging zu der Stelle zwischen den Bäumen, wo sich ihr Lager befunden hatte. Bis auf die Feuerstelle mit kalter Asche und ein paar Spuren am Boden wies nichts mehr darauf hin, daß er hier mit Jessica vier paradiesische Tage und Nächte verbracht hatte.
Schließlich schulterte er den Leinensack, der die Bücher und einige andere Kostbarkeiten enthielt, die Jessica und auch Captain Rourke ihm mitgegeben hatten. Es waren auch Geschenke für Cedric Blunt und seine Tochter dabei. Der Ire hatte für beide etwas in Hobart erstanden.

Mitchell machte sich auf den Weg und war ganz froh, daß es mit dem schweren Sack auf dem Rücken ein recht anstrengender Marsch war und er sich konzentrieren mußte, nicht in die Irre zu laufen. Es lenkte ihn ein wenig von seinem Schmerz und dem Gefühl der Verzweiflung ab, das ihn wie eine dunkle Ahnung befallen hatte, als der Moment der Trennung gekommen war. Und er versuchte nicht daran zu denken, daß er in die Trostlosigkeit und Einsamkeit der Töpferei zurückkehrte, während der Herbst überall Einzug hielt – auch in seinem Herzen.

Er war gut eine Stunde forschen Schrittes gegangen, als er plötzlich vor sich eine Bewegung sah, etwas Helles, das hinter einem Strauch verschwand, dessen immergrüne Blätter dem Efeu ähnlich waren. Er blieb abrupt stehen. »Ist da wer?« rief er.

Er erhielt keine Antwort. Vorsichtig setzte er den Sack ab. Er wünschte, Captain Rourke hätte ihm die Flinte gelassen, um die er ihn gebeten hatte. Er hatte sie ihm zum doppelten Wert abkaufen wollen. Doch der Ire hatte abgelehnt und wohl nicht zu Unrecht darauf hingewiesen, daß Blunt sie ihm auf der Stelle abnehmen würde.

Doch jetzt hätte sie ihm immerhin von Nutzen sein können. Es geschah zwar recht selten, daß Sträflinge in die Wildnis flüchteten. Doch ab und zu passierte es, daß jemand meinte, dort überleben zu können. Und das waren die gefährlichsten, denn sie konnten ihr Überleben nur sichern, indem sie herumziehende Händler, Alleinreisende und abgelegene Farmen überfielen und beraubten.

War er auf einen solchen entlaufenen Sträfling gestoßen?

Mitchell sah sich nach etwas um, das ihm als Waffe dienen konnte, fand jedoch nur einen armlangen Knüppel, der ihm schon sehr morsch erschien. Viel würde er damit nicht ausrichten können. Doch es war immer noch besser, diesen Knüppel in der Hand zu haben als gar nichts.

»Komm da raus! Ich habe dich gesehen!« rief er und ging nun langsam auf den Strauch zu, den Knüppel zum Schlag erhoben. »Hörst du? Zeig dich! Mich hast du nicht getäuscht!«
Ein leises Rascheln war zu hören.
In Erwartung eines möglichen Angriffs packte Mitchell den Knüppel so fest er konnte und machte noch ein, zwei Schritte auf den Strauch zu. »Ich warne dich zum letztenmal!« rief er drohend. »Wenn du nicht sofort da herauskommst, dann...«
»Ich... ich komme ja schon!« erhielt er nun Antwort, hastig und atemlos. »Tun Sie mir nichts!«
Es war Sarah, die aus dem Gesträuch hervortrat.
Verblüfft starrte er sie an, noch immer die Hand zum Schlag erhoben. »*Du?* Was hast du denn hier zu suchen?« fragte er verwundert und ließ den Knüppel sinken. »Und warum hast du dich vor mir versteckt? Ich dachte schon, ein entlaufener Sträfling würde mir auflauern.«
Das blonde Haar fiel ihr wirr ins gerötete Gesicht. »Ich... ich habe Sie nicht erkannt. Ich habe nur Schritte gehört und mich schnell versteckt.«
»Dann hat wohl jeder Angst vor dem anderen gehabt«, stellte er spöttisch fest. »Aber wie kommst du denn hier her, Sarah? Bist du nicht ein bißchen weit weg von zu Hause? Was hast du hier überhaupt gemacht?«
Sie strich sich das Haar aus dem Gesicht und wickelte eine lange Locke um ihren Zeigefinger. »Ich... ich habe nach Heilkräutern gesucht«, sagte sie, sah ihm dabei aber nicht in die Augen.
»So, du hast Heilkräuter gesucht«, wiederholte er und warf den Knüppel hinter sich ins Dickicht. »So weit vom Haus entfernt.«
»Ja, Mister Prescott.«
»Und? Hast du welche gefunden?«
»Nein.«

»Wie schade. Und wo hast du deinen Korb, in dem du sonst immer deine Kräuter sammelst. Du hast ihn wohl vergessen, ja?«

Sie nickte mit gesenktem Kopf, und die Röte auf ihren Wangen wurde noch intensiver.

Er sah sie an und glaubte ihr kein Wort. Sie war erhitzt und ihr Gesicht nicht nur aus Verlegenheit gerötet. Ihr blau-grün kariertes Kleid wies unter den Achseln dunkle Schweißflecken auf. Und noch immer hob und senkte sich ihre Brust in einem schnellen Rhythmus, der nicht von Erschrecken, sondern von Atemnot bestimmt wurde.

Sie war gelaufen. Deshalb war sie so erhitzt. Und da sie schwere körperliche Arbeit gewohnt war, mußte sie sich ganz schön angestrengt haben, um so außer Atem zu sein. War sie vielleicht schon vor einer guten Weile auf ihn gestoßen und vor ihm hergelaufen, ohne daß er sie bemerkt hatte? Da er so sehr in seine Gedanken versunken gewesen war, konnte er das nicht ausschließen.

Ihm kam ein Gedanke, der ihm nicht gefiel – nämlich daß es ebensowenig auszuschließen war, daß Sarah sich vielleicht sogar bis zur Bucht hinuntergewagt hatte. Dann hatte sie die COMET gesehen – und bestimmt auch Jessica. Diese Vorstellung, daß Sarah sie möglicherweise dort beobachtet hatte, behagte ihm gar nicht. Doch von der Heimstatt der Blunts bis zur Bucht war es auch bei zügigem Tempo ein Weg von fast anderthalb Stunden. Und für drei, vier Stunden hätte sie sich doch unmöglich von zu Hause entfernen dürfen. Cedric ließ ihr wenig Zeit für sich selbst – bis auf den Sonntag, der ihm heilig war und wo alle Arbeit ruhte. Aber es war nicht Sonntag, sondern erst Wochenmitte. Nein, unten an der Bucht konnte sie deshalb kaum gewesen sein.

Und Kräuter gesammelt hatte Sarah auch nicht, das stand fest. In den Monaten, die er nun schon mit ihr unter einem Dach lebte, waren ihm viele ihrer Gewohnheiten vertraut. Wenn sie loszog, um Beeren und Kräuter zu sammeln, trug sie stets ihr altes, geflicktes Kattunkleid und hatte ihren runden, selbstgeflochtenen Weidenkorb am Arm. Das blau-grün karierte Kleid war zwar auch nicht überwältigend schön, jedoch das zweitbeste, das sie besaß. Niemals hätte sie es zum Kräutersammeln im Wald angezogen. Und doch hatte sie es an, was bestimmt kein Zufall war – genausowenig wie die Tatsache, daß er hier auf sie gestoßen war.

Mitchell war versucht, ihr das auf den Kopf zuzusagen und sie zu fragen, warum sie ihn so offensichtlich anlog, ließ es dann aber bleiben. Sarah war ihm keine Rechenschaft schuldig. Sie konnte tun, was ihr beliebte. Einzig ihr Vater konnte ihr Vorschriften und Vorhaltungen machen, was er ja zur Genüge tat. Er wollte ihr auch nicht wehtun, nicht einmal mit Worten. Irgendwie war er auf sie angewiesen. Sarah war die einzige Person, mit der er sich unterhalten konnte und die ihm an diesem gottverlassenen, deprimierenden Ort Zuneigung und Wärme entgegenbrachte. Da wäre es unklug gewesen, sie mit derartigen Fragen zu bedrängen.

»Na, dann such mal weiter deine seltenen Kräuter«, sagte er deshalb nur mit leichter Ironie in der Stimme und ging zu der Stelle zurück, wo er den Leinensack abgesetzt hatte. Er hob ihn sich wieder auf die Schulter.

Unschlüssig stand Sarah am Strauch und knickte einen Zweig um. »Mister Prescott?« Bange Erwartung schwang in ihrer Stimme mit.«

»Ja?«

»Darf ich Sie zum Haus zurück begleiten?« Es klang so, als bäte sie ihn um einen großen Gefallen, dessen sie sich eigentlich schämen müßte.

»Sicher, warum nicht«, sagte er mit einem spöttischen Lächeln auf den Lippen. »Aber ich dachte, du wolltest Kräuter sammeln.«

Sie lächelte ihn so warmherzig an, daß es ihn berührte und ihm wieder bewußt wurde, welch ein entsagungsreiches trostloses Leben sie doch führte. Und er freute sich jetzt schon darauf, ihr glückliches Gesicht zu sehen, wenn er ihr die Geschenke gab, die Patrick Rourke in seinem Auftrag in Hobart erstanden hatte. Es waren nur ein paar Kleinigkeiten: etwas Stoff für ein neues Kleid, ein hübscher Kamm und ein paar Bänder und Haarspangen. Für ihren Vater hatte er einen kleinen Krug Branntwein und eine neue Axt, die um einiges handlicher war als das schwere, klobige Ding, das Cedric auch für kleinere Holzarbeiten benutzte.

»Das ist nicht mehr so wichtig«, versicherte Sarah eifrig. »Es ist sowieso Zeit, mich auf den Heimweg zu machen, Mister Prescott.«

»Also gut, wenn du es schaffst, mit mir Schritt zu halten, kannst du mir gern Gesellschaft leisten.«

»Oh, ich halte ganz sicher mit Ihnen Schritt, Mister Prescott!« versicherte sie geradezu überschwenglich.

Einer plötzlichen Eingebung folgend, die er sich selbst nicht erklären konnte, sagte er unvermittelt zu ihr: »James Prescott ist nicht mein richtiger Name, und ich bin sicher, daß du das weißt – und auch dein Vater.«

»Ja«, sagte sie schlicht.

»Ich möchte nicht, daß du Mister Prescott zu mir sagst«, erklärte er. »Ich heiße Mitchell.« Er vermochte nicht zu sagen, wieso er so felsenfest davon überzeugt war, daß sie dieses Geheimnis für sich behalten und seinen richtigen Vornamen nicht verraten würde. Er wußte es einfach.

Sie sah ihn mit leuchtenden Augen an, als hätte er ihr ein kostbares Geschenk gemacht. »Mitchell«, sie neigte den Kopf ein wenig, als lauschte sie dem Klang seines Namens. »Ein schöner Name. Er klingt viel besser als James. James Prescott, das paßte nicht zu Ihnen.«

»So, findest du?« fragte er amüsiert.
Sie nickte nachdrücklich. »Der Name würde zu einem verschlossenen Mann mit rauhen Händen wie meinen Vater oder zu einem gerissenen fahrenden Händler passen, nicht aber zu Ihnen. Sie haben ganz bestimmt einen wohlklingenden, vornehmen Namen, wie er einem Mann wie Ihnen auch zusteht. Das habe ich von Anfang an gewußt.«
Er lachte. »Na, ich wüßte nicht, was an Mitchell vornehm wäre.«
Sie zuckte nur die Achsel, als wollte sie sagen: ›Für mich ist er das schon.‹ Und dann vergewisserte sie sich: »Und ich darf Sie wirklich Mitchell nennen?«
»Ja, das darfst du.« Er wollte nicht noch extra darauf hinweisen, daß sie ihn nur so ansprechen durfte, wenn sich ihr Vater nicht in Hörweite befand. Es verstand sich einfach von selbst.
Sie marschierten los, und er schlug sogleich ein forsches Tempo an, obwohl der Leinensack ihm zu schaffen machte. Sarah hielt sich an seiner rechten Seite. Wurde der Weg zu schmal für sie beide, eilte sie voraus, um dann dort zu warten, wo sie beide wieder Seite an Seite weitergehen konnten. Sie schwiegen die meiste Zeit; es war ein angenehmes Schweigen, das etwas Vertrautes hatte.
»Sie waren lange fort«, sagte sie dann, als sie nur noch wenige Minuten von der Heimstatt entfernt waren.
»Es waren vier Tage, Sarah. Das kann man kaum lange nennen«, erwiderte er mit bitterem Beiklang. Schweiß perlte inzwischen auf seinem Gesicht, und seine Schulter schmerzte vom Gewicht seiner Last. Doch noch mehr schmerzte ihn das Gefühl der Verlassenheit. Ob Jessica die Küste von Van Diemen's Land jetzt noch sehen konnte? Mit jedem Augenblick wurde die Entfernung zwischen ihnen größer – und die Erinnerung an ihre gemeinsamen Tage immer unwirklicher.
Sarah lächelte ihn an. »Mir sind die vier Tage jedenfalls sehr

lang vorgekommen. Länger als sonst ein, zwei Monate. Es war zu Hause so... so merkwürdig anders ohne Sie. Und dann ist Vater gestern auch noch weggefahren...«
»Er hat dich einfach allein gelassen?« fragte Mitchell verwundert und mit einem mißbilligenden Stirnrunzeln.
»Ja, aber das bin ich gewohnt... Ich bin immer allein, wenn er das Ochsengespann nimmt und seine Kunden beliefert. Es ist ja nur für ein paar Tage, und es hat mir auch nie etwas ausgemacht«, sagte sie und setzte dann leise hinzu: »Bisher jedenfalls nicht.«
»Wann kommt er denn wieder?« wollte Mitchell wissen.
»Heute abend. Er ist nur zur nächsten Siedlung gefahren, nach Brixley, um Mister Warfton die Einmachtöpfe zu bringen. Mister Warfton hat nämlich einen herrlichen Obstgarten, und die Ernte ist gut gewesen, wie Vater mir erzählt hat. Zwanzig Galonengefäße und dreißig Quarttöpfe. Ein schönes Geschäft, auch wenn Mister Warfton um jeden Penny feilscht.«
»Das freut mich für euch.«
Sie lächelte und sagte scheinbar ohne jeden Zusammenhang: »Ich dachte schon, Sie hätten uns für immer verlassen.«
Er verzog das Gesicht. Die Bäume wichen zurück und gaben den Blick auf die große Lichtung frei, wo Cedric Blunt sich niedergelassen und seine schäbigen Gebäude und Schuppen errichtet hatte. Der Platz zwischen Werkstatt und Stall, wo sonst das Fuhrwerk stand, war leer. Er war also noch nicht zurück.
»Wie es aussieht, werde ich dir und deinem Vater noch einige Zeit zur Last fallen.«
»Das dürfen Sie nicht sagen! Sie sind keine Last!« beteuerte sie hastig und fast erschrocken darüber, wie er so etwas nur sagen konnte. »Im Gegenteil.« Und bevor sie sich bewußt wurde, was ihr da über die Lippen kam, sprudelte es schon aus ihr hervor: »Ich bin ja so froh, daß Sie endlich wieder da sind, Mitchell! Es war so trostlos ohne Sie!«

Er stutzte kurz, schaute sie verblüfft an und ging dann schnell weiter. Der Blick in ihre strahlenden Augen hatten ihn zutiefst erschreckt. Er hatte in ihnen etwas gelesen, was er nicht hatte wissen wollen – und deshalb verschloß er es sofort ganz tief in seinem Innern bei seinen dunklen Ahnungen und Ängsten.

10

Eugenia Boldwin leerte den letzten Eimer heißes Wasser in die Sitzwanne, die sie mit Manekas Hilfe aus dem angrenzenden Waschkabinett getragen und vor den Kamin gestellt hatte. Auf dem Feuergitter brannte ein halbes Dutzend dicker Holzscheite mit kräftigen, hoch aufschießenden Flammen. Für Eugenia, die schon auf den Beinen war, seit die aufgehende Sonne die Nachtschatten von den Dächern Sydneys verdrängt hatte, war die Wärme im Schlafzimmer ihrer Herrin schweißtreibend. Verstohlen wischte sie sich über die Stirn, während sie den Holzeimer absetzte. »Das Bad ist gerichtet. Haben Sie sonst noch einen Wunsch, Mistress?« fragte Eugenia dienstbeflissen und blickte zu Rosetta Forbes hinüber, die noch im Himmelbett lag, bekleidet mit einem warmen Nachtgewand aus Musselin. Darüber trug sie ein mit Stickereien reich verziertes Bettjäckchen aus kirschroter Chinaseide, die einen starken Kontrast zum Indigoblau des Bettbezuges und des Baldachins zwischen den kunstvoll geschnitzten Bettpfosten bildete.
Rosetta saß aufrecht im Bett, von seidenen Kissen umrahmt. Sie hatte in einem Modejournal geblättert, das vor gut einem Jahr in London aktuell gewesen war. Und was dort jetzt vielleicht schon als altmodisch verlacht wurde, erregte hier noch das Interesse der bessergestellten Damen. Ja, in New South Wales war man einfach in jeder Hinsicht gut ein Jahr hinter allem zurück.
»Du kannst das Frühstückstablett wieder mitnehmen.«

»Aber Sie haben ja nur eine Scheibe Toast gegessen und den Speck überhaupt nicht angerührt!« beklagte sich die Köchin.
»Allmählich solltest du wissen, daß ich morgens nicht viel zu mir nehme«, erwiderte Rosetta.
»Aber Sie müssen auch an das Kind denken und daran, daß Sie bei Kräften sein müssen!« ermahnte sie Rosetta Forbes. »Je kräftiger Sie sind, desto besser überstehen Sie auch die Strapazen der Niederkunft und das Wochenbett.«
»Ich denke, das solltest du getrost mir überlassen!« Ihre Stimme hatte die gebieterische Schärfe, die keinen weiteren Widerspruch zuließ. Doch da sie mit Eugenias Diensten sonst sehr zufrieden war und die Fürsorge der molligen Person zu schätzen wußte, fügte sie freundlich hinzu: »Das Ingwergebäck war übrigens ausgezeichnet. Davon sollten wir immer genügend im Haus haben. Ich glaube, es könnte zu meinem Lieblingsgebäck werden.«
Eugenia freute sich wie ein Kind über das Lob und strahlte über das rundliche Gesicht. »O ja, es ist ein altes Familienrezept, Mistress. Die Ingwerplätzchen der Boldwins waren schon vor Generationen berühmt.«
Maneka trat aus dem Waschkabinett zu ihnen ins Zimmer, eine kleine, bauchige Flasche mit Lavendelöl in der Hand. »Rosenöl ist keines mehr da. Ich habe nur noch Lavendel gefunden«, sagte sie mit ihrer sanften, reinen Stimme.
Rosetta lächelte wohlwollend. »So? Nun gut, dann nehmen wir heute eben Lavendel. Doch denk daran, mich nächstens eher daran zu erinnern, wenn das Rosenöl oder irgend etwas anderes ausgeht.«
»Es tut mir leid, daß ich nicht eher daran gedacht habe. Es wird bestimmt nicht wieder vorkommen«, versicherte das bildhübsche indische Mädchen.
Mit einem Anflug von Neid musterte Eugenia das Mädchen ihrer Herrin, das offenbar der sauertöpfischen Kate Mallock

mehr und mehr den Rang der Zofe ablief. Beim Baden, Ankleiden und Frisieren ging ihr jedenfalls Maneka und nicht Kate zur Hand. Und wenn dieses flüsternde, lautlos durchs Haus schleichende Weib auch noch immer eine sehr vertraute, einflußreiche Beziehung zur Mistress unterhielt, so war ihr, Eugenia Boldwin, jedoch nicht entgangen, daß Rosetta lieber das hübsche Mädchen um sich hatte.

Aber wen konnte das schon wundern? Maneka bot dem Auge einen ansprechenden, ja sogar entzückenden Anblick. An diesem Morgen trug sie einen gesteppten, fliederfarbenen Morgenmantel mit einem veilchenblauen Schalkragen. Ein teures Stück, um das sie zu beneiden war. Rosetta hatte ihr den Morgenmantel überlassen, und er stand ihr wunderbar zu Gesicht. Ihr langes, blauschwarzes Haar hatte sie im Nacken zu einem Zopf zusammengefaßt.

Aber sie war nicht nur hübsch anzusehen, sondern auch in ihrem Wesen ein wahrer Quell an Sanftmut und stets gleichbleibender Liebenswürdigkeit. Kate Mallock dagegen lief entweder mit einer Miene durch das Haus, als erwarte sie für den kommenden Tag den Weltuntergang, oder aber sie legte ein herrisches Gebaren an den Tag, als wäre sie in diesem Haus die Mistress. Nicht einmal ein Glas Rum, zu dem sie, Eugenia, die Zofe am ersten Tag in der Küche eingeladen hatte, hatte sie mit ihr getrunken. Nein, zu Kate Mallock würde sie nie ein auch nur halbwegs herzliches Verhältnis entwickeln. In ihrer Nähe würde ihr immer unbehaglich zumute sein. Aber damit konnte sie leben, solange sie ihre eigene Arbeit nach besten Kräften verrichtete und sich des Wohlwollens der Mistress gewiß war.

»Laß uns jetzt allein, Eugenia«, sagte Rosetta. »Ich möchte baden, solange das Wasser noch warm ist.«

»Sehr wohl, Mistress. Wenn Sie noch etwas brauchen...«

»...wird Maneka oder Kate sich darum kümmern«, fiel Rosetta ihr ins Wort.

»Kate Mallock ist aus dem Haus gegangen. Sie hat Besorgungen zu erledigen. Sie sagte mir, Sie wüßten schon: Das Übliche zum Monatsanfang«, sagte Eugenia, die sich nichts darunter vorstellen konnte, was zum Monatsanfang üblich sein sollte. Sie hoffte auf eine Erklärung, wurde jedoch enttäuscht.
Rosetta hob nur kurz die Augenbrauen und nickte dann, als erinnerte sie sich wieder, um was es ging. »Richtig, wir haben ja schon Mai«, sagte sie mehr zu sich selbst. Doch das war alles, und sie entließ Eugenia nun endgültig. »Du kannst jetzt gehen.«
Maneka wartete, bis sich die Schritte der molligen Köchin auf dem Flur in Richtung Treppe entfernt hatten. Dann schob sie von innen den Riegel vor die Tür.
»Kate ist zu dieser... Person gegangen, nicht wahr?« fragte sie leise.
Rosetta nickte, schlug das Bett zurück und legte die seidene Jacke ab. »Ja, sie bringt ihr Geld für Kost und Logis«, sagte sie und schwang die Beine aus dem Bett. »Komm, befreie mich von diesem schrecklichen Ding. Ich weiß wirklich nicht, warum Kate darauf besteht, daß ich es jetzt ständig trage!«
Maneka kam zu ihr und zog ihr das Musselingewand aus. Darunter war sie nackt bis auf das geschickt geformte straffe Polster, das Kate ihrem Leib genau angepaßt hatte und das im Rücken von vier Bändern gehalten wurde. Sie löste die Schnüre. »Es muß leider sein, Rosetta. Und bald haben Sie es ja auch überstanden. Nur noch drei Monate.«
»Sei nicht so förmlich, Liebes«, bat Rosetta. »Wir sind doch unter uns. Es ist schon schlimm genug, daß wir uns in Gegenwart anderer verstellen müssen.«
Maneka lächelte verhalten. »Ja... Rose.«
Rosetta streichelte zärtlich die Wange des Mädchens, das nur ein paar Jahre jünger war als sie und das ihr soviel bedeutete. Ja, ihr gehörte ihre Liebe, und nur in ihren Armen konnte sie Zärt-

lichkeit und Glück finden – und das Vergessen, das ihr bisher nur das Opium schenken konnte. Es war eine verbotene Liebe, doch das war es nicht, was ihr Gewissen plagte und sie nachts schweißgebadet aus Alpträumen aufschrecken ließ.
Sie seufzte geplagt. »Drei Monate mit diesem unförmigen Ding rumlaufen – das ist eine Ewigkeit.«
»Aber du weißt, warum du es tust«, sagte Maneka und befreite sie von dem Polster. »Im Juli liegt das alles hinter dir.«
Rosettas Hände glitten gedankenverloren über ihren nackten, schlanken Leib, der schon drei Fehlgeburten erlitten hatte. Offenbar war es ihr nicht bestimmt, eigene Kinder zur Welt zu bringen, und das stimmte sie traurig. Gern hätte sie ein eigenes Kind gehabt. Wenn der Vorgang der Zeugung nur nicht so ekelhaft und barbarisch wäre. Wie entsetzlich war es gewesen, als Kenneth sie noch zu ihren ehelichen Pflichten gezwungen hatte.
»Ja, im Juli ist es ausgestanden, so Gott will und ER dieser... dieser Person einen Jungen schenkt, den ER mir verwehrt hat«, sagte sie bedrückt.
»Es wird bestimmt ein Sohn.«
Rosetta sah sie an. »Und wenn nicht, Maneka?« fragte sie mit leiser, banger Stimme. Die Angst, daß Kates Plan scheitern würde, weil die Frau vielleicht eine Fehlgeburt hatte oder ein Mädchen zur Welt brachte, quälte sie in den letzten Monaten immer stärker. Wenn sie daran dachte, daß sie sich dann wieder Kenneth hingeben und die Schändung ihres Körpers zulassen mußte, wurde ihr übel.
Beruhigend legte Maneka ihr eine Hand auf die Schulter. »Ängstige dich nicht. Es wird alles so werden, wie du es dir wünschst, Rose. Ich weiß es. Ich spüre es. Du mußt nur Vertrauen haben.«
Rosetta legte ihre Hand auf die der jungen Inderin. »Ja, du hast recht. Ich weiß gar nicht, was ich ohne dich täte. Ich wäre in

diesem Land und mit diesem Mann an meiner Seite schon längst verzweifelt. Du hast mir neue Kraft gegeben.«
»Belaste dich nicht länger mit solchen Gedanken. Denk lieber daran, daß das Wasser kalt wird, wenn du nicht bald dein Bad nimmst«, sagte Maneka.
Rosetta lächelte sie voller Wärme an und nickte. Sie hielt Manekas Hand, während sie in die Wanne stieg, in der sie mit leicht angezogenen Beinen gut sitzen konnte. Das Wasser reichte ihr bis zu den Brustspitzen.
Maneka legte noch zwei Holzscheite ins Feuer und schlüpfte dann aus ihrem Morgenmantel. Darunter trug sie nur ein dünnes Leinenhemd, das ihr bis über die Hüften reichte. Ihr schlanker Körper schimmerte durch den dünnen Stoff hindurch, und ihre Brüste zeichneten sich deutlich darunter ab. Sie griff zu Schwamm und Seife.
Rosetta legte den Kopf in den Nacken, schloß die Augen und gab sich ganz den wohligen Gefühlen hin, die Manekas zarte Hände in ihr weckten. Das Mädchen seifte den Oberkörper ihrer Herrin und Geliebten ein. Dieses Bad war viel mehr als ein Akt der Körperpflege. Es war Teil eines Liebesspiels, das sie beide genossen.
Maneka verteilte den Seifenschaum über Rosettas Hals und Brüste, dann massierte sie die Brüste mit kreisenden Bewegungen, bis sie merkte, wie sich die Warzen unter ihren Liebkosungen aufrichteten und versteiften. Nun tauchten ihre Hände tiefer in das warme Badewasser, und sie rieb Rosettas Körper mit dem weichen Schwamm ab, bis hin zu den Zehenspitzen und dann wieder zurück zu den Brüsten.
Sie sprach dabei kein Wort. Dann und wann entfuhr Rosetta nur ein leiser Seufzer, und ihre Hand fuhr unter Manekas Hemdchen, streichelte ihre Schenkel und glitt liebkosend über die herrliche Rundung ihres Gesäßes.
Schließlich stieg sie aus der Wanne. Maneka trocknete sie

flüchtig ab und rieb ihren noch immer etwas feuchten Körper mit einem wohlduftenden Öl ein. Ihre Fingerspitzen folgten dabei jeder Wölbung und jeder Vertiefung von Rosettas Körper.

Rosetta umfaßte Manekas Hüften, legte ihre Hände mit leicht gespreizten Fingern auf ihren Po und küßte sie erst auf die Augen und dann auf den Mund. Eine ganze Weile standen sie im Zimmer zwischen Kamin und Bett, hielten sich umfangen und überließen sich ganz dem erregenden Spiel von Lippen und Zungen.

Dann wich Rosetta langsam zum Bett zurück, ohne jedoch ihren langen Kuß zu unterbrechen. Ihre Lippen lösten sich erst voneinander, als sie sich auf den Rand setzte. Ihr feuchter Körper hatte Manekas dünnes Hemdchen durchnäßt, so daß es ihr nun am Körper klebte.

Maneka beugte sich vor, küßte Rosettas Brüste, ihren Bauch und schmiegte ihr Gesicht schließlich in ihren Schoß, der sich ihr bereitwillig öffnete.

Rosetta zitterte vor Erregung. Sie strich Maneka über das Haar, während ihr Schoß zum Zentrum der Welt zu werden schien, zu einem feurigen, lustvollen Mittelpunkt, um den alles kreiste.

Sie schob Maneka das Hemdchen über die Hüften und zog es ihr über den Kopf. »Komm zu mir aufs Bett«, flüsterte sie und streckte die Arme nach ihr aus.

Maneka legte sich zu ihr auf die kühlen, glatten Laken und überließ sich Rosettas leidenschaftlichen Zärtlichkeiten mit derselben bedingungslosen Hingabe, mit der sie auch ihr Freude bereitete.

Ihre Körper fanden zueinander, und sie schenkten sich gegenseitig die Zärtlichkeit und Lust, die ihnen den sinnlichen Rausch und die Erfüllung brachte, die sie sich so sehr wünschten.

Hinterher lagen sie noch lange in zärtlicher Umarmung da. Erhitzt, erschöpft und so wunderbar entspannt, daß ihnen die Welt frei von Sorgen, Ängsten und Schatten schien – zumindest für diese kurze Zeitspanne, die ihnen in der Abgeschiedenheit des Zimmers und im Abklingen der Ekstase vergönnt war.

Rosetta atmete tief durch. Wie wunderbar es doch war, daß Maneka ihre Gefühle mit derselben Leidenschaft und Tiefe erwiderte. Das indische Mädchen war ein Geschenk des Himmels gewesen, als sie sich von allen verlassen und so unglücklich gefühlt hatte, daß die Welt ihr nur wie ein einziger, nie enden wollender Alptraum erschienen war: Die entsetzliche Erkenntnis, daß der um sie werbende Charmeur Kenneth Forbes nicht derselbe war wie der Ehemann Kenneth Forbes und daß die körperliche Liebe eines Mannes sie zutiefst abstieß. Der Abschied von ihrer Heimat für mindestens fünf, sechs Jahre. Die gräßliche Überfahrt mit dem Schiff. Die drei Fehlgeburten und dann das primitive Leben in der Sträflingskolonie und die unsägliche Hitze. All das hatte sie in einen gähnenden Abgrund der Depression, ja des Lebensüberdrusses gestürzt, dem sie nur mit Hilfe des Opiums für ein paar Stunden hatte entkommen können. Doch ohne es zu merken, hatte sie mehr und mehr nach diesen klebrigen »Traumperlen«, wie sie die Opiumkügelchen zu nennen pflegte, verlangt, die Kate ihr in den Rocks besorgte. Die erste Pfeife hatte sie schon kurz nach dem Aufwachen geraucht, weil sie gemeint hatte, den neuen Tag sonst nicht überstehen zu können. Ja, sie war dem Opium verfallen gewesen. Bis Maneka in ihr Leben trat. Erst hatte sie das Mädchen nur vor den Nachstellungen ihres Mannes beschützt. Dann war sie in Liebe zu ihr entbrannt – und diese Liebe war erwidert worden, was für sie das größte Wunder ihres Lebens war.

Manchmal konnte sie ihr Glück nicht fassen, und dann gärte in

ihr die Angst, Kenneth könnte eines Tages erfahren, was sie mit Maneka verband, oder Maneka könnte sich von ihr abwenden, was das Schrecklichste war, was sie sich vorstellen konnte.
Sie richtete sich auf, fuhr durch Manekas blauschimmerndes Haar und ließ dann ihre Hand auf ihrer Wange ruhen. Die Liebe, die sie für sie empfand, war so stark, daß allein schon die Vorstellung, sie eines Tages zu verlieren, ihr einen heftigen Schmerz verursachte.
»Du darfst niemals von mir gehen«, sagte sie fast beschwörend.
Maneka schaute mit einem lächelnden und zugleich verwunderten Blick zu ihr hoch. »Wie könnte ich weggehen, wo ich dir doch gehöre?«
»Liebe ist kein Besitz, Maneka. Liebe ist ein Geschenk.«
»Ja, und was ich einmal geschenkt habe, nehme ich auch nie wieder zurück«, erwiderte Maneka schlicht.
Rosettas dunkle Ängste verflüchtigten sich augenblicklich, als sie Manekas hingebungsvollen Blick sah, und sie gab ihr schnell einen Kuß, als schämte sie sich, daß sie diese Möglichkeit überhaupt in Betracht gezogen hatte.
»Wird es nicht allmählich Zeit, daß ich dich frisiere und ankleide?« wollte Maneka dann wissen, die sich nie so weit von ihrer Liebe fortreißen ließ, daß sie die praktischen Notwendigkeiten des Alltags aus den Augen verlor. »Miß Mallock wird bald zurückkommen.«
Rosetta seufzte. »Ich wünschte, wir könnten noch etwas liegen bleiben. Aber natürlich hast du recht. Ich muß mich ankleiden.« Keiner im Haus durfte von ihrer Liebe erfahren, auch Kate nicht. Sie teilte schon ein gefährliches Geheimnis mit ihr, das ihr mehr Macht über sie einräumte, als ihr lieb war. Aber was das Kind betraf, hatte sie keine andere Wahl gehabt.
Maneka zog nur den Morgenmantel über und machte sich dann an die Arbeit. Sie holte aus der Wäschekommode elegante Spit-

zenunterwäsche, Strümpfe und frisch gestärkte Unterröcke. Rosetta wünschte an diesem Tag das currybraune Samtkleid mit den sonnengelben aufgestickten Ranken anzuziehen, und so wählte sie ein dazu passendes Mieder aus.
Als Kate Mallock ins Haus in der Marlborough Street zurückkehrte, saß Rosetta schon in Strümpfen, Unterröcken und Leibchen vor der Frisierkommode mit dem dreiteiligen Spiegel, dessen Mittelstück sich kippen ließ.
Maneka war gerade damit beschäftigt, Rosettas Haar zu bürsten, als die Zofe anklopfte und einzutreten wünschte. Rosetta ging zur Tür, schob den Riegel zurück und ließ Kate Mallock ins Zimmer.
»Rosetta! Sie tragen das Polster nicht!« rügte sie, kaum daß sie das Schlafgemach der Hausherrin betreten hatte. Ihr erster Blick hatte dem Leib ihrer Mistress gegolten. Zornig und zugleich auch ein wenig triumphierend, weil sie sie bei einer Nachlässigkeit ertappt hatte, die in ihren Augen unverzeihlich war, funkelte sie Maneka an. »Du hast mal wieder nicht aufgepaßt! Du taugst nicht als Zofe! Willst du alles aufs Spiel setzen?«
»Es war ihr Wunsch, mit dem Anlegen des Polsters noch etwas zu warten, Miß Mallock«, antwortete Maneka ruhig und respektvoll. Nie ließ sie sich dazu hinreißen, Kates bissigen und oftmals ungerechten Bemerkungen zu widersprechen oder sich gar zu revanchieren.
Diese Ruhe und unerschütterliche Liebenswürdigkeit konnte Kate Mallock am wenigsten an ihr leiden. »Es war ihr Wunsch! Pah! Du hast Pflichten und das Wohlergehen deiner Herrin im Auge zu behalten!« herrschte sie Maneka an.
»Beruhige dich, Kate«, griff Rosetta nun ein. »Du wirst doch wohl kaum von ihr erwarten, daß sie mich gegen meinen Willen dazu zwingt, dieses schreckliche Ding anzulegen, oder? Und auch du kannst mir bestenfalls deinen Rat und deine Vor-

schläge *unterbreiten*, doch was ich dann tue, entscheide immer noch ich allein.«

Die Rüge ließ ein paar rote Flecken auf Kates hagerem Gesicht erscheinen. »Das, was Sie als schreckliches Ding bezeichnen, ist Ihr einziger Schutz vor einem ganz anderen Schrecken, wenn ich Sie daran erinnern darf! Und nur, wenn Sie dieses Polster immer tragen, können Sie sicher sein, vor folgenschweren Überraschungen geschützt zu sein! Oder haben Sie vergessen, was auf dem Spiel steht?« flüsterte sie.

»Die Tür war verriegelt, Kate. Niemand konnte uns überraschen. Wir passen schon auf, nicht wahr, Maneka?« fragte Rosetta doppeldeutig.

»Ja, das tun wir, Mistress«, bestätigte Maneka mit ausdrucksloser Miene.

»Dennoch...« setzte Kate an.

Rosetta fiel ihr ins Wort. »Genug davon, Kate. Erzähl mir lieber, wie es ihr geht. Hat sie irgendwelche Beschwerden? Denkt sie auch wirklich nicht daran, hinterher Schwierigkeiten zu machen? Nun rede schon!«

Kate genoß es sichtlich, daß sie nun wieder im Mittelpunkt des Interesses stand. »Es geht ihr ausgezeichnet, Rosetta. Ich sorge schon dafür. Es war nicht ganz einfach, das alles so zu arrangieren. Aber ich habe alles bestens im Griff«, betonte sie ihre entscheidende Rolle in diesem riskanten Spiel, das sie eingefädelt hatte. »Sie brauchen sich nicht die geringsten Sorgen zu machen. Es wird alles so ablaufen, wie ich es geplant habe.«

Rosetta ließ sich nur zu gern beruhigen. »Du hast sie bezahlt, ja?«

»Wie jeden Monat. Ich achte darauf, daß sie gut und sauber untergebracht ist und auch immer ausreichend Essen und Schlaf bekommt. Ich bezahle jemanden im Gasthof, der ein Auge auf sie hält und mir alles berichtet. Das weiß sie, und deshalb tut sie auch alles, was ich ihr sage. Aber eine leichte Aufgabe ist das gerade nicht, zumal ja niemand wissen darf, wer ich bin und in wessen Diensten ich stehe. Für einen anderen würde ich das auch nicht tun«, kehrte Kate ihre Einsatzbereitschaft und Selbstlosigkeit heraus, während sie insgeheim daran dachte, daß Rosetta ihr auf ewig verpflichtet sein würde, wenn sie ihr erst einmal das Kind verschafft hatte. Verpflichtet und ihr in gewisser Hinsicht auch *ausgeliefert*. War das Kind erst im Haus, hatte sie wirklich Macht über Rosetta! Niemand würde sie dann noch aus ihrer Stellung drängen können – nicht einmal ein so hübsches und unterwürfiges Ding wie dieses indische Mädchen!

»Ich weiß das, was du tust, auch sehr wohl zu schätzen«, erwiderte Rosetta und musterte sich nachdenklich im Spiegel, als könnte sie in ihrem eigenen Abbild die Antwort auf eine Frage finden, die sie schon lange beschäftigte. »Ich wünschte, ich könnte diese Frau, die mir ihr Kind verkaufen will, selbst kennenlernen.«

Kate blickte erschrocken auf. »Das ist unmöglich!« stieß sie sofort hervor. »Sie darf nie erfahren, wer ihr Kind als das eigene ausgibt!«

»Miß Mallock hat recht«, bemerkte Maneka.

»Eine junge Frau namens Sophie Ballard – das ist alles, was ich über diese Frau weiß«, sagte Rosetta mit gerunzelter Stirn, »und das reicht mir nicht.«

»Warum wollen Sie denn mehr über sie wissen, Rosetta? Ist es nicht besser, Sie belasten sich nicht mit unnützem Wissen über die Frau, von der Sie das Kind bekommen, das Sie wie Ihr eigenes werden aufziehen müssen?« hielt Kate ihr entgegen.

Rosetta schüttelte den Kopf. »Nein, das ist es nicht! Ich will wissen, was ich mir da... ins Haus hole. Ich will zumindest mehr wissen als nur ihren Namen.«

Kate verzog das Gesicht. »Also gut, fragen Sie, und ich werde Ihnen alles über Sophie Ballard erzählen«, sagte sie scheinbar

resigniert, denn in Wirklichkeit hatte sie nicht die Absicht, ihrer Herrin die Wahrheit über Sophie zu erzählen.
»Wo kommt sie her und wer hat sie geschwängert?« wollte Rosetta wissen.
»Sophie war gerade fünfzehn, als sie mit ihrem Vater, der ein freier Mann war, nach New South Wales kam. Er verlor jedoch schon kurz nach seiner Ankunft all seine Ersparnisse und jagte sich daraufhin eine Kugel in den Kopf«, berichtete Kate und hielt sich bis zu diesem Punkt an die Wahrheit. Daß Sophie nach dem Tod ihres Vaters in den Rocks geblieben war und ihren Körper verkauft hatte, um zu überleben, unterschlug sie jedoch. »Sophie übernahm daraufhin im Haus eines Offiziers die Stellung eines Kindermädchens, in der sie sich auch bewährte, wie ich herausfand. Vor gut einem Jahr lernte sie dann einen tüchtigen Corporal kennen. Die beiden beschlossen zu heiraten, konnten offenbar jedoch nicht bis zur Hochzeitsnacht warten. Auf jeden Fall gaben sie ihrem Trieb nach, und Sophie wurde schwanger. Ihr Verlobter, der auf Norfolk Island stationiert und dorthin zurückgekehrt war, um alles für ihre Übersiedlung vorzubereiten, sollte nie etwas davon erfahren. Er erlitt während der Überfahrt einen tragischen Unfall und starb noch auf See, ohne zu wissen, daß er ein Kind gezeugt hatte. Das Schicksal führte mir Sophie in die Arme, als diese sich ob des Verlustes ihres Geliebten und der Schande, nun einen Bastard in die Welt zu setzen, das Leben nehmen wollte.« Sie machte eine Pause, um die Tragik der Geschichte noch zu unterstreichen und fügte dann nach einem mitleidigen Seufzer noch hinzu: »Das ist Sophie Ballards Geschichte, Rosetta. Sie sehen also, es ist das Kind von zwei respektablen Freien, denen das Leben das Glück verwehrt hat.«
»Eine wirklich sehr traurige, rührende Geschichte«, sagte Rosetta nach einer Weile des Schweigens.
Kate nickte bekräftigend. »In der Tat, Sophie Ballards junges

Leben war bisher schon reich an bitteren Prüfungen aller Art«, sagte sie salbungsvoll, »und mit einem unehelichen Kind wäre sie bar jeglicher Hoffnungen, jemals wieder einen Mann von Ehre und Anstand zu finden. Sie tun sich daher nicht nur selber einen großen Gefallen, sondern auch Sophie einen Dienst, indem Sie ihr Kind annehmen.«
»Ich möchte sie sehen!« verlangte Rosetta unvermittelt. »Es reicht mir einfach nicht, nur ihren Namen und ihre Lebensgeschichte zu kennen! Ich muß mir mit meinen eigenen Augen ein Bild von dieser Frau machen, deren Kind ich...«, sie stockte, denn fast hätte sie ›kaufe‹ gesagt, »...ich zu mir nehme.«
Kate sah sie verstört an. »Aber Sie wissen doch, daß das unmöglich ist! Ich habe...«
Rosetta ließ sie nicht ausreden. »Ich *will* sie mit meinen eigenen Augen sehen, Kate! Und nichts ist unmöglich!« sagte sie scharf. »Ich habe nicht verlangt, mit ihr zu sprechen, doch ich will sie zumindest *sehen!* Sie braucht ja nicht zu wissen, daß ich in der Nähe bin. Bestell sie an irgendeinen Platz, wo ich mit der Kutsche vorbeifahren und sie mir anschauen kann. Sag nicht wieder, daß das nicht geht! Es geht sehr wohl, und ich bestehe darauf! Und zwar noch heute!« Und Maneka fragte sie: »Findest du nicht auch, daß ich die Frau zumindest sehen sollte und daß es sich sehr wohl einrichten läßt, ohne ihren Argwohn zu wecken?«
Maneka wählte ihre Worte mit Bedacht. »Sie tragen die Verantwortung und später auch die Bürde dieser ungewöhnlichen Mutterschaft. Deshalb haben Sie wohl auch das Recht, daß Ihre Wünsche berücksichtigt werden. Und wenn dieses Treffen geschickt genug vorbereitet wird, dann dürfte es für Sie auch ohne jede Gefahr sein.«
Kate Mallocks verhärmtes Gesicht verschloß sich, und ihre spitz zulaufende Kinnpartie schien noch spitzer zu werden. Sie

schoß Maneka einen giftigen Blick zu. »Willst du mir vielleicht vorwerfen, ich gäbe nichts auf die Wünsche unserer Mistress? Ich habe schon für ihr Bestes gesorgt, als du noch in dreckigen Lumpenwindeln gelegen hast.« Sie sah Rosetta an. »Ich halte dieses Unterfangen nur für sehr... unvernünftig!« stieß sie mit einer Schärfe hervor, die einer Zofe unter normalen Umständen umgehend die Stellung gekostet hätte. Aber die Umstände waren alles andere als gewöhnlich. »Aber wenn Sie darauf bestehen...«
Rosetta begegnete ihr mit hartem, unbeugsamem Blick. »Ja, ich bestehe darauf. Laß dir etwas einfallen. Und jetzt geh!« Damit schickte sie ihre Zofe hinaus.
Kate Mallock schluckte die Galle hinunter, die sie auf der Zunge zu schmecken glaubte, und nickte nur. Sie mußte sich nicht mehr lange in Geduld üben. Schon in zwei Monaten würde Rosetta es nicht mehr wagen, in einem solchen Ton mit ihr zu reden! Dann würde in diesem Haus so einiges anders werden!
Maneka begleitete sie zur Tür, um sie sogleich wieder hinter ihr zu verriegeln.
»Vergiß bloß nicht das Polster!«
»Ganz bestimmt nicht, Miß Mallock«, versprach Maneka.
»Verdammte Heidin!« zischte die dürre Zofe ihr so leise zu, daß Rosetta es am Frisiertisch nicht mehr hören konnte, und schlüpfte hinaus in den Flur.
»Manchmal wünsche ich sie dahin, wo der Pfeffer wächst!« beklagte sich Rosetta, als Maneka mit dem Polster zu ihr kam.
»Sie tut nur, was sie für richtig hält«, erwiderte Maneka vielsagend.
Rosetta warf ihr einen spöttischen Blick zu. »Das bezweifle ich nicht. Mir ist nur nicht so ganz klar, ob das, was sie für richtig hält, auch für mich richtig ist«, sinnierte sie.
»Du mußt dabei aufstehen und die Unterröcke hochschlagen«,

sagte Maneka und deutete auf das »Schwangerschaftspolster« in ihren Händen.
Rosetta erhob sich vom gepolsterten Stuhl und entblößte lächelnd ihren Unterleib. Maneka gab ihr einen liebevollen Kuß auf den Ansatz ihrer Schamhaare und legte ihr dann das Polster um.
Eine halbe Stunde später war sie angezogen und fertig frisiert. Auf dem Weg hinunter in den Salon traf sie in der Eingangshalle auf ihre Zofe.
»Ich weiß jetzt, wie es zu machen ist«, sagte sie noch leiser, als das sonst schon ihre Art war.
Rosetta hob nur fragend die Augenbrauen.
»Sophie kann ein paar neue Kleider gut gebrauchen. Wenn Sie bereit sind, das Geld für ein paar Längen Stoff auszugeben, kann ich dafür sorgen, daß sie den Stoff scheinbar zufällig in dem Geschäft kauft, wenn auch Sie dort zugegen sind. Ich selbst werde sie natürlich nicht mit ins Geschäft begleiten. Sie sind zwei sich völlig fremde Frauen, und Sie werden Gelegenheit haben, sie in aller Ruhe und aus nächster Nähe zu mustern«, unterbreitete Kate Mallock ihr ihren Vorschlag. »Sind Sie damit einverstanden?«
Rosetta schenkte ihr ein anerkennendes Lächeln. »Einverstanden? Ich bin von deiner Idee geradezu begeistert! Du erstaunst mich immer wieder, Kate. Es gibt ja so einiges an dir, was mich gelegentlich irritiert und auch schon mal meinen Unwillen reizt, das gebe ich zu. Aber du hast es immer verstanden, mir eine Lösung zu präsentieren, wenn ich mich mit einem Problem herumschlug, schon von Kindheit an«, räumte sie unumwunden ein.
Kate gönnte sich ein Lächeln, in dem die Genugtuung einer Bediensteten lag, die sich schon immer für unentbehrlich gehalten hatte, dies jedoch zum erstenmal aus dem Mund ihrer Herrin bestätigt bekommen hatte. »Ich tue nur meine Pflicht,

Rosetta«, sagte sie mit falscher Demut und fügte in Gedanken hinzu: ›Und ich weiß, wofür ich es tue – nämlich allein für mich!‹

»Hast du schon ein Geschäft ausgewählt, Kate?«

»Nein, das wollte ich Ihnen überlassen.«

Rosetta überlegte nicht lange. Ihr kam ganz spontan Jessicas Geschäft in den Sinn. »Wir gehen zu BRADING'S in der Pitt Street.«

»Ist dieses Geschäft nicht ein bißchen zu vornehm?«

»Nein, das glaube ich nicht. Man führt dort auch einfache Stoffe. Und *ich* kann ja wohl schlecht in einem Kramladen einkaufen, den ich sonst nicht einmal zur Kenntnis nehme.«

Kate zuckte die Achseln. »Also gut, BRADING'S, warum auch nicht. Sophie wird sich jedenfalls freuen. Seit sie in der Kolonie ist, hat sie bestimmt noch nie ein so vornehmes Geschäft betreten, geschweige denn dort etwas erstanden.«

Rosetta gab ihr Geld. »In zwei Stunden?« fragte sie. »Gibt dir das Zeit genug?«

»Reichlich«, versicherte Kate und ließ die Münzen in den Taschen ihres dunklen Kleides verschwinden. »Sophie wird gar nicht schnell genug in die Pitt Street kommen können. Ich werde viel eher Mühe haben, ihren Eifer zu dämpfen.« Vorher aber würde es sie einige Anstrengungen kosten, Sophies Kleidung und auch sie selbst so herzurichten, daß sie einen akzeptablen Eindruck machte. Sophie Ballards Hang zur Nachlässigkeit, was Kleidung und Körperpflege betraf, war recht ausgeprägt. Vier Jahre als Dirne in den Rocks hatten eben ihre Spuren in ihrem Charakter und auch in ihren Umgangsformen hinterlassen. Sie würde alle Hände voll zu tun haben und sich etwas einfallen lassen müssen, damit Sophie sich im Geschäft auch anständig betrug.

»Woran werde ich sie erkennen, falls sich mehrere Kundinnen im Geschäft aufhalten sollten?«

Kate zog die Stirn kraus. »Ich werde ihr eine meiner Haarspangen aus Schildpatt schenken und dafür sorgen, daß sie sie im Haar trägt. Sophie hat langes glattes Haar von dunkelbrauner Farbe und wird vermutlich ein blaugraues Wollkleid tragen, dazu einen Strohbonnet. Sie ist ganz verrückt nach diesen Dingern. Außerdem ist sie von gesunder, kräftiger Statur – und sie ist schwanger, wie Sie wissen. Es dürfte ganz ratsam sein, wenn Sie Ihre eigene ›Schwangerschaft‹ geschickt verbergen würden, indem Sie Ihr weites Samtcape umlegen. Sophie hat diese Möglichkeit nicht, denn so etwas wie einen Umhang besitzt sie nicht.«

»Gut, in zwei Stunden also.«

Kate Mallock legte sich ihren warmen Umhang um die schmalen Schultern und verließ das Haus, um Sophie Ballard im SOUTHERN CROSS aufzusuchen, einer besseren Absteige am Rande der Rocks.

Rosetta informierte Eugenia, daß sie in anderthalb Stunden die Kutsche vor dem Haus stehen zu sehen wünschte, und versuchte sich dann auf eine Handarbeit zu konzentrieren, was ihr jedoch mißlang. Sie fand auch wenig Gefallen an einer Patience, und so überbrückte sie die Zeit des Wartens schließlich damit, daß sie mit Maneka zum wiederholten Mal das Modejournal durchging, in dem sie schon am Morgen geblättert hatte.

Dann war es endlich soweit. Gemeinsam mit Maneka fuhr sie in der geschlossenen Kutsche durch die betriebsamen Straßen von Sydney in die Pitt Street.

Jessica Bradings Geschäft, das zu den besten in ganz Sydney gehörte, war in einem einstöckigen Backsteingebäude mit echten Glasfenstern untergebracht. BRADING'S STOFFE UND KOLONIALWAREN – JEDERMANN WILLKOMMEN stand in schwungvoller Handschrift auf dem neuen Schild über dem Eingang.

»Das ist bestimmt Kates Mietkutsche!« stieß Rosetta aufgeregt

hervor, als sie die dreckige Droschke auf der anderen Straßenseite drei, vier Wagenlängen vom Geschäft entfernt stehen sah. Das Fensterrollo war hochgerollt. »Hoffentlich kommen wir nicht zu spät.«
»Bestimmt nicht. Wir sind fast auf die Minute pünktlich. Und mir schien, als sei gerade in dem Moment, als wir um die Ecke gekommen sind, eine Gestalt in einem dunklen Kleid und mit einem Strohhut im Geschäft verschwunden«, sagte Maneka, die Rosetta begleitete. »Soll ich mit hineinkommen?«
Rosetta schüttelte den Kopf. »Nein, du wartest besser hier.«
Die Kutsche hielt vor dem Geschäft, und im nächsten Moment sprang James auch schon vom Kutschbock, um den Schlag zu öffnen und die Trittstufe auszuklappen.
Rosetta stieg aus, vergewisserte sich, daß ihr wunderbarer Umhang aus dunkelblauem Samt vorn geschlossen war und warf dann einen Blick zur Mietkutsche hinüber, während sie sich noch mit ihrem Cape beschäftigte. Ein Kopf erschien im Fenster der Tür, verborgen hinter einem Fächer, so daß man nur eine sehnige Hand sehen konnte, die den Fächer hielt, und darüber aschgraues Haar.
Es war Kate Mallock. Rosetta erkannte sie, noch bevor diese kurz den Fächer sinken ließ und ihr Gesicht für einen Augenblick zeigte. Ein kurzes, kaum merkliches Kopfnicken in Richtung ihrer Herrin, und sie zog sich vom Fenster der Droschke zurück. Das Ganze hatte kaum länger gedauert, als eine Frau brauchte, um Umhang und Röcke zu raffen, bevor sie sich daranmachte, eine dreckige Straße zu überqueren.
Rosetta betrat nun das Geschäft. Es bestand aus einem großen, rechteckigen Raum, der in zwei Abteilungen unterteilt war. Auf der rechten Seite füllten vertraute und exotische Köstlichkeiten, Gewürze und Riechstoffe die Regale. Es duftete nach getrockneten Rosenblättern, Moschus, Safran, Sandelholz, Lavendel, Jasmin, Pfeffer, Muskatnuß und Zimt, nach Batavia-

tabak und Sultaninen. Es war ein ganz eigener, höchst angenehmer Duft, der sich aus der Vielfalt der Gewürze und Riechstoffe zusammensetzte.
Auf der linken Seite des Geschäftes stapelten sich Stoffballen in den Verkaufsregalen: Kattun und Musselin, Brokat und Satin, Madrasgewebe, Atlas, Gabardine, Seide und Spitze. Und der Duft, den diese Gewebe ausströmten, war ebenso ein Wohlgeruch wie die der Kolonialwaren auf der anderen Seite. Eine lange Doppelreihe kleiner Fächer in Hüfthöhe barg Schätze anderer Art, nämlich Spitzentücher, fein gearbeitete Strümpfe und Strumpfbänder, Bordüren, Quastenstoffe, Haarschleifen, bunte Bänder für Bonnets, Ziernadeln, vielerlei Spangen sowie Hauben, Schürzen, Handschuhe und alles, was man für Näh- und Stickarbeiten benötigte.
BRADING'S konnte sich rühmen, ein wohlsortiertes Geschäft zu sein, und bei fast jeder Kolonisten-Frau, die den Laden betrat, schlug das Herz beim Anblick dieser reichhaltigen Auswahl an Stoffen und Accessoires höher.
Rosetta machte da keine Ausnahme. Einen Augenblick vergaß sie ob der Fülle an Waren, weshalb sie gekommen war.
»Guten Tag, gnädige Frau. Es ist mir eine Ehre, Ihnen zu Diensten sein zu dürfen. Doch wenn ich Sie um etwas Geduld bitten dürfte? Ich stehe Ihnen gleich zur Verfügung«, begrüßte Glenn Pickwick die neue Kundin mit ausgesuchter Zuvorkommenheit. Der geschäftsführende Verkäufer von BRADING'S war ein dunkelhaariger, mittelgroßer Mann von schlanker Gestalt, der sich ein sympathisch-jugendliches Aussehen bewahrt hatte, obwohl er schon zweiunddreißig Jahre war.
»Ich bin nicht in Eile«, erwiderte Rosetta.
Glenn Pickwick dankte ihr mit einem Lächeln und wandte seine Aufmerksamkeit wieder der Kundin zu, die prüfend verschiedene Wollstoffe befühlte, die er vor ihr auf dem Ladentisch von den entsprechenden Ballen ausgerollt hatte.

Es war Sophie Ballard. Rosetta hätte sie auch erkannt, wenn sie nicht die einzige andere Frau in diesem Geschäft gewesen wäre. Sie war hochschwanger und trug das graublaue Wollkleid, von dem Kate gesprochen hatte. Es sah recht armselig aus und wies mehrere Flicken auf, die jedoch sorgfältig eingesetzt waren. Rosetta musterte die junge Frau verstohlen, deren Kind sie für ein paar Pfund zu kaufen und als ihr eigenes auszugeben gedachte – sofern es ein Junge war. Kate hatte ihr verschwiegen, daß Sophie von recht molliger Statur war. Doch sie sah gesund aus, und ihr Gesicht hatte ansprechende Züge. Immerhin war ihr Haar ebenfalls braun, wenn es auch nicht den Glanz hatte, den ihr eigenes Haar besaß. Bis auf die derbe, breite Aussprache und ihre ärmliche Kleidung fand sie nichts an dieser Frau auszusetzen.

Eine Flut merkwürdiger und beunruhigender Gedanken schoß ihr auf einmal durch den Kopf. Wie mochte es in dieser Frau bloß aussehen, die das Kind des Mannes, den sie geliebt hatte, neun Monate in ihrem Leib heranwachsen spürte – und dann weggeben wollte? Was mochte sie empfinden? Verzweiflung? Erleichterung? Oder womöglich eine Mischung aus beidem?

Sophie Ballard wandte plötzlich den Kopf, als spürte sie, daß sie beobachtet wurde. Ihr Gesicht war von der Freude gerötet, sich guten Stoff für zwei neue Kleider kaufen zu können – und das in diesem vornehmen Geschäft. Sogar die einfachen Wollstoffe waren hier noch um mehrere Qualitätsklassen besser als die angeblich erstklassige Hehlerware, die der Tuchhändler der Rocks in seinem dreckigen Schuppen feilbot. Doch ihn hatte sie andererseits auch nicht mit harter Münze bezahlen müssen, sondern ihm war ihr weicher, anschmiegsamer Körper recht gewesen. Auf seine Art hatte er sich gut bezahlen lassen.

Als sie den intensiven, forschenden Blick dieser elegant gekleideten Frau auffing, die kurz nach ihr das Geschäft betreten hatte, regte sich in ihr ein unbestimmtes Gefühl des Unbeha-

gens und der Unruhe. Die Frau blickte zwar schnell weg, aber in dem winzigen Moment davor las sie irgend etwas in ihren Augen, das sie nicht zu deuten vermochte, sie jedoch irritierte, und sie fragte sich unwillkürlich, wer diese Frau war, die sie so eindringlich gemustert und sich dann verlegen, ja fast schuldbewußt abgewendet hatte, als hätte sie Veranlassung, sich zu schämen. Es war natürlich ein lächerlicher Gedanke, daß sich eine so vornehme Dame in ihrer Gegenwart schämen sollte, auch wenn sie sie noch so dreist gemustert hätte, aber sie konnte sich dieses Eindrucks dennoch nicht erwehren.
»Dieser Farbton stände Ihnen gewiß auch zu Gesicht«, sagte Glenn Pickwick, der nichts davon mitbekommen hatte, weil er gerade einen weiteren Stoffballen aus einem der Fächer gezogen hatte. »Und in der Qualität steht er den anderen in nichts nach. Ich kann Ihnen den Stoff nur empfehlen. Sie werden Ihre Freude daran haben, und zwar nicht nur einen Winter, darauf gebe ich Ihnen Brief und Siegel.«
Zögernd, fast widerwillig wandte Sophie Ballard ihre Aufmerksamkeit wieder den Stoffen zu, während Rosetta mit jagendem Herzen dastand und Mühe hatte, nicht die Selbstkontrolle zu verlieren und kopflos aus dem Geschäft zu stürzen. Sophies Blick hatte sie getroffen wie eine unbewußte stumme Anklage, und sie wünschte, sie hätte nicht darauf bestanden, diese Frau aus nächster Nähe einer Prüfung zu unterziehen. Die bis dahin gesichtslose Person, die ihr Kind verkaufen wollte und deren Notlage sie skrupellos ausnutzte, war zu einer Frau aus Fleisch und Blut und mit klaren Gesichtszügen geworden. Sie hatte buchstäblich Gestalt angenommen, und Rosetta wußte, daß Sophie Ballard sie bis an ihr Lebensende verfolgen würde – wenn auch nur in ihrer Erinnerung und in ihren Gedanken an Schuld und Sünde, die sie auf sich geladen hatte, als sie auf Kates verlockenden Vorschlag eingegangen war.
Es dauerte nur einen Moment, bis Glenn Pickwick zu ihr kam

und sie nach ihren Wünschen fragte. Doch ihr erschien diese kurze Zeitspanne fast so endlos wie die Minuten, die Kenneth in manch alptraumhafter Nacht keuchend und wild in sie hineinstoßend zwischen ihren Schenkeln gekniet hatte.
»Rosenöl!« Sie hatte Mühe, dieses eine Wort auszusprechen, ohne daß ihre Stimme zitterte und ihre innere Erschütterung verriet. Sie nahm das erstbeste, das Glenn Pickwick ihr anbot, und bezahlte schnell.
»Um Gottes willen, was ist nur passiert, Rose?« fragte Maneka erschrocken, als Rosetta mit kalkweißem Gesicht aus dem Geschäft kam und kraftlos neben ihr auf die Sitzbank sank. Ihre Hände zitterten, und ihr wäre die Flasche Rosenöl entglitten, wenn Maneka sie ihr nicht geistesgegenwärtig abgenommen hätte. »War sie im Geschäft und hat sie vielleicht etwas gemerkt? Nun sag doch was, bitte! Du siehst so entsetzlich blaß und mitgenommen aus, als wäre dir im Geschäft etwas Schreckliches zugestoßen!«
Rosetta schüttelte nur den Kopf, weil sie unfähig war, über ihre Angst und ihre Gewissensnot zu sprechen. Sie hätte den Aufruhr ihrer Gefühle auch nicht in Worte zu fassen gewußt. Vielleicht war ihr das später möglich, wenn sie ihr inneres Gleichgewicht wiedererlangt hatte. Doch jetzt verlangte es sie allein danach, so schnell wie möglich nach Hause zu kommen und den Blick von Sophie Ballard zu vergessen. Sie wünschte, sie könnte die Erinnerung an diese Begegnung im Geschäft auslöschen. Doch nicht einmal das Opium, bei dem sie gleich Zuflucht und Trost suchen würde, konnte ihr mehr als kurzzeitiges Vergessen im Rausch der schönen Träume schenken.

11

»Sind Sie sicher, daß Mister Hawkley Sie erwartet?« fragte James Yawdall und musterte den Reiter, der auf dem Hof von MIRRA BOOKA aufgetaucht war, als er gerade die Stallungen verlassen hatte, mit unverhohlenem Mißtrauen. Der Fremde wirkte wie ein grober Klotz. Schwergewichtig, kurz die Beine und breit in den Schultern. Er mochte um die Vierzig sein. Sein flaches narbiges Gesicht, der zerzauste schwarze Vollbart und das strähnigfettige Haupthaar ließen ihn wenig vertrauenerweckend erscheinen. Daran änderte auch seine ordentliche, offensichtlich neue Kleidung nichts. Dieser Mann sah wahrlich nicht danach aus, als würde John Hawkley begierig darauf sein, ihn in seinem Haus zu empfangen. Er wirkte eher wie ein Halsabschneider aus den Rocks, der sich durch den Erwerb neuer Kleider den Anschein eines anständigen Mannes zu geben versuchte.
»So sicher wie ich Rum von Wasser unterscheiden kann, Mister!« erhielt der neue Aufseher der Hawkley-Hamilton-Farm derb zur Antwort. »Ich bin hier schon richtig, goldrichtig sogar, wie die Dinge nun mal liegen – und außerdem in Eile. Also bequemen Sie sich schon hinein, mein Bester, und sagen Sie ihm, daß ich da bin.«
»Dazu müßte ich Ihren Namen wissen«, erwiderte Yawdall mit kühler Zurückhaltung.
Der Reiter bedachte ihn mit einem breiten Grinsen, das faulige Zähne zum Vorschein brachte. »Jonas Duckworth lautet der ehrenwerte Name, mein Freund!«

James Yawdall zog die Augenbrauen hoch, weil er bezweifelte, daß dieser Mann überhaupt wußte, was Ehre bedeutet, und sagte schroff: »Warten Sie hier!«
Augenblicke später war er wieder zurück. Er hatte sich gut unter Kontrolle. Daß er verblüfft war, weil John Hawkley diesen Jonas Duckworth tatsächlich umgehend zu sprechen wünschte, war ihm nicht vom Gesicht abzulesen. »Folgen Sie mir!« forderte er ihn knapp auf.
Jonas Duckworth, der ehemalige Flußschiffer vom Hawkesbury, war indessen vom Pferd gestiegen und hatte die Zügel um einen Querbalken des Verandageländers geschlungen.
»Ich danke Ihnen, Mister Yawdall«, sagte Hawkley, als sein Verwalter den ungewöhnlichen Besucher in den Salon führte, den er nur mit einem kurzen Kopfnicken begrüßte. In dieser knappen, scheinbar unhöflichen Geste lag – wie auch in seinem Blick – eine stumme Warnung: nämlich ja kein vertrauliches Wort in Gegenwart Dritter über die Lippen zu bringen und zu schweigen, bis sie unter sich waren. »Sagen Sie, haben Sie sich schon um das Räucherhaus gekümmert?«
»Ich habe mit Bosby die neue Boxeneinteilung besprochen. Das Räucherhaus wollte ich mir anschließend vornehmen«, antwortete Yawdall.
»Gut, gut, dann lassen Sie sich nicht aufhalten«, sagte Hawkley liebenswürdig. Doch als sich die Tür hinter seinem Verwalter geschlossen hatte, verschwand die freundliche Miene von seinem Gesicht. »Sie haben reichlich lange auf sich warten lassen, Mister Duckworth!«
»Ich habe getan, was ich konnte, Mister Hawkley!«
»Dann muß ich an Ihren Worten und Ihrem Können zweifeln! Schon vor zwei Wochen hätten Sie einsatzbereit sein wollen!« warf der Farmer ihm mit leiser, aber schneidend scharfer Stimme vor. »Sie haben mir hoch und heilig versprochen, die nötigen Männer im Handumdrehen zu finden und unverzüg-

lich zum Hawkesbury aufzubrechen. Und dann hat sich zwei Wochen lang nichts getan! Sie haben es nicht einmal für nötig erachtet, auf zwei Mahnungen von mir zu reagieren. Ich mußte erst meinen Diener zu Ihnen in die Rocks schicken, um eine Nachricht von Ihnen zu erhalten!«

Jonas Duckworth zuckte nur mit den Achseln. »Es ist eben nicht so einfach, eine verläßliche Truppe zusammenzubekommen, die bereit ist, sich möglicherweise wochenlang in dieser gottverlassenen Gegend am Hawkesbury herumzutreiben und im Freien zu kampieren.«

»Von einer Truppe ist nie die Rede gewesen, sondern nur von sechs, sieben Mann. Und die werden Sie doch wohl noch zusammenbekommen bei all dem Verbrecherpack, das sich in den Rocks herumtreibt!« sagte Hawkley ärgerlich.

Jonas Duckworth grinste breit. »Die Rocks sind nicht der Busch am Hawkesbury. Es sieht ganz danach aus, als ob wir mal wieder mehr Regen bekämen, als es den Siedlern lieb sein dürfte, und dann kann es da oben verdammt gefährlich werden, wenn nämlich die Flüsse über die Ufer treten und alles mit sich reißen, was sich ihnen in den Weg stellt. Außerdem muß man bei der Auswahl seiner Freunde bei so einem riskanten Unternehmen schon einige Umsicht walten lassen.«

»Verdammt noch mal, Sie haben mir fest versprochen, daß das alles kein Problem ist, und zudem einen wirklich fürstlichen Vorschuß bekommen, um die entsprechenden Leute zu kaufen!« erregte sich Hawkley. »Und von einem Risiko kann ja wohl keine Rede sein! Ich habe für Ihre Rückendeckung gesorgt. Ich will, daß es endlich losgeht, zum Teufel! Und ich dachte, auch Sie würden darauf brennen, es Jessica Brading endlich heimzuzahlen!«

»O ja, mehr als Sie sich vorstellen können!« bestätigte Jonas Duckworth, und seine Augen wurden schmal und haßerfüllt. Bei dem Versuch, Jessica als Konkurrentin auf dem Hawkes-

bury auszuschalten und die COMET nachts in Brand zu setzen, hatte er seine Schaluppe, die ENTERPRISE, verloren. Jessica hatte ihn gezwungen, ein Papier zu unterzeichnen, in dem er sich zu seinem mißglückten verbrecherischen Anschlag bekannte. Auch hatte er es zähneknirschend hinnehmen müssen, daß er sich nie mehr auf dem Hawkesbury und in der Nähe von SEVEN HILLS blicken lassen durfte. Das alles war schon schlimm genug und hätte ausgereicht, um Jessica bis zu seinem letzten Atemzug wie die Pest zu hassen. Doch daß sie ihn und seine Komplizen hatte auspeitschen lassen, war in seinem Haß eine ewig offene, schwärende Wunde, die nur ihr Tod schließen konnte.
»Und ich bin jetzt auch bereit. Ich habe die Männer, die ich brauche. Deshalb bin ich gekommen. Ich brauche die zweite Rate, um Pferde und Proviant kaufen zu können. Morgen schon, spätestens übermorgen, befinden wir uns auf dem Weg nach SEVEN HILLS.«
Hawkleys Stimmung hob sich augenblicklich bei dieser guten Nachricht. »Spät genug«, brummte er, doch es klang längst nicht mehr so gereizt.
»Also, wie steht es mit dem Geld?« wollte Duckworth wissen. »Wir brauchen gute, schnelle Pferde, und die haben ihren Preis, wie Sie wissen.«
»Ich stehe zu meinem Wort!« erklärte Hawkley, begab sich in den Nebenraum und kehrte wenig später mit der versprochenen zweiten Rate in einem kleinen Leinenbeutel zurück. Er verkniff sich ein geringschätziges Lächeln, als Jonas Duckworth den Knoten der Lederschnur löste und sich davon überzeugte, daß Hawkley ihm nicht einen Shilling zu wenig gegeben hatte. »Zufrieden?« fragte er nur, als der ehemalige Flußschiffer den Geldbeutel unter seiner derben Wolljacke verschwinden ließ.
»Schätze, es deckt gerade so meine ersten Kosten«, log Duckworth schamlos.

Hawkley hatte nicht die Absicht, mit ihm um ein Pfund Sterling zu feilschen, und das sagte er ihm auch. »Halten Sie sich nur an meine Anweisungen, Mister Duckworth, und es wird Ihr Schaden nicht sein. Doch wenn Sie versuchen sollten, Ihr Wort zu brechen und mich zu hintergehen, wird man Sie mit einer Unze Blei im Leib irgendwo im Busch den Dingos zum Fraß vorwerfen«, warnte er ihn und fixierte ihn wie eine Schlange ihr Opfer. »Vergessen Sie nie, wer Sie sind und wer *ich* bin!«

Jonas Duckworth schluckte und rang sich ein gequältes Lächeln ab. Nur zu gern hätte er gewußt, wer noch an diesem Unternehmen gegen Jessica Brading beteiligt war. Einflußreiche Leute aus dem Offiziers-Corps, das war sicher, denn nur diese hatten die Macht, die Gegend um SEVEN HILLS von Patrouillen freizuhalten und sie nur da auftauchen zu lassen, wo er mit seinen Männern ganz sicher nicht war. Denn so war es vereinbart. Nein, mit diesem Hawkley und seinen Hintermännern würde er sich ganz gewiß nicht anlegen wollen, nicht einmal für tausend Guineen!

»Wie könnte ich!« beteuerte er deshalb. »Seien Sie ganz beruhigt, ich werde saubere Arbeit leisten und mir jeden Penny ehrlich verdienen. Ich werde Jessica vernichten!«

»Das sollten Sie nicht *zu* wörtlich nehmen!« ermahnte Hawkley ihn mit einem leicht säuerlichen Lächeln und folgte mit dieser Warnung weniger seinem Gewissen als der Hauptforderung von Lieutenant Forbes. Jessica durfte kein Haar gekrümmt werden, das hatte er zur obersten Bedingung für seine Unterstützung in dieser Sache gemacht. »Jessicas Tod wäre nämlich gleichzeitig auch Ihr Tod. Haben wir uns verstanden, Mister Duckworth?«

Die Eiseskälte in der Stimme des Farmers jagte sogar einem skrupellosen Schurken wie Jonas Duckworth einen Schauer über den Rücken. Dies war keine leere Drohung, sondern tödlicher Ernst.

»Ich habe nicht vor, mich selbst um die Früchte meiner Anstrengungen zu bringen«, versicherte er mit belegter Stimme und war bemüht, unter dem stechenden Blick des Großgrundbesitzers nicht allzu viel von seiner selbstsicheren Haltung zu verlieren.

»Ja, das sollten Sie wirklich nicht tun«, bekräftigte Hawkley noch einmal bedeutungsschwer und erhob sich, womit er seinem Gast unmißverständlich zu verstehen gab, daß er ihre Unterredung für beendet betrachtete.

Jonas Duckworth war darüber nicht betrübt. Eher traf das Gegenteil zu. Er hatte das Geld bekommen und war froh, wenn er wieder unter seinesgleichen war, wo *er* den Ton angab. »Sie werden von mir hören, Mister Hawkley.«

John Hawkleys Mund verzog sich zu einem sarkastischen Lächeln. »Das hoffe ich nicht. Ich erwarte viel eher, von Ihren *Taten* zu hören«, erwiderte er scharfzüngig und klingelte nach seinem Diener, um seinen Gast hinauszubringen. Jonas Duckworth war ein Mann, den er nicht eine Minute länger als unbedingt nötig unter seinem Dach haben wollte, sondern bestenfalls ein grobes, wenn auch nützliches Werkzeug, dessen man sich bediente. Wurde es nicht mehr gebraucht, entledigte man sich seiner auf die schnellste und bequemste Art. Darüber galt es sich jetzt schon Gedanken zu machen.

12

Das kühle, regnerische Wetter war einer Schönwetterfront gewichen. Der Sommer schien noch einmal zurückgekehrt. Die Sonne wärmte Mensch und Tier und gab der Erde Gelegenheit, die Regenfluten der letzten Tage aufzusaugen, die noch nicht im Boden versickert waren. Doch die erfahreneren unter den Farmern, die mit den extremen Launen des Wetters unter dem Kreuz des Südens vertraut waren und so manch bitteres Lehrgeld gezahlt hatten, hätten nicht einen Büschel Stroh darauf gewettet, daß die Zeit des sintflutartigen Regens nun vorbei und die Gefahr katastrophaler Überschwemmungen entlang der Flüsse gebannt war.
Die COMET lief unter einem sonnigen Himmel in den Hafen von Sydney ein. So naßkalt und ungemütlich die Überfahrt nach Van Diemen's Land gewesen war, so sonnig und angenehm ereignislos hatte sich die Rückfahrt gestaltet.
Als Jessica die malerische Bucht von Sydney Cove und die betriebsame Stadt vor sich liegen sah, die so rasch wuchs, daß man meinte, ihr unaufhaltsames Aufblühen quasi von einem Tag zum anderen beobachten zu können, wärmte nicht nur die Sonne ihr Herz, das ihr seit ihrer Trennung von Mitchell so schwer und voller Sehnsucht und Melancholie gewesen war. Sie erfüllte das beglückende Gefühl, nein die Gewißheit, wieder nach Hause gekommen zu sein, dorthin, wo ihr Platz war und wo ihr Herz und ihre Seele tiefe Wurzeln geschlagen hatten. Erst jetzt wurde ihr so richtig gewahr, wie sehr ihr New South Wales und besonders SEVEN HILLS in den langen Wo-

chen auf See gefehlt hatten. Doch bevor sie auf ihre geliebte Farm am Hawkesbury zurückkehren konnte, hatte sie noch einige private wie geschäftliche Dinge in Sydney zu erledigen.
»Sehen Sie zu, daß Sie einen anständigen Preis für die Ladung Holz erzielen, Captain«, sagte Jessica, als Patrick Rourke sie von Bord geleitete und sie sich bei ihm für alles bedankt hatte, was er für sie und Mitchell getan hatte.
Er schmunzelte. »Da habe ich keine Sorge. Ich muß zum Glück ja nicht mit Ihnen verhandeln. Bei Ihrer Geschäftstüchtigkeit würde mir nicht mehr viel Profit bleiben.«
Sein Kompliment freute sie, und sie lächelte. Sie hatte überhaupt das Gefühl, daß es ein Tag zum Lächeln war. Sie freute sich darauf, sich wieder tatkräftig in ihre vielfältigen Unternehmungen zu stürzen. Ian McIntosh war zwar der beste Verwalter, den sie sich für SEVEN HILLS wünschen konnte, aber es stand doch außer Frage, daß in den vergangenen Wochen einige Entscheidungen aufgeschoben worden waren, die nur sie treffen konnte.
»Wir können wohl beide froh sein, einander zum Partner zu haben, Captain«, erwiderte sie freimütig. »Und ich denke, daß der Gewinn, den die COMET abwirft, uns beide sehr zufrieden stimmen dürfte.«
Er nickte. »Und wenn Ihre Überlegung sich als richtig erweist, liegen die goldenen Zeiten ja erst noch vor uns«, fügte er augenzwinkernd hinzu.
»Zweifeln Sie daran?«
Er lachte. »Ich habe nur einmal daran gezweifelt, daß Sie etwas von Geschäften verstehen – und das hätte mir fast das Genick gebrochen. Es ist nicht meine Art, einen Fehler zweimal zu machen.«
»Wäre das der Fall gewesen, hätte ich Sie auch schon längst ausgekauft«, bekannte sie.
»Ihre Offenheit ist immer wieder herzerfrischend, Jessica. Und

das Merkwürdige daran und an Ihrer Geschäftstüchtigkeit ist, daß sie Ihrer bezaubernden Weiblichkeit nicht im geringsten abträglich ist.«

Sie schmunzelte, während sich ihre Wangen unter einem Anflug von Verlegenheit leicht röteten. »Ich wüßte einige zu nennen, die Ihnen in diesem Punkt sehr vehement widersprechen würden, mein Lieber.«

»Neid und eigene Mittelmäßigkeit fördern nun mal nicht gerade die Urteilskraft.«

Jessica lachte amüsiert über seine Schlagfertigkeit. »Wir sollten dieses Thema nicht weiter vertiefen, Captain«, sagte sie und wechselte das Thema. »Wie lange werden Sie in Sydney bleiben?«

»Wie ich schon sagte, dürfte es nicht schwerfallen, einen Abnehmer für das Holz zu finden. Die Werften werden sich darum reißen, und die meiste Zeit wird dafür draufgehen, den einen Interessenten gegen den anderen auszuspielen und den Preis hinaufzutreiben. Ich wette, daß die COMET morgen schon entladen sein wird. Dann kommt es darauf an, eine gute Fracht zu finden. Alles in allem werden wir wohl drei bis vier Tage hier in Sydney liegen, bevor wir wieder in See stechen und die Küste hoch zum Hawkesbury segeln. Es wäre nicht schlecht, wenn wir die Waren, von denen Sie gesprochen haben, dann schon an Bord hätten.«

Sie nickte. »Gut, das gibt mir Zeit genug, alles andere zu organisieren. Ich werde mich schon heute darum kümmern und Ihnen im Laufe des morgigen Tages Bescheid geben. Und falls Sie mir eine Nachricht zukommen lassen wollen, wissen Sie ja, wo Sie mich erreichen können.«

»Bei den Keltons, nicht wahr?«

Jessica nickte. »Ja, meine Freunde wohnen in der George Street.« Martha und Robert Kelton bestanden darauf, sie in ihrem Haus zu beherbergen, wenn sie nach Sydney kam, was in der Vergangenheit selten genug der Fall gewesen war. Doch seit sie den Simontons das Geschäft abgekauft hatte, wurden ihre Besuche in der Stadt zwangsläufig häufiger. Martha und Robert waren reizende Leute, doch auch anstrengend, ganz besonders die lebhafte Martha. Zudem war man als Gast, wenn auch bei noch so reizenden Freunden, immer gewissen Verpflichtungen und Rücksichtnahmen unterworfen, die auf die Dauer lästig wurden. Für beide Seiten. Deshalb war es an der Zeit, sich Gedanken über eine Lösung dieses Problems zu machen, das immer drängender wurde, je mehr sich ihre geschäftlichen Aktivitäten auch auf Sydney erstreckten.

Patrick Rourke winkte eine Mietkutsche für sie heran, deren Kutscher sich die Zeit damit vertrieben hatte, seinem Pferd das Fell zu striegeln. Im Handumdrehen war das wenige Gepäck auf dem Dach verstaut und festgezurrt, und nach einem letzten Gruß setzte sich die Kutsche in Bewegung.

Auf ihrer Fahrt vom Hafen hinauf in das bessere Viertel der Stadt begegneten ihnen viele sogenannte *street gangs*, Arbeitskommandos ausgemergelter und zerlumpter Sträflinge, die mit schweren Fußeisen aneinandergekettet waren und von Soldaten bewacht wurden. Es war ein vertrautes Bild in den Straßen von Sydney und allen anderen größeren Siedlungen der Kolonie, und die meisten Siedler nahmen diese bedauernswerten Gestalten, die schwerste Arbeiten beim Bau von Straßen, Plätzen und Gebäuden verrichten mußten, kaum noch bewußt wahr. Jessica dagegen würde sich nie an ihren Anblick gewöhnen. Jedesmal wurde sie an ihre eigene Zeit als Sträfling erinnert, an die Last der hautabscheuernden Fußeisen, die kargen Rationen und elenden Quartiere, die Unbarmherzigkeit und Niedertracht der Aufseher – und an die entsetzlichen Schmerzen der neunschwänzigen Peitsche, die jeder Sträfling schon beim geringsten Vergehen und oftmals auch völlig willkürlich zu spüren bekam und die auch ihren Rücken einmal in ein ro-

hes, ausgefetztes Stück Fleisch verwandelt hatte. Diese Erinnerungen würden niemals verblassen, auch wenn Gott ihr ein biblisches Alter schenken sollte!
Als sie in die George Street kamen, war Jessica nicht traurig darüber, vom Dienstmädchen der Keltons zu erfahren, daß Martha und Robert einige Stunden außer Haus waren.
»Ihr Zimmer ist aber gerichtet, Missis Brading. Ich werde sofort Ihr Gepäck hinaufbringen«, sagte das Mädchen beflissen, das recht hübsch war, solange sie nicht den Mund öffnete und dabei ihr unansehnliches Pferdegebiß zeigte. »Ich werde Ihnen dann gleich einen Tee machen. Und wenn Sie sich etwas hinlegen wollen...«
Jessica wollte weder das eine noch das andere. »Danke, das ist alles nicht nötig, Phyllis«, sagte sie freundlich, aber bestimmt. »Bring nur meine Sachen aufs Zimmer. Ich kann die Zeit bis zur Rückkehr deiner Herrschaft gut nutzen, um einige Dinge zu erledigen.«
Sie ließ das Gepäck abladen und gab dem Kutscher dann die Adresse ihres Geschäftes in der Pitt Street an. Dort bezahlte und entließ sie ihn. Es war ein so schöner, sonnig-milder Tag, daß sie den Rückweg gut zu Fuß zurücklegen konnte. Sie war an Bord der COMET lange genug auf einen engen, begrenzten Raum beschränkt gewesen.
Drei ältere Damen hielten sich im Geschäft auf, als Jessica den großen Raum betrat, was sie mit größter Zufriedenheit zur Kenntnis nahm. Der Laden lief gut, daran gab es keinen Zweifel. Und er lief besonders gut, seit die Simontons keinen Anteil mehr am Geschäft hielten und Deborah mit ihrem arroganten Gehabe keine Kunden mehr vergraulte.
Glenn Pickwick zeigte sich freudig überrascht, als er sie erblickte, und machte Anstalten, zu ihr zu eilen. Doch Jessica bedeutete ihm mit einem Blick und einer Handbewegung, er solle bleiben, wo er war, und sich um seine Kundschaft kümmern.

Sie grüßte die drei Damen, die ihren Gruß abwesend erwiderten. Sie gehörten offenbar zusammen und diskutierten angeregt darüber, aus welchem Seidenstoff das Kleid geschneidert werden sollte, das die jüngere der drei Frauen zur Hochzeit ihrer Tochter tragen sollte.

Jessica wußte, daß Glenn Pickwick dieses nicht eben einfache Problem, drei gegensätzliche Meinungen unter einen Hut zu bringen und allen das Gefühl zu geben, genügend von ihren eigenen Ansichten durchgesetzt zu haben, mit Charme und Sachverstand lösen würde, und sie begab sich ins Hinterzimmer, wo er sich mit einem alten Sekretär, zwei einfachen, harten Stühlen und einem Beistelltisch ein bescheidenes Büro eingerichtet hatte. Hier führte er die Bücher.

Der Sekretär war penibel aufgeräumt. Die Federkiele lagen säuberlich gespitzt in ihrer Vertiefung. Daneben standen zwei kleine gläserne Tintenfässer, deren silberne Deckelchen blank geputzt waren, sowie der Sandstreuer. Auch Löschpapier und Lineal lagen griffbereit. Lieferscheine und Rechnungen hatten ihr eigenes Fach und waren nach Warengruppe und Datum geordnet.

Bei der Unentschlossenheit der drei Damen, deren Stimmen gedämpft bis zu ihr ins Hinterzimmer drangen, würde bestimmt noch eine gute Weile vergehen, bevor Glenn Pickwick Zeit fand, zu ihr zu kommen. Deshalb nahm sie das Hauptbuch zur Hand und nutzte die Zeit, um die Eintragungen der letzten Wochen durchzugehen.

Das Ergebnis entlockte ihr ein zufriedenes Lächeln. BRADING'S hatte sich in der Tat zu einer kleinen Goldgrube entwickelt, und sie beglückwünschte sich in zweifacher Hinsicht: nämlich daß sie die Übernahme dieses Geschäftes so zielstrebig betrieben, wenn anfangs auch aus sehr persönlichen Gründen, und daß sie die Führung des Geschäftes Glenn Pickwick übertragen hatte. Die Hoffnungen und das Vertrauen, die sie in ihn gesetzt hatte, hatten sich weit über ihre Erwartung erfüllt. Es war mehr als gerechtfertigt, daß sie ihm ein so ausgezeichnetes Gehalt bezahlte.

Nachdem sie die einzelnen Posten durchgegangen war, erweckte eine merkwürdige Liste ihr Interesse, die Glenn angelegt und ganz vorn ins Buch gelegt hatte. Sie umfaßte mehrere engbeschriebene Seiten, und es fanden sich darauf Eintragungen wie: Kerzenleuchter, Mrs. Bean, 12. April, Kristallpokale, Mrs. Landers, 14. April, Spieluhr, Mrs. Boward, 14. April, Puppen, Mrs. Railey, 28. April, Teegeschirr, Mrs. Danloop, 29. Mai, Pantoffel, Mrs. Carr, 30. April... Und so ging es weiter.

Jessica konnte in der Liste nichts Durchgängiges erkennen. Sie schien keinen Sinn zu ergeben, doch sie wußte, daß dem bestimmt nicht so war, denn Glenn Pickwick hatte sich zweifellos etwas dabei gedacht, als er sich die Mühe gemacht hatte, diese ellenlange Liste anzulegen.

Sie grübelte noch immer darüber nach, als die Tür aufging und Glenn Pickwick zu ihr ins Zimmer trat. Seine unverhohlene, ehrliche Freude, sie wiederzusehen, tat ihr gut.

»Nun, haben Sie Erfolg gehabt und die Damen dazu gebracht, sich zu einigen?« fragte sie dann.

Er lachte über das ganze Gesicht. »Ja, auf den wunderbaren burgunderroten Atlas, den ich ihnen zuallererst vorschlug, bevor sie sich darüber zerstritten, ob es denn nun die lavendelblaue oder die perlgraue Seide sein sollte.« Er schüttelte belustigt den Kopf. »Seide ist für die Braut, und Missis Galloway braucht etwas Kräftigeres in der Farbe als ein Lavendelblau oder Perlgrau, eben diesen herrlichen Atlas, und letztlich meinten auch alle, daß sie das eigentlich doch schon von Anfang an gesagt hätten und wer denn von ihnen bloß auf die unsinnige Idee mit der blauen oder grauen Seide gekommen sei, worauf natürlich niemand eine schlüssige Antwort zu geben

wußte, was wiederum alle befriedigte.« Er lachte vor Vergnügen, zumal es noch ein lukratives Geschäft gewesen war, denn der Schnitt, den die Brautmutter für ihr Kleid gewählt hatte, verlangte eine Menge Stoff, und eine zierliche Person war sie nun gerade nicht.
Jessica lachte mit ihm. »Ich wußte, daß Sie es schaffen würden, alle drei zufriedenzustellen, Mister Pickwick!« Wie gut, daß sie sich damals von seinem jugendlichen Aussehen nicht hatte davon abhalten lassen, ihn einzustellen. Er war jetzt zweiunddreißig, sah aber gut und gern sieben, acht Jahre jünger aus, was er durch konservativ-gediegene Kleidung auszugleichen versuchte. Dabei hatte er das eigentlich längst nicht mehr nötig, denn wer regelmäßig bei BRADING's kaufte, hatte sein Vorurteil schon nach dem ersten Einkauf abgelegt, einem so jungen Mann müsse doch die Reife und Seriosität fehlen, die in seinem Beruf unentbehrlich waren. Es hatte sich sehr schnell herumgesprochen, daß seinem fachlichen Urteil in Fragen des Geschmacks, was die Zusammenstellung von Farben und Stoffen betraf und das, was eine Frau tragen konnte und sollte, Gewicht beizumessen war. Man zog ihn jetzt gern zu Rate, und es waren mitnichten nur Frauen, die sich gern von ihm beraten ließen. Ja, Glenn Pickwick war einer der ganz großen Aktivposten von BRADING's.
»Man darf so eine Situation nie als unerfreuliche Belastung ansehen, sondern als Herausforderung an sein diplomatisches Geschick«, erklärte er ohne falsche Bescheidenheit, aber auch ohne Hochmut. Man sah ihm einfach an, daß ihm sein Beruf Freude bereitete und daß er sich bewußt war, darin auch Hervorragendes zu leisten. Nun, das eine ergab das andere, wenn Talent und Wille sich vereinen. Das war in allem so, was der Mensch in Angriff nahm.
Jessica tippte kurz auf das Hauptbuch. »Ich habe da mal einen Blick hineingeworfen«, sagte sie mit einem anerkennenden

Nicken, »und ich muß sagen, daß ich angenehm überrascht bin. Das Geschäft ist ja nie schlecht gelaufen, wahrlich nicht, aber die letzten sechs Wochen haben einen enormen Zuwachs gebracht.«

Glenn Pickwick nickte stolz. »Wir hatten im Schnitt dreiundzwanzig Kunden mehr pro Woche, und ich bin sicher, daß wir im nächsten Jahr über diesen Zuwachs lachen werden.«

Sie sah ihn verblüfft an. »Im Schnitt dreiundzwanzig Kunden mehr pro Woche? Das wissen Sie so genau?«

»O ja! Ich habe es mir angewöhnt, die Zahl der täglichen Kunden zu notieren, als Missis Simonton noch im Geschäft war. Hinterher habe ich es beibehalten, weil einem diese Zahlen doch einen sehr nützlichen Hinweis bieten, wie sich die Geschäftslage entwickelt.«

Jessica zog die seltsame Liste, mit der sie so wenig hatte anfangen können, aus dem Hauptbuch. »Sie scheinen sich eine Menge zu notieren, von dem ich nichts weiß«, sagte sie mit scherzhaftem Vorwurf in der Stimme.

Er lächelte verhalten. »Sie haben recht, Missis Brading. Ich räume ein, für derartige Listen und Niederschriften eine Menge übrig zu haben. Doch wenn Sie erlauben, möchte ich doch erst noch bei dem Kundenzuwachs bleiben, bevor ich zu dieser Liste komme, die Sie da in der Hand halten.«

Sie zuckte die Achseln. »Aber gern, Mister Pickwick.« Sie legte die Liste neben das Hauptbuch.

»Da ist nämlich etwas, das mir einigen Kummer bereitet«, sagte er.

»Kummer?« Sie hob überrascht die Augenbrauen. »Sie machen so gar nicht den Eindruck, als hätten Sie in irgendeiner Beziehung Kummer.«

»Nun, Kummer mag das falsche Wort sein. Ich bin jedenfalls froh, daß ich endlich mit Ihnen darüber reden kann. Die letzten Wochen habe ich nämlich vergeblich versucht, Sie zu errei-

chen. Weder Mister Hutchinson, Ihr Anwalt hier in Sydney, noch Mister McIntosh, zu dem ich einen Boten schickte, konnte mir sagen, wo Sie waren und wie ich Sie erreichen könnte«, sagte er mit fragendem Unterton.
»Ich war geschäftlich unterwegs«, blieb Jessica unbestimmt in ihrer Antwort. »Weshalb wünschten Sie mich denn so dringend zu sprechen?«
Er druckste herum, was sonst so gar nicht seine Art war. »Wissen Sie, ich möchte ja nicht undankbar erscheinen, nach allem, was Sie für mich getan haben. Bei Missis Simonton wäre ich nicht einmal als Kunde über die Schwelle dieses Geschäftes gekommen, geschweige denn bei ihr Verkäufer geworden, ich, ein Emanzipist. Sie aber haben mich sogar zu Ihrem Geschäftsführer gemacht.«
»Mister Pickwick, bitte!«
»Nein, nein, lassen Sie mich die Wahrheit ruhig aussprechen, denn ich möchte nicht, daß Sie einen falschen Eindruck von mir bekommen. Ich bin Ihnen dankbar, daß ich meinem Beruf wieder nachgehen kann und dann auch noch in dieser Position. Und ich versichere Ihnen, daß mir harte Arbeit nichts ausmacht...«
Jessica fiel ihm ins Wort. »Himmelherrgott, reden Sie doch nicht so lange um den heißen Brei herum, Mister Pickwick! Wenn Sie der Meinung sind, daß ich Ihnen nicht genug zahle, dann sprechen Sie es getrost aus. Wir können über alles reden, das müßten Sie doch eigentlich wissen!« In ihrer Stimme schwang Gereiztheit mit. »Sie wollen also mehr Geld.«
Er sah sie verwirrt an. »Mehr Geld?... Ich?... Aber... wie... wie kommen Sie denn auf diesen absurden Gedanken?« stammelte er betreten.
»Wenn man Sie so reden hört, liegt diese Vermutung doch nahe.«
»Aber Missis Brading!« stieß er fast entrüstet hervor. »Es

würde mir doch nie und nimmer in den Sinn kommen, Sie um mehr Lohn zu bitten, wo Sie mich doch so fürstlich bezahlen! Wie könnte ich Ihnen denn dabei in die Augen sehen!?«
»Oh, manche können das ganz gut«, sagte Jessica nun ihrerseits verwundert. »Aber worum geht es Ihnen dann, wenn nicht um mehr Geld?«
»Um Constance!« antwortete er spontan.
»Constance?« echote Jessica verständnislos. »Von wem reden Sie, Mister Pickwick?«
Er errötete unter ihrem Blick und räusperte sich verlegen. »Constance Marlowe. Ich wollte mit Ihnen darüber reden, ob es nicht möglich wäre, sie als zusätzliche Verkäuferin einzustellen. Allein darum ging es mir. Entschuldigen Sie, wenn ich es so ungeschickt angestellt und bei Ihnen den Eindruck erweckt habe, mit meiner Bezahlung unzufrieden zu sein, denn das ist natürlich nicht der Fall.«
Ein verständnisvolles Lächeln trat auf Jessicas Gesicht. »Ist diese Constance Marlowe etwa die Frau Ihres Herzens?« fragte sie interessiert.
Die verlegene Röte auf seinem Gesicht wurde noch stärker, doch er wich ihrem amüsierten Blick nicht aus. »Inzwischen schon«, räumte er ein.
»Was heißt inzwischen?« wollte sie wissen.
»Als ich ihre Bekanntschaft machte, ging es mir nicht darum, eine Frau fürs Leben zu finden, sondern eine Verkäuferin für das Geschäft. Natürlich wollte ich Ihnen nicht vorgreifen und selbstverständlich habe ich ihr auch noch keine Versprechungen gemacht«, beeilte er sich zu erklären. »Doch als ich merkte, wie gut sich das Geschäft entwickelte, wurde mir klar, daß ich die Arbeit bald nicht mehr allein schaffen würde.«
»Ich verstehe.«
»Sehen Sie, in diesem Moment ist die Ladentür verschlossen, weil ich mit Ihnen Wichtiges zu besprechen habe und niemand

sonst da ist, der mich jetzt im Laden vertreten könnte. Das kostet nicht nur bares Geld, weil Kunden, die etwas kaufen wollen, vor verschlossener Tür stehen und womöglich für diesen Einkauf zur Konkurrenz gehen, sondern es ist auch ganz allgemein schlecht für Brading's Ruf. Der eine oder andere könnte es vorziehen, von vornherein ein Geschäft aufzusuchen, wo er sicher ist, daß es auch geöffnet hat und wo er nicht darauf warten muß, bedient zu werden. Ich gebe mir zwar alle Mühe, der Kundschaft eine erstklassige Beratung und Bedienung angedeihen zu lassen, aber wenn plötzlich mehr als zwei Kunden im Geschäft stehen, wird das zu einem äußerst schwierigen Unterfangen. Bisher habe ich zwar noch keine Klagen zu hören bekommen, aber so wie das Geschäft wächst, wird der Tag nicht fern sein, wo genau das eintreten wird, und dann werden unzufriedene Kundinnen Brading's verlassen, ohne daß ich etwas dagegen unternehmen kann.« Er hob entschuldigend die Hände. »Bei Missis Simonton half noch ein Mädchen im Laden, und wenn besonders viel zu tun war, auch noch ihr Mann. Es tut mir wirklich leid, aber ich kann die Arbeit beim besten Willen bald nicht mehr allein bewältigen. Und deshalb habe ich mich schon mal vorsorglich nach einer geeigneten Person umgesehen, die Ihren und meinen Ansprüchen gerecht wird.«
»Mister Pickwick, ich muß mich bei Ihnen entschuldigen, daß ich nicht selbst daran gedacht habe. Selbstverständlich brauchen Sie Entlastung. Also, nur zu! Erzählen Sie mir von dieser Constance Marlowe, von der Sie annehmen, daß sie meinen und Ihren Ansprüchen gerecht wird.«
»Ich bin davon *überzeugt*, wenn Sie mir diese Bemerkung gestatten!« Er wirkte sehr erleichtert und berichtete ihr nun voller Begeisterung von Constance Marlowe. »Sie ist dreiundzwanzig, kommt aus London und hat dort in einem Stoffgeschäft gearbeitet, das zwar nicht zu den feinsten Adressen zählt, aber wohl auch nicht zu den Armeleuteläden gehört. Vor

vier Jahren ist sie dann nach New South Wales deportiert worden.«

»Was hat sie begangen?«

»Sie hat drei Ballen Stoffreste entwendet«, sagte Glenn Pickwick, »und sie hat die Tat auch zugegeben. Wenn sie sich damit auch eindeutig schuldig gemacht hat, so läßt sich doch etwas zu ihrer Verteidigung sagen, was das Gericht offenbar nicht gewürdigt hat, ich ihr aber glaube: Der Inhaber des Geschäftes war ihr den Lohn für mehrere Monate schuldig geblieben, als er aus irgendwelchen Gründen in finanzielle Schwierigkeiten geriet und den Laden an einen anderen Geschäftsmann verkaufen mußte. Er stritt jedoch ab, ihr auch nur einen Penny Lohn zu schulden, und brachte die zweite Verkäuferin, mit der er wohl ein Verhältnis hatte, dazu, zu bezeugen, daß sie ihren Lohn immer pünktlich erhalten hatte. Er setzte sie danach vor die Tür, und der neue Besitzer war nicht daran interessiert, sie zu übernehmen, da sie ja offenbar eine Lügnerin war. Constance besaß jedoch einen Zweitschlüssel für das Geschäft und wollte sich eines Nachts das in Ware aus dem Lager holen, was sie als Lohn noch hätte bekommen müssen. Dabei wurde sie ertappt, ins Gefängnis geworfen und letztlich zu sieben Jahren Verbannung verurteilt.«

Jessica hörte seinem Bericht geduldig zu. Dann fragte sie: »Und Sie glauben ihr?«

»Jedes Wort!« versicherte er ernst.

»Das genügt mir«, sagte Jessica und fügte in Gedanken hinzu: ›Vorerst.‹

»Ich habe Constance in den letzten Wochen näher kennengelernt, und ich räume unumwunden ein, daß sie mehr als nur meine Sympathie errungen hat«, sagte er, wieder leicht errötend. »Ich trage mich ernsthaft mit dem Gedanken, Constance zu meiner Frau zu machen, Missis Brading.«

»Dann gratuliere ich«, sagte sie lächelnd.

Er wehrte ab. »Damit hat es noch Zeit. Ich habe dies nur gesagt, damit Sie wissen, wie ich zu ihr stehe. Doch das, was ich privat für Constance Marlowe empfinde, hat nichts mit der Empfehlung zu tun, die ich als Ihr Geschäftsführer gebe«, erklärte er ausgesprochen förmlich, als wollte er seine Sachlichkeit in dieser geschäftlichen Angelegenheit noch besonders unterstreichen. So verwunderte es Jessica auch nicht, daß er nun nicht mehr von Constance sprach, als er fortfuhr, sondern von Miß Marlowe.
»Miß Marlowe ist eine vertrauenswürdige Person, die tüchtig ist und eine Menge von Stoffen aller Art versteht. Ich habe sie selbst einer eingehenden Prüfung unterzogen, was diese fachliche Seite betrifft, obwohl mir Missis Darcy, die Putzmacherin aus der Kent Street – Sie wissen doch, die kleine Frau mit der Hasenscharte – zuvor schon versichert hat, daß man Miß Marlowe auf diesem Gebiet gewiß nichts mehr beizubringen bräuchte.«
Jessica nickte. Missis Darcy war ihr bekannt. Auf ihr Urteil konnte man etwas geben, denn sie war eher überkritisch als großzügig. »Sie arbeitet also bei Missis Darcy. Das ist keine schlechte Empfehlung.«
Er nickte. »Sie ist schon seit über einem Jahr bei ihr, seit man sie auf Bewährung gesetzt hat. Missis Darcy hat mich übrigens auf Miß Marlowe aufmerksam gemacht, als wir uns über die Schwierigkeiten unterhielten, fachlich geeignete und vertrauenswürdige Kräfte für ein Geschäft wie dieses zu finden. Sie gibt sie nur ungern her, wie sie mir versichert hat, möchte ihr aber auch nichts in den Weg legen. Natürlich liegt die Entscheidung, ob Sie Miß Marlowe anstellen, ganz bei Ihnen.«
»Natürlich«, wiederholte Jessica mit sanftem Spott, »und nicht einmal ein so fähiger Geschäftsführer wie Sie würde mir wohl diese Entscheidung abnehmen wollen und sich damit die Verantwortung gänzlich auf die eigenen Schultern legen, nicht wahr?«

Sein jugendliches Gesicht verzog sich zu einem Lächeln, das von Respekt, aber auch von einer guten Portion Selbstsicherheit bestimmt wurde. »In diesem Fall hätte ich wohl eine Ausnahme gemacht.«

»Das heißt, Sie hätten Constance Marlowe einfach ohne mich zu fragen ins Geschäft genommen?« fragte sie und sah ihn eindringlich an.

Er blickte weder weg, noch ließ er sich mit seiner Antwort Zeit. Seine Antwort kam augenblicklich und unmißverständlich. »Ja, das hätte ich getan, wenn ich Sie nicht innerhalb der nächsten Woche irgendwie erreicht hätte. Und zwar in Ihrem Interesse, weil die Arbeit anders einfach nicht mehr zu bewältigen ist, doch auf mein Risiko. Ich hätte sie vorerst von meinem Geld bezahlt.«

Seine Aufrichtigkeit rechnete sie ihm hoch an. Sie wäre sogar enttäuscht gewesen, wenn er etwas anderes gesagt hätte. Sie brauchte jemanden wie ihn, der selbständig denken konnte und gegebenenfalls auch bereit war, eine Entscheidung zu treffen, deren Richtigkeit sich möglicherweise erst viel später erweisen würde. Nur mit einem solchen Geschäftsführer konnte sie sich die meiste Zeit des Jahres ruhigen Gewissens auf SEVEN HILLS aufhalten.

»Ich werde in einer ruhigen Stunde überlegen, was ich von einem Mann zu halten habe, der über meinen Kopf hinweg Verkäuferinnen einzustellen gedenkt«, scherzte sie und sagte dann ernst: »Also gut, stellen Sie mir die junge Frau vor, die Sie offensichtlich in jeder Beziehung an Ihrer Seite zu sehen wünschen, und dann reden wir über ihren Lohn und wann sie bei uns anfangen kann.«

»Oh, das habe ich schon geregelt, Missis Brading!« erklärte er eifrig und mit glänzenden Augen, die seine ganze Freude spiegelten. »Sie kann jederzeit bei Ihnen anfangen, und als Lohn ist sie mit acht Shilling die Woche zufrieden.«

»Die Entscheidung, ob Sie Constance Marlowe zu Ihrer Frau machen wollen, überlasse ich ganz Ihnen, Mister Pickwick, weil das Ihre Angelegenheit ist. Dagegen sollte Sie die Entscheidung, welchen Lohn ich ihr zahlen werde, allein mir überlassen!« tadelte sie ihn.
»Selbstverständlich. Ich meinte nur...«
Sie brachte ihn zum Schweigen, indem sie nur kurz die Hand hob. »Ihre Meinung in Ehren, doch über Constance Marlowe bedarf es nun wohl keines weiteren Wortes mehr. Ich möchte sie morgen nachmittag hier kennenlernen, wenn sich das einrichten läßt.«
»Gewiß.«
»Gut. Alles weitere ist dann eine Sache zwischen mir und ihr«, beendete sie das Thema resolut. »Kommen wir jetzt zu dieser Liste und klären Sie mich bitte auf, welche Überlegungen Sie veranlaßt haben, so etwas aufzuschreiben wie...«, sie nahm die Liste zur Hand und las eine der gut dreißig Positionen auf der ersten Seite vor, »...Kaminbesteck, Mr. Eccelston, 3. April. Ich gebe zu, ich werde aus den vielen Eintragungen, die so gar nichts mit Stoffen und Kolonialwaren zu tun haben, einfach nicht schlau. Wenn nicht hinter jeder Position ein anderer Name stände, könnte man den Eindruck gewinnen, Sie hätten hier schon die Liste mit all den Dingen zusammengestellt, die Ihnen und Ihrer zukünftigen Frau noch zu einem wohlsortierten Haushalt fehlen. Aber da Sie wohl kaum Spieluhren und Puppen auf Ihre Einkaufsliste setzen würden, jedenfalls nicht zu diesem Zeitpunkt, kann es eine Aufstellung zur Komplettierung Ihres Hausstandes ja wohl nicht sein.«
Er hüstelte hinter vorgehaltener Hand. »Das haben Sie sehr richtig erkannt. Es handelt sich aber dennoch um eine Einkaufsliste – jedenfalls um eine theoretische oder inoffizielle, wie man das auch immer nennen mag.«
»Wenn Sie wollen, daß ich das verstehen soll, müssen Sie sich

mit Ihren Erklärungen schon ein wenig mehr bemühen, Mister Pickwick.«

»Wissen Sie, in einem Geschäft wie diesem, wo man nicht einfach ein Bündel Kerzen oder eine Kanne Lampenöl kauft und im Handumdrehen wieder draußen ist, sondern sich viel Zeit nimmt, das Angebot eingehend zu prüfen und das Einkaufen dabei auch gleichzeitig zu genießen, in einem solchen Geschäft entwickelt sich eigentlich immer auch ein persönliches Gespräch, in dem es dann nicht allein um Seide und Spitze oder Gewürzmischungen und Puder geht, sondern um ganz andere alltägliche Dinge«, erklärte Glenn Pickwick bereitwillig, und Jessica merkte an seinem Enthusiasmus, mit dem er das Thema anging, daß sie da etwas angesprochen hatte, was ihn stark bewegte. »Und dabei kommt auch recht häufig das zur Sprache, was es in New South Wales im Augenblick nicht zu kaufen gibt und was auch in den Haushalten gutsituierter Siedler und Offiziere noch vermißt wird.«

Jessica verstand nun. »Missis Bean hätte also gern einige Kerzenleuchter, während Missis Boward bisher keine Spieluhr auftreiben konnte und Missis Carr offensichtlich nicht mit den Pantoffeln zufrieden ist, die aus der Werkstatt eines Kolonisten stammen«, sagte sie mit Blick auf die Liste. »Na, Missis Carr muß ja eine sehr anspruchsvolle Person sein!«

Er lachte. »Allerdings! Wenn etwas vor ihren kritischen Augen bestehen will, muß es schon aus der Heimat kommen... aus der *alten* Heimat natürlich.« Er wurde aber gleich wieder ernst. »Hätten wir all diese Sachen auf Lager gehabt, wir hätten sie innerhalb von knapp vier Wochen verkauft – und dabei einen prächtigen Gewinn auf jeden Artikel einstreichen können.«

Jessica lächelte. »Ich verstehe, worauf Sie hinauswollen. Wir haben ja schon vor meiner... Abreise kurz darüber gesprochen.«

»Brading's sollte sich nicht länger allein auf Stoffe und Kolo-

nialwaren beschränken!« schlug er nachdrücklich vor. »In England mag es ja richtig sein, sich auf ein ganz bestimmtes, sauber abgegrenztes Warenangebot zu beschränken. Dort gibt es ja ohnehin schon genug Konkurrenz untereinander, als daß man es wagen könnte, neben Stoffen und Kolonialwaren noch anderes ins Angebot aufzunehmen. Aber für New South Wales gilt dieses eherne Geschäftsprinzip, in einer Sparte Experte zu sein, nicht. Hier mangelt es noch an so vielem, und wenn Missis Boward bei uns eine Spieluhr kaufen könnte, würde es sie doch nicht davon abhalten, uns auch weiterhin treu zu bleiben, wenn es darum geht, Stoff für ein neues Kleid zu erstehen.«
Jessica nickte nachdenklich. Sie hatte seit ihrem letzten Gespräch Zeit genug gehabt, sich mit seiner Idee der Erweiterung ihres Warenangebotes auseinanderzusetzen. Sie hatte auch mit Patrick darüber gesprochen, und sie waren sich beide einig gewesen, daß es zumindest einen Versuch wert war. Doch mit diesem Entschluß allein war es leider nicht getan, wie sie Glenn Pickwick darlegte.
»Ich hätte nichts dagegen, auch Gewinn an Kerzenleuchtern, Pantoffeln und Teegeschirr zu machen. Doch einmal ganz davon abgesehen, daß die Beschaffung dieser Waren eine Menge Arbeit und auch Kapital erfordert: Wo sollen wir all die neuen Waren denn unterbringen? Wir haben ja hier kaum Platz genug, um unsere Stoffe und Kolonialwaren so feilzubieten, wie ich es mir eigentlich wünsche.«
»Das ist in der Tat ein großes Problem...«
»Und dieses Haus hier aufgeben möchte ich auf keinen Fall. Es ist nicht nur bei der Kundschaft gut eingeführt, sondern liegt auch äußerst zentral. Eine bessere Lage gibt es kaum – und wenn doch, dann müßte man ein Vermögen dafür bezahlen«, gab Jessica zu bedenken.
»Nicht unbedingt.«
Sie hob die Augenbrauen. »Was haben Sie im Sinn, Mister

Pickwick? Nun rücken Sie schon raus mit der Sprache. Ich sehe Ihnen doch an, daß Sie meinen Einwand hinsichtlich unserer beschränkten Räumlichkeiten erwartet haben und offenbar eine Lösung wissen.«
Er lächelte. »Allerdings!« bestätigte er aufgeräumt. »Sie können BRADING's erheblich vergrößern, auch ohne die Lokalität wechseln zu müssen. Sie brauchen Mister Bailey nur ein entsprechendes Angebot zu machen, und schon ist das Problem gelöst.«
Jessica zeigte sich angenehm überrascht. »Er will verkaufen?« fragte sie. John Bailey, der Kerzenzieher, bewohnte das Nebenhaus, in dem auch seine kleine Werkstatt untergebracht war.
»Ja, ich habe letzte Woche mit ihm gesprochen. Er hat mir sein Leid geklagt. Er ist ein alter, einsamer Mann und dankbar für jede Ansprache. Seine Frau ist vor einem Jahr gestorben, und jetzt hält ihn nichts mehr in Sydney. Er will zu seinem Sohn nach Toongabbee ziehen, der dort eine kleine Farm bewirtschaftet. Als ich ihm sagte, daß Sie möglicherweise Interesse an seinem Haus und Grundstück haben könnten, hat er nur mit den Achseln gezuckt und gesagt, daß es ihm schon recht wäre, wenn er nicht erst lange nach einem Käufer suchen müßte. Ich bin sicher, daß Sie sein Anwesen zu einem außerordentlich günstigen Preis erstehen können.« Erwartungsvoll sah er sie an.
»Da mögen Sie recht haben«, sagte sie nachdenklich. »Nur ist sein Haus nicht gerade eine Zierde, und ich kann mir nicht vorstellen, daß diese bessere Lehmhütte neue Geschäftsräume beherbergen soll.«
»Selbstverständlich nicht. Sie müssen Haus und Werkstatt abreißen und ein neues Haus errichten, aus solidem Backstein und mit hübschen Fenstern!« erklärte er eifrig. »Und Sie dürfen das neue Gebäude von vornherein nicht zu klein halten. Es sollte gut doppelt soviel Verkaufsraum haben wie dieses Haus.

Dazu kommt noch das entsprechende Lager. Aber Baileys Grundstück ist groß genug dafür. Probleme wird es da nicht geben.«

Sie stemmte die Fäuste in die Taille. »Ein völlig neues Gebäude wollen Sie, das gut doppelt so groß ist wie dieses hier? Na, Sie gehen ja reichlich flott mit meinem Geld um! Wissen Sie denn, was es kostet, in New South Wales ein Haus aus Backstein zu bauen? Ein kleines Vermögen!«

»Sicher, aber...«

Sie ließ ihn nicht ausreden. »Und mit dem Neubau allein ist es ja nicht getan«, fuhr sie fort. »Wir müssen dann unser Lager gut und gern verdoppeln, wenn nicht gar verdreifachen. Abgesehen davon, daß die Beschaffung der Waren mit einigen Schwierigkeiten verbunden sein dürfte, bedeutet das, daß ich erst einmal eine nicht unerhebliche Summe investieren muß. Dazu kommt dann noch, daß Sie nicht einmal mit Unterstützung von Miß Constance Marlowe die Arbeit in beiden Häusern werden bewältigen können. Eine dritte Kraft wird notwendig sein, möglicherweise sogar eine vierte. Alles in allem ist das, was Sie mir da vorschlagen, ein Projekt von ganz erheblichen finanziellen Ausmaßen.«

Er zeigte sich von ihren Einwänden nicht beeindruckt, sondern begegnete ihrem schwer zu deutenden Blick mit einem fast amüsierten Lächeln. »Das will ich auch gar nicht in Abrede stellen, Missis Brading. Doch es fällt mir einfach schwer, Sie mit einem Kramladen in Verbindung zu bringen. Ich habe viel eher den Eindruck, daß es ganz Ihrer Art entspricht, in großen Maßstäben zu denken und zu planen. Nichts gegen BRADING'S in der jetzigen Form. Es ist ein gutgehendes Geschäft, das einen guten Ruf genießt. Aber ich kann mir nicht vorstellen, daß Sie sich mit drei Obstbäumen im Garten begnügen, wenn sich Ihnen die Möglichkeit bietet, eine ganze Obstplantage zu erwerben.«

»Sie haben eine reizende Art, einem zu schmeicheln«, sagte Jessica schmunzelnd. »Aber diese Obstplantage, von der Sie sprechen, wächst ja nicht ohne weiteres Zutun so einfach aus dem Boden. Und bevor man die erste Ernte einfahren kann, bedarf es größerer Anstrengungen und Ausgaben.«
»Wissen Sie, wie viele *freie* Siedler in den ersten Monaten dieses Jahres nach New South Wales gekommen sind?« fragte er scheinbar ohne jeden Zusammenhang.
»Nein. Aber es würde mich schon interessieren.«
»Hundertsiebenundachtzig! Und da sind die Seeleute noch nicht mitgerechnet, die der Schiffsplanken überdrüssig geworden sind und sich hier niederlassen, und auch nicht die Soldaten, die den Uniformrock ausziehen und sich Land der Krone zuteilen lassen. Nein, ich rede hier nur von den hundertsiebenundachtzig Handwerkern und Farmern, die England verlassen haben, um hier ihr Glück zu machen. Und es sind nicht nur arme Teufel, die ihr letztes Pfund Sterling für die Überfahrt ausgegeben haben und mit leeren Taschen in Sydney ankommen. Es sind zum Teil sehr achtbare und auch zahlungskräftige Männer und Frauen darunter. Und jeden Monat kommen neue Siedler dazu! Damit steigt auch der Bedarf an Waren aller Art. BRADING's hat wie gesagt einen guten Ruf. Nutzen Sie ihn, um Ihr Geschäft zu vergrößern und andere Waren in Ihr Angebot aufzunehmen, bevor andere es tun. Jetzt ist der richtige Zeitpunkt, um zu vergrößern und sich eine fette Scheibe von dem wirtschaftlichen Wachstum der Kolonie abzuschneiden, bevor Ihnen andere zuvorkommen! Die Leute kommen zu Geld, manche mehr als andere, und diese möchten sich dann auch mit dem entsprechenden Luxus umgeben. Silberbestecke, feinstes Tafelgeschirr, Kristallgläser, Spiegel, Kerzenleuchter – nach all diesen Dingen wird die Nachfrage enorm steigen. Und diese teuren Artikel sind es, die Sie feilbieten sollten! Die Profite, die Sie da einstreichen können, sind unglaublich. Denken Sie nur

an Missis Carr und ihre Pantoffeln. Was kostet ein Paar aus einer örtlichen Werkstatt? Wenn es hoch kommt einen Shilling. Doch sie würde nicht mit der Wimper zucken, wenn sie vier Shilling zahlen müßte für Pantoffeln aus England. Dasselbe gilt für alle anderen Dinge, die das Leben und das Heim der besser gestellten Damen der Kolonie verschönern. Sie lassen es sich etwas kosten, wenn sie sich damit brüsten können, daß dieses oder jenes aus England stammt. Ich sage Ihnen, in einem Jahr haben Sie die Kosten für den Neubau und das zusätzliche Personal wieder eingenommen! Wenn ich das Geld oder einen entsprechenden Kreditrahmen hätte, ich würde nicht einen Augenblick zögern, die Gelegenheit beim Schopf zu packen!«
Glenn Pickwick hatte sich von seiner eigenen Begeisterung und Zuversicht, was den Erfolg einer Expandierung des Geschäftes anging, mitreißen lassen, so daß er regelrecht außer Atem gekommen war.
Jessica hatte ihm aufmerksam und interessiert zugehört. Vieles war ihr nicht neu, doch es war gut, daß er es aus seinem Blickwinkel dargelegt und ihr einige zusätzliche Denkanstöße gegeben hatte. »An dem, was Sie vorgebracht haben, scheint mir einiges dran zu sein«, sagte sie dann. »Eine Vergrößerung des Geschäftes und des Warenangebotes wäre wirklich angebracht. Doch in welchem Ausmaß das geschehen soll, darüber muß ich erst noch in Ruhe nachdenken.«
»Selbstverständlich liegt es ganz bei Ihnen, Missis Brading, und nichts läge mir ferner, als Sie zu irgend etwas überreden zu wollen. Das stände mir in meiner bescheidenen Position auch gar nicht zu. Ich dachte nur, Sie sollten wissen, wie ich die Möglichkeiten von BRADING'S einschätze und vor allem, daß Mister Bailey verkaufen will. Es wäre wirklich schade, wenn Ihnen da jemand zuvorkommen würde«, gab er zu bedenken.
»Ich werde die Entscheidung nicht auf die lange Bank schieben«, versprach Jessica. »Und Sie sollen wissen, daß ich Ihnen

für Anregungen dieser Art immer dankbar bin, Mister Pickwick. In diesem Geschäftszweig bin ich noch neu und unerfahren. Deshalb bin ich auf Ihr fachkundiges Urteil und auch auf Ihr Gespür für zukünftige Entwicklungen angewiesen.«
Er deutete eine Verbeugung an. »Ich stehe Ihnen stets mit dem allergrößten Vergnügen zu Diensten, Missis Brading. Und ich bin sicher, daß Sie letztlich die richtige Entscheidung treffen werden.«
Jessica schmunzelte über seinen zuversichtlichen Tonfall. Nun, sie war ja auch wirklich nicht abgeneigt, BRADING'S auszubauen. Aber bevor sie sich entschied und irgendwelche Schritte unternahm, wollte sie sich erst noch mit William Hutchinson, ihrem Anwalt, besprechen.
»Eine Erweiterung des Geschäftes in ganz anderer Richtung ist übrigens schon beschlossene Sache«, brachte Jessica das Gespräch nun auf einen anderen Punkt, den es zwischen ihnen noch zu bereden gab.
»Vielleicht ein zweites Geschäft in Parramatta?« fragte er gespannt. »So ein Gedanke ist mir auch schon mal durch den Kopf gegangen. Aber das ist es wohl nicht, was Ihnen vorschwebt, oder?«
»Nein, das ist es nicht, sondern mir und Captain Rourke schwebt etwas ganz anderes vor: Wir wollen nämlich einen Teil des Geschäftes auf die COMET verlegen!« unterrichtete sie ihn über das, was sie mit Patrick auf der Rückfahrt überlegt und beschlossen hatte. »Captain Rourke pendelt ja ständig zwischen Parramatta, Sydney und den Farmen am Hawkesbury hin und her. Gut, er befördert in erster Linie schwere, sperrige Frachten, transportiert einen Teil ihrer Ernten zu den Märkten in den großen Siedlungen und bringt ihnen von dort mit, was ihnen auf ihren Farmen fehlt. Aber warum soll er während seiner Aufenthalte bei den einsam gelegenen Farmen den Frauen dort nicht die Gelegenheit geben, auch ein paar nützliche *und* hübsche Dinge für sich zu erstehen?«

»Eine gute Überlegung!« fand Glenn Pickwick. »Viele von diesen Frauen kommen ja höchstens ein-, zweimal im Jahr nach Parramatta oder Sydney. Manche sogar noch seltener. Was sie an derben Stoffen für ihre Arbeitskleidung brauchen, lassen sie sich zwar von Männern oder von einem der Flußschiffer mitbringen, aber das ist doch fast immer nur das wirklich Notwendige für den Alltag. Was man nicht sieht, braucht man auch nicht. Doch ich kann mir denken, daß auch eine ansonsten nüchtern denkende, hart arbeitende Farmersfrau Gefallen an dem einen oder anderen scheinbar unnützen Tand finden wird, wenn sie ihn erst mal vor Augen hat. Ein paar hübsche neue Bänder für ihren Hut, vielleicht etwas Spitze für das Sonntagskleid. Ja, das könnte ein gutes Nebengeschäft werden.«
»Das dachte ich mir auch«, sagte Jessica. »Captain Rourke bleibt nur ein paar Tage. Ich möchte, daß er schon auf seiner nächsten Fahrt ein entsprechendes Angebot mitnimmt.«
»Ich werde mich sofort nach Ladenschluß an die Arbeit machen«, versprach er. »Sie müssen mir nur den Umfang des Warenangebotes nennen, damit ich weiß, wieviel Platz mir zur Verfügung steht.«
»Zuerst einmal werden es zwei große Seekisten sein. Die eine können Sie mit einer Auswahl verschiedener Stoffe bestücken. Leinen, Baumwolle, Musselin, Taft und ein wenig Seide und Atlas, aber von der preisgünstigen Sorte, sowie Spitzen, Bänder, Tücher und Hauben«, erklärte Jessica, wie sie sich das gedacht hatte. »Die zweite Kiste bleibt dann den anderen Kleinigkeiten vorbehalten. Sie wird aus drei herausnehmbaren Böden bestehen. Jeder Boden ist in fünf bis zehn verschieden große Fächer unterteilt, so daß sich dort Platz genug für Garnrollen, Nadeln, Kämme, Borten, Knöpfe und all diese nützlichen Kleinigkeiten findet, aber auch für Duftstoffe, Gewürze, Tabak und anderes in dieser Art.«
»Sehr gut. Und wann bekomme ich diese beiden Kisten?« wollte er wissen.

»Noch heute«, antwortete Jessica. Der Schiffszimmerer hatte sich schon auf der Fahrt von Van Diemen's Land zurück nach Sydney an die Arbeit gemacht, und sie selbst hatte die Kisten mit Tuch ausgeschlagen. Bei ihrer Ankunft hatten nur noch die Beschläge und ein paar Verzierungen gefehlt. Doch die waren inzwischen bestimmt schon angebracht. Auf Patrick Rourkes Wort war Verlaß. Glenn Pickwick würde die Kisten am Nachmittag im Geschäft haben, das war sicher.

»Sie werden eingeräumt sein, wenn Sie morgen nachmittag kommen, um sich ein Bild von Miß Marlowe zu machen. Dann können Sie sich auch überzeugen, ob ich die richtige Wahl getroffen habe.«

Sie nickte zufrieden. »Ich hatte gehofft, daß Sie mir das zusagen würden. Nun, ich denke, das war es für heute. Unser Gespräch war wirklich sehr aufschlußreich. Wir sehen uns dann morgen wieder, Mister Pickwick.«

Er begleitete sie durch das Geschäft zur Tür, schloß ihr auf und verabschiedete sich mit freudestrahlendem Gesicht. So wie er Jessica Brading einschätzte, würde sie die einmalige Chance, die sich ihr bot, nicht ungenutzt verstreichen lassen. Es lag einfach in ihrer Natur, nach der nächsten Herausforderung zu greifen und sich von den Risiken nicht schrecken zu lassen. Er vertraute ihr blind und glaubte an ihren Aufstieg, der auch ihn mit nach oben tragen würde. Ja, er wäre jede Wette eingegangen, daß sie das prächtige Geschäftshaus, von dem er genauso intensiv träumte wie von Constance Marlowe, schon bald bauen würde.

13

Mitchell konnte mit dem Ergebnis seiner Zeichnung zufrieden sein, denn sie gab die armselige Heimstatt des Töpfers sehr gut wieder. Doch das Gefühl der Genugtuung, das man gewöhnlich empfindet, wenn man eine Arbeit nach besten Kräften und mit sichtlich gutem Erfolg abgeschlossen hat, stellte sich bei ihm nicht ein.
Er hockte am Waldrand auf einem Baumstumpf, starrte auf die Bleistiftzeichnung und grübelte darüber nach, warum er nicht zufrieden war. Dem Bild fehlte etwas. Dabei waren das Haus und die schäbigen Nebengebäude, die sich unter den dunklen Wolken einer heranziehenden Regenwand wie geprügelte Hunde zu ducken schienen, sehr genau getroffen. Getreulich hatte seine inzwischen geübte Hand mit dem Graphitstift wiedergegeben, was seine Augen sahen. Dennoch erschien es ihm unvollständig. Irgend etwas, das nicht vordergründig war und sich nicht in Linien fassen ließ, fehlte.
Und dann wußte er auf einmal, was ihn so irritierte und ungehalten stimmte: Diese Zeichnung hatte ein fehlerloses Gesicht, doch ihr fehlte die düstere Seele, die sich hinter den sichtbaren Dingen verbarg! Sie gab einfach nicht die tiefe Trostlosigkeit und Niedergeschlagenheit wieder, die er in seinem Innern empfand, wenn er von seinen täglichen Spaziergängen zurückkam und die Heimstatt erblickte. Um diesem Gefühl zeichnerisch Ausdruck zu verleihen, bedurfte es jedoch eines wahren Künstlers.
Mitchell schlug das Skizzenbuch zu, und seine Gedanken ver-

ließen diesen beklemmenden Ort. Sie erhoben sich von der abgelegenen Lichtung und kehrten zurück zur sonnenüberfluteten Bucht, zurück zu jenen Tagen des Glücks, die er dort mit Jessica verbracht hatte.

Er sah sie wieder vor sich, wie sie im warmen Licht der Abendsonne aus dem Wasser kam und ihm entgegenlief, lachend, den Kopf zurückgeworfen und in atemberaubender Nacktheit. Er sah, wie ihre Brüste im Rhythmus ihrer Schritte auf und ab tanzten und wie sich die Muskeln geschmeidig unter ihrer feuchten, glänzenden Haut bewegten. Und dann schob sich ihr verklärtes Gesicht vor sein geistiges Auge, das vom schwachen Schein des heruntergebrannten Feuers aus der Dunkelheit des Zeltes gehoben wurde, während sie sich mit einem letzten Seufzer der abklingenden Lust auf seine Brust sinken ließ.

Das Schlagen einer Tür verjagte den Tagtraum, in den er sich geflüchtet hatte, und er blickte auf. Er sah Sarah aus dem Werkstattschuppen kommen. Sie fuhr sich mit der Hand über das Gesicht, als würde sie Tränen wegwischen, atmete tief durch, schüttelte sich die Haare aus und blickte zum Himmel hoch, wo sich im Nordwesten die dunklen Wolken auftürmten. Dann senkte sie den Kopf wieder, und er sah, wie auch ihre schmalen Schultern heruntersackten, als wollte sie nicht länger gegen die Müdigkeit ankämpfen, die sie nach dem langen Arbeitstag an der Seite ihres Vaters von Kopf bis Fuß erfüllte. Gut eine geschlagene Minute stand sie so da. Dann straffte sich ihre zarte Gestalt, und sie verschwand in dem schmalen Durchgang zwischen Werkstatt und Wohnhaus.

Mitchell ahnte, wohin sie ging. Einen Augenblick zögerte er. Dann aber erhob er sich von seinem Sitzplatz unter den hohen Bäumen und überquerte forschen Schrittes das freie Feld zwischen Waldrand und Heimstatt. Erst als er die Töpferei erreicht hatte, verlangsamte er seinen Schritt.

Als er den Durchgang hinunterging, hörte er das rhythmische,

hölzerne Geräusch des Fußpedals, mit dem Cedric Blunt den Riemen für die Töpferscheibe antrieb. Er sah ihn im Geiste vor sich, wie er stumm und mit verschlossenem Gesicht über die Scheibe gebeugt saß, während sich der Ton unter seinen rotgefärbten Händen formte und sich aufwärts wand, als würde er unter seinen Fingern zum Leben erweckt. Wie gerne hätte auch er sich dort im Schuppen nützlich gemacht!
Er trat hinter dem Schuppen hervor. Sarah hielt sich, ganz wie er es vermutet hatte, in der hölzernen Einfriedung auf, die das Grab ihrer Mutter umgab. Sie kniete vor dem aufgeworfenen Erdwall, an dessen Kopfende das schlichte Holzkreuz aufragte. Davor stand eine wunderschöne, goldbraun glasierte Tonvase auf einem flachen, polierten Feldstein von der Größe eines Eßtellers. Weiße Blumen mit sterngleichen Blüten, die dem Edelweiß ähnlich waren und *Flanellblumen* hießen, ragten aus der Vase und gaben dem ansonsten schmucklosen Grab etwas Würdevolles. Mitchell konnte sich nicht erinnern, in den Monaten seines Aufenthalts bei den Blunts diese Vase auch nur einen Tag ohne frische Blumen gesehen zu haben. Und er hegte nicht den geringsten Zweifel, daß Sarah auch im Winter etwas Schmückendes finden würde. Denn sie allein sorgte für die Blumen und hielt die Grabstelle frei von Unkraut.
Er hatte plötzlich Gewissensbisse, da er drauf und dran war, die stumme Zwiesprache mit ihrer verstorbenen Mutter zu stören, nur weil er das Verlangen hatte, mit ihr zu reden. Er hatte außer ihr niemanden, mit dem er ein Gespräch führen konnte, da Cedric bis auf seine abendlichen Bibellesungen ja kaum den Mund aufmachte. So blieb ihm meist nur der frühe Morgen, wenn Sarah in der Küche Feuer machte, und der Abend, wenn sie mit den Essensvorbereitungen begann, während ihr Vater noch eine knappe Stunde allein in seiner Werkstatt arbeitete, um sich mit ihr ungestört zu unterhalten.
›Ich werde im Haus auf sie warten. Sie wird bestimmt bald

kommen«, sagte er sich und wollte sich schon zurückziehen, doch da sagte sie, ohne sich zu ihm umzudrehen: »Bleiben Sie nur. Sie stören mich nicht.«

»Oh!« Er hatte geglaubt, sie hätte ihn nicht bemerkt. Etwas verlegen, doch erfreut, daß sie ihn zu bleiben bat, trat er durch die kleine Pforte im Zaun und setzte sich rechts von ihr ins Gras. »Ich sah dich aus der Werkstatt kommen. Ich habe drüben am Wald gesessen und eine Zeichnung von dem Haus und der Töpferei angefertigt.«

»Es ist ein großes Geschenk, wenn man mit einem solchen Talent gesegnet ist«, sagte sie, den Blick auf das Kreuz gerichtet.

Er lachte leise auf. »Oh, ein großes Talent kann man meine Kritzeleien bestimmt nicht nennen, Sarah. Ich vertreibe mir damit doch nur die Zeit. Zu einem wirklichen Künstler habe ich nicht das Zeug.«

»Machen Sie Ihre Zeichnungen nicht schlechter als sie sind! Sie können sehr wohl zeichnen. Ich habe Ihre Bilder gesehen. Blumen, Bäume, Landschaften – alles habe ich wiedererkannt. O ja, es ist eine große Gabe, all die schnell vergänglichen Dinge mit ein paar genialen Strichen auf dem Papier festzuhalten«, sagte sie nachdrücklich. »Eine Blume, die vielleicht schon morgen verblüht ist, blüht auf ewig in Ihrem Skizzenbuch. Das ist etwas sehr Kostbares.«

Sie hatte einen merkwürdigen Ernst, der ihn immer wieder rührte, wenn er mit ihr sprach. Sie war dankbar für die kleinsten Geschenke der Natur. Das Glitzern des Morgentaus an einem sonnigen Tag konnte sie ebenso in andächtiges Staunen versetzen wie die Schönheit eines bunten Schmetterlings. Und wie sehr hatte sie sich über seine eigentlich doch recht bescheidenen Geschenke gefreut, über die paar Längen Stoff, die Bänder und den Kamm. Sie war erst ganz fassungslos gewesen und hatte dann still geweint. So groß war die Freude gewesen. Es war das erste Mal gewesen, daß ihr jemand ein Geschenk gemacht hatte, seit ihre Mutter gestorben war, wie sie ihm später erzählt hatte.

»Nun ja, auch Bilder halten nicht ewig«, wandte er ein, da er sich wahrlich nicht für einen begabten Zeichner hielt. Er konnte recht gut wiedergeben, was er sah. Aber die Beherrschung des Handwerklichen machte noch lange keinen Künstler. Dazu fehlte ihm der Impetus, das Kreative und Schöpferische, das etwas Neues erschaffen konnte und nicht nur eine Kopie des Bestehenden lieferte.

»Aber doch sehr lange. Ich wünschte, meine Mutter wäre jemanden wie Ihnen begegnet. Vielleicht hätte ich dann ein Bild von ihr«, sagte sie verträumt. »Das wäre doch schön, nicht wahr? Ich könnte es mir dann immer ansehen, wenn mir danach ist. Wissen Sie, meine Mutter war eine schöne Frau. Ich kann mich nach den vielen Jahren nicht mehr genau an sie erinnern, ich meine, an ihre Gesichtszüge. Doch ich erinnere mich noch daran, daß ich sie schon als kleines Kind wegen ihrer Schönheit bewundert habe.«

»Das will ich dir gerne glauben. Kein Wunder, daß du so hübsch bist. Du schlägst offensichtlich deiner Mutter nach«, sagte er leichthin, um sie aufzumuntern.

Ihre Wangen röteten sich. »Ja, finden Sie, daß ich ein wenig hübsch bin?« fragte sie verlegen und doch begierig darauf, sein Kompliment noch einmal bestätigt zu bekommen.

»Ein wenig? Nein! Du bist sogar ausgesprochen hübsch«, tat er ihr den Gefallen, und es wurde ihm bewußt, daß er übertrieb.

»Das hat noch niemand zu mir gesagt.«

Er seufzte. »Tja, viel Besuch bekommt ihr hier ja wirklich nicht. Dein Vater sollte dich mal in die Stadt mitnehmen, wenn er seine Waren liefert...«

Sie preßte die Lippen aufeinander und fixierte die weißen Flanellblumen in der Vase. »Ja, manchmal sehne ich mich danach, mal etwas anderes zu sehen als dies hier«, sagte sie dann und

machte eine Geste, die die Heimstatt und die nähere Umgebung einschloß. »Aber er will es nicht. Seit Mutter tot ist, meidet er die Menschen und ist so verschlossen geworden. Er hat... ihren Tod nicht verkraftet, bis heute nicht.«
»Woran ist sie denn gestorben?« fragte er mitfühlend.
Sie schien ihm die Antwort schuldig bleiben zu wollen. »Es war ein Unfall. Ja, es war ein Unfall«, kam es dann leise über ihre Lippen. Sie wiederholte den Satz so nachdrücklich, als müßte sie sich das selbst noch einmal bestätigen.
»Und was war das für ein Unfall?« fragte er nach.
»Es war ein schrecklicher Unfall. Es ist einfach passiert. Schuld hatte keiner, und wenn einer Schuld hatte, dann ist diese Schuld längst bezahlt. Jeder hat auf seine Weise gebüßt, und ich weiß nicht, welche schrecklicher ist«, murmelte Sarah scheinbar konfus.
Mitchell spürte einen kalten Schauer über seinen Körper laufen. Er ahnte, daß der mysteriöse Tod von Sarahs Mutter der Schlüssel zu Cedrics Einsiedlerleben und seiner Verschlossenheit war, und er hätte das Geheimnis gern gelüftet, das er schon vom ersten Tag an gespürt hatte, ohne es jedoch beim Namen nennen zu können. Irgend etwas Schreckliches lastete auf Cedric Blunt und damit auch auf Sarah. Doch was war es nur, was ihr Leben so freudlos machte?
»Von welcher Schuld sprichst du?« fragte er sanft. »Sarah, du kannst es mir ruhig anvertrauen. Ich verspreche dir, daß niemand von mir etwas erfahren wird. Vielleicht tut es dir gut, wenn du einmal darüber reden kannst. Weißt du, es tat mir ungeheuer gut, als ich mich nicht länger vor dir verstellen mußte und ich dir anvertrauen konnte, daß mein wirklicher Name Mitchell Hamilton ist und nicht James Prescott. Ich kann mir denken, daß es zu einer schrecklichen Last werden muß, wenn man jahrelang mit niemandem über das sprechen kann, was einen bedrückt und immer wieder beschäftigt. Jeder muß einen

anderen Menschen haben, bei dem er sich aussprechen kann. Wenn du mir vertraust, möchte ich gern dieser Mensch für dich sein, Sarah. Doch wenn du nicht darüber reden willst, werde ich dich auch nicht mehr danach fragen.«
Sie sah ihn nun zum erstenmal an, und er stellte fest, daß er sich vorhin auf dem Baumstumpf nicht getäuscht hatte. Sie hatte geweint und sich tatsächlich Tränen vom Gesicht gewischt, als sie aus der Werkstatt gekommen war. Ihre stark geröteten Augen verrieten das deutlich.
»Danke, das ist sehr nett von Ihnen«, sagte sie, und nun trat ein feuchter Schimmer in ihre Augen. »Ich werde es Ihnen erzählen, aber nicht jetzt. Ich habe schon zu lange hier verbracht. Vater wird schimpfen, wenn er sich an den Tisch setzt und das Essen dann noch nicht fertig ist.« Sie erhob sich.
Auch Mitchell stand auf. Jetzt, wo er wußte, daß sie ihm ihr Geheimnis anvertrauen würde, konnte er warten. »Ich werde dir zur Hand gehen, wenn du nichts dagegen hast.«
Ein zaghaftes Lächeln huschte über ihr Gesicht. »Oh, nein. Nur darf Vater es nicht wissen!«
»Ich denke, das werden wir beide schon hinkriegen, oder?« Er zwinkerte ihr verschwörerisch zu.
Sie gingen ins Haus. Als er das Feuer neu entfachte und Holz auflegte, hatte er plötzlich einen Einfall. Er drehte sich zu Sarah um, die Kartoffeln schälte.
»Mir ist gerade etwas eingefallen«, sagte er. »Du hast völlig recht: Es ist schade, daß niemand deine Mutter gezeichnet hat, denn dann hättest du heute eine schöne Erinnerung an sie. Leider ist daran nichts zu ändern. Aber meinst du nicht, daß man aus den Fehlern der Vergangenheit lernen sollte?«
»Das verstehe ich nicht«, sagte sie mit einem verwirrten Lächeln auf dem Gesicht.
»Nun, ich denke, daß deine Kinder sich später bestimmt darüber freuen werden, wenn sie sich eine Zeichnung ansehen

können, die ihre Mutter zeigt, als sie noch gar nicht auf der Welt waren«, sagte er mit einem breiten Lächeln, und er beglückwünschte sich im stillen zu seiner Idee. Sarah hatte es wirklich verdient, daß man ihr eine Freude machte. »Du wirst mir Modell sitzen, und ich fertige ein Porträt von dir an.«
Ihre Augen wurden groß, und sie öffnete den Mund, legte ihren Zeigefinger auf die Unterlippe, während sie die Luft einsog.
»Ein Porträt?« wiederholte sie dann ungläubig.
»Ja! Es wird mein erstes sein und deshalb bestimmt kein Meisterwerk. Aber ich verspreche dir, daß ich mir größte Mühe geben werde!« Er lachte.
»Und das würden Sie wirklich tun?« fragte sie.
»Aber ja doch! Wenn du dir nicht zu schade bist, daß ich mich an dir als Porträtzeichner versuche«, scherzte er.
»O mein Gott, ein Porträt!« stieß sie aufgeregt hervor, und ihre Augen sprühten vor Freude. »Ein richtiges Porträt von mir! Ich kann es gar nicht glauben! Das wäre wunderbar! Aber Vater darf nichts davon wissen. Er würde es nicht billigen, verstehen Sie?«
»Keine Sorge, dein Vater wird nichts davon erfahren, geschweige denn es zu sehen bekommen!« versprach er.
Sie schenkte ihm ein warmes, glückliches Lächeln, das ihm zu Herzen ging. Und als sie nachher bei Tisch so gut wie nichts zu sich nahm, sondern nur in ihrem Essen stocherte und recht blaß im Gesicht war, führte er das auf ihre übergroße Freude zurück. »Ich hol' noch etwas trockenes Holz ins Haus, bevor es zu regnen anfängt«, murmelte sie dann, schob den noch fast vollen Teller von sich und eilte hinaus. Niemand sah, daß sie sich im Schutz eines Gebüsches erbrach.

14

Als ich Ihnen riet, Glenn Pickwick ins Geschäft zu nehmen, damit er Deborah Simonton auf die Finger guckt und Sie vor erheblichen finanziellen Verlusten bewahrt, wußte ich, daß er seinen Beruf versteht und Ihr Vertrauen verdient. Er ist dieser durchtriebenen Frau ja auch auf die Schliche gekommen und hat ihre Betrügereien zum Glück noch frühzeitig aufdecken können«, sagte William Hutchinson nicht ohne Stolz, nachdem er sich angehört hatte, weshalb Jessica zu ihm gekommen war. »Aber daß er nicht mit Gold aufzuwiegen ist, ahnte ich damals leider noch nicht. Dann hätte ich Ihnen nämlich ein bedeutend höheres Honorar berechnet!«
Jessica lächelte. »Sie meinen also nicht, daß sein Vorschlag mit der Geschäftsraumerweiterung zu weit geht und seine Verkaufserwartungen unrealistisch sind?«
Der Anwalt lehnte sich in seinem alten, knarrenden Lehnstuhl zurück und hakte die Daumen in die kleinen Seitentaschen seiner grauseidenen Weste. Er war ein hagerer Mann von zweiundfünfzig Jahren und wenig ansprechendem Äußeren. Blaß und schlaff wie Hamsterbacken hing die Haut an seinem Gesicht herab. Wer ihn nicht kannte, mußte ihn für einen müden, kraftlosen Mann halten, dessen verschleierte Augen kaum noch etwas wahrnahmen und dessen Urteil soviel wert war wie die arg ramponierte, nachlässig gepuderte Perücke, die sein schütteres Haar verbarg.
Doch dieser Eindruck hätte trügerischer nicht sein können. William Hutchinson mochte zwar den verschleierten Blick ei-

ner Eule haben, die eine Maus nur noch erspäht, wenn man sie ihr direkt vors Gesicht hält, doch in Wirklichkeit entging seinen Augen nichts. Kein noch so kleiner Hinweis auf menschliche Regungen blieb ihnen verborgen. Hinter der Maske des Mannes, der sich aufgegeben zu haben schien, verbargen sich ein wacher, regsamer Geist, scharfe Beobachtungsgabe, fachliches Können und Geschäftstüchtigkeit.
»Robert Campbell ist Ihnen doch ein Begriff, nicht wahr?« antwortete er mit einer Gegenfrage, die nichts mit den Überlegungen zu tun zu haben schien, die Jessica ihm vorgetragen hatte.
»Wer kennt ihn nicht, Mister Hutchinson? Robert Campbell gehört zu den erfolgreichsten und vermögendsten Kaufleuten der Kolonie«, sagte sie und war gespannt, wie er den Bogen von Robert Campbell zurück zu ihr schlagen würde. Denn *daß* er irgendeinen inneren Zusammenhang zwischen einem Kaufmann wie Campbell und ihr sah, daran zweifelte sie nicht eine Sekunde. William Hutchinson war kein Mann, der sich über Dinge ausließ, die nichts mit dem Thema zu tun hatten.
Er nickte nachdrücklich. »Das stimmt, obwohl Simeon Lord meint, daß er Robert Campbell noch den Rang abläuft. Aber das weiß unsereins natürlich nicht zu beurteilen. Sicher ist jedoch, daß Simeon Lord an der Bridge Street das stattlichste Haus der ganzen Kolonie besitzt und daß Robert Campbell sein Warenlager in letzter Zeit beachtlich aufgestockt hat. Möchten Sie wissen, was allein sein Zuckervorrat wert ist?«
Jessica hatte an solchen Informationen stets ein reges Interesse.
»Aber sicher! Ich hätte auch nichts dagegen, wenn ich mal eine Stunde in seinem Hauptbuch blättern könnte«, gab sie ehrlich zu. »Das würde ich mir sogar etwas kosten lassen.«
Die Andeutung eines Lächelns hob Hutchinsons schlaffen Mundwinkel. »Sie würden dann die Eintragung finden, daß sich der Wert des augenblicklichen Lagerbestandes an Zucker auf fünftausend Pfund Sterling beläuft«, sagte er mit der ge-

nüßlichen Miene eines Mannes, der sich der Wirkung seiner Worte sicher ist. »Und das ist nur *ein* Lagerposten.«
»*Fünftausend Pfund?* Unglaublich!« rief Jessica. »Er könnte den Ankauf des Grundstücks, den Neubau und die Erweiterung meines Lagerbestandes allein mit seinem Zucker finanzieren.«
»Richtig, er könnte sogar sehr leicht ein paar tausend Pfund nehmen und in bester Lage ein Geschäft wie BRADING'S eröffnen – nur dann mit Sicherheit gleich dreimal so groß, denn mit Brosamen gibt sich Mister Campbell im Geschäftsleben nicht ab«, erklärte er sarkastisch.
»Heißt das, ich soll besser die Finger davon lassen, weil Mister Campbell mir in die Quere kommen könnte und ich keine Chance hätte, in großem Stil mit ihm zu konkurrieren?« fragte sie ein wenig verwirrt.
»Ja und nein.«
»Das nennt man wohl die Antwort eines Anwalts, der sich seiner Sache nicht allzu sicher ist und es vermeiden will, sich in die Nesseln zu setzen«, spottete sie.
Er verzog das Gesicht nun zu einem amüsierten Lächeln. »Es gibt nur einen sicheren Weg, die Nesseln zu meiden, Missis Brading: Man muß sein Handwerk verstehen und die richtigen Entscheidungen treffen. Robert Campbell gehört zu den wenigen Geschäftsleuten, die dem Sprößling schon ansehen, zu welcher Stärke er heranwachsen wird – und Glenn Pickwick! Beide erkennen ganz klar die ungeheuren Gewinnchancen, die sich auf fast allen Gebieten in unserer Kolonie bieten. Wenn man nur die Augen offenhält, arbeitsam ist – und zu den ersten gehört, die diese Chancen mit dem richtigen Elan wahrnehmen. Sie selbst haben in der Vergangenheit ja schon mehrfach bewiesen, daß auch Sie es ausgezeichnet verstehen, die Witterung eines guten Geschäftes aufzunehmen, beherzt Herausforderungen anzunehmen und sie zu Erfolgen zu machen.«

Sie nahm sein Kompliment mit einem kaum merklichen Neigen ihres Kopfes zur Kenntnis. Den Respekt, den er ihr entgegenbrachte, erwiderte sie uneingeschränkt. »Sie sagten ja und nein. Ich nehme an, diese Ausführungen eben bezogen sich auf das Ja. Ich bin gespannt, was Sie zu dem Nein zu sagen haben«, forderte Jessica ihn auf, ihr auch seine Vorbehalte darzulegen.
»Um es gleich vorwegzunehmen: Glenn Pickwick ist auf diesem Gebiet der Fachmann. Sein Rat soll bei Ihnen mehr Gewicht haben als das, was ich dazu zu sagen habe. Im großen und ganzen stimme ich mit ihm überein. Sie sollten die Gelegenheit wirklich nutzen und expandieren. Doch wenn Sie das tun – und das ist mein einziger Vorbehalt –, dann sollten Sie nicht auf halber Strecke stehenbleiben, sondern beherzt das einzig wahre Ziel ins Auge fassen, nämlich das erste Geschäft dieser Art in Sydney und damit in der ganzen Kolonie zu werden.«
»Ich höre Pickwick sprechen«, sagte sie mit freundschaftlichem Spott.
»Ich meine, eine mittelmäßige Erweiterung lohnt den ganzen Aufwand nicht«, erläuterte der Anwalt seine Ansicht. »Jetzt ist Ihr Geschäft eine Goldgrube, wie Sie sagen. Wenn Sie den Verkaufsraum nur verdoppeln und noch jemanden anstellen, ohne aber sonst grundlegende Änderungen vorzunehmen, machen Sie gewiß mehr Umsatz, doch ob dabei auch mehr unter dem Strich für Sie herauskommt, ist noch längst nicht gesagt. Wenn Sie dagegen wirklich ein prächtiges Geschäftshaus mit stattlichen Räumen errichten lassen und Brading's in Ausstattung *und* Angebot zum exklusivsten Geschäft in New South Wales machen, dann dürfte sich der Einsatz lohnen. Das sollten Sie sich gut überlegen, bevor Sie eine Entscheidung treffen. Ich jedenfalls bin nicht für halbe Sachen.«
Sie überlegte einen Moment. »Das würde mich einige tausend Pfund kosten.«
Er nickte. »Die Sie nicht bereuen werden, wenn Sie sie richtig

einsetzen. Richten Sie die Räume so elegant und kostbar wie möglich ein, mit Seidentapeten an den Wänden und weichen Teppichen auf dem Boden, dazu gemütliche Sitzmöbel, die zum Verweilen einladen. Gelingt Ihnen das, dann werden Sie für Ihre Waren stolze Preise nehmen und sich dennoch vor Kundschaft nicht retten können.«

Jessica fand die Vorstellung berauschend, BRADING'S in einem ganz neuen Glanz erstrahlen zu lassen. Und warum sollte sie es nicht wagen? Sie hatte das Geld dazu. SEVEN HILLS warf genug Erträge ab, um dieses kostspielige Unternehmen zu finanzieren. Das Geschäft selber und die COMET brachten ja auch noch einiges ein.

»Also gut, ich werde es wagen!« entschied sie. »Ich werde Mister Bailey einen angemessenen Preis für sein Anwesen zahlen und das Haus niederreißen lassen. BRADING'S wird das erste Geschäft am Ort sein, und niemand wird unser exklusives Angebot übertreffen. Das wird unsere Geschäftsmaxime sein!«

»Das ist die Missis Brading, die ich kenne und schätze«, sagte William Hutchinson mit unverhohlener Bewunderung, »und wenn es meine finanziellen Mittel zuließen, würde ich Sie fragen, ob Sie Interesse an einem stillen Teilhaber hätten. Aber leider... Außerdem würden Sie sicher nicht den Kuchen mit jemandem teilen, wenn Sie ihn ganz für sich haben können.«

»Das will ich nicht leugnen«, stimmte sie fröhlich zu. »Aber wie ich Sie kenne, finden Sie auch noch andere lukrative Geschäftsbeteiligungen.«

»In der Tat«, bestätigte er und rieb sich die Knöchel seiner Hand. »Im Augenblick habe ich jeden Penny, den ich auftreiben konnte, in die PACIFIC investiert.«

Sie sah ihn überrascht an. »Seit wann investieren Sie denn in Schiffe?«

»Seit ich erfahren habe, daß Captain Samuel Morgan in arger finanzieller Bedrängnis ist. Ihm gehört die PACIFIC, ein Walfänger von dreihundertfünfzig Tonnen in erstklassigem Zustand.«

»Im Hafen habe ich einen Walfänger vor Anker liegen sehen. Ist das die Pacific?«

Er nickte. »Seit drei Wochen liegt sie schon hier fest. Sie kann erst auslaufen, wenn Captain Morgan seine Schulden beglichen hat. Wenn ich könnte, würde ich sie ganz übernehmen. Doch von den viertausend Pfund, die er braucht, konnte ich nur zweitausend aufbringen.«

»Spielschulden?« fragte Jessica.

Der Anwalt schüttelte den Kopf. »Spielkarten faßt Morgan nicht an. Nein, er hat sich ganz einfach übernommen, als er den Walfänger auf Kiel legen ließ. Sein Vater hatte ihm eine beachtliche Summe vererbt, aber dennoch war die Pacific für seine finanziellen Möglichkeiten von Anfang an einige Nummern zu groß, oder aber er hätte sich einen längerfristigen Kredit besorgen müssen. Doch statt das zu tun oder sich einen Teilhaber zu nehmen, verschuldete er sich kurzfristig bis zum Hals und spekulierte darauf, vom Erlös der ersten beiden Fahrten seine Schulden begleichen zu können. Doch der Gewinn reichte dazu bei weitem nicht aus. Und nun droht er die Pacific zu verlieren, weil seine Gläubiger nicht länger warten wollen, dabei könnte Captain Morgan ihnen die Restschuld nach seiner dritten Reise gewiß mit Leichtigkeit bezahlen. Aber das wollen sie natürlich nicht. Sie geben sich auch mit extrem hohen Zinsen nicht zufrieden.«

»Und da sehen Sie Ihre Chance und wollen nun das Schiff, nicht wahr?« mutmaßte Jessica.

»Nicht ganz, aber so ähnlich verhält es sich schon. Denn wenn Captain Morgan nicht innerhalb der nächsten Tage die restlichen zweitausend Pfund zusammenbekommt, werden die Wechsel fällig. Dann muß er sich ihren halsabschneiderischen Forderungen beugen und sich verpflichten, ihnen nicht nur

vierzig Prozent am Schiff zu überschreiben, sondern ihnen auch noch zusätzlich einen zwanzigprozentigen Bonus vom Gewinn der nächsten beiden Fahrten zu zahlen.«
»Damit bekämen sie dann ja sechzig Prozent bei zwei Fahrten! Das ist ja die reinste Erpressung!« empörte sich Jessica.
Er zuckte die Achseln. »Mag sein, aber Captain Morgan ist kein dummer Ladenjunge. Er hat zwar gewußt, mit wem er sich da eingelassen hat, aber geglaubt, ihnen einen Strich durch die Rechnung machen zu können. Dabei hat er nun den kürzeren gezogen, und jetzt muß er sehen, wie er seinen Hals wieder aus der Schlinge herausbekommt, ohne dabei alles zu verlieren. Sagen Sie, hätten Sie nicht Interesse, für zweitausend Pfund zwanzig Prozent an einem Walfänger zu erstehen, der gut und gerne sechzehn-, siebzehntausend Pfund wert ist?«
»Das *klingt* wirklich nach einer guten Investition. Nur verstehe ich nichts vom Walfang, um beurteilen zu können, ob es sich auch wirklich um eine gute Geldanlage handelt«, sagte Jessica zurückhaltend.
»Es ist sogar eine erstklassige Anlage, Missis Brading!« versicherte der Anwalt. »Nur *eine* gute Fahrt, und Sie haben Ihre zweitausend Pfund und mehr wieder heraus, bleiben jedoch auch weiterhin mit Ihren zwanzig Prozent beteiligt.«
»Was bringt denn so ein Wal?«
»Man rechnet immer in Faß«, erklärte William Hutchinson bereitwillig. »Die größten Wale entsprechen rund sechzig Faß, wobei man für jedes Faß etwa hundert Pfund Erlös rechnet. Ein großer Wal bringt also an die sechstausend Pfund Sterling, und wenn man das Glück hat, während einer Reise mehrere von diesen Riesen des Meeres zu erlegen, dann können Sie sich ja ausrechnen, wie gewinnbringend so eine Beteiligung sein kann.«
»Und wo liegt der Haken? Denn wenn es keinen gäbe, hätten Sie oder Captain Morgan doch bestimmt schon jemanden ge-

funden, der sich auf dieses erstklassige Schiff, wie Sie behaupten, gestürzt hätte«, machte sie aus ihrem Mißtrauen kein Hehl.

Er seufzte scheinbar betrübt. »Wie schade, Ihnen kann man wirklich nichts aufschwatzen. Sie sind so skeptisch wie die Versicherungsbrüder in London, die auch nicht eher Ruhe geben, bis sie nicht alles in Erfahrung über Schiff, Fracht und Mannschaft gebracht haben, was ein Sterblicher nur herausfinden kann, ehe sie eine Versicherungspolice mit ihrem Namen versehen«, klagte er und wurde dann wieder ernst. »Sie haben vollkommen recht: Jedes Geschäft, das auf außergewöhnlichen Gewinn spekuliert, hat einen Haken. Bei der Pacific ist es folgendes: Die Reise eines Walfängers muß nicht, kann aber manchmal doch recht lange dauern, nämlich bis zu drei Jahren.«

»Gibt es dafür einen besonderen Grund?«

»Walfang ist ein hartes Geschäft, und wer darin bestehen will, braucht eine gute Mannschaft und ein paar ausgezeichnete Harpunierer, die den Wal auch erlegen, wenn sie ihn gesichtet haben und ihm in ihren kleinen Booten nachjagen«, führte der Anwalt aus, der sich intensiv mit der Materie beschäftigt hatte. »Doch auch die besten Harpunierer nützen nichts, wenn das Schiff in den falschen Gewässern kreuzt und keine Wale gesichtet werden. Eine gute Portion Glück entscheidet daher auch mit darüber, wie lange eine Walfangreise dauert. Denn erst wenn der Laderaum mit Walfässern gefüllt ist, nimmt ein Walfänger Kurs auf den nächsten großen Hafen, wo er seine Fracht verkaufen kann. Wer sein Geld also in ein Schiff wie die Pacific investiert, darf nicht mit schnellen Profiten rechnen, sondern muß sich darauf einstellen, unter Umständen eine hübsche Weile warten zu müssen, ehe er seine Ernte einbringen kann. Ich bin gewillt, dieses Risiko einzugehen, weil ich weiß, daß es sich in jedem Fall auszahlen wird. Ich hätte Sie eigentlich gern

mit dabei, Missis Brading. Eine zwanzigprozentige Beteiligung an einem Walfänger wie die Pacific für nur zweitausend Pfund bietet sich einem vermutlich nur einmal im Leben. Und denken Sie an die Comet, wie gut Sie da mit Ihrer Beteiligung fahren. Sie haben in solchen Dingen eine glückliche Hand.«
Jessica war nicht abgeneigt. Hutchinson war kein Hasardeur, der sich in riskante Spekulationen einließ. Dafür war er viel zu intelligent. Er hätte beim Kartenspiel nicht einmal zehn Pfund auf ein verdecktes Blatt gesetzt, geschweige denn sein ganzes Vermögen riskiert. Wenn er also alles auf die Pacific setzte, dann war das ein Grund zu überlegen, ob sie sich nicht mit derselben Summe beteiligen sollte. Es war ein verlockendes Angebot, das sie reizte, je länger sie darüber nachdachte.
»Ehrlich gesagt, ich könnte mich schon dafür erwärmen, und ich werde es mir durch den Kopf gehen lassen, Mister Hutchinson. Wieviel Zeit bleibt mir dazu?«
Er zuckte die Achseln. »Ich weiß es nicht. Jemand kann in diesem Moment schon die Zwanzig-Prozent-Beteiligung gezeichnet haben. Aber wenn Sie möchten, suche ich Captain Morgan unverzüglich auf und lasse mir eine Option geben. Damit wahren Sie Ihre Chance, ins Geschäft einzusteigen, auch wenn ein anderer Interesse an der Zwanzig-Prozent-Beteiligung zeigt. Doch wenn ein solcher auftaucht, müssen Sie sich entscheiden, ob Sie von der Option Gebrauch machen oder zurücktreten. Vorerst jedoch verpflichtet Sie das zu nichts.«
Dieser Vorschlag fand ihre Zustimmung. »Ja, damit bin ich einverstanden. Und sollte ich mich entschließen, mich gemeinsam mit Ihnen in das Abenteuer Walfang einzulassen, dann möchte ich, daß Sie meine Interessen gegenüber Captain Morgan vertreten. Es dürfte ja wohl nicht nötig sein, persönlich in Erscheinung zu treten, oder?«
»Keineswegs. Das läßt sich alles sehr diskret regeln. Captain Morgan wird mir die zwanzig Prozent zugunsten meines

Klienten überschreiben, ohne zu wissen, wen ich vertrete. Es wird ihn auch nicht interessieren, wenn er das Geld nur rechtzeitig zusammenbekommt, diese Halsabschneider auszahlen und die Anker lichten kann«, versicherte der Anwalt.
»Ich lasse Sie wissen, wie ich mich entschieden habe, bevor ich aus Sydney abreise.«
»Und wann wird das sein?«
»Ich hoffe, in drei Tagen. Gestern habe ich einen berittenen Boten nach SEVEN HILLS geschickt. Meine Kutsche müßte bei diesem trockenen Wetter morgen abend, spätestens aber übermorgen hier eintreffen. Tags darauf gedenke ich dann aufzubrechen.«
Er neigte bedächtig den Kopf wie eine Schildkröte. »Das gibt Ihnen Zeit genug, zu einem wohl durchdachten Entschluß zu kommen.«
Jessica erhob sich, und er ließ es sich nicht nehmen, ihr den leichten Umhang aus dunkelbraunem Kaschmir umzulegen.
»Es war mir, wie stets, ein außerordentliches Vergnügen, Sie beraten zu dürfen, Missis Brading, und ich sehe Ihrem nächsten Besuch schon jetzt mit freudiger Erwartung entgegen.«
»Ein außerordentliches Vergnügen, das Sie gewiß auch beim Abfassen Ihrer Rechnungen empfinden, wenn ich an die Höhe Ihrer Honorare denke«, frotzelte sie.
Sein Gesicht nahm einen fast herzzerreißend hilflosen Ausdruck an, als wüßte er nicht, womit er diese Schelte verdient hatte. Doch seine schlagfertig selbstbewußte Antwort strafte seine Nachsicht heischende Miene Lügen. »Würden Sie sich denn mit weniger als dem Besten zufriedengeben, wenn es um Belange von solcher Tragweite geht, Missis Brading? Na, sehen Sie! Und das Beste hat nun mal einen höheren Preis als das Mittelmäßige. Das ist zwar auf den ersten Blick sehr billig zu haben, kostet Sie aber im Endeffekt ein Vielfaches von dem, was Sie für das Beste hätten zahlen müssen.«

Sie lachte. »Besorgen Sie mir einen Baumeister, der meinen Ansprüchen gerecht wird, ohne sich jedoch an Ihren Honoraren zu orientieren.«

»Ich werde unverzüglich für Sie tätig werden, Missis Brading, und Sie auf dem laufenden halten. Grüßen Sie Mister Pickwick.«

Jessica trat auf die Straße und atmete die milde Luft tief ein. Dann machte sie sich auf den Weg zum Geschäft. Man würde sie dort bestimmt schon ungeduldig erwarten. Ihre Unterredung mit dem Anwalt hatte sie doch länger in Anspruch genommen, als sie gedacht hatte.

Ihr schwirrte der Kopf von all den Dingen, die es zu überlegen und entscheiden galt. Sie blieb kurz stehen, wandte sich zur Bucht hin um und suchte die PACIFIC. Der Walfänger, ein stolzer Dreimaster, ankerte vor Point Bennilong, der äußersten Spitze der östlichen Landzunge von Sydney Cove.

›Ein schönes Schiff‹, ging es ihr durch den Kopf, als sie den Dreimaster eingehend musterte. Deutlich waren die langen, schlanken Walfangboote zu erkennen. Jeweils drei hingen an Backbord und Steuerbord ein gutes Stück über der Reling an ihren Davits. Die Boote zeigten einen frischen weißen Anstrich und bildeten so einen starken Kontrast zum Rumpf des Walfängers, der bis auf einen weißen Streifen auf halber Höhe zwischen Reling und Wasserlinie in einem Nachtblau schimmerte, das fast schon schwarz war. ›Und ein Fünftel davon könnte mir gehören – für zweitausend Pfund.‹

Sie ermahnte sich, ihre ungeteilte Aufmerksamkeit zunächst einmal dem Geschäft und der jungen Frau zu widmen, auf die Glenn Pickwicks Auge gefallen war, und sie riß sich vom Anblick der PACIFIC los.

Als sie wenig später ihr Geschäft betrat, fand sie einen aufgeregten Glenn Pickwick vor, wie sie ihn bisher noch nie erlebt hatte. Er gab sich zwar alle Mühe, seine Nervosität vor ihr zu verbergen, doch es gelang ihm nicht. Der Grund war natürlich Constance Marlowe, die artig auf einem Schemel in der Ecke des Geschäftes gesessen, gewartet und sich bei ihrem Eintritt sofort erhoben hatte.

Glenn Pickwick hatte Schweißperlen auf Stirn und Oberlippe, als er ihr Constance Marlowe vorstellte, die vor ihr einen höflichen Knicks machte.

Sie war eine mittelgroße Frau von schlanker Gestalt und gefälligem Äußeren. Ihr Gesicht hatte einen offenen, sympathischen Ausdruck, der Vertrauen erweckte. Der Blick ihrer Augen war bescheiden, doch fest. Unter ihrer weißen Haube zeigte sich dunkelbraunes Haar, das so sauber war wie ihr schlichtes Kleid aus flaschengrünem Kattun. Ruhig stand sie da, die Hände vor der gestärkten Schürze. Ihre ganze Haltung drückte eine bescheidene Zurückhaltung aus, der jedoch nichts Unterwürfiges anhaftete.

»Du möchtest also bei BRADING'S als Verkäuferin arbeiten?« fragte Jessica.

»Ja, sehr gern sogar, Missis Brading«, gab die junge Frau mit ruhiger, angenehmer Stimme zur Antwort.

»Bisher warst du bei Missis Darcy beschäftigt, wie mir Mister Pickwick erzählt hat.«

Constance Marlowe nickte. »Das ist richtig. Ich bin seit fast anderthalb Jahren bei ihr.«

»Und warum willst du von ihr weg? Sie hat doch einen guten Ruf als Putzmacherin«, wollte Jessica wissen.

»Das hat sie wohl, und ich habe bei ihr auch eine Menge gelernt.«

»Und doch willst du von ihr weg?«

»Vor meiner Deportation war ich Verkäuferin, Missis Brading, und das Verkaufen liegt mir mehr als die Arbeit bei einer Putzmacherin.«

»Missis Darcy ist dafür bekannt, daß sie nur einen sehr

geringen Lohn zahlt«, sagte Jessica, gespannt, was Constance Marlowe darauf antworten würde. »Willst du deshalb die Stellung wechseln?«

Constance zögerte kurz. Dann schaute sie Jessica gerade in die Augen und sagte: »Es ist wenig mehr als ein Hungerlohn, den Missis Darcy zahlt. Aber da ich keine Familie zu unterstützen habe, fällt das bei mir nicht so sehr ins Gewicht. Außerdem weiß ich ja noch gar nicht, ob Sie Ihrer neuen Verkäuferin mehr zahlen wollen, als Missis Darcy mir bisher an Lohn gezahlt hat. Ich möchte das machen, was ich gelernt habe und was mir mehr Freude macht, und hier bei Ihnen zu arbeiten würde mir bestimmt mehr Freude machen als das, was ich bei Missis Darcy tun muß.«

»Und wenn ich dir zwei Shilling weniger Lohn biete, als du bisher bekommst? Wirst du dann bei mir arbeiten, Constance?«

Glenn Pickwick machte ein verständnisloses Gesicht. Sie wollte *noch weniger* zahlen als Missis Darcy? Das begriff er nicht. Jessica hatte sich bisher doch stets von einer sehr großzügigen Seite gezeigt. Und jetzt bot sie Constance eine Entlohnung an, die wirklich beschämend war.

Constances Gesicht zeigte unverhohlene Enttäuschung, doch ihre Stimme klang fest, als sie erwiderte: »Nein, dann werde ich nicht die Stellung wechseln, auch wenn Sie ein sehr schönes Geschäft haben. Dann ist es mir doch wichtiger, mich anständig kleiden zu können und nicht hungern zu müssen.« Sie atmete tief durch. »Ich danke Ihnen, daß Sie mich empfangen haben.« Sie wandte sich zum Gehen.

»Nicht so eilig, Constance«, sagte Jessica. Es gefiel ihr, wie Constance Marlowe sich verhalten hatte. Es lag nichts Unterwürfiges in ihrem Wesen und ihrem Blick, aber auch keine Überheblichkeit. Sie strahlte vielmehr eine natürliche Ruhe und Gelassenheit aus, und sie hatte ihre Fragen mit einer Offenheit und einem gesunden Stolz beantwortet, die Respekt

verdienten. Sie hatte nicht einmal versucht, mit ihr über ein paar Shilling mehr Lohn zu feilschen.
Sie blieb stehen, wandte sich um und sah Jessica abwartend an.
»Du gefällst mir.«
Constance lächelte höflich und wartete.
»Mister Pickwick hat wirklich nicht zuviel versprochen. Ich verstehe, warum er so große Stücke auf dich hält. Du paßt bestimmt gut in dieses Geschäft.«
»Das ist sehr nett von Ihnen, Missis Brading, aber ich sagte Ihnen doch, daß ich für weniger Lohn, als ich bei Missis Darcy bekomme, nicht arbeite«, antwortete sie ohne Vorwurf, aber bestimmt.
Jessica lächelte sie an. »Das sollst du auch nicht. Du bekommst bei mir erst einmal vier Shilling *mehr*. Wenn du dich gut machst und das Geschäft gut läuft, ist eine weitere Erhöhung nicht ausgeschlossen.«
Verblüffung zeigte sich auf Constance Marlowes Gesicht. »Das verstehe ich nicht. Erst wollen Sie mir weniger bezahlen als Missis Darcy, und jetzt bieten Sie mir auf einmal vier Shilling mehr.«
»Das war eine Frage, Constance, und kein Angebot«, erklärte Jessica. »Ich wollte nur wissen, wie du darauf reagieren würdest.«
»Ja, das hätte ich mir denken können«, stieß Glenn Pickwick mit einem Seufzer der Erleichterung hervor und tupfte sich mit dem Taschentuch die feuchte Stirn ab. Sein Lächeln fiel noch etwas verkrampft aus, als Jessica ihn anblickte.
»Ich... ich bin also eingestellt?« fragte Constance.
Jessica nickte. »Ja, von mir aus kannst du morgen schon anfangen, wenn du mit Missis Darcy keine andere Vereinbarung getroffen hast.«
»Oh, das geht schon in Ordnung, Missis Brading!« versicherte

Constance mit freudestrahlendem Gesicht. »Ich danke Ihnen vielmals. Das hatte ich wirklich nicht erhofft.«
Sie war auch in ihrer Freude von angenehmer Zurückhaltung, was sie Jessica noch sympathischer machte. Glenn Pickwick hatte mit ihr eine ausgezeichnete Wahl getroffen, soweit sie das jetzt schon beurteilen konnte – sowohl privat als auch geschäftlich.
»Gut, dann ist das also erledigt«, sagte Jessica und fragte Glenn Pickwick: »Hat Captain Rourke Ihnen gestern noch wie versprochen die Kisten gebracht?«
Er nickte, und in seinen Augen leuchtete die Freude, daß sie Constance eingestellt hatte – und dann auch noch mit diesem guten Lohn. »Er brachte sie keine halbe Stunde später. Ich habe mich sofort an die Arbeit gemacht und ein buntes Sortiment von Waren zusammengestellt, von dem ich annehme, daß es bei den Farmern Anklang finden wird.«
Jessica ging mit ihm ins Lager hinüber und ließ sich von ihm zeigen, was er ausgewählt hatte. Sie war mehr als zufrieden. Das Angebot in den beiden Kisten war wohl durchdacht und ausgewogen. Es befriedigte den konservativen, sparsamen Kunden ebenso, wie es die Wünsche eines jungen Mädchens erfüllen konnte, das mehr auf die Schönheit eines bunten Tuches gab als auf seine Nützlichkeit.
»Zwei prächtige Schatzkisten«, urteilte sie. »Captain Rourke wird von nun an auf den abgelegenen Farmen noch willkommener sein, als er es jetzt schon ist.«
»Davon bin ich auch überzeugt«, stimmte er ihr zu.
Jessica sah ihm an, daß er darauf brannte, zu erfahren, was denn ihr Anwalt zu seinen Vorschlägen gesagt hatte und ob sie schon zu einem Entschluß gekommen war. Doch er beherrschte seine brennende Neugier und schnitt das Thema, das sie am Vortag so ausführlich erörtert hatten, mit keinem Wort an.

Sie hatte sich von ihm verabschiedet und stand schon in der Tür, als sie sich noch einmal zu ihm umdrehte. »Ach, das hätte ich ja beinahe vergessen, Ihnen zu sagen, Mister Pickwick. Wir bauen das neue Haus und machen Brading's zum ersten Laden von Sydney, wo es vom Kerzenleuchter bis zu schottischen Pantoffeln alles zu kaufen gibt.«

Er riß den Mund auf. »Wirklich?« stieß er dann hervor.

»So wirklich wie ich vor Ihnen stehe, Mister Pickwick. Aber Sie werden eine Menge Arbeit bekommen, das kann ich Ihnen jetzt schon versichern. Also beschweren Sie sich später nicht, wenn Sie in der Arbeit, die so eine Geschäftsausweitung unweigerlich mit sich bringt, ersticken.«

»Das tue ich bestimmt nicht!« versicherte er lachend.

»Gut, dann dürfen Sie Ihrer geheimen Leidenschaft, nämlich Listen anzufertigen, jetzt auch mit meiner Billigung frönen. Ich brauche eine detaillierte Aufstellung all jener Waren, die wir Ihrer Meinung nach in unser Angebot aufnehmen sollen, sowie eine entsprechende Kostenrechnung.«

»Mit Vergnügen, Missis Brading! Sie haben sie in ein paar Tagen.«

»Schicken Sie mir Ihre Aufstellung nach Seven Hills, und bewahren Sie absolutes Stillschweigen darüber. Das gilt auch für Miß Marlowe!«

»Sie haben mein Ehrenwort! Und für Constance lege ich meine Hand ins Feuer.«

»Das will ich nicht hoffen. Ich brauche Ihre Hände für wichtigere Dinge, wo ich mich nun mal entschlossen habe, mich in dieses kostspielige Abenteuer einzulassen.«

Als sie die Tür hinter sich zuzog und noch einen Augenblick im warmen Sonnenschein dastand, drang ein lauter Jubelschrei aus dem Geschäft zu ihr auf die Straße. Jessica lächelte über Glenn Pickwicks Begeisterung und ging dann die paar Schritte die Straße hinunter, wo der Eingang von John Baileys Werkstatt war.

Es war so, wie Glenn Pickwick gesagt hatte. Der Kerzenzieher wollte zu seinem Sohn auf die Farm ziehen und sein schäbiges Anwesen samt Grundstück verkaufen.

Sie wurden sich schnell handelseinig. Jessica hätte ihm das Fell über die Ohren ziehen können, machte ihm jedoch ein Angebot, mit dem sie beide zufrieden waren. Am nächsten Tag wurden die Dokumente im Büro von Mister Hutchinson unterzeichnet. John Bailey bekam die Kaufsumme in solider Goldwährung ausgezahlt, wie er es verlangt hatte, und Jessica hatte damit ihren Grundbesitz in Sydney verdreifacht.

»Sind Sie wegen der Pacific schon zu einem Entschluß gekommen?« fragte der Anwalt, als der Kerzenzieher die Kanzlei verlassen hatte und sie unter sich waren.

»Zweitausend Pfund«, sagte Jessica versonnen.

»Für ein Fünftel an einem fast brandneuen Walfänger«, fügte Hutchinson hinzu.

Jessica überschlug im Geiste ihre Ersparnisse und die Ausgaben, die für die Geschäftserweiterung und das zu errichtende Gebäude zu veranschlagen waren. Ihre finanziellen Reserven waren zwar recht beachtlich, doch bei der Größe ihres geschäftlichen Vorhabens würde ihr Geld wie Schnee auf einer heißen Ofenplatte dahinschmelzen. Gewiß, völlig entblößen mußte sie sich nicht, und von ihren Ersparnissen würde schon noch einiges übrigbleiben. Genug, um sich an der Pacific beteiligen zu können. Aber dann blieb ihr gerade noch genug Geld, um die laufenden Kosten von Seven Hills bestreiten zu können. Vernünftig wäre es nicht. Andererseits kannte sie niemanden, der mit reiner Vernunft sein Glück gemacht hatte. Manchmal mußte man auch etwas wagen und eine Gelegenheit beim Schopfe fassen...

»Wenn Sie Glück haben, finanziert Ihnen die Pacific die Geschäftserweiterung«, meinte William Hutchinson und warf ihr einen verschleierten Blick zu.

»Oder auch nicht«, erwiderte sie trocken.

Er zuckte scheinbar gleichgültig die Achseln. »Oder auch nicht«, pflichtete er ihr bei. »Wie auch immer, morgen abend brauche ich Ihre Entscheidung. Dann läuft die Option ab.«

»Morgen mittag haben Sie meine Entscheidung.«

Am nächsten Morgen verließ Jessica Sydney und machte sich auf die zweitägige Reise zum Hawkesbury River, denn Craig war am Vortag mit der Kutsche aus SEVEN HILLS eingetroffen. Doch bevor sie die Stadt verließ, schickte sie ihrem Anwalt noch ein Schreiben, in dem sie ihm mitteilte, daß sie ihre Schwäche für Schiffsbeteiligungen schlecht verleugnen könne und zweitausend Pfund in die PACIFIC investieren wolle. Sie hoffe jedoch, daß Captain Morgan bei der Auswahl seiner Harpunierer eine glücklichere Hand beweise als bei der Wahl seiner bisherigen Finanziers.

15

Die Fahrt führte sie wie immer über Parramatta, das um vieles sauberer und geordneter angelegt war als Sydney. Die blühende Siedlung, der das überaus fruchtbare Weide- und Ackerland der Umgebung sowie zahlreiche Werkstätten im Ort einen sichtbaren Wohlstand gebracht hatten, lag in einem sanft geschwungenen Bogen am Fuße eines Hügels, auf dessen Kuppe sich die Sommerresidenz des Gouverneurs erhob. Weinberge und gepflegte Obstplantagen bedeckten einen Teil der Hänge. Die Häuser der Bürger, ja sogar die einfachen Lehmhütten der Sträflinge und Emanzipisten standen ordentlich ausgerichtet und hatten zumeist noch einen sorgfältig umzäunten Vorgarten, in dem sie Kartoffeln und Gemüse zogen und damit ihre kargen Rationen aufbesserten.

Zahlreiche öffentliche Gebäude, Kornspeicher und Lagerhäuser, die sich größtenteils am Ufer um die Anlegestelle drängten, verrieten zudem, daß Parramatta schon immer die Sympathie und tatkräftige Unterstützung der Gouverneure genossen hatte. Es hatte sogar einmal eine Zeit gegeben, wo man ernstlich überlegt hatte, diese Siedlung zum Hauptsitz der Verwaltung und damit zum Zentrum der Kolonie zu machen. Doch letztlich hatte das betriebsame Sydney, die unbestrittene Hauptschlagader des Handels von New South Wales, dann doch über das ruhige Parramatta obsiegt.

Es war erst früher Nachmittag, als Jessica in Parramatta ankam. Am liebsten wäre sie weitergefahren, denn sie konnte es nicht erwarten, nach SEVEN HILLS zu kommen. Sie wußte jedoch, daß sie es mit der Kutsche vor Einbruch der Dunkelheit nie und nimmer bis zum Hawkesbury schaffen würden, und es wäre sträflicher Leichtsinn gewesen, die restlichen Meilen bei Nacht zurückzulegen. Zuviel konnte passieren. Die Straße zur Farm bestand nur aus zwei Spurrillen, die die Räder von Kutschen und schwerbeladenen Ochsenkarren in die rotbraune Erde geschnitten hatten. Wie leicht konnte man da vom Weg abkommen oder ein Achsenbruch passieren. Nein, das konnte sie dem alten Craig, der treuen Seele von einem Kutscher, der es sich nicht hatte nehmen lassen, seine Mistress höchstpersönlich aus Sydney abzuholen und zur Farm zurückzubringen, wahrlich nicht zumuten.

Jessica zügelte ihre Ungeduld und nahm für die Nacht Quartier in einem Gasthof, dessen Zimmer so sauber waren wie die Bedienung freundlich und das Essen in der Schankstube schmackhaft. Sie nutzte die freie Zeit, um sich einen Überblick über die Waren zu verschaffen, die in den Geschäften der Ortschaft angeboten wurde. Hier und da verwickelte sie den Ladeninhaber in ein scheinbar beiläufiges Gespräch und erhielt dabei immer wieder die Bestätigung, daß es wirklich so war, wie Glenn Pickwick gesagt hatte: Die Nachfrage nach vielen Haushaltsgegenständen aus England überstieg das gegenwärtige Angebot bei weitem.

»Kerzenleuchter? Richtige Kerzenleuchter aus gutem Sterlingsilber wollen Sie?« fragte der Inhaber eines der besseren Geschäfte von Parramatta.

»Ja, ich suche zwei dreiarmige Leuchter.«

Er verzog das Gesicht. »Wer sucht die nicht, gnädige Frau! Ob einarmig, zweiarmig, dreiarmig oder fünfarmig, ich könnte einige Dutzend davon verkaufen, wenn ich nur welche bekommen könnte! Nein, tut mir wirklich leid, aber ich kann Ihnen leider nur mit einheimischen handgeschnitzten Leuchtern dienen«, bedauerte er mit leidvoller Miene, während er wohl daran dachte, welch hübschen Gewinn er doch hätte einstreichen können, wenn er diese Waren in seinem Angebot gehabt hätte.

Ein anderer Ladenbesitzer reagierte regelrecht verärgert, als sie sich bei ihm erkundigte, ob er denn ein Dutzend hübsche Weingläser aus Kristallglas zum Verkauf hätte.

»Wollen Sie mich auf den Arm nehmen?« blaffte er. »Das hier ist Parramatta und nicht London! Ich habe nicht einmal ein paar *häßliche* Weingläser mit abgestoßenem Rand, geschweige denn hübsche und zudem auch noch aus Kristallglas! Aber ich kann Ihnen sagen, wie Sie sie bekommen können.«

»Oh, dafür wäre ich Ihnen sehr dankbar.«

»Fahren Sie nach Sydney, gehen Sie an Bord des nächsten Schiffes, das nach England segelt, und kaufen Sie da ein, wonach Ihr Herz begehrt. Und wenn Sie schon einmal da sind, bringen Sie mir gleich ein paar Kisten Gläser mit! Ich zahle Ihnen einen guten Preis dafür, das kann ich Ihnen schriftlich geben.«

»Warum haben Sie das denn nicht schon längst gemacht?« erkundigte sich Jessica.

»Halten Sie mich für einen direkten Nachfahren von Krösus, Missis? Und ein Dukatenesel hat sich auch noch nicht zu mir verirrt. Aber auch wenn ich das Geld für die Überfahrt und die Transportkosten hätte: Wer würde sich denn hier um das Geschäft kümmern, wenn ich anderthalb Jahre weg bin?« Er schüttelte ungehalten den Kopf. »Ich sag's ja immer: Die Leute wissen gar nicht, was es heißt, so ein Geschäft zu betreiben.«

Jessica verkniff sich ein Lächeln und einen Kommentar. »Aber Sie könnten doch bei einem der Handelsschiffe eine Order aufgeben«, wandte sie ein, gespannt auf seine Antwort.

Er schnaubte geringschätzig. »Sicher könnte ich das. Aber dafür braucht man das nötige Kapital! Ich kann nicht einfach nur ein Dutzend Gläser bestellen. Mit so einer lächerlichen Order käme ich nicht einmal am Kabinensteward vorbei. Ja, bei zehn Dutzend sähe die Sache schon anders aus, aber wie soll das denn unsereins finanzieren? Ich muß die Ware doch heute schon bezahlen, und zwar mit einem gesalzenen Aufpreis, obwohl ich sie vermutlich erst in anderthalb Jahren in Empfang nehmen kann – sofern ich Glück habe und es dem Captain nicht einfällt, seine Route zu ändern und mich noch länger warten zu lassen. Und ich kenne keinen Captain, der kein Halsabschneider wäre. Die nehmen es von den Lebendigen, das sage ich Ihnen!«

Jessica kehrte mit dem zufriedenen Gefühl in den Gasthof zurück, daß ihre Entscheidung, Glenn Pickwicks Vorschlägen zuzustimmen, richtig gewesen war. Sie besaß nicht nur das dafür notwendige Kapital in barer Münze, um teure Waren in einer größeren Stückzahl ordern und gleich bezahlen zu können, sondern Seven Hills gab ihr mit seinen reichen Erträgen auch den Rückhalt, um die anderthalb Jahre ohne finanzielle Atemnot durchzuhalten, bis die Waren bei ihr eintrafen und im Geschäft mit satten Gewinnen verkauft werden konnten. Wenn dann auch noch die Pacific Glück hatte und die Harpunierer ein paar von den großen Walen erlegten, wäre sie eine gemachte Frau.

Am Abend nahm sie zusammen mit Craig in der gemütlichen Schankstube ein leichtes Essen ein und hing begierig an seinen Lippen, als er ihr berichtete, was sich in den langen Wochen ihrer Abwesenheit auf der Farm so alles ereignet hatte.

Es waren überwiegend Dinge von untergeordneter Wichtigkeit, die er zu berichten wußte, Klatsch und was man sich unter den Arbeitern so an Alltäglichem erzählte. Doch sie sog jedes Wort in sich auf, als wären es weltbewegende Neuigkeiten. Und einiges war in der Tat mehr als nur unterhaltsames Alltagsgerede.

»Die Jenny hat vergangene Woche gekalbt, und beiden geht es prächtig. Ich sag' Ihnen, das Kalb wird einmal genausoviel

Milch geben wie seine Mutter heute. Für so was hab' ich einen Blick, wenn meine Augen sonst auch nicht mehr viel taugen«, nuschelte Craig und nippte an seinem Branntwein. »Auf meine Ohren ist auch nicht mehr allzu sehr Verlaß, aber daß Jack Mooshian seine Frau mit schöner Regelmäßigkeit durchprügelt, daß sie am nächsten Morgen kaum vom Lager hochkommt, ist sogar mir nicht entgangen. Eine Schande ist das. Und der andere Neue, der erst ein paar Monate bei uns ist...«
Jessica horchte auf. »Peter Rawley?«
»Ja, den meine ich. Er ist so durchtrieben und hinterhältig wie ein Straßenräuber aus dem Londoner East-End, und er scheut die Arbeit wie der Teufel das Weihwasser«, grollte der alte Kutscher, der schon eine halbe Ewigkeit in Australien war und längst vergessen zu haben schien, daß er vor gut zwanzig Jahren die Straßen von Portsmouth als Taschendieb unsicher gemacht und dieser nicht eben ehrenvollen Art des Broterwerbs seine Deportation zu verdanken hatte. »Aber sowie er einen Weiberrock zu Gesicht kriegt, kommt Leben in den Burschen, und auf einmal weiß er auch mit seinen zwei linken Händen etwas anzufangen.«
Jessica machte ein ernstes Gesicht. »Ich werde mit Mister McIntosh darüber reden.«
»Der Ire hat ihn sich schon einmal vorgeknöpft«, brummte Craig scheinbar respektlos, was jedoch nicht der Fall war. Er hatte es sich vor vielen Jahren angewöhnt, als Ian McIntosh noch nicht Verwalter von SEVEN HILLS war, ihn einfach nur mit Ire anzusprechen. Diese Gewohnheit hatte er stur beibehalten, auch als Ian McIntosh Aufseher und schließlich Verwalter der Farm geworden war. »Aber daß er ihn ins Gebet genommen hat, hat nicht viel genützt. Dem ist die Unverschämtheit nur mit der neunschwänzigen Katze auszutreiben, wenn Sie meine Meinung wissen wollen. Aber dazu wollte der Ire noch nicht greifen, weil er weiß, wie wenig Sie von der Peitsche halten.

Aber er braucht sie, Missis Brading, und er braucht sie dringend!«
»Ich werde mich darum kümmern«, versprach sie ihm. »Wenn er sich etwas zuschulden kommen läßt, wird er die Strafe erhalten, die ihm zusteht.«
Craig nickte zufrieden mit ihrer Antwort. »Das hab' ich Jeremy Baker auch gesagt. ›Laß die Mistress mal erst zurück sein‹, hab' ich ihm gesagt, ›dann bekommt dieser dreiste Schürzenjäger schon, was er verdient. Sie wird ihm das Fell schon ordentlich kratzen, wenn es ihn so sehr juckt.‹ Genau das hab' ich ihm gesagt.«
Zum Glück waren diese beiden Klagen das einzig Negative, was der Kutscher über die Ereignisse der vergangenen Wochen zu berichten wußte, und als Jessica auf ihr Zimmer ging, erfüllte sie freudige Erregung, bald wieder bei ihren Kindern zu sein und ihren Blick über das weite, wellige Land am Hawkesbury schweifen zu lassen und die schwere Erde unter ihren Füßen zu spüren, in der ihr Schweiß, das Blut ihres Mannes und ihre tiefe Liebe steckten. Es war ihr Land, ihr Reich laut Besitzurkunde und ihre Heimat.
Die freudige Erregung, in die ihre geschäftlichen Pläne sie tagsüber und Craigs Berichte am Abend bei Tisch versetzt hatten, wich jedoch dem Gefühl der Einsamkeit und der Sehnsucht, sowie sie das Licht in ihrem Zimmer gelöscht hatte und in ihrem Bett lag.
Das Gelächter einiger später Zecher drang gedämpft zu ihr ins Zimmer herauf, während sie keinen Schlaf finden konnte. Lange starrte sie mit tränenfeuchten Augen in die Dunkelheit, wälzte sich von einer Seite auf die andere und versuchte sich selbst Hoffnung zu machen, daß sie Mitchell bald wiedersehen und in ihre Arme schließen würde. Sie würde mit Kenneth sprechen und alles in ihrer Macht Stehende unternehmen, um ihn zum Einlenken zu bewegen. Es mußte doch möglich sein,

ihn zur Vernunft zu bringen. Immerhin war sie seine Halbschwester! Er mußte begreifen, daß er einfach nicht gewinnen konnte, was immer er auch in seiner blinden Besessenheit gegen sie und Mitchell unternehmen mochte.

›Irgendwie wird es mir, *muß* es mir gelingen‹, versuchte sie ihre Ängste mit ihrer unerschütterlichen Hoffnung zu besiegen. ›Früher oder später wird Ken gezwungen sein, die Aussichtslosigkeit seiner Nachstellungen einzusehen, zu kapitulieren und uns beide in Ruhe zu lassen. Bis dahin ist Mitchell auf Van Diemen's Land in Sicherheit. Auch wenn er mir schrecklich fehlt, so ist das doch ein großer Trost. Unsere Liebe ist stärker als alles andere. Wir gehören zusammen, und keine Macht der Welt kann stärker sein als unsere Liebe – und das, was in mir wächst.‹

Zwar konnte Jessica noch nicht mit hundertprozentiger Sicherheit sagen, daß sie ein Kind von Mitchell empfangen hatte. Doch alles deutete darauf hin, wo doch ihre Tage schon in der zweiten Woche überfällig waren. Sie glaubte einfach fest daran, daß in ihr das Kind wuchs, das sie am Strand der Bucht gezeugt hatten. Sie trug also ein Teil von ihm immer mit sich. Und mit diesem tröstlichen Gedanken schlief sie endlich ein, als es unten in der Schankstube schon längst still geworden war.

16

Cedric Blunt tauchte seine rotgefärbten Finger in die Wasserschale, die auf einem niedrigen Tisch rechts neben der Töpferscheibe stand. Und während er mit gleichmäßigem Rhythmus, der dem genauen Schlag eines Chronometers ähnelte, das Pedal des Gurtantriebs trat, setzte er die scharfe Kante seines Daumennagels an den Sockel des Tonkruges, den seine geschickten Hände gerade zu einem bauchigen Gefäß geformt hatten. Er bewegte seinen Daumen kaum merklich auf und ab, während der Nagel durch den weichen Ton schnitt und in wenigen Augenblicken die obere Kante erreichte. Ein herrlich symmetrisches Muster von feinen Schlangenlinien bedeckte nun den bauchigen Krug.
Er nahm den Fuß vom Pedal, ließ die Scheibe auslaufen und begann den Griff zu formen. Dabei überlegte er, welche Farbe die Linien bekommen sollten und welche Glasur er für diesen Krug wählen sollte. Er gedachte nämlich, ihn zu einem wahren Schmuckstück der Töpferkunst zu machen.
Cedric Blunt wollte ihn seinem wichtigsten Kunden, Richard Warfton, zum Geburtstag schenken, der auf den Sonntag in zwei Wochen fiel, was sehr günstig war, denn er war eingeladen, an der Feier im Haus der Warftons in Brixley teilzunehmen. Wäre der Geburtstag auf einen Wochentag gefallen, hätte er ablehnen müssen.
Der Töpfer fuhr aus seinen Gedanken auf, als hinter ihm etwas schepperte. Er drehte sich um und sah seine Tochter mit bleichem Gesicht am langen Tisch lehnen, der mit frisch gebrannten Töpferwaren vollgestellt war.

Er musterte sie scharf, und seine buschigen Augenbrauen schienen dabei über der Nasenwurzel zusammenzuwachsen.
»Was hast du?« fragte er barsch.
Sarah schluckte. »Ich... ich weiß es nicht«, brachte sie erstickt hervor. »Ich fühle mich nicht wohl. Es... es ist wohl die Hitze vom Ofen.«
»So? Die hat dir doch noch nie etwas ausgemacht!«
»Ich brauche etwas frische Luft«, keuchte sie.
»Unsinn! Du arbeitest weiter, wie es sich gehört! Mit diesen weibischen Mätzchen wollen wir erst gar nicht anfangen!« erwiderte ihr Vater schroff. »Du hättest heute morgen kräftig zulangen sollen, statt in deinem Essen nur herumzustochern. Das soll dir künftig eine Lehre sein. Und jetzt geh gefälligst an die Arbeit zurück! Es reicht schon, daß wir *einen* Müßiggänger im Haus haben!«
Übelkeit würgte Sarah. Ihr Vater hatte recht. Es war ganz sicherlich nicht die Hitze vom Brennofen, die ihr an diesem Morgen so zusetzte, sondern das Frühstück war schuld, daß sie sich so elend fühlte. Aber nicht etwa, weil sie nichts davon gegessen hatte, sondern der Anblick hatte schon gereicht, um Ekel in ihr zu erwecken. Ihr Vater hatte verlangt, die Reste vom Abend aufzuwärmen und auf den Tisch zu bringen, dicke Graupen mit Kartoffelstücken, die in Fett schwammen. Nicht einen Bissen hatte sie davon hinuntergebracht und nur etwas trockenes Brot gegessen. Aber auch das war offenbar schon zu viel gewesen.
»Ich kann nicht. Ich muß an die frische Luft!«
»Du bleibst hier!« donnerte er.
Noch nie hatte Sarah sich einem Befehl ihres herrischen Vaters widersetzt. Doch nun blieb ihr keine andere Wahl. Sie konnte nicht länger an sich halten, denn sie spürte, wie es ihr heiß die Kehle hinaufschoß, und sie stürzte aus dem Schuppen hinaus ins Freie. Sowie sie an der Luft war, brach es aus ihr heraus. Als Sarah seinen Befehl ignorierte und aus der Töpferei rannte,

konnte es Cedric Blunt erst nicht glauben, daß sie es wirklich gewagt hatte, ihm den Gehorsam zu verweigern. Sie hätte ihm auch ebensogut eine schallende Ohrfeige geben können, die Wirkung wäre dieselbe gewesen. Zornesröte schoß ihm ins Gesicht, und er sprang so unbeherrscht von seinem Schemel auf, daß er fast die Töpferscheibe mit dem Krug umgerissen hätte.
Sarah stand krumm gebeugt an der Ecke, die rechte Hand auf ihren Leib gepreßt und die linke gegen die Lehmwand gestützt, und erbrach sich, als ihr Vater aus der Werkstatt gestürmt kam.
Als er sie dort so lehnen und sich die Kehle aus dem Leib würgen sah, blieb er abrupt stehen, denn er erinnerte sich plötzlich daran, daß er seine Tochter in den letzten Wochen morgens schon zweimal dabei überrascht hatte, wie sie sich übergeben mußte. Sie hatte sich den Magen verdorben, hatte sie ihm das erstemal erklärt, und beim zweitenmal hatte sie angeblich eine fette Schmeißfliege verschluckt, die sie aus Ekel wieder erbrochen habe. Er hatte ihr geglaubt und sich nichts weiter dabei gedacht.
Bis zu diesem Augenblick. Denn nun schoß ihm ein Verdacht durch den Kopf, der so ungeheuerlich war, daß er ihm im ersten Moment die Luft raubte und das Blut aus seinem Gesicht trieb.
Benommen von der Ungeheuerlichkeit seines Verdachts ging er auf sie zu. Er schüttelte den Kopf, weil er sich weigerte zu glauben, was sich ihm mit brutaler Klarheit aufdrängte.
»Sarah!« Seine Stimme war kalt und schneidend. »Dreh dich um und sieh mich an!«
Sie krümmte sich noch mehr unter seinem Zuruf, der ihr wie ein Messer durch das Herz schnitt, denn sie wußte, daß nun der Moment gekommen war, vor dem sie sich mit panischer Angst gefürchtet hatte, seit sie Gewißheit hatte.
Als sie ihm weiterhin den Rücken zuwandte, packte er sie grob

an der Schulter und riß sie zu sich herum. »Du sollst mich anschauen!« schrie er sie an. »Sag mir, warum du dich erbrichst! Und wage es ja nicht, mich anzulügen!«
Mit großen, angsterfüllten Augen sah sie ihn an und brachte kein Wort über die Lippen. Sie war unfähig, etwas zu sagen, und sie betete, der Herrgott möge ihr gnädig sein und sie jetzt sterben lassen, bevor sie ihrem Vater ihre Schande gestehen mußte.
»*Sprich!*« Er schlug ihr mit dem Handrücken ins Gesicht, daß ihre Oberlippe aufplatzte und Blut über ihr Kinn floß. Sie taumelte gegen die Schuppenwand und verharrte dort in ihrer lähmenden Angst.
»Warum sagst du nicht, daß du dir wieder den Magen verdorben hast? Na los!«
Zitternd stand sie vor ihm, schmeckte ihr eigenes Blut und schwieg.
Er schlug sie wieder, und der Schlag riß ihr den Kopf in den Nacken. Doch sie bewahrte das Gleichgewicht, auch wenn sie einen Moment lang schwankte. Der Schmerz der aufgeplatzten Oberlippe vermischte sich mit dem feurigen Brennen ihrer rechten Wange.
»Oder hat dir vielleicht eine Schmeißfliege den Ekel in die Kehle getrieben?«
Stumm rannen ihr die Tränen über das Gesicht.
Erneut klatschte seine Hand in ihr Gesicht, das zu schwellen begann. Diesmal schrie sie vor Schmerz laut auf und preßte eine Hand auf die Lippen, die er mit seinem Schlag wieder getroffen hatte. Sie war blind vor Tränen des Schmerzes und der Verzweiflung, denn sie wußte, wie hoffnungslos ihre Lage war.
»So, du willst mir also keine Antwort geben, ja? Du bist zu stolz, um deinem Vater die Wahrheit ins Gesicht zu sagen, ja? Oder schämst du dich vielleicht? Was ist es, was dich so trotzig

macht? Stolz oder Scham? Gib mir Antwort, oder ich prügle die Wahrheit aus dir heraus, und wenn ich dich dafür grün und blau schlagen muß! Sag mir, warum du so oft erbrechen mußt, wenn du nicht willst, daß ich mich vergesse!«

Sarah preßte die Lippen aufeinander, als könnte sie das vor der Grausamkeit ihres Vaters bewahren.

Cedric Blunt kochte vor Zorn, und er war sich jetzt sicher, daß sein Verdacht Wirklichkeit war. Seine Wut ging mit ihm durch, und er griff in den Ausschnitt ihres weiten Kleides, das sie ohne Gürtel trug. Mit einem Ruck riß er den Stoff bis zu den Hüften auf. Ihr dünnes Leibchen kam darunter zum Vorschein, das sich über ihren prallen Brüsten spannte.

Sarah wollte vor ihm fliehen. Doch er bekam ihren linken Arm zu fassen und hielt sie mit eisernem Griff am Handgelenk fest.

»Also gut, wenn es dir so lieber ist, dann will ich dich auch so behandeln, wie du es wohl verdient hast! Herunter mit deinen Sachen!« keuchte er und zerrte am zerschlissenen Kleid, bis es der Länge nach durchriß und sie nur noch im Hemd dastand, das ihr nicht einmal bis zu den Knien reichte. Ihr Körper schimmerte deutlich durch das verwaschene Gewebe.

Sarah fand nun ihre Sprache wieder, als er sie in seinem blinden Zorn auch noch ihres letzten Kleidungsstückes berauben wollte. »Nicht!... Tu es nicht, Vater! Ich flehe dich an!« rief sie, doch es war schon zu spät.

Der Stoff ihres Hemdes riß unter seinem brutalen Zugriff, und im nächsten Moment war sie völlig nackt seinen Blicken ausgesetzt.

Einen Augenblick starrte er mit grauem Gesicht auf die deutliche Wölbung ihres Bauches, die keinen Zweifel daran ließ, daß sie in anderen Umständen war. Dann schleuderte er sie in den Dreck des Hofes zu seinen Füßen.

»Hure!... Verkommene Hurenschlampe!«

»Ja, ich bin schwanger! Ich erwarte ein Kind von ihm! Aber eine Hure bin ich nicht!« Sarah war sich gar nicht bewußt, daß sie es war, die diese Worte herausschrie. Es brach einfach aus ihr heraus.
»So, du bist keine Hure? Keine verkommene Schlampe, die für jeden die Beine spreizt, der ihr schöne Augen macht? Dann zeig mir deinen Ehering, *Tochter*! Sag mir, wer dein Mann ist, mit dem du vor Gott den heiligen Bund der Ehe geschlossen hast! Sag mir den Namen, den dein Kind tragen wird, wenn es zur Welt kommt! Wird es den Namen eines Ehrenmannes tragen oder bis an sein Lebensende das Schandmal des *Bastards* auf der Stirn tragen!« schrie er sie an.
»Es ist nur einmal geschehen, und es war nicht so, wie du denkst, Vater! Ihn trifft keine Schuld!«
»Keine Schuld! Lüg mich nicht an! Ich habe gleich gemerkt, daß dir dieser vornehme Herr gefallen hat. Du hast es mit ihm getrieben und deinen Spaß mit ihm gehabt! Ich sehe es dir an! Ewige Verdammnis über dich, die du herumgehurt und meinen Namen entehrt hast!« geiferte er, außer sich vor blinder Wut. Sein Gesicht verzerrte sich zu einer schrecklichen Grimasse, und die Ader auf seiner Stirn schwoll noch mehr an, so daß man deutlich das schnelle Pochen des Blutes sehen konnte.
»Du bist nicht besser als deine Mutter. Du bist von ihrem schlechten, verdorbenen Blut. Ja, das bist du! Ich hätte wissen müssen, daß du ihr nachschlägst und der Fleischeslust nicht widerstehen kannst. Doch ich werde dich lehren, das jede Sünde ihren Preis hat und mit Schmerzen bezahlt werden muß. In der Hölle wie auch hier auf der Erde, und ich werde dir einen Vorgeschmack davon geben!«
Er öffnete die Schnalle seines Gürtels und zog das geflochtene Lederband aus den Schlaufen seiner Hose. Dann schlug er mit dem Gürtel auf sie ein.
Sie versuchte, sich vor seinen gnadenlosen Schlägen zu retten

und kroch auf allen vieren auf das Wohnhaus zu, während sie bei jedem Hieb aufschrie und ihn um Gnade anflehte. Doch er dachte nicht daran, von ihr abzulassen.

Sie versuchte, ihre Blößen zu bedecken. Doch sie entkam den Peitschenschlägen des Gürtels nicht, die auf ihrem ganzen Körper lange rote Striemen hinterließen. Denn wenn sie ihren Leib mit den Armen bedeckte, dann sauste das Leder auf ihre Brüste nieder. Schützte sie ihre Brüste, dann schlug er auf ihren Leib und ihre Schenkel ein.

Sarah kam taumelnd auf die Beine und rannte auf die Tür des Wohnhauses zu. Doch bevor sie sich noch ins Innere flüchten konnte, traf sie ein erneuter Schlag mit dem Ledergürtel – mitten ins Gesicht. Gellend schrie sie auf, stolperte, stürzte der Länge nach hin und schlug mit dem Kopf gegen den Türrahmen.

›Er wird Mitchell töten!‹ war ihr letzter Gedanke, bevor Bewußtlosigkeit sie umfing. ›Wenn er ihn findet, wird er ihn töten!‹

17

Der Himmel war bewölkt gewesen, und auf dem glänzenden Lack der Kutsche hatte noch der Morgentau geperlt, als sie Parramatta beim ersten Licht des neuen Tages verlassen hatten, um eingehüllt in warme Decken die letzte Reiseetappe durch das fast menschenleere, weite Buschland nach SEVEN HILLS anzutreten.
Es war Mittag, als sie die Farm am Hawkesbury erreichten. Die Wolkendecke war indessen aufgerissen, und die Sonne warf ihren warmen Schein über das Land, als wollte sie Jessica zu Hause willkommen heißen.
Seit Jessica fröstelnd im Zimmer des Gasthofs erwacht war und sich im Dämmerlicht des Morgens mit dem eiskalten Wasser aus der bemalten Blechkanne am Fenster gewaschen hatte, hatte sie diesem Augenblick entgegengefiebert.
Jessica beugte sich weit aus dem Fenster der Kutsche, kümmerte sich nicht um ihr wehendes Haar und sog mit lachendem Gesicht die Luft ein, die ihr hier viel klarer und würziger schien als irgendwo sonst. Ihr war, als könnte sie den Hawkesbury riechen, das Heu und Stroh in den Scheunen, den ganzen eigenen Geruch von feuchter Schafwolle auf den Weiden und den betörenden Duft der prall gefüllten Vorratskammern und Kornspeicher.
›Was für ein wunderbares Land!‹ dachte sie beglückt und wußte, daß sie sich niemals an dieser Landschaft sattsehen würde. Das Geschäft in Sydney, ihre Partnerschaft mit Patrick Rourke und die Beteiligung an der PACIFIC, all diese geschäft-

lichen Unternehmungen waren Herausforderungen, die sie reizten und denen sie sich mit dem nötigen Ehrgeiz und Ernst widmete. Doch nichts davon konnte in seiner Bedeutung für ihr Leben und das ihrer Kinder jemals SEVEN HILLS den Rang ablaufen, dieser blühenden Farm, die auf so mühevolle Art der Wildnis abgerungen worden war. Sie war die Quelle, aus der sie ihre Kraft schöpfte, die sie brauchte, um allen Widrigkeiten und Prüfungen des Lebens trotzen zu können und nicht in die Knie gezwungen zu werden. Ihr Herz und ihr Leib mochten leidenschaftlich Mitchell gehören, doch ihre Seele hatte sich nicht weniger bedingungslos und hingebungsvoll diesem Land verschrieben.

Es war ein Land, das immer noch wild und ungezähmt war, nur willensstarke Menschen duldete und keine Schwäche verzieh. Was der Mensch der Wildnis abrang, versuchte sie sich immer wieder zurückzuholen. Im Sommer mit monatelanger Sonnenglut und Dürre, so daß der Boden hart wie Stein wurde, Risse bekam und spaltentief aufbrach. Dann verdörrte das Korn auf dem Halm, und das Vieh verendete vor ausgetrockneten Brunnen, Wasserlöchern und Flüssen. Eine Farm ohne Bewässerungsanlagen und Brunnen, die auch im Hochsommer nicht versiegten, mußte jedes Jahr mit dem Ruin rechnen. NEW HOPE, die weiter flußaufwärts und am anderen Ufer gelegene Farm ihrer Freundin Lydia Randell, hatte jahrelang unter diesem Damoklesschwert der launischen Natur gelitten, bis dann in diesem Jahr mit Arbeitern von SEVEN HILLS auch dort eine Bewässerungsanlage in Angriff genommen worden war, und wenn auch nur in einem bescheidenen Umfang, so war doch der Anfang gemacht.

Aber eine Überlebensgarantie bot nicht einmal ein so ausgedehntes Bewässerungssystem, wie das von SEVEN HILLS, auf das Jessica besonders stolz war. Denn der Ruin mußte sich nicht unbedingt über die quälend langen Monate einer Dürrezeit erstrecken. Die Vernichtung von jahrelanger Arbeit konnte auch innerhalb weniger Stunden geschehen – und zwar in Form eines jener schnell aufflammenden, alles verzehrenden Buschbrände, die von den Siedlern noch mehr gefürchtet wurden als die Zeiten anhaltender Trockenheit. Denn ein Buschfeuer machte keinen Unterschied zwischen einer Farm ohne und einer mit Bewässerungssystem. Es vernichtete beide mit derselben ungeheuren gnadenlosen Gewalt.

War der Sommer mit seinen Prüfungen überstanden, konnte man jedoch noch längst nicht aufatmen. Denn mit dem Herbst kam die Zeit der schweren Regenfälle und der drohenden Überschwemmungen, die Existenzen genauso schnell vernichten konnten wie ein Buschfeuer. Jessica konnte sich an Jahre erinnern, in denen der Hawkesbury in einer einzigen Nacht um dreißig Fuß und mehr gestiegen war. Hunderte Tierkadaver und nicht wenige Leichen trieben in den schäumenden Fluten, die niedrig gelegene Scheunen und Farmhäuser mitgerissen hatten wie Puppenhäuser. Und diese Zeit des Bangens vor verheerenden Überschwemmungen kehrte im Frühjahr wieder, worauf der Sommer mit seinen möglichen Heimsuchungen folgte und der Kreis sich wieder schloß.

Ja, dieses Land behielt seine Wildheit, auch wenn der Mensch glaubte, sich die Natur schon untertan gemacht zu haben. In Wirklichkeit mußte er sich immer wieder beweisen und unermüdlich um das kämpfen, was er sich mit seiner Hände Arbeit geschaffen hatte.

›Es läßt sich eben nicht so leicht erobern und zu Willen machen wie Farmland in England. Und glaubt man, es geschafft zu haben, so kann man sich doch nie sicher sein, was es einem morgen beschert – an Gutem und an Schlechtem. Vielleicht liebe ich gerade deshalb dieses Land so sehr‹, dachte Jessica, durchdrungen von Freude und einem warmen Gefühl der Dankbarkeit. ›Es hat eine Seele und Kraft und Stolz.‹

Nun, wo das Zuhause so nahe war, legte sich das Gespann noch einmal ordentlich ins Geschirr, ohne daß Craig auch nur ein Wort zu sagen oder mit der Peitsche zu knallen brauchte. Die Tiere rochen den heimatlichen Stall und die Extraportion Hafer, die der Kutscher ihnen nach einer so langen Fahrt stets zubilligte, und ihre Hufe trommelten auf dem sandigen Boden in einem schnellen, fröhlichen Galopp. Dorniges Gestrüpp und mächtige Eukalyptusbäume flogen rechts und links an ihnen vorbei.

Jessica lächelte, als sie wenig später den hellen Klang der Bronzeglocke vernahm, die auf dem Hof zwischen Wohnhaus und Nebengebäuden an einem mannshohen Gerüst hing. Man hatte jetzt auf SEVEN HILLS die Kutsche entdeckt, und wer nicht gerade weit draußen auf den Feldern und Weiden war, lief nun auf dem Hof zusammen, um die Rückkehr der Mistress nicht zu verpassen.

SEVEN HILLS verdankte seinen Namen der Tatsache, daß das Herzstück der Farm am breiten Hawkesbury River aus einer weiten, sanft gewellten Ebene bestand, aus der in Flußnähe sieben Hügel aufragten. Auf der flachen Kuppe des größten dieser sieben Hügel, der sich unweit des Ufers erhob und sanft ansteigende Hänge aufwies, befand sich das Haupthaus. Es war das schönste, größte und bestgebaute Farmhaus am Hawkesbury, wo eine primitive Lehmhütte noch immer die übliche Unterkunft auch für freie Siedler war, und es dokumentierte, welch hervorragende Rolle SEVEN HILLS in diesem abgelegenen Siedlungsgebiet spielte.

Das langgestreckte Gebäude, das kein Obergeschoß besaß, ruhte auf einem massiven Fundament aus Feldsteinen und hatte Wände aus schweren, roh behauenen Balken. Die Fugen waren mit Lehm ausgefüllt. Zwei sich nach oben hin verjüngende Kamine aus rotbraunen Backsteinen ragten weit über das Dach des Hauses hinaus.

Eine beeindruckende Anzahl von nicht weniger solide errichteten Nebengebäuden umgab das Farmhaus auf der dem Fluß abgewandten Seite in einem weiten Halbkreis. Ein Stück dahinter lag die Siedlung aus einfachen Lehmhütten, in denen die Arbeiter untergebracht waren. Mittlerweile waren über dreißig Männer und Frauen auf SEVEN HILLS beschäftigt, in der Mehrzahl Emanzipisten, die nach dem Ende ihrer Zwangsarbeit auf der Brading-Farm geblieben waren.

Die Kutsche erklomm die Auffahrt, die in einem weit geschwungenen Bogen zur Kuppe des Hügels hinaufführte und in den Hof mündete.

Kaum war die Kutsche zum Stehen gekommen, als Jessica auch schon die Tür aufstieß, ihre Röcke raffte – und die ihr hilfreich dargebotene Hand ihres Verwalters ergriff. Sie war sogleich umringt von vertrauten, lachenden Gesichtern, die ihr ein herzliches Willkommen zuriefen.

Lisa Reed, die stämmige Köchin, war aus ihrer Küche geeilt, in der sie mit eiserner Hand regierte. Anne, William Howards hübsche siebzehnjährige Tochter, die bei Lisa in eine harte Schule ging, sich aber mittlerweile zu behaupten wußte, wenn Lisa einmal das Zepter zu herrisch schwang, stand bei ihrem Vater, der eines der schnaubenden Pferde am Zaumzeug hielt und ihm beruhigend den Hals tätschelte. Neben ihnen drängten sich Frederick Clark, der blonde Stallbursche, sowie der alte Jeremy Baker, Pete Cowley und Ruth Chowning, die Tochter des blinden Faßbinders.

Auf der anderen Seite des Halbkreises, der sich flugs um die Kutsche gebildet hatte, standen Christian Darley, der asketisch aussehende James Parson, der Rotschopf Sean Keaton und Tim Jenkins, ein Bulle von einem Mann mit Pranken so groß wie Kuhfladen, der sie alle um gut eine Kopfeslänge überragte. Sein kahler Schädel glänzte im Sonnenlicht, und sein Gesicht war zu einem breiten Grinsen verzogen.

Die spontane Freude und Herzlichkeit, die ihr so offenkundig entgegenschlugen, wärmten Jessica das Herz. Natürlich wußte sie, daß es auch einige unter den Arbeitern gab, die ihr bei weitem nicht so wohlgesonnen waren wie die, die sie hier umringten. Doch die Unzufriedenheit und der stille Groll, den manche gegen sie hegten, rührte kaum von den Arbeitsbedingungen her und entzündete sich auch nicht am Lohn, den sie zahlte, denn in beidem zeigte sie sich eher großzügig. Die Ablehnung gründete sich vielmehr auf Neid und Mißgunst, weil sie eine Frau war und zudem eine Emanzipistin, und bei den wenigen Sträflingen, die auf SEVEN HILLS arbeiteten, kam noch der dumpfe, ohnmächtige Zorn dazu, der jeden traf, der frei war und ihnen Befehle erteilen konnte.
Jessica hatte zuallererst nur Augen für ihre Kinder. »Victoria!... Edward!« rief sie, als sie die beiden aus dem Haus stürmen sah.
»Mami!... Mami!« schallte es von der überdachten Veranda zurück.
Der Halbkreis der Erwachsenen öffnete sich sofort. Sie wußten, wer hier Vorrang hatte, und das Lächeln auf ihren Gesichtern wurde noch um eine Spur breiter.
Edward, das Ebenbild seines Vaters, rannte vorneweg. Ein kräftiger, sonnengebräunter Junge in Hemd und Hose, wie sie auch jeder Junge eines Arbeiters hätte tragen können. Er machte sich nicht viel aus Kleidung. Sie mußte nur so beschaffen sein, daß sie ihn möglichst wenig behinderte, wenn er dem Schmied am Blasebalg zur Hand ging, sich in den Stallungen herumtrieb oder sich von Jeremy Baker zeigen ließ, wie man etwa einen Zaun setzte, eine neue Deichsel anfertigte oder woran man erkennen konnte, wo Grundwasser dicht unter der Erdoberfläche zu finden war. Schon jetzt, mit seinen sechs Jahren, war er mit Leib und Seele Farmer.
Seine um ein Jahr jüngere Schwester konnte mit seinem

Tempo natürlich nicht Schritt halten. Sie stürmte hinter ihm her auf ihre Mutter zu.

Jessica ging in die Hocke und streckte die Arme aus. »Edward, mein Bester!... Victoria, mein Goldschopf!« rief sie überglücklich.

Ihre Kinder warfen sich in ihre Arme, und sie hielt beide ganz fest an sich gedrückt, fuhr ihnen durch das Haar, und es stiegen ihr Tränen in die Augen, als sie spürte, wie sehr sich ihre kleinen Körper an sie preßten – und wie sehr sie ihnen wohl gefehlt hatte.

Edward, der sich schon viel zu erwachsen fühlte, um sich noch von seiner Mutter drücken und abküssen zu lassen, wehrte sich diesmal jedoch nicht gegen die Liebkosungen der Mutter. Es war eine lange Zeit gewesen, die sie von ihren Kindern getrennt war.

»Du warst so schrecklich lange fort, Mami«, sprach Victoria mit einem Schluchzen in der Stimme aus, was auch Edward dachte, jedoch nicht auszusprechen wagte, weil es sich für einen Mann ja nicht gehörte.

Sie strich Victoria über die Wange, während sie ihren linken Arm um die Hüfte ihres Sohnes gelegt hatte.

»Ja, da hast du völlig recht, mein Liebes. Mir ist es auch schrecklich lang vorgekommen«, versicherte sie, und sofort regte sich Schuldbewußtsein in ihr, weil es nicht ganz der Wahrheit entsprach. Wie glückselig war sie doch mit Mitchell gewesen. Es waren Tage wirklich wunschlosen Glückes gewesen, in denen sie kaum einmal an ihre Kinder gedacht hatte. Nichts anderes als ihr Glück, ihre Zärtlichkeit und Leidenschaft und ihr Beisammensein hatten sie beherrscht. Und jetzt schämte sie sich ihrer Selbstsucht, in der ihre Kinder keinen Platz gefunden hatten.

»Warum hast du uns denn vorher nichts davon gesagt? Du wolltest doch schnell wieder zurückkommen? Ich mag es nicht,

wenn du so lange weg bist, Mami«, schluchzte Victoria und drückte ihr tränenfeuchtes Gesicht an die Brust ihrer Mutter.
»Ich wußte vorher nicht, daß ich so lange würde wegbleiben müssen, mein Kind. Es war etwas ganz Dringendes. Aber ich verspreche euch, daß ich euch nie wieder für so lange Zeit allein lassen werde«, sagte Jessica, fuhr ihr zärtlich durchs lockige Haar.
»Warst du mit Captain Rourke auf der COMET unterwegs?« wollte Edward wissen.
»Ja, und wir sind in einen Sturm gekommen, stell dir vor.«
Edward löste sich aus ihrer Umarmung. Er wollte nicht vor Jeremy Baker und Tim Jenkins wie ein Muttersöhnchen erscheinen, das sich an ihrem Rock ausweinte. »In einen Sturm! Captain Rourke kennt sich ja mit Stürmen aus. Das weiß ich. Er hat es mir selber gesagt. Aber du hast noch gar nicht gesagt, wo du so lange gewesen bist.«
Jessica blickte unwillkürlich zu Ian McIntosh hoch, auf dessen Gesicht sie ein Schmunzeln entdeckte. »Wir sind nach... Lexington gesegelt«, erfand sie schnell einen Namen, »ich zeig's dir auf der Karte, wenn Captain Patrick uns wieder besuchen kommt.«
Sein Interesse, was die Reise seiner Mutter anging, war damit fürs erste befriedigt.
Jessica richtete sich auf, hielt aber noch Victorias Hand, während sie mit den Umstehenden ein paar freundliche Worte tauschte.
»Na, so schön es ist, daß die gnädige Frau wieder zurück ist, aber die Arbeit erledigt sich deshalb nicht von selbst«, sagte Lisa Reed und gab somit den Anstoß dazu, daß sich die kleine Ansammlung auflöste und sich jeder wieder an seinen Arbeitsplatz begab.
Victoria ging mit Anne und Lisa Reed ins Haus. Jessica hatte die Köchin gebeten, frischen Tee aufzugießen und ihn mit ih-

rem köstlichen Nußgebäck auf der vorderen, dem Fluß zugewandten Veranda zu servieren. Nach einer so langen Fahrt, die einen doch recht durchrüttelte, verspürte sie nie das Verlangen nach Essen. Der Appetit würde sich erst später einstellen. Jessica lächelte.
Sie war wieder zu Hause.

18

Mitchell saß am Rand des Baches auf einem flachen Felsen, der aus dem dunklen Erdreich herausragte. In seinem Schoß lag das Skizzenbuch, das nun schon zu zwei Dritteln mit den unterschiedlichsten Zeichnungen gefüllt war.
Diesmal galt sein Interesse einem langbeinigen Wasserskorpion. Vorsichtig, sichtlich zögernd und immer wieder innehaltend war dieses faszinierende Geschöpf im gemächlich dahinfließenden Bach unter einer dunkelgrünen, buschigen Pflanze hervorgekrochen, die in Ufernähe aus dem sandigen Bett des klaren Wasserlaufs emporragte und sich mit der Strömung neigte. Ganz langsam bewegte es sich auf zwei hühnereigroße, marmorierte Kiesel zu, die eine Handspanne von ihm entfernt im Bachsand lagen.
Mitchell war so sehr in die Beobachtung des Wasserskorpions vertieft, der anders als seine gefährlichen Artgenossen an Land über keinen Stachel verfügte, daß er es gar nicht bemerkte, wie jemand hinter ihm durch das Unterholz rannte und durch die Büsche brach.
Deshalb fuhr er erschrocken zusammen, als etwas Schweres rechts von ihm zu Boden fiel, begleitet vom Krachen trockener Äste, und er Sarahs Stimme direkt hinter sich vernahm.
»Mitchell!... Mitchell! Gott sei Dank!... Sie leben noch!«
Das Skizzenbuch wäre ihm fast entglitten und in den Bach gefallen, als er herumfuhr. Sarah stand hinter einem Gebüsch und atmete heftig. Sie mußte sehr schnell gerannt sein.
»Um Himmels willen, mußt du mich denn so erschrecken,

Sarah?« rief er und legte die rechte Hand unwillkürlich auf die Herzgegend, um seinen Schrecken zu verdeutlichen. »Ich freue mich ja, daß du Zeit gefunden hast und mir wieder Modell für dein Porträt sitzen kannst, aber bitte sei das nächstemal doch so rücksichtsvoll, einen alten Mann wie mich nicht so zu erschrecken.«
»Es... tut... mir... leid«, antwortete sie stoßweise, während sie nach Atem rang. »Ich... wollte... Sie nicht... erschrekken, Mitchell.«
»Na, ist ja schon gut. Ich hab's ja noch einmal überlebt«, sagte er vergnügt. »Komm, setz dich zu mir. Das Licht ist hier zwar nicht so gut wie auf der Lichtung bei den drei verkohlten Fichten, aber ich muß ja nur noch...« Er brach ab, weil sie noch immer hinter dem Gebüsch verharrte. »Was ist mit dir, Sarah? Warum kommst du nicht hinter dem Busch da hervor?« Er lachte, weil er meinte, den Grund ihres Verharrens erkannt zu haben. »Ich bin dir wirklich nicht böse. Das war doch nur ein kleiner Scherz. Also komm schon.«
»Mitchell!« Ihre Stimme war ein Flüstern, doch in diesem Flüstern lag Verzweiflung und Angst.
Ein Gefühl von dunkler Gefahr erfaßte ihn. »Um Gottes willen, ist etwas passiert, Sarah?« stieß er hervor, trat zu ihr auf die andere Seite des mannshohen Gebüsches – und blieb so abrupt stehen, als sei er gegen eine unsichtbare Mauer gerannt. Er sah Sarahs Zustand.
Der Schock, der ihn durchzuckte, war wie ein jäher scharfer Schmerz – als hätte ihm jemand plötzlich einen scharfen Dolch in die Brust gebohrt. Im ersten Moment glaubte er, seinen Augen nicht trauen zu können. Was sie sahen, *durfte* einfach nicht wahr sein. Doch seine Sinne täuschten ihn nicht.
»Sarah!« stieß er mit ungläubigem Entsetzen hervor. »O mein Gott!... Wer war das?«
Ein breiter blutroter Streifen zog sich quer über ihr Gesicht. Er

verlief von ihrem rechten Ohr über Wange und Mund, setzte sich auf der linken Wange fort und lief am Hals entlang. Der geschlossene Kragen ihres besseren Kleides, das sie trug, verbarg, wie weit dieser Streifen sich noch fortsetzte. Ein Schlag mußte ihr linkes Auge getroffen haben, denn es war unter den aufgequollenen Lidern kaum noch zu sehen. Stark geschwollen war auch ihr Mund, und die Oberlippe war aufgeplatzt. Sie bot einen erschreckenden, erschütternden Anblick.

»Wer hat das getan!... Sag mir, wer das getan hat, Sarah!« Er ergriff ihre Hände und drückte sie. »Sarah! Welcher Hundesohn hat dich so zugerichtet?... War es dein Vater?« Mitchell hatte seine Stimme kaum noch unter Kontrolle.

»Ja, es war... mein... mein Vater«, sagte sie stockend. »Aber das ist jetzt nicht wichtig...«

»Nicht wichtig?« fiel er ihr mit wilder Wut ins Wort, und Übelkeit stieg in ihm auf, als er daran dachte, was sie mitgemacht und welche Schmerzen sie haben mußte. Sie zeigte sie nicht, aber dieses zerschundene Gesicht mußte höllisch schmerzen. Ihm schossen Tränen des Zorns und des Mitgefühls in die Augen. »Dein Vater schlägt dich wie einen Hund, und du sagst, es ist nicht so wichtig?«

»Ich weiß, mein Vater hatte nie ein freundliches Wort für Sie. Sie waren ihm von Anfang an eine Last...«

»O ja, das hat er mich jeden Tag spüren lassen«, sagte er mit Bitterkeit und Wut. »Aber ich habe es hingenommen, weil ich kein Recht hatte, mehr zu verlangen – und weil deine Warmherzigkeit seine Unfreundlichkeit mehr als wettgemacht hat. Ich habe es als sein Gast auch hingenommen, daß er dich über Gebühr geknechtet und dir nie die Anerkennung gezollt hat, die du für deine Arbeit verdient hättest. In der Lage, in der ich mich befinde, steht es mir nicht zu, seine Umgangsformen und die Art, wie er mit dir umspringt, zu kritisieren. Doch daß er dich so zurichtet, das werde ich nicht zulassen!«

»Mein Vater ist kein schlechter Mensch«, fuhr sie unbeirrt fort. »Er hat sich nur vergessen, als er mich schlug.«
»Das ist keine Entschuldigung, Sarah!«
»Ja, vielleicht... ich weiß es nicht... Ich weiß nur, daß all das jetzt wirklich nicht wichtig ist«, beharrte sie. »Sie müssen so schnell wie möglich fort von hier, Mitchell, und sich verstekken, damit man Sie nicht findet!«
»Verstecken? Vor wem?« fragte er verstört.
»Vor den Soldaten!« log Sarah.
Mitchell erschrak. »Hat dein Vater sie geholt?«
»Nein, verraten hat er Sie nicht!« beteuerte sie. »Das weiß ich ganz genau. Er war so erschrocken wie ich, als die Männer plötzlich bei uns auftauchten. Ich war glücklicherweise gerade im Haus, bin in Ihr Zimmer gerannt und habe schnell Ihre Sachen in der Vorratskammer versteckt. Die Rotröcke durchsuchten später das Haus, konnten aber nichts Verdächtiges finden. Dann sind sie wieder abgezogen.«
»Sie haben nach mir gesucht?«
»Nein, sie suchten zwei entlaufene Sträflinge, die sich in dieser Gegend herumtreiben sollen. Aber das ist fast genauso schlimm, als wenn sie wüßten, daß Sie sich bei uns versteckt haben. Vater meint, wir müßten nun stündlich damit rechnen, daß die Patrouille wieder bei uns auftaucht. Deshalb können Sie auch nicht länger bei uns bleiben. Sie sind da nicht mehr sicher. Es ist nur gut, daß Sie nicht in der Nähe der Heimstatt waren, sonst wären Sie ihnen noch in die Arme gelaufen. Gott sei Dank, daß ich Sie gefunden habe und noch warnen kann!«
Sarah sprudelte die Worte so hastig hervor, um ihm keine Zeit zum Überlegen zu lassen. Sie wußte, daß ihre Geschichte einige schwache, unglaubhafte Stellen hatte. Aber in der kurzen Zeit war ihr einfach nichts Besseres eingefallen.
Als sie aus der Bewußtlosigkeit erwacht war, hatte sie sich in ihrer Schlafkammer auf der Pritsche wiedergefunden, zuge-

deckt mit einer kratzigen Wolldecke. Ihr Körper war mit Striemen überzogen und schmerzte, als hätte ihr Vater sie nicht mit dem Ledergürtel geschlagen, sondern ihr glühende Eisen in die Haut gebrannt. Nur die schreckliche Angst um Mitchell Hamilton hatte ihr die Kraft gegeben, aufzustehen, sich anzuziehen, einige Sachen zusammenzupacken und sich auf die Suche nach ihm zu machen. Sie mußte ihn vor ihrem Vater finden, wenn sie verhindern wollte, daß ihr Vater den Vater ihres Kindes tötete. Denn er hatte die Flinte mitgenommen, nachdem er sie ins Haus getragen und sich auf die Suche nach ihm gemacht hatte!
»Die verdammten Rotröcke! Können sie einen denn nicht einmal an einem so gottverlassenen Ort, wie es eure Heimstatt ist, in Ruhe lassen?« begehrte er in ohnmächtigem Zorn auf und trat nach einem Stein.
»Ich weiß, es ist ein schwacher Trost, aber es hätte doch auch schlimmer kommen können«, versuchte sie ihn zu trösten. »Sie sind frei, und ich kenne ein Versteck, wo Sie sicher und im Trockenen sind.«
»Ach, Sarah, manchmal bin ich das Weglaufen leid«, sagte er deprimiert.
Sanft berührte sie ihn am Arm. »Sie dürfen nicht aufgeben, Mitchell. Irgendwann wird alles vorbei sein, und dann werden Sie darauf stolz sein, daß Sie durchgehalten haben. Sie tun es nicht allein für sich selbst, sondern auch für Ihre... Ihre Freunde. Auch ich möchte auf Sie stolz sein können.«
Gerührt sah er sie an, und ein Gefühl der Zärtlichkeit erfüllte ihn. Am liebsten hätte er sie in die Arme genommen, sie an sich gedrückt, ihr über das Haar gestrichen und seine Fingerspitzen sanft auf die schrecklichen Schwellungen und Platzwunden auf ihrem Gesicht gelegt. Sie erschien ihm so schutz- und liebebedürftig, gleichzeitig strömte sie aber auch eine Kraft und Zuversicht aus, die ihn immer wieder in Staunen versetzte – und ihm half, seine Niedergeschlagenheit zu überwinden.

»Wer dich zum Freund hat, kann sich glücklich schätzen, Sarah«, sagte er.
»Und Sie?« fragte sie leise.
»Ja, ich schätze mich glücklich«, sagte er ernst. »Ohne dich hätte ich es nicht ausgehalten, das weiß ich.«
Sie versuchte zu lächeln, doch sie brachte nur eine schmerzhafte Grimasse zustande. »Alles, was ich getan habe, habe ich von Herzen gern getan, wirklich alles«, versicherte sie und meinte damit mehr, als er verstehen konnte.
»Du hast mir noch nicht gesagt, warum dich dein Vater so brutal geschlagen hat. Und sag jetzt nicht wieder, das sei nicht wichtig. Ich will es wissen. Hast du dich wegen mir mit ihm angelegt? Es ist doch bestimmt kein Zufall, daß du nach mir gesucht hast und nicht er!«
»Nur ich kenne Ihre Lieblingsplätze, und ich würde sie ihm niemals verraten«, antwortete sie.
»Aber warum die Schläge?« fragte er eindringlich.
Sarah blickte zu Boden. »Es... es war wegen meiner Mutter. Ich hätte es nicht tun sollen.«
»*Was* hättest du nicht tun sollen?«
»Ihm Vorwürfe machen«, log Sarah, den Blick gesenkt, denn es wäre ihr schwergefallen, ihm bei dieser Lüge offen ins Gesicht zu blicken. »Als die Soldaten abgezogen waren, hatte er nämlich erst vor, Sie... einfach vor die Tür zu setzen und Ihrem Schicksal zu überlassen. Er wollte nichts mehr mit Ihnen zu tun haben.«
»Das sieht ihm ähnlich!« kommentierte er grimmig. »Und was geschah dann?«
Sarah schluckte. »Ich... ich hielt ihm vor, wie gemein so ein Verhalten wäre und daß er schon einmal schwere Schuld auf sich geladen hätte, weil er hartherzig gewesen war und seine Hilfe versagt hatte – nämlich meiner Mutter.«
»Was war mit deiner Mutter? Hast du soviel Vertrauen, mir von ihr zu erzählen?«

Einen Augenblick schien es, als wollte sie sich auch weiterhin in Schweigen hüllen, was das Schicksal ihrer verstorbenen Mutter betraf. Dann aber hob sie den Kopf und sagte: »Das Grab hinter dem Haus ist nicht das richtige Grab meiner Mutter. Sie liegt auf dem Kirchfriedhof von Kerrygate, einem kleinen Städtchen in der Grafschaft Devon. Dort bin ich geboren, und dort hatte mein Vater auch seine Töpferei, bevor seine Strenge und seine Eifersucht zu dem... dem Unglück führten.«

Mitchell fragte nicht nach, sondern wartete.

»Meine Mutter hatte ein weiches Herz und half in unserer kleinen Gemeinde, wo die Not am ärgsten war«, fuhr sie dann fort. »Vater hatte dafür wenig Verständnis. Jeder sei seines Glückes Schmied, sagte er immer, und wer sich nicht selber zu helfen wisse, der habe auch nichts anderes als Not verdient. Er war zwar ein regelmäßiger Kirchgänger, aber doch nur, weil man es von ihm erwartete. Zu Hause nahm er die Bibel nie zur Hand. Nein, von Nächstenliebe und Hilfe für Bedürftige hielt er nichts. Schon gar nicht, wenn meine Mutter sich dafür einsetzte. Er wollte, daß sie bei ihm in der Töpferei arbeitete, denn sie war sehr hübsch, und er war jedesmal ganz unruhig vor Eifersucht, wenn er sie außer Haus wußte. Und dann geschah die Sache mit jenem jungen Hilfslehrer, der seine Anstellung verloren hatte und zudem noch von einer schweren Krankheit niedergeworfen wurde. Meine Mutter brachte ihm regelmäßig Essen ins Haus. Vater tobte von Tag zu Tag mehr und warf ihr vor, sie würde diesen jungen Mann aus ganz anderen Gründen so häufig aufsuchen. Er unterstellte ihr häßliche Sachen, obwohl jedermann im Ort wußte, daß der arbeitslose Hilfslehrer von der Krankheit so geschwächt war, daß er kaum noch die Kraft hatte, den Löffel ohne fremde Hilfe zum Mund zu führen. Doch mein Vater wollte davon nichts hören. Er sah ganz und gar keine edlen Motive hinter dem Tun meiner Mutter, und er schlug sie immer häufiger...« Ihre Stimme zitterte leicht, und sie brach ab.

Mitfühlend legte Mitchell seine Hand auf ihren Arm. »Es muß schrecklich für dich gewesen sein.«
»Wir haben alle gelitten – mein Vater bestimmt nicht weniger als meine Mutter und ich, auch wenn er im Unrecht war. Denn er liebte meine Mutter ja wie nichts sonst auf der Welt und glaubte sich in seiner Liebe betrogen, was ja das Tragische für uns alle war. Und ich glaube nicht, daß irgend etwas mehr schmerzen kann als solch eine Liebe«, erwiderte sie mit einem Verständnis, das ihn beschämte.
»Ja, da magst du recht haben«, stimmte er ihr betroffen zu.
»Eines Abends, als Mutter wieder einmal von einem Krankenbesuch nach Hause kam, tobte mein Vater noch mehr als sonst«, fuhr Sarah mit ihrem bestürzenden Bericht fort. »In seiner blinden Eifersucht bezichtigte er sie der... Hurerei und des Ehebruchs. Als sie ihm darauf zornig widersprach, schlug er sie wie nie zuvor und prügelte sie förmlich aus dem Haus. Sie solle doch zu ihrem gebildeten Geliebten gehen, mit dem sie ihn betrüge, schrie er ihr nach. Ich weiß nicht, ob er glaubte, daß sie wirklich zu ihm gehen würde. Er nahm wohl viel eher an, sie würde für die Nacht bei einer Verwandten oder Bekannten Unterschlupf finden und am Morgen zu ihm zurückkehren. Doch sie ging nicht ins Dorf, sondern blieb vor der Tür sitzen. Vielleicht wollte sie nicht, daß jemand sie so sah, und hoffte, daß er kommen und sie wieder hereinlassen würde. Vielleicht konnte oder wollte sie auch einfach nicht. Niemand weiß, was sie veranlaßte, im Freien sitzen zu bleiben. Es war Mitte Februar und bitterkalt die Nacht. Am nächsten Morgen war sie tot. Erfroren. Ich fand sie. Sie sah ganz friedlich aus, wie sie so dasaß, den Kopf gegen den Türrahmen gelegt und den leeren Blick in den Himmel gerichtet. Doch sie war kalt wie Eis.«
Ein Schauer überlief ihn, als er sich das Bild vorzustellen versuchte, das sich ihr an jenem eisigen Februarmorgen dargebo-

ten hatte. Und es gab nichts, was er an Tröstendem hätte sagen können. Kein noch so tiefempfundenes Mitgefühl konnte da Trost schenken.

Sarah schloß die Augen, und für einen langen Augenblick standen sie schweigend am Ufer des Baches, der munter über die glattgewaschenen Steine plätscherte. Der Wasserskorpion war längst hinter den Kieseln verschwunden.

»Für meinen Vater war der Tod meiner Mutter das Ende in vielerlei Hinsicht. Er weiß, daß ihn an ihrem Tod die Hauptschuld trifft, auch wenn er sich weigert, davon anders als von einem Unglück zu sprechen. Wenn es ein Unglück war, dann war er es, der sie da hineingetrieben hat. Ja, er weiß es, und nichts kann das ändern. In Kerrygate gab es nicht einen, der ihn von dem Tag an noch gegrüßt, geschweige denn etwas von ihm gekauft hätte. Überall wurde er gemieden. Schließlich mußte er die Töpferei verkaufen, und wir zogen in eine andere Kleinstadt, die fast hundertfünfzig Meilen von Kerrygate entfernt ist. Doch kaum hatte er sich einen neuen Kundenstamm aufgebaut, als das Gerede begann. Ein fahrender Händler, der auch immer durch Kerrygate gekommen war, hatte ihn erkannt, und in Windeseile wußte die Nachbarschaft, wie meine Mutter zu Tode gekommen war. Fast fluchtartig verließ er die Stadt. Er versuchte noch zweimal, an einem anderen Ort einen neuen Anfang zu machen. Doch wohin wir auch gingen, der Tod meiner Mutter verfolgte uns. Vielleicht bildete er sich das auch nur ein. Jedenfalls kam er nirgends zur Ruhe. Er wurde immer verschlossener, wortkarger und auch strenger. Er suchte in der Bibel Trost und Kraft, aber ich fürchte, die Worte des HERRN geben ihm nur äußerlich Halt, erreichen jedoch nicht die Tiefen seines Herzens. Als er dann von der australischen Kolonie am Ende der Welt hörte, buchte er für uns auf dem nächsten Schiff eine Passage. Sieben Monate später legte es im Hafen von Hobart an. Doch dort wollte er nicht bleiben. Er suchte die Einsamkeit, und hier fand er sie.«

»Allerdings«, murmelte Mitchell bewegt.
»Über sechs Jahre sind seitdem vergangen, doch es könnten ebensogut sechzig Jahre oder auch nur ein Tag sein, denn es hat sich nichts geändert in der Zeit.« Trauer klang aus ihrer Stimme.
»Du kannst nicht bei ihm bleiben, Sarah. Du mußt dein eigenes Leben leben. Und das kannst du nur, wenn du die Trostlosigkeit und die Herzlosigkeit hinter dir läßt!« beschwor er sie. »Du mußt fort von ihm, auch wenn du ihn noch so gut verstehen kannst. Wer es fertigbringt, dich so zu schlagen, wie er es getan hat, dich, sein eigen Fleisch und Blut, der hat das Recht verloren, Gehorsam zu verlangen!«
Sie schaute verwirrt zu ihm auf, als erwachte sie aus einem Tagtraum. »Jaja, das mag sein. Doch was reden wir da von mir? Sie sind es, der in Gefahr ist«, sagte sie nun drängend. »Sie müssen sich beeilen, um schnellstens ein paar Meilen zwischen sich und die Töpferei meines Vaters zu bringen. Ich kenne ein gutes Versteck. Es ist unten an der Bucht.«
»Du warst damals nicht Kräuter sammeln, stimmt's? Du bist zur Bucht gekommen, um...«
Sie wich seinem prüfenden Blick aus. »Ich habe gesehen, wie der Wind die Segel des Schiffes füllte und mir gewünscht, es würde auch mich davontragen. Es war ein schöner Anblick.«
»Warum hast du das verschwiegen?«
»Warum hätte ich es Ihnen sagen sollen? Ich habe Ihnen nicht nachspioniert. Ich war schon oft dort. Es war mein Geheimnis. Immer wenn Vater seine Töpferwaren lieferte, lief ich durch den Wald zur Bucht und erkundete das Ufer, während ich mir vorzustellen versuchte, was wohl jenseits der Landzunge liegt und wie es wohl in New South Wales aussehen mag. Jetzt weiß ich viel mehr darüber, denn Sie haben mir ja immer wieder von Sydney und Parramatta, von Ihrer Farm und dem weiten Land am Fuße der Blue Mountains erzählt.«

»So«, sagte er, nicht ganz zufrieden mit ihrer Erklärung. »Und dort an der Bucht ist das Versteck?«

Sie nickte. »Wenn Sie aus dem Wald kommen, wenden Sie sich nach links. Folgen Sie dem Ufer etwa eine halbe Meile. Sie kommen dann zu einer Stelle, wo der Strand von großen Felsbrocken übersät ist.«

Er zog die Stirn kraus. »Ja, ich erinnere mich an diesen Uferabschnitt.«

»Direkt hinter dieser kleinen Felsbarriere mündet ein Bach wie dieser hier in der Bucht. Die Quelle, die den Bach speist, befindet sich nicht weit entfernt. Sie brauchen keine fünfzig Schritte zu gehen, dann stoßen Sie auf sie – und auf die Höhle, die rechts davon hinter hohen Farnen liegt. Sie führt gut sechs Schritte in den Hang hinein. Man kann in der Höhle aufrecht stehen, jedenfalls kann ich es, und trocken ist sie auch. Ich habe dort einmal Zuflucht gefunden, als ich von einem schweren Regenguß überrascht wurde«, erklärte sie.

»Nach der Kammer nun eine Erdhöhle«, murmelte er, doch er wollte nicht undankbar sein, deshalb fügte er schnell hinzu: »Danke, Sarah, du bist mir wirklich eine große Hilfe. Und du hast den Ort so gut beschrieben, daß ich ihn auch im Dunkeln finden würde.«

»Sie müssen jetzt gehen. Ich habe alles mitgebracht, was Sie brauchen.« Sie deutete auf den Jutesack, der hinter ihr im Gras lag. »Decken, Kerzen, ein paar von Ihren Büchern und was ich an warmer Kleidung finden konnte. Die Sachen zum Feuermachen habe ich in ein Wachspapier gewickelt und in eine der Decken eingerollt. Mit den Lebensmitteln kommen Sie notfalls bestimmt ein, zwei Wochen aus. Wissen Sie noch, wo ich Sie damals im Wald getroffen habe?«

»Ja.«

»Dort werde ich Nachrichten für Sie hinterlassen und Lebensmittel. Ich werde mich nachts aus dem Haus schleichen, wenn

der Mond scheint. Dann finde ich den Weg. Und wenn Sie meinen Vater sehen, dann halten Sie sich verborgen!« beschwor sie ihn. »Wenn Sie nicht wollen, daß er mich noch einmal schlägt, dann verstecken Sie sich vor ihm! Zeigen Sie sich keinem! Versprechen Sie mir das!«
»Ja, aber ich verstehe nicht...«
»Versprechen Sie es, Mitchell!« flehte sie ihn an.
»Also gut, ich verspreche es.«
Das reichte ihr noch nicht. »Sie müssen es bei allem, was Ihnen heilig ist, schwören!«
»Ich schwöre es!«
Sarah sah ihn mit feuchten Augen an. »Möge Gott seine schützende Hand über Sie halten!« flüsterte sie, berührte flüchtig sein Gesicht und lief davon. Augenblicke später hatte der Wald sie verschluckt.

19

Craig lud Jessicas Gepäck ab, das Frederick ins Haus trug, und lenkte die Kutsche dann zu den Stallungen hinüber. Aus den nahe gelegenen Werkstätten, Schuppen und Scheunen kamen die altvertrauten Geräusche von Geschäftigkeit, die verrieten, daß die Arbeit wieder ihren gewohnten Gang nahm.
Der Hof war bis auf ein paar Hühner und einen schläfrigen Hund, der mit der Schnauze zwischen den ausgestreckten Vorderpfoten im Schatten einer Regentonne lag, leer. Nur ihr Verwalter, Ian McIntosh, war bei Jessica geblieben. Er hatte sich während der allgemeinen fröhlich-lautstarken Begrüßung diskret im Hintergrund gehalten, wie das so seine Art war. Dabei freute er sich nicht weniger als irgendein anderer auf SEVEN HILLS, daß die langen Wochen ihrer Abwesenheit vorüber waren.
»Schön, daß Sie wieder zurück sind, Jessica. Ich hätte nicht gedacht, daß die Wochen sich so lange hinziehen können«, bemerkte er mit dem ihm eigenen trockenen Humor.
»Ach, Ian, ich weiß«, sagte sie lachend, während sie um das Haus herumgingen. »Ich wollte höchstens eine Woche wegbleiben, und jetzt sind daraus fast sechs Wochen geworden. Aber ich wußte die Farm bei Ihnen ja in guten Händen.«
Ein verhaltenes Lächeln zeigte sich auf seinem Gesicht. »Sagen Sie jetzt bloß nicht, Sie hätten mir endlich einmal Gelegenheit geben wollen, mir meinen Lohn als Verwalter auch richtig zu verdienen.«
»Ian! Wie können Sie mir nur so etwas unterstellen!?« gab sie

sich bestürzt. »Sie sind nicht mit Gold aufzuwiegen, und das wissen Sie!«

Er schmunzelte. »Bei Gelegenheit werde ich Sie daran erinnern«, erwiderte er trocken, doch in seinen blaßblauen Augen entdeckte sie ein warmherziges Lächeln, das seine wahren Empfindungen widerspiegelte.

Ian McIntosh war ein hochgewachsener, kräftig gebauter Mann mit einem offenen, sympathischen Gesicht. Seine blaßblauen Augen bildeten einen interessanten Kontrast zu seiner sonnengebräunten Haut und seinem gleichfalls dunklen Haar. Von seinen achtunddreißig Jahren hatte er über ein Drittel in Australien verbracht und war beim Aufbau von SEVEN HILLS von Anfang an mit dabeigewesen. Er hatte die Eukalyptusbäume und das verfilzte Dickicht aus Dornenbüschen und anderen Sträuchern gerodet, die die Kuppe des Hügels bedeckt hatten und die auch überall dort gewuchert hatten, wo sich nun Felder, Äcker und Weiden erstreckten.

Jessica verdankte diesem Mann, der schon der Freund ihres Mannes gewesen war, sehr viel. Ian war weitaus mehr für sie als nur ein fähiger Verwalter – nämlich ein Freund, dem sie blind vertraute. Er wäre finanziell schon längst in der Lage, sich eine Farm zu kaufen und sein eigener Herr zu sein. Doch er war nach Steve Bradings Tod auf SEVEN HILLS geblieben, hatte ihr mit moralischem und tatkräftigem Beistand über jene schwere Zeit hinweggeholfen und sie vor schwerwiegenden Fehlern bewahrt. SEVEN HILLS ohne Ian McIntosh, dem sie ebensoviel Respekt wie Zuneigung entgegenbrachte, konnte sie sich gar nicht vorstellen.

»Es gibt Dinge, an die Sie mich nicht zu erinnern brauchen, Ian«, erwiderte Jessica schmunzelnd und setzte sich auf der überdachten Veranda in einen der Korbstühle. Ungehindert ging ihr Blick zum Hawkesbury hinüber, der in seinem breiten, gewundenen Bett rasch dahinfloß. Einige ufernahe Bäume standen schon im Wasser und verrieten, daß die Regengüsse der vergangenen Wochen sich spürbar auf den Wasserstand des Flusses ausgewirkt hatten.

Ian nahm ihr gegenüber Platz und folgte ihrem Blick. »Bisher haben wir Glück gehabt. In den letzten beiden Wochen ist er nur um vier Fuß gestiegen«, sagte er.

»Vier Fuß nur?«

Er nickte. »Wir hatten ein paar schwere Gewitter und Regenfälle, aber zwischendurch auch immer wieder ein paar herrliche Tage so wie heute. Wenn das so bleibt, brauchen wir uns dieses Jahr wegen Überschwemmungen keine Sorgen zu machen.«

»Erst wenn wieder Sommer ist und wir uns nichts lieber wünschen als einen Regenguß, wissen wir mit absoluter Sicherheit, daß wir uns keine Sorgen mehr wegen Überschwemmungen zu machen brauchen«, sagte Jessica.

Ian verzog das Gesicht zu einer Grimasse der Zustimmung. »Ja, und dann haben wir wieder genug andere Sorgen. Ein verrücktes Land. Ein Land der Extreme; es kennt einfach kein gleichbleibendes Mittelmaß.«

»Ich glaube nicht, daß Sie sich das wirklich wünschen, Ian. Sie möchten es doch gar nicht anders haben. Ein Hof in Devonshire oder Kent, und wäre es ein noch so stattliches Anwesen, würde Sie doch zu Tode langweilen.«

Er lächelte. »Sie haben recht, Jessica. Es ist erstaunlich, wie gut Sie mich kennen. Sie scheinen bis auf den Grund meiner Seele zu schauen.«

»Na, ganz so tief reicht mein Blick nun doch nicht«, wehrte sie ab.

»Ich weiß nicht, ob ich mich deshalb glücklich schätzen soll oder nicht.«

»Das kommt ganz darauf an, was sich dort auf dem Grund Ihrer Seele verbirgt«, scherzte sie.

»Sie würden erstaunt sein, Jessica.«

»In diesem Land kommt man eben nie aus dem Staunen heraus, Ian«, gab sie schlagfertig zurück.
»Was ich aber nicht allein auf die Natur beschränkt wissen möchte«, neckte er sie.
Lisa Reed trat auf die Veranda und brachte Tee sowie eine Schale mit Nußgebäck. Sie goß ihnen ein, zog sich dann aber schnell wieder zurück, ohne Jessica ein Gespräch über das Abendessen, das sie zur Feier des Tages zu kochen gedachte, oder den neuesten Küchenklatsch aufzudrängen, wie sie es früher so oft getan hatte. Sie hatte gelernt, daß Jessica dann sehr ungehalten reagieren konnte, weil sie anderes im Kopf hatte und sich als erstes mit Mister McIntosh besprechen wollte, wenn sie von einer Reise nach Sydney zurückkehrte.
»Wie geht es Mister Hamilton?« fragte Ian, als die Tür hinter der Köchin zufiel.
»Recht gut«, sagte sie und fügte dann einschränkend hinzu: »Den Umständen entsprechend.«
»Ist er anständig untergebracht?«
Jessica zögerte. »Große Ansprüche kann man in so einer Situation ja nicht stellen. Jedenfalls ist er da, wo er untergekommen ist, sicher. Davon ist Captain Rourke überzeugt, und auf sein Urteil ist Verlaß.«
Ian hob die Augenbrauen. Ihm war der betrübte Unterton in ihrer Stimme nicht entgangen. »Das klingt aber nicht so, als ginge es ihm wirklich gut – einmal davon abgesehen, daß er vor Lieutenant Forbes sicher ist.«
Der fröhliche Ausdruck verschwand von ihrem Gesicht. »Er hat nicht viel darüber gesprochen, aber ich hab' dennoch den Eindruck gewonnen, daß er alles andere als glücklich ist bei dem Mann, der ihm Unterschlupf gewährt hat. Und natürlich fehlt ihm Mirra Booka und...« Sie brach ab, und eine leichte Röte stieg ihr in die Wangen, als ihr bewußt wurde, daß sie beinahe sich selbst mit aufgezählt hätte.

»Erst wenn man sie verloren hat, lernt man zu schätzen, was Freiheit ist. Manchmal ist der vorübergehende Verlust der Freiheit sogar recht heilsam. Manch einer hat hinterher das Leben und das, was seinen wahren Wert ausmacht, mit ganz anderen Augen gesehen«, sinnierte Ian und trank von seinem Tee. Er selbst hatte jahrelang Gelegenheit gehabt, sich über das Glück der Freiheit und das Elend der Gefangenschaft Gedanken zu machen. Die Sträflingsjahre hatten ihn verändert. Unfreiheit hinterließ bei jedem seine nachhaltigen Spuren. Bei einigen waren es Veränderungen zum Vorteil der Person, bei anderen gerieten sie zum Nachteil. Welche Veränderungen würden es wohl bei Mitchell Hamilton sein?

Sie schwiegen einen Augenblick, tranken von ihrem Tee und blickten zum Hawkesbury hinüber, dessen glitzerndes Band sich im Südosten zwischen den Hügeln verlor.

»Er ist gesund und in Sicherheit, was das Wichtigste ist. Die Rebellen werden sich nicht ewig an der Macht halten können. Und irgendwie wird es mir schon gelingen, Kenneth zur Vernunft zu bringen!« sagte sie dann mit energischem Tonfall, der einen Schlußpunkt unter dieses Thema setzte. »Erzählen Sie, was sich in den Wochen alles auf SEVEN HILLS ereignet hat, Ian.«

»Nun, wir haben den letzten Teil der Ernte noch trocken eingebracht, bevor die ersten schweren Regenfälle niedergingen. So voll wie in diesem Jahr waren unsere Speicher noch nie«, begann Ian McIntosh und ging mit ihr die verschiedenen wirtschaftlichen Bereiche durch, in die eine so große Farm wie SEVEN HILLS unterteilt war.

Da gab es die Landwirtschaft mit ihren Äckern und Kornfeldern, den Obstgärten, die sich in den letzten Jahren immer mehr zu kleinen, aber doch schon gewinnträchtigen Plantagen entwickelt hatten. Das Milchvieh und die Mastzucht von Rindern und Schweinen war ein anderer wichtiger Faktor der Bewirtschaftung. Dazu kam das Geflügel, das jedoch keine große Rolle spielte und gerade den Eigenbedarf deckte. Besonderes Gewicht hatten dagegen die Reit- und Zugpferde, weil Pferde in der Kolonie noch immer ein Luxus waren und daher sehr hoch im Preis standen, sowie das halbe Dutzend Ochsen. Einen kleinen Gewinn warfen auch die farmeigenen Werkstätten ab. Ian konnte stolz darauf verweisen, daß ihre Sattlerei in einem so guten Ruf stand, daß die Aufträge, die von anderen Farmen kamen, fast schon reichten, um Len Pike, den dürren Sattler, in Brot und Arbeit zu halten. Und Joshua Chowning, der blinde Faßbinder, den Jessica auf die Farm geholt hatte, um seine Tochter Ruth besser vor seiner Tyrannei und Frauenfeindlichkeit schützen zu können, hatte sich mittlerweile so gut eingelebt, daß er einen recht beachtlichen Überschuß an Fässern jeder Größe produzierte, für die sich immer Abnehmer fanden.

So wichtig all diese verschiedenen Bereiche für sich genommen auch waren, so kam ihnen dennoch nur untergeordnete Bedeutung zu, wenn es um die Haupteinnahmequelle von Seven Hills ging – und das waren die Schafe. Die großen Schafherden, die auf den vielen Außenweiden verteilt waren und die in die Tausende gingen. Das weiße, flauschige Gold dieser Tiere bildete das wirtschaftliche Rückgrat von Seven Hills. Trotz der sengendheißen Sommermonate hatten sich die Verluste an Lämmern und Muttertieren in erträglichen Grenzen gehalten. Und jetzt galt es, die Herden gut durch die Regenperiode und den Winter zu bringen.

Mit den Schafen stand es zum besten, wie Ian versicherte. »Eigentlich steht es dieses Jahr mit allem zum besten, so daß man fast schon mißtrauisch werden könnte«, schloß er seinen Bericht. »Manchmal habe ich das dumpfe Gefühl, daß wir dieses Jahr so viel Glück gehabt haben, daß uns die eine oder andere bittere Überraschung einfach noch ins Haus stehen *muß*.«

»Seien Sie doch nicht immer so skeptisch, wenn Fortuna mal

ihre Hand über Seven Hills hält«, sagte sie gut aufgelegt und voller Optimismus. »Und so einfach in den Schoß gefallen ist uns die gute Ernte und der prächtige Viehbestand doch wahrlich nicht. Wir haben hart dafür gearbeitet. Also freuen wir uns an den Früchten der Arbeit. Außerdem brauche ich ein gewinnbringendes Seven Hills jetzt dringender denn je.«
Ian musterte sie mit leicht gerunzelter Stirn. »Ihr munterer Tonfall und das fröhliche Funkeln Ihrer Augen wecken in mir den Verdacht, daß Sie sich mal wieder in irgendein geschäftliches Abenteuer eingelassen haben. Sagen Sie bloß, es ist Ihnen wirklich gelungen, in Sydney jemanden zu finden, der genug vom Weinanbau versteht, um Ihnen dabei zu helfen, auf Seven Hills auch noch einen Weinberg anzulegen.«
Jessica schaute ihn vergnügt an. »Nein, damit hatte ich leider keinen Erfolg«, gab sie zu. »Aber das bedeutet noch lange nicht, daß ich diese Sache nicht weiterverfolgen werde. Ich bin sicher, daß wir bei dieser Sonne und dem fruchtbaren Boden, den wir haben, eine wirklich gute Traubenernte erzielen könnten – und später einen dementsprechend guten Wein, sofern es mir nur gelingt, einen Experten aufzutreiben und zu verpflichten. Nun, das hat vorerst noch Zeit.«
»Also gut, das Experiment Weinberg haben Sie erst einmal verschoben. Jetzt bin ich nur gespannt, in welches andere Abenteuer Sie sich gestürzt haben. Heraus mit der Sprache!« forderte Ian sie auf, gespannt ob der Neuigkeiten, die sie ihm mitzuteilen hatte.
Sie lachte. »Oh, ein Abenteuer würde ich es nicht nennen, Ian«, sprudelte sie hervor. »Höchstens eine günstige Gelegenheit beim Schopf gepackt, denn so ein Walfänger segelt einem nicht alle Tage so preisgünstig vor die Nase. Und die Sache mit dem Geschäft hat Hand und Fuß, das können Sie mir glauben! Sogar Mister Hutchinson hat mir zugeredet, und dabei ist er doch immer so vorsichtig und mißtrauisch wie ein alter Fuchs,

der längst nicht jede offene Tür zum Hühnerstall für einen glücklichen Zufall hält. Der Anwalt sieht gewöhnlich hinter jeder günstigen Gelegenheit zuerst einmal die gespannte Schrotflinte eines Hinterhalts.«
Ian lehnte sich mit einer Bewegung des Erschreckens nach hinten zurück, während er beide Arme hob, als wollte er ihrem Redestrom ebenso Einhalt gebieten wie ihrer Unternehmungslust.
»Heilige Mutter Maria! Sie haben einen Walfänger gekauft?« rief er mit einer Mischung aus Bestürzung und Belustigung.
Sie fand seinen unschlüssigen Gesichtsausdruck überaus erheiternd. »Zu einem ganzen hat es nicht gereicht, Ian, und so habe ich mich eben mit einem Fünftel an der Pacific zufriedengegeben«, sagte sie und tat so, als hätte sie leichthin noch einmal so viele Anteile, ja das ganze Schiff erstanden, wenn man es ihr nur angeboten hätte. »Es ist ein prächtiges Schiff.«
Er stöhnte auf. »Und was hat Sie diese Beteiligung gekostet, wenn ich so indiskret fragen darf?«
»Das hätte ich Ihnen auch gesagt, wenn Sie weniger indiskret gefragt hätten: Zweitausend Pfund!«
»Nur zweitausend Pfund? Ist der Kahn schon so von Würmern zerfressen?«
»Für wen halten Sie mich, Ian, daß ich mein Geld in ein morsches Schiff investiere!« gab sie sich scherzhaft empört, und berichtete ihm dann, um was für ein Schiff es sich handelte, wie es zu dieser Beteiligung gekommen war und welche Hintergründe das Geschäft hatte.
»Nun, das beruhigt mich natürlich«, sagte er, als er erfuhr, zu welchem Preis die Pacific erst vor kurzem vom Kiel gelaufen war und daß William Hutchinson selbst all sein Erspartes in den Walfänger investiert hatte. »Sie scheinen eine Schwäche für Schiffe zu haben – und den rechten Geschmack zu entwickeln. Erst waren Sie mit einer Beteiligung an einem soliden,

aber nicht gerade stattlichen Schoner zufrieden, und jetzt muß es schon ein ausgewachsener Dreimaster von einem Walfänger sein. Was ist als nächstes dran? Ein China-Clipper?«
»Sie übertreiben. Es war, wie gesagt, einfach eine zu günstige Offerte, als daß ich sie hätte ablehnen können. Und ich halte an der Pacific ja auch keine fünfzig Prozent wie an der Comet, sondern nur zwanzig.«
Er schaute sie kopfschüttelnd, aber doch mit einem Lächeln auf den Lippen an. »Ich sollte Sie nicht mehr nach Sydney fahren lassen. Die Reisen werden allmählich ein wenig zu kostspielig, und Ihre vielen Unternehmungen machen mich langsam unruhig«, übertrieb er. »Aber erzählen Sie erst einmal weiter. Was ist mit dem Geschäft? Haben Sie es etwa verkauft?«
Sie lachte ihn an. »Nein, genau das Gegenteil. Das Geschäft wird bald dreimal, vielleicht sogar viermal so groß sein wie jetzt! Ich habe das Nachbargrundstück gekauft, eine gewisse Constance Marlowe, die Mister Pickwick wohl über kurz oder lang zu seiner Frau machen möchte, als zusätzliche Verkäuferin eingestellt, Mister Pickwick gebeten, nach einer weiteren fähigen Kraft Ausschau zu halten und Mister Hutchinson beauftragt, mir einen fähigen Baumeister zu besorgen, der mir an der Stelle der alten Kerzenzieherei, die abzureißen ist, ein eindrucksvolles Geschäftshaus für das neue Brading's errichtet. Na, wie finden Sie das?«
Er atmete tief durch und sah sie einen Moment lang an, als wüßte er nicht, was er dazu sagen sollte. »Mutig, ganz einfach mutig«, antwortete er ihr dann. »Ich bewundere Ihren Mut, Jessica. Ich weiß nur nicht, ob es klug von Ihnen war.«
»Aber Ian! Haben Steve und Sie etwa danach gefragt, ob es damals klug schien, hier am Hawkesbury zu siedeln?« hielt sie ihm leidenschaftlich vor. »Hat man Ihnen nicht prophezeit, die Eingeborenen würden Sie töten, falls Sie nicht vorher durch Buschbrände und Überschwemmungen umkommen würden?

Eine Farm so weit draußen im Busch zu bauen, das hat man damals für undurchführbar gehalten. Für einen sicheren Verlust von Geld *und* Leben! Und was haben Sie und Steve getan? Sie haben sich einen Dreck darum geschert und echten Pioniergeist bewiesen. Ich tue dasselbe, nur auf einem anderen Gebiet. Die Kolonie wächst – und damit auch der Bedarf an guten Geschäften mit einem reichen Warenangebot, wie wir es aus den Städten in England kennen! New South Wales ist längst mehr als nur ein dreckiger, übergroßer Gefängnishof am Ende der Welt, Ian. Wir entwickeln uns zu einer richtigen Kolonie, in der nicht mehr nur die bescheidenen Bedürfnisse der Deportierten der Maßstab im Handel sind. Nach zwanzig Jahren primitiver Lehmhütten und schäbiger Waren ist es an der Zeit, davon Abschied zu nehmen. In Sydney und Parramatta werden doch schon überall die elenden Lehmbaracken der Verwaltung und der Soldatenunterkünfte niedergerissen und durch neue und ansprechende Gebäude aus solidem Stein ersetzt. Wir Geschäftsinhaber können da nicht zurückstehen. Und wer die sich ändernden Wünsche der Kundschaft ignoriert, verliert letztendlich sein Geschäft. Glenn Pickwick hat mir dafür die Augen geöffnet. Und deshalb werde ich jetzt nicht auf halbem Weg stehenbleiben!«
»Gut gesprochen, Jessica. Ihre Begeisterung ist so mitreißend, daß ich meine Bedenken fast vergessen hätte. Zudem ich Ihrer Einschätzung der Entwicklung auch ohne Abstriche beipflichte. Nur ist das gar nicht der springende Punkt bei Ihrem geplanten Engagement«, erwiderte er mit nachdenklicher Bedachtsamkeit. »Ohne die genauen Zahlen zu kennen, kann ich Ihnen jetzt schon eines sagen: Die Beteiligung an der PACIFIC, der Geschäftsneubau und all die anderen notwendigen Investitionen werden so gut wie jeden Shilling verschlingen, den Sie in den letzten Jahren verdient und weggelegt haben.« Als ihr Verwalter und Vertrauter war er über ihre finanzielle Lage ge-

nau im Bilde. »Sie haben beachtliche Rücklagen, das ist richtig. Aber davon wird nicht mehr viel übrigbleiben, denn Ihre geplanten Ausgaben sind mindestens genauso groß. Ehe Gewinne zu erwarten sind, wird einige Zeit vergehen. Und in dieser Zeit werden Sie finanziell sehr entblößt und damit eben auch sehr gefährdet sein. Das ist es, was mir Unbehagen bereitet.«
»Gut, die Beteiligung an der Pacific ist eine längerfristige Angelegenheit und hat auch etwas von einer Spekulation an sich«, räumte Jessica bereitwillig ein. »Aber daß sich die Geschäftserweiterung auszahlen wird, daran zweifle ich nicht eine Sekunde.«
»Ich auch nicht, aber bis das neue Haus steht und die Waren aus England eingetroffen sind, werden gute anderthalb Jahre vergehen«, gab er zu bedenken. »Und in dieser Zeit sind Sie ohne finanzielle Reserven, Jessica. Da darf nichts Größeres schiefgehen.«
»Was soll schon schiefgehen? Haben Sie nicht eben selbst gesagt, daß sie Speicher noch nie so voll waren wie in diesem Jahr? Wir werden den Winter über gute Geschäfte machen. Sie werden schon sehen, wie schnell ich wieder zu Geld komme. Und notfalls werde ich Sie um Ihre Ersparnisse angehen«, scherzte Jessica.
Er seufzte mit einem Anflug von Resignation. Sie hatte ihre Entscheidung getroffen, und er kannte sie gut genug, um noch die Hoffnung zu hegen, sie zu einer gemäßigteren Gangart bewegen zu können. »Na, vielleicht sehe ich die Angelegenheit wirklich zu kritisch«, sagte er, doch es klang ganz und gar nicht so, als würde er seine Warnungen für übertriebene oder gar grundlose Skepsis halten.
Jessica war ihm deshalb aber nicht böse. Sprühende Begeisterung war nie seine Art gewesen. Bei ihm dauerte es immer einige Zeit, bis er sich mit etwas Neuem angefreundet hatte, zu-

mal wenn es sich um Investitionen handelte, die nichts mit Seven Hills zu tun hatten.
»Ganz sicher tun Sie das, aber das ist ja auch Ihr gutes Recht«, sagte sie munter. »Und nun erzählen Sie mir, was es mit der Überraschung auf sich hat, die Sie mir am Tag meiner Abreise nach Sydney vorenthalten haben.«
Ian paßte es nicht, daß sie so schnell das Thema wechselte. Er hätte ihre Aufforderung am liebsten ignoriert und ihr seine Bedenken noch einmal ausführlich und mit noch mehr Nachdruck dargelegt. Doch es siegte bei ihm die Einsicht, daß nicht einmal er soviel Einfluß auf Jessica ausübte, um in ihr einen Entschluß ins Wanken zu bringen, den sie gerade mit soviel Begeisterung und Überzeugung vertreten hatte. Die Würfel waren bereits gefallen.
»Überraschung?« Er verzog das Gesicht zu einer leicht verdrossenen Miene. »Im Vergleich zu *Ihren* Überraschungen verblaßt alles andere zur Belanglosigkeit.«
»Jetzt schmollen Sie ja richtig, Ian!« sagte sie mit ungebrochener Fröhlichkeit und schenkte ihm ein entwaffnendes Lächeln. »Das kenne ich ja gar nicht an Ihnen. Werden Sie jetzt nicht mehr mit mir reden, bis ich Ihnen verspreche, nie wieder etwas zu unternehmen, das nicht Ihre Billigung findet?«
»Das sollte ich eigentlich mal versuchen«, brummte er.
»Ian, das halten Sie keine Stunde durch. Ich mache Ihnen ein Zugeständnis und verspreche Ihnen, das mit dem Weinanbau vorerst zu vergessen.«
Ihr herzliches Lächeln war so anstebend, daß Ian die Waffen streckte. Der mißmutige Ausdruck verschwand von seinem Gesicht, und seine Züge hellten sich ein wenig auf. »Ja, aber nur, weil Sie keinen Penny mehr haben, den Sie auch noch in dieses Abenteuer stecken können«, sagte er und wünschte jetzt, sie hätte in Sydney einen Experten für Weinanbau gefunden. Denn dann hätten sie für nichts anderes mehr Interesse gehabt.

»Kommen Sie, seien Sie wieder so, wie Sie von Natur aus sind, Ian, nämlich ein freundlicher, optimistischer Mensch«, bat sie ihn und sah ihn mit einem unwiderstehlich bittenden Lächeln an. »Oder wollen Sie es wirklich auf Ihr Gewissen laden, daß ich mich tagsüber auf nichts mehr konzentrieren kann und nachts keinen Schlaf mehr finde, weil ich mir ununterbrochen das Gehirn zermartere, wie ich Ihr Wohlwollen wieder erringen kann, ohne mir selber untreu zu werden?«

Sein letzter, äußerlicher Widerstand schwand, und er konnte nun nicht umhin, ihr Lächeln zu erwidern. »Ich gebe auf, Jessica. Wenn es um die Sache geht, habe ich manchmal ja noch eine Chance, es mit Ihnen aufzunehmen und meine Vorstellungen durchzusetzen. Aber wenn Sie Ihren Charme einsetzen, dann bleibt mir nur die Kapitulation.«

»Nennen wir es besser einen ehrenvollen Waffenstillstand«, schlug sie augenzwinkernd vor.

Er schmunzelte. »Abgemacht.«

»Und nun kommen Sie endlich zu Ihrer Überraschung!« drängte sie.

Er griff zu seiner Teetasse, leerte sie und füllte erst ihre nach, bevor er sich eingoß. Dann erst rückte er mit seiner Überraschung heraus, von der er wußte, daß sie Jessica mit großer Freude erfüllen würde.

»Ruth hat sich verlobt.«

»Was? Ist das wirklich wahr? Unser kleines Aschenputtel hat einen Mann fürs Leben gefunden?« Jessica war regelrecht aus dem Häuschen.

»Ja, und wie es heißt, hatte sie sogar drei ernsthafte Bewerber.«

In der Kolonie, und da ganz besonders außerhalb der größeren Siedlungen, herrschte noch immer akuter Frauenmangel. In New South Wales kam auf vier Männer eine Frau. Deshalb fand jedes Mädchen, auch ohne besondere äußerlichen Vor-

züge, gewöhnlich mehr als einen Bewerber. Sie mußte nur jung, gesund, kräftig und vor allem willens sein, hart zu arbeiten. Einem Siedler war die Arbeitskraft seiner zukünftigen Frau viel wichtiger als ihr Aussehen. Natürlich durfte sie nicht so häßlich sein, daß der Wunsch, nicht nur die Mühsal auf dem Feld, sondern auch das Bett mit ihr zu teilen, nicht schon im Keim erstickt wurde.
»Und auf wen ist ihre Wahl gefallen?«
»Auf Lesley Drummond.«
»Den kraushaarigen Hitzkopf?« fragte sie überrascht.
Er zuckte die Achseln. »Ich war erst auch überrascht, daß sie sich ausgerechnet für ihn entschieden hat. Wirklich zufrieden bin ich mit ihrer Wahl nicht, wenn ich ehrlich sein soll.«
»Lesley Drummond. Mhm. An den Gedanken, daß sie ausgerechnet ihn heiraten will, muß auch ich mich erst gewöhnen«, räumte sie ein. »Aber ein schlechter Bursche ist Drummond nicht, auch wenn sein Temperament oft mit ihm durchgeht.«
»Er ist eben ein echter Ire und noch jung.«
»Aber er ist auch tüchtig und versteht etwas von der Landwirtschaft.«
»Richtig, aber ich hätte mir für Ruth einen anderen Mann gewünscht. Jemanden, der ausgeglichener ist.«
»Sie müssen zusammen glücklich werden, Ian. Und Ruth wird schon wissen, warum sie sich ausgerechnet für ihn entschieden hat.«
Er seufzte, als hegte er da seine Bedenken, die er jedoch lieber für sich behielt. »Sie wollen im nächsten Jahr im Januar heiraten, wenn er seine Strafe verbüßt hat, und sich dann um eine Landzuteilung bemühen. Ich muß sagen, daß ich beide sehr ungern und mit reichlich gemischten Gefühlen von Seven Hills gehen lasse.«
»Ach, sie werden sich schon zusammenraufen. Ich freue mich so sehr für Ruth. Sie hat es wirklich verdient.«

Er nickte. »Ja, das hat sie fürwahr. Und gerade deshalb hätte ich ihr einen charakterlich doch mehr gefestigten Mann gewünscht als Lesley Drummond, der sicher seine Vorzüge hat, aber eben auch einige gewichtige Nachteile.«

Sie sprachen noch eine Weile über Ruth, das harte Los, das sie bei ihrem tyrannischen, blinden Vater all die Jahre gehabt hatte, und ihre bevorstehende Hochzeit, die natürlich zu einem großen Ereignis auf Seven Hills werden würde.

Dann erinnerte sie sich an das, was Craig ihr in Parramatta im Gasthof beim Abendessen über Peter Rawley und Jack Mooshian berichtet hatte.

»Leider verhält es sich genau so, wie Craig es Ihnen erzählt hat«, bestätigte Ian McIntosh grimmig. »Peter Rawley hat wirklich eine penetrant aufdringliche Art, und die geht den Frauen hier auf Seven Hills allmählich auf die Nerven. Ich habe ihn schon gewarnt und ihm einige Extraarbeiten aufgebrummt, damit er demnächst die Hände bei sich behält, wenn er in die Nähe einer Frau kommt. Aber außer ein paar eher flüchtigen Berührungen hat er sich ja nichts weiter zuschulden kommen lassen, wie ich herausgefunden habe. Er ist zwar ein unangenehmer Zeitgenosse, den ich am liebsten gegen einen anderen eintauschen würde, wenn ich das könnte. Aber ich kann ihn ja schlecht in Eisen legen oder gar auspeitschen lassen, wie Craig das gerne sähe, nur weil er es nicht lassen kann, Anne und einigen anderen Anträge zu machen, auch wenn er das mit recht deftigen Worten tut.«

»Er soll zudem auch noch faul sein.«

»Er hat versucht, sich vor der Arbeit zu drücken. Aber das habe ich ihm schnell ausgetrieben«, versicherte Ian und lachte spöttisch auf. »Ein Wochenende von morgens bis abends in der Sägegrube hat völlig gereicht, um ihn von dem Irrglauben zu kurieren, er könnte sich auf Kosten der anderen drücken, wenn er einer Arbeit zugeteilt ist.«

»Und was ist mit Jack Mooshian?«
Ian verzog das Gesicht. »Der verträgt den verdammten Rum nicht, auf den die Leute ja leider als Teil ihrer Bezahlung bestehen, was ja schon schlimm genug ist. Aber er gehört ausgerechnet noch zu denjenigen, die den Rum heimlich verschneiden und daraus ein wirklich gefährliches Zeug machen. Und wenn er dann ein paar Becher davon getrunken hat, wird er gewalttätig zu seiner Frau.«
»Und was haben Sie dagegen unternommen?« wollte Jessica wissen.
Er schaute ärgerlich drein. »Bisher gar nichts.«
Sie sah ihn verständnislos an. »Gar nichts?«
»Mir sind die Hände gebunden, Jessica. Er hat natürlich alles abgestritten, wie ja auch nicht anders zu erwarten war. Aber leider hält Mary, seine Frau, trotz der Prügel, die sie immer wieder von ihm bezieht, zu ihm. Sie schwört nämlich, daß ihr Mann sie noch nie geschlagen hat. Auch wenn ihr Gesicht geschwollen und rot und blau verfärbt ist. Es ist ein schlechter Witz, aber das will sie sogar auf die Bibel schwören.«
»Craig behauptet, daß jeder weiß, wie oft Jack Mooshian seine Frau verprügelt!« hielt Jessica ihm ungehalten vor. »Und Craig würde so etwas nie sagen, wenn es nicht der Wahrheit entspräche.«
»Richtig, wir alle wissen, daß er lügt und seine Frau schlägt. Aber was soll ich tun, Jessica? Wo kein Kläger ist, ist auch kein Richter.«
Jessica schüttelte energisch den Kopf. »Die Frau hat Angst und sagt deshalb nicht die Wahrheit.«
»Wem erzählen Sie das?« fragte er bitter. »Natürlich sagt sie nicht die Wahrheit. Ich habe mindestens ein halbes dutzendmal mit ihr gesprochen. Ich habe wirklich alles versucht, um sie zum Reden zu bringen. Doch ohne jeden Erfolg. Sie bleibt stur bei ihrer Beteuerung. Und solange sie dabei bleibt, kann keiner

etwas unternehmen. Zumindest nicht offiziell und rechtlich. Wir bräuchten schon Zeugen, um ihm mal eine Kostprobe von dem verabreichen zu können, was er seiner Frau immer wieder antut. Aber Jack Mooshian prügelt seine Frau ja nicht in aller Öffentlichkeit, was unter diesen Umständen direkt zu bedauern ist.«

»Aber so kann das doch nicht bleiben, Ian!« entrüstete sie sich. »Allein die Vorstellung, daß so etwas auf SEVEN HILLS ungestraft passieren kann, macht mich rasend vor Wut. Wir müssen etwas dagegen unternehmen!«

Seine Mundwinkel verzogen sich zu einem schwachen Lächeln. »Es gäbe da schon eine Möglichkeit, um ihm eine Lektion zu erteilen, nach der er es sich zehnmal überlegen wird, ob er seine Frau noch einmal verprügelt.«

Jessica musterte ihn überrascht. »Das freut mich zu hören. Aber was immer es ist: Hätte es Ihnen denn nicht schon eher einfallen können, Ian?« fragte sie, mit einem leichten Vorwurf in der Stimme.

Sein Lächeln wurde um eine Spur breiter. »Es ist mir schon vor Wochen eingefallen, doch ich wollte die Entscheidung nicht über Ihren Kopf hinweg treffen. Ich weiß, wie verhaßt Ihnen jede Art körperlicher Züchtigung ist.«

Jessica sah ihn gespannt an. »Was schlagen Sie denn vor, Ian?« »Genau das, was Sie bestimmt schon längst vermuten.«

»Sie wollen ihn anständig verprügeln, ohne daß er weiß, wer ihn da zusammenschlägt«, sprach sie ihren Verdacht aus.

Er nickte ernst. »Ja, darin sehe ich die einzige Möglichkeit, ihm die gerechte Strafe zukommen zu lassen, die längst fällig ist. Mit gutem Zureden und Warnungen richtet man bei Burschen vom Schlage eines Jack Mooshian nichts aus. Reden ist für sie ein Zeichen von Schwäche. Sie verstehen nur eine einzige Sprache – und das ist die der Faust. Und sie lernen nur durch Schmerzen. Nur so können wir Mary helfen. Er muß wissen,

daß er sich das nicht länger erlauben kann, auch wenn er seine Frau derart eingeschüchtert hat, daß sie eher unter seinen Schlägen sterben als ihn bezichtigen würde.«
Jessica zögerte einen Augenblick. »Es muß sein, ja?« fragte sie schließlich knapp.
Er nickte stumm.
Sie atmete tief durch. »Gut, dann soll es so sein. Werden Sie das übernehmen?«
»Ich hätte wirklich große Lust, mich daran zu beteiligen«, gab er offen zu. »Aber das läßt sich wohl schlecht mit meiner Stellung auf SEVEN HILLS vereinbaren. Nein, Tim Jenkins wird sich darum kümmern. Er wartet nur darauf, daß ich ihm freie Hand lasse. Sie können versichert sein, daß sich mehr Freiwillige für diese nächtliche Strafaktion melden werden, als wir im Interesse von Jack Mooshians Leben zulassen können. Viele werden sich mit der Rolle des Zuschauers begnügen müssen.«
»In Gottes Namen, er soll seine Strafe erhalten, Ian, nicht aber gelyncht werden!« beschwor Jessica ihn.
»Für das, was er getan hat, wäre er von jedem halbwegs gerechten Gericht zu hundert Schlägen mit der Neunschwänzigen verurteilt worden. Aber ich werde Jenkins ermahnen, vergleichsweise milde mit ihm umzuspringen«, versprach Ian.
Noch in derselben Nacht wurde Jack Mooshian von mehr als einem Dutzend vermummter Gestalten aus seiner Unterkunft geholt. Die hundert Peitschenschläge, die seinen Leib zu einem rohen blutigen Stück Fleisch zerfetzt hätten, blieben ihm erspart. Doch ausgesprochen sanft ging man nicht mit ihm um. Sie fesselten ihm die Arme auf den Rücken, zwangen ihm einen Knebel zwischen die Zähne, der aus einem Stück Holz, das mit Schweinegalle bestrichen war, und einem hinter dem Kopf verknoteten Band bestand, und trieben ihn mit Stockschlägen vor sich her, den Hügel zum Fluß hinunter. Schon auf dem Weg dorthin ging er mehrmals zu Boden und erbrach sich.

Am Ufer des Hawkesbury angekommen, wurde er ins Wasser geworfen und so lange untergetaucht, bis er meinte, hundert Gallonen Wasser geschluckt und erst Bruchteile vor dem Erstickungstod wieder aus den Fluten aufgetaucht zu sein.
Damit war es noch nicht genug. Die mit Knüppeln bewaffneten Männer bildeten schließlich eine lange Gasse, weil sich niemand mit der Rolle des Zuschauers begnügen wollte, und Jack Mooshian mußte den Weg vom Fluß zurück zur Arbeitersiedlung auf dem Hügel spießrutenlaufend zurücklegen. Es war eine Gasse stockschwingender Männer, die kein Ende nahm. Denn die vermummten Gestalten stellten sich gleich wieder vorne an, sobald er an ihnen vorbeigetaumelt war.
»Rühr noch einmal deine Frau an, dann wirst du nicht so gnädig davonkommen wie heute!« riefen sie ihm immer wieder mit verstellten Stimmen zu.
Jack Mooshian schaffte das letzte Drittel des Weges nur auf allen vieren, vor Schmerzen sich krümmend und wimmernd. Doch keiner hatte mit ihm Erbarmen. Sie ließen erst von ihm ab, als er vor der Türschwelle seiner Lehmhütte zusammenbrach.
Zwei Tage später hatte Jessica einen Einfall, der auch Ians ungeteilte Zustimmung fand, und sie ließ Jack Mooshian und Peter Rawley zu sich rufen.
Jack Mooshian sah schrecklich aus. Er trug einen Verband um den Kopf, und sein Gesicht war noch immer völlig verschwollen. Ein wenig Mitleid rührte sich in ihr, als sie ihn gekrümmt vor sich stehen sah. Als sie aber an Mary dachte, die er schon oft so zugerichtet hatte wie Tim Jenkins und die anderen ihn jetzt, schwand dieses Mitgefühl.
»Du scheinst hier wenig Freunde zu haben, Jack«, kam Jessica gleich zur Sache, weil sie es schnell hinter sich bringen wollte.
»Feige Schweine!« stieß er undeutlich hervor.
Jessica ging nicht darauf ein. »Zwietracht unter meinen Leuten

dulde ich nicht. Es stört den Arbeitsablauf und kostet damit mein Geld!« gab sie sich strenger, als sie es in Wirklichkeit war.

»Die Mistkerle sind über *mich* hergefallen – nicht ich über sie!« zischte er haßerfüllt.

»Ich schätze, du wirst ihnen dazu schon den passenden Grund geliefert haben! Mir ist zu Ohren gekommen, daß du deine Frau regelmäßig verprügelst!«

»Das ist nichts als Verleumdung! Jawohl, eine gottverdammte Verleumdung ist das!«

»Ich habe dich nicht kommen lassen, um mich mit dir darüber zu streiten«, sagte sie scharf und hoffte, daß die Prügel bei ihm ihre Wirkung getan hatten. »Und mäßige dich in deinem Ton. Ich habe für Flüche dieser Art wenig übrig!«

Er murmelte etwas Unverständliches.

»Fest steht für mich, daß du diese Prügel kaum zu Unrecht bekommen hast und daß du bei deinesgleichen nicht gerade ein hohes Ansehen genießt.«

»Dieses verfluchte, hinterhältige Pack kann mir gestohlen bleiben!« fluchte er.

»Noch so eine Äußerung, und ich laß dich nach Parramatta bringen, wenn dir das lieber ist!« herrschte sie ihn mit schneidender Stimme an. Hier stand ihre Autorität auf dem Spiel.

Er duckte sich unwillkürlich, als wären ihre Worte Peitschenschläge. Sträflinge, die von ihren Herren an die Garnison zurückgeschickt wurden, weil sie aufsässig waren, hatten mit empfindlichen Strafen zu rechnen. Das Leben auf einer Farm war gewiß kein Zuckerlecken, aber immer noch um vieles besser, als in einer sogenannten *street-gang* aneinandergekettet und mit schweren Eisen an den Füßen Straßen bauen oder unter der Peitsche eines gehässigen Aufsehers Kohle schlagen zu müssen.

»Da du also im Moment auf Ablehnung bei den anderen Arbeitern stößt, was ja ganz offensichtlich ist, und nur für Unruhe sorgst, halte ich es für klüger, dich eine Zeitlang von den anderen zu trennen, in deinem Interesse und im Interesse aller anderen überhitzten Gemüter. Deshalb schicke ich dich zur Auborn-Farm. Dort bist du sicher vor ihren Anfeindungen und kannst dir in aller Ruhe überlegen, ob du deine Frau richtig behandelt hast, denn Mary wird hierbleiben.«

Jack Mooshian erhob keinen Protest, sondern zuckte nur die Achseln. Es schien ihm nichts auszumachen, daß sie ihn auf die einsame Auborn-Farm schickte, die über zwei Reitstunden von SEVEN HILLS entfernt lag. Er machte vielmehr einen erleichterten Eindruck, daß er vorerst keine Angst vor einem weiteren nächtlichen Überfall zu haben brauchte.

Jessica hatte die heruntergekommene Auborn-Farm, die mehrere hundert Morgen Land umfaßte, erst im letzten Jahr gekauft, weil sie im Südwesten an SEVEN HILLS grenzte. Sie hatte lange zum Verkauf gestanden. Niemand hatte sie haben wollen, was nicht verwunderlich war. Das Farmhaus und die wenigen Nebengebäude waren von primitivster Bauweise und in den wenigen Jahren schon sehr verkommen, und nur ein kleiner Teil des Landes bot den Schafen gute Weideflächen. Das meiste war noch wilder Busch und Wald, der gerodet werden mußte. Es gab dort also mehr als genug Arbeit, denn es war wirklich an der Zeit, daß dem Verfall Einhalt geboten und endlich mit den notwendigen Reparaturen begonnen wurde.

»Und da es auf der Auborn-Farm Arbeit für eine ganze Armee kräftiger Männer gibt, wird er dir Gesellschaft leisten«, fuhr Jessica fort und deutete mit dem Kopf auf Peter Rawley, dessen Gesicht bisher ein schadenfrohes Grinsen gezeigt hatte, das nun aber schlagartig erlosch.

»Ich? Aber das können Sie mir nicht antun, Missis Brading!« beschwor er sie. »Da draußen ist es verdammt einsam! Ich will mich ja nicht vor der Arbeit drücken...«

»Was dir auch nicht gelingen würde«, bemerkte sie trocken.
»...aber das ist nichts für mich! Allein da draußen, nein, das stehe ich nicht durch!«
»Du bist ja nicht allein. Außerdem werden dir ein paar Wochen Abgeschiedenheit bestimmt nicht schaden. Vielleicht gewöhnst du es dir auf der Auborn-Farm ab, Frauen zu belästigen. Wenn nicht... nun, es gibt da draußen Arbeit für Jahre, wie ich fürchte.«
Er wurde bleich im Gesicht. »Ich bitte Sie, schicken Sie einen anderen mit Jack hinaus! Sie wissen doch, daß ich kein Schafhirte bin. Ich werd' da im Busch durchdrehen!«
Jessica ließ sich nicht beirren. »Jack wird schon dafür sorgen, daß das nicht eintreten und du immer genügend Arbeit haben wirst. So, und jetzt geht mir aus den Augen und packt eure Sachen! Howard wird euch mit dem Fuhrwerk zur Farm bringen. Er ist schon unterrichtet. Ihr nehmt Proviant für zwei Wochen mit, und auf dem Weg wird Howard euch erklären, was ihr zu tun habt. In einer halben Stunde fährt er los. Also beeilt euch!«
Eine halbe Stunde später saßen sie mit verschlossenen Mienen und zusammengepreßten Lippen bei William Howard auf dem Kutschbock des zweispännigen Fuhrwerks, das mit Proviant, Werkzeug und Bauholz für die Reparaturen am Wohnhaus beladen war.
Es gab kaum einen auf SEVEN HILLS, der ihnen nicht mit einem gewissen Gefühl der Genugtuung nachsah. Man würde sie bestimmt nicht vermissen.
Jessica blickte dem Fuhrwerk mit einem fast fröhlichen Lächeln auf dem Gesicht nach und hatte das Gefühl, bei einem Akt der Gerechtigkeit mitgewirkt zu haben.
Keiner ahnte, daß sie Peter Rawley und Jack Mooshian lebend nicht wiedersehen würden...

20

Jessica addierte die Zahlen, prüfte das Ergebnis noch einmal und schüttelte dann den Kopf, als sie sicher war, sich nicht verrechnet zu haben. »Ich habe es geahnt! Wir waren nicht beherzt genug!«
»Aber größere Einsparungen sind beim besten Willen nicht möglich!«
Sie hatte mit diesem Einwand gerechnet. »Keine Sorge, irgendwie werden wir das Unmögliche schon möglich machen«, erwiderte sie trocken. »Die Summe unter dem Strich ist einfach noch immer um einiges zu hoch! Uns bleibt gar nichts anderes übrig, als Ihre ellenlange Liste noch einmal gewissenhaft zu durchforsten und all das herauszunehmen, was nicht wirklich notwendig ist.«
»Aber wir haben doch schon so viel rausgestrichen, Missis Brading!« wandte Glenn Pickwick ein und machte ein gequältes Gesicht.
»Aber dennoch nicht genug, wie Sie hier sehen«, antwortete sie, unberührt von seiner leidenden Miene. Er war jetzt schon drei Tage auf SEVEN HILLS. Und sie hatte mittlerweile gelernt, nicht auf seine scheinbare Verzweiflung einzugehen, wenn es darum ging, Geld einzusparen und etwas von dem zu opfern, was er für den Erfolg des neuen Geschäftes für unverzichtbar hielt. Denn im Grunde genommen hielt er jeden kleinen Posten, der auf den siebenundzwanzig Seiten seiner Order-Liste aufgeführt war, für unverzichtbar. Und wenn es sich auch nur um zwanzig silberne Tabaksdosen handelte, Glenn Pickwick

kämpfte um diesen vergleichsweise unbedeutenden Posten genauso hartnäckig wie um Bestellungen von Stoffen und Porzellan.

»Wir müssen noch einige hundert Pfund einsparen«, stellte Jessica kategorisch fest und lehnte sich zurück. Das Wetter zeigte sich in den letzten Tagen des Monats sehr launisch. Nachdem gestern noch die Sonne geschienen hatte, war es an diesem Tag naßkalt und ausgesprochen ungemütlich. Regen lag in der Luft, und Craig hatte ihr schon am Morgen prophezeit, daß sie spätestens am Abend auf dem Hof im Schlamm versinken würden. »Die Differenz zwischen Ihren Wünschen, Mister Pickwick, und meinem Haben beträgt rund achthundert Pfund. Und um diese achthundert Pfund muß die Order schrumpfen.«

Er sah sie so entsetzt an, als trachtete sie ihm nach dem Leben. »Achthundert Pfund? Um Gottes willen, wo sollen wir die denn herholen?«

»Eine gute Frage.«

»Ich weiß wahrlich nicht, wo ich noch Einsparungen vornehmen könnte!« beteuerte er.

»Und ich weiß nicht, wo ich diese zusätzlichen achthundert Pfund hernehmen soll, was bestimmt das ernstere Problem von beiden ist«, sagte sie bestimmt.

»Können Sie diese Summe denn nicht irgendwo am Bau einsparen?« fragte er hoffnungsvoll.

Jessica lachte kurz auf. »Sie hätten mal Mister Talbot hören sollen, als ich *ihm* seine Pläne zusammenstrich! Er hat genauso gejammert, von unmöglich gesprochen und um jedes Ornament und jeden Sims wie ein Löwe gekämpft wie Sie um einen Posten Hutbänder oder ein Dutzend Salzstreuer.«

Arthur Talbot war der Architekt und Baumeister, den William Hutchinson ihr empfohlen hatte. Ihr Anwalt hatte dessen Kommen durch einen Boten angekündigt und ihr in einem Begleitschreiben mitgeteilt, daß der Mann sehr tüchtig sei. Er, Arthur Talbot, habe sich in seinem Beruf in Bristol und Umgebung einen Namen gemacht, der dann aber leider nachhaltig davon überschattet worden sei, daß er beim Bau öffentlicher Gebäude neben den nicht eben bescheidenen Honoraren noch ein weiteres Vermögen für sich abgezweigt hatte. Dies habe seiner brillanten Karriere ein jähes Ende bereitet, und er habe sich auf dem Zwischendeck eines Sträflingstransporters nach New South Wales wiedergefunden, wie so manch anderer früherer Bürger von Ansehen, wie ihr Anwalt nicht ohne einen Anklang von Selbstironie schrieb.

Arthur Talbot hatte sie Tage später auf SEVEN HILLS aufgesucht – und sie mit schon fertigen Plänen von ihrem neuen Geschäft überrascht. Er war ein interessanter und im privaten Umgang sehr angenehmer Mann, der seine Strafe mit Anstand auf sich genommen und sie offenbar ohne Schaden an Geist und Körper hinter sich gebracht hatte.

Sie war von seinen Ideen begeistert gewesen. Doch er hatte denselben Fehler begangen wie Glenn Pickwick, als dieser seine Liste, offenkundig im Rausch seiner Begeisterung und ohne Maß für die engen Grenzen der Wirklichkeit, aufgestellt hatte: Beide mußten ihr Finanzpolster mit dem von Robert Campbell oder einer ähnlich vermögenden Person verwechselt haben. Es hatte sie vier anstrengende Tage des Verhandelns und Zusammenstreichens von kostspieligen architektonischen Raffinessen gekostet, bis sie sich schließlich mit ihm auf einen Bauplan geeinigt hatte, der beiden gefiel *und* den sie auch noch bezahlen konnte.

Dasselbe erlebte sie nun, kaum eine Woche nach Arthur Talbots Abreise, mit Glenn Pickwick. Auch er sträubte sich gegen jede Einsparung, die sie vorschlug. Es war ein zähes Ringen.

Glenn entfuhr ein Seufzer, der aus der Tiefe seiner Seele zu kommen schien. »Achthundert Pfund! Ich weiß zwar nicht, wie ich das machen soll, Missis Brading, aber wenn Sie darauf bestehen...«

»Uns bleibt leider keine andere Wahl. Aber lassen Sie uns jetzt erst einmal eine kleine Pause einlegen«, schlug sie aufmunternd vor und erhob sich. »Ich hole uns frischen Tee und ein paar von Lisas köstlichen Süßigkeiten. Seien Sie doch so nett und legen Sie inzwischen noch etwas Holz im Kamin nach. Wir haben wohl beide nicht gemerkt, wie schnell das Feuer heruntergebrannt ist.«

»Selbstverständlich, Missis Brading.«

Sie verließ den Raum, und als sie mit dem dampfenden Tee und einer Schale süßen Backwerks zurückkehrte, loderte das Feuer wieder munter im Kamin.

Der Tee tat ihnen beiden gut, und eine Weile plauderten sie über alles mögliche. Dann nahmen sie sich zum wiederholten Mal die seitenlange Aufstellung vor, auf der schon zahlreiche Positionen durchgestrichen waren.

»Auf ein Neues, Mister Pickwick!« forderte Jessica ihn betont fröhlich auf.

Er lächelte nur gequält.

»Nur Mut! Je eher wir hiermit fertig sind«, sie tippte auf den Stoß Papiere, »desto eher werden Sie Sydney wiedersehen – und damit auch Ihre verehrte Constance Marlowe. Sie mag sich ja ganz prächtig machen und Sie während Ihrer Abwesenheit auch würdig vertreten, aber Sie sollten sie doch nicht zu lange allein im Geschäft lassen, finden Sie nicht auch?«

Er errötete leicht. »Ja, natürlich, Sie haben recht. Es wird Zeit, daß ich nach Sydney zurückkomme. Ich habe wirklich nicht geahnt, daß ich so lange bei Ihnen bleiben müßte«, murmelte er schuldbewußt und fand nun schnell einen Posten, der gestrichen werden konnte. Leider brachten sie es damit nur auf eine Einsparung von vier Pfund und vierzehn Shilling. Aber der Anfang für den letzten, rigorosen Durchgang war gemacht.

Es wurde Nachmittag. Waren im Wert von siebenhundert Pfund waren inzwischen schon gestrichen worden, und sie kämpften gerade um den Posten Kaminuhren, als ein Reiter im Galopp auf den Hof von Seven Hills gesprengt kam.
Jessica blickte kurz auf und sah auf der anderen Seite des Hofes einen Mann, der es sehr eilig hatte, aus dem Sattel zu kommen. Es war Sean Keaton, der da vom Pferd sprang. Sie erkannte ihn an seinem roten Haarschopf. Ian hatte ihn zur Auborn-Farm geschickt, um zu erfahren, wie Peter Rawley und Jack Mooshian zurechtkamen und welche Fortschritte die Arbeiten im Farmhaus und an den Nebengebäuden machten.
Ian war selbst schon einmal zu ihnen hinausgeritten, gleich nach der ersten Woche, und er hatte nichts gefunden, was ihm Anlaß zu Klagen hätte geben können. Doch dieser Inspektionsritt lag zehn Tage zurück, und so war es an der Zeit gewesen, jemanden zu ihnen zu schicken, der ihnen auch gleich Tee, Zukker und Mehl brachte. Rum bekamen sie jedoch keinen. Den hatte Jessica beiden für die Dauer ihres Aufenthalts auf der Auborn-Farm gestrichen.
Glenn Pickwick schenkte der Ankunft des Reiters keine Beachtung. Er hob nicht einmal den Blick von dem Wust Papieren, die den Tisch bedeckten.
»Bei allem, was recht ist, aber auf die Kaminuhren können wir auf keinen Fall verzichten!« erklärte er mit kämpferischem Tonfall. Er hatte an diesem Tag schon so viele Niederlagen hinnehmen müssen, hatte sich so viele Warenposten aus der Orderliste streichen lassen, daß nun der Punkt erreicht war, wo er meinte, zu weiteren Einsparungen nicht mehr bereit sein zu dürfen.
Jessica wandte ihre Aufmerksamkeit wieder ihrem Geschäftsführer zu und machte eine strenge Miene. Dabei mochte sie es, wie er für seine Überzeugung eintrat, und sie schätzte ihn, gerade *weil* er es ihr schwermachte, statt das Zusammenstreichen

der Order gleichgültig hinzunehmen. Zwar übertrieb er häufig, was die Wichtigkeit bestimmter Waren betraf. Aber sollte sie ihm vorwerfen, daß er so leidenschaftlich engagiert war und sich ihrem Geschäft mit Leib und Seele verschrieben hatte? Er war mit Gold nicht aufzuwiegen!
Ihrem angestrengten Gesichtsausdruck war davon aber nichts anzumerken. Und ihre Stimme klang fast zurechtweisend, als sie ihm antwortete: »Tatsache ist, daß noch hundert Pfund fehlen, Mister Pickwick. Also?«
Er sah sie beschwörend an. »Die Uhren *müssen* in unserem Warenangebot bleiben, Missis Brading! Wir brauchen allein schon zwei für die Schaufenster und zwei zur Dekoration in den beiden Hauptgeschäftsräumen! Sie gehören zu den sichtbaren Beweisen, daß BRADING's sich eben nicht mehr allein auf Stoffe und Kolonialwaren beschränkt, sondern alles führt, was man zu einer gediegenen Einrichtung eines Hauses benötigt – und daß BRADING's auch für den Kunden mit den gehobenen Ansprüchen die erste Adresse in Sydney ist!«
Sie fand, daß er nicht ganz unrecht hatte, und überlegte. »Also gut, die Uhren bleiben...«
Er strahlte über das ganze Gesicht. »Sie werden sehen, wie klug beraten Sie mit dieser Entscheidung waren!« versicherte er.
»...und dafür streichen wir den Posten Spazierstöcke mit silbernem Knauf«, entschied sie trocken.
Sein Gesicht verlor augenblicklich einiges von seiner strahlenden Freude, und er wollte schon zu einem wortreichen Einwand ansetzen. Doch er kam nicht mehr dazu, denn in dem Moment klopfte es mit geradezu heftiger Ungeduld an die Tür.
»Ja, bitte?« rief Jessica.
Die Tür flog auf, und Ian McIntosh stürzte ins Zimmer, gefolgt von Sean Keaton. Der Verwalter machte einen verstörten Eindruck.
»Entschuldigen Sie, daß wir Sie stören, Jessica. Aber wir müs-

sen Sie dringend sprechen. Es ist äußerst wichtig«, sagte er mit angespannter Stimme und warf einen kurzen Blick in Glenn Pickwicks Richtung.

Dieser verstand sofort und erhob sich. »Sie gestatten, daß ich mich zurückziehe«, sagte er höflich zu Jessica. »Ich bin in meinem Zimmer.«

»Danke, Mister Pickwick«, sagte sie und blickte beunruhigt von Sean zu Ian. Als ihr Geschäftsführer den Raum verlassen und die Tür hinter sich geschlossen hatte, fragte sie besorgt: »Was gibt es, Ian?«

»Schlechte Nachrichten.«

»Rawley und Mooshian?«

»Ja, und es wird Ihnen genauso wenig gefallen wie mir, was Sean von ihnen zu berichten weiß«, sagte Ian grimmig und forderte den Rotschopf auf, zu wiederholen, was er ihm vor wenigen Minuten aufgeregt berichtet hatte.

Sean Keaton schluckte, als hätte er Angst, daß der Überbringer schlechter Nachrichten für diese auch verantwortlich gemacht würde.

»Es gibt sie nicht mehr!« platzte er dann heraus.

Jessica zog die Stirn kraus. »*Was* gibt es nicht mehr?«

»Die Auburn-Farm!«

Ihr Gesicht drückte Verständnislosigkeit aus. »Nun mal der Reihe nach, Sean...«

»Die Farm ist natürlich noch da«, verbesserte er sich aufgeregt, »aber von den Gebäuden steht keines mehr. Ein Feuer!... Alles abgebrannt!«

»O mein Gott!« entfuhr es Jessica erschrocken. »*Alles* ist abgebrannt?«

Sean Keaton nickte heftig. »Bis auf den letzten Schuppen. Das Farmhaus natürlich auch.«

»Aber wie konnte das passieren? Und was ist mit Rawley und Mooshian? Ist einer von ihnen bei dem Brand verletzt wor-

den?« fragte sie bestürzt. »Hast du mit ihnen gesprochen? Ohne ein Dach über dem Kopf können sie natürlich nicht länger da draußen bleiben...«
»Ich... ich glaube nicht, daß ihnen was passiert ist«, sagte Sean Keaton und warf dem Verwalter einen unsicheren Blick zu, als erwarte er von ihm Beistand. »Es sah auch nicht so aus, als sei das Feuer überraschend ausgebrochen.«
»Was willst du damit sagen?« fragte Jessica verwirrt.
»Daß das Feuer mit Absicht gelegt wurde«, mischte sich Ian nun ein. »Sie haben das Farmhaus und alle anderen Gebäude vorsätzlich in Brand gesteckt.«
Jessica starrte ihn ungläubig an. »*Sie?* Meinen Sie damit Rawley und Mooshian?«
»Ja.«
»Das kann ich nicht glauben!«
»So wie Sean mir alles beschrieben hat, sieht es aber ganz so aus, als hätten Peter Rawley und Jack Mooshian die Auborn-Farm in Brand gesteckt«, erklärte er kühl und beherrscht, doch in seinen Augen funkelte ein wilder Zorn. »Die freien Flächen zwischen den einzelnen Gebäuden weisen nämlich kaum Brandspuren auf, wenn ich dich recht verstanden habe...« Er wandte sich Sean zu.
»Das stimmt«, bestätigte dieser eifrig. »Die Erde ist nur rund um die Gebäude verbrannt, nicht aber zwischen Scheune und Farmhaus. Auch ein kleiner Schuppen, der ganz für sich allein stand, ist niedergebrannt.«
»Sie haben eindeutig Brandstiftung verübt«, stellte Ian fest. »Außerdem haben sie ja auch noch eine... na, sagen wir mal Botschaft hinterlassen, die eindeutiger nicht hätte ausfallen können.«
»Was für eine Botschaft?«
»Sie... sie haben etwas auf das Bretterdach des Hauptbrunnens im Hof geschrieben«, sagte Sean Keaton und trat unruhig

von einem Fuß auf den anderen. Er fühlte sich sichtlich unwohl in seiner Haut.
»Und was?« wollte Jessica wissen.
Der Rotschopf druckste verlegen herum. »Na ja, da steht... eine regelrechte Gemeinheit, Missis Brading!« sagte er empört.
»Sean, was für eine Gemeinheit steht da auf dem Brunnendach?« verlangte sie, ungehalten über sein Zögern, zu wissen.
»Nehmen Sie es Sean nicht übel, daß er es nicht über die Lippen bringt«, sprang Ian ihm nun zur Seite. »Es widerstrebt auch mir, diese Schmähung auszusprechen, aber Sie werden es früher oder später ja doch erfahren.« Er machte eine Pause und sagte dann: »›Zur Hölle mit der Brading-Hure!‹ Das ist es, was sie auf das Dach geschmiert haben.«
Jessicas Mund wurde eine harte Linie. Sie sagte nichts zu dieser ungeheuerlichen Beleidigung. Es überstieg ihr Fassungsvermögen, daß Rawley und Mooshian all das getan hatten.
»Vor dem Brunnen lagen mehr als zwanzig tote Schafe, und einen Kadaver haben sie in den Schacht geworfen«, berichtete Sean mit gepreßter Stimme. »Mit dem Blut der Tiere haben sie das geschrieben, was Mister McIntosh gerade gesagt hat. Ausgepeitscht gehören sie dafür! Ausgepeitscht, bis sie in ihrem eigenen Blut ertrinken!«
Übelkeit regte sich in Jessica, als sie hörte, daß man mit dem Blut ihrer Tiere – unschuldiger Geschöpfe! – diese Schmähung auf das Dach geschrieben hatte. Doch sie bewahrte nach außen hin die Fassung.
»Es ist gut, Seàn. Sie werden ihre gerechte Strafe erhalten«, sagte sie mit kühler Beherrschung. »Ist dir sonst noch etwas aufgefallen?«
Er schüttelte den Kopf. »Nichts. Nichts als verkohlte Ruinen. Von ihnen selbst war weit und breit keine Spur.«
Jessica nahm an, daß er auch nicht den Drang verspürt hatte,

nach ihnen zu suchen, als er das blutbeschmierte Brunnendach gesehen hatte. Sie hatte Verständnis dafür und fragte daher auch nicht nach.

»Geh zu Lisa in die Küche hinüber und sag ihr, sie soll dir einen Becher Tee mit einem ordentlichen Schuß Rum geben«, sagte sie und entließ ihn.

»Danke, Ma'am.« Er war froh, daß er gehen durfte.

»Du redest vorerst mit keinem darüber, verstanden?« ermahnte Ian ihn. »Ich werde mit Missis Brading bereden, was zu unternehmen ist.«

»Klar doch, Mister McIntosh«, versprach er und verließ das Zimmer. Ein heißer Grog mit einem Schuß Rum war jetzt genau das, was er brauchte. Er war geritten wie der Teufel, gut anderthalb Stunden hatte er dem Pferd alles abverlangt, was es geben konnte, doch der Schreck saß ihm noch immer in den Gliedern, als hätte er die schmutzigbraune Aufschrift auf dem Brunnendach erst vor einem Augenblick entdeckt.

Jessica fuhr sich in einer fahrigen Bewegung mit der Hand über die Augen. »Es ist ungeheuerlich.«

»Allerdings«, knurrte Ian, zog sich einen Stuhl heran und setzte sich.

»Peter Rawley und Jack Mooshian brennen die Auborn-Farm vorsätzlich nieder, töten sinnlos zwei Dutzend Schafe und schreiben mit ihrem Blut so etwas... Gemeines auf das Brunnendach?« Sie schüttelte verständnislos den Kopf. »Es fällt mir schwer, das zu glauben, Ian!«

»Mir auch, Jessica! Aber wenn Sean nichts übersehen hat, was ich eigentlich nicht annehme, kann ja kaum noch ein Zweifel daran bestehen, daß sie es gewesen sind.«

Sie machte ein gequältes Gesicht. »Aber wieso? Wieso haben sie das getan? Ein paar Wochen auf der Auborn-Farm zu arbeiten war doch nicht wie eine Verbannung ins Straflager auf Norfolk Island.«

Der Verwalter zuckte die Achseln. »Wer kann schon in die Menschen hineinschauen und wissen, warum sie so und nicht anders handeln«, sagte er düster. »Bei Peter Rawley kann ich mir keinen vernünftigen Grund vorstellen, warum er sich an so einem Verbrechen beteiligt. Gut, er hat einen Hang zur Faulheit und eine... na ja, nennen wir es mal eine Schwäche für das andere Geschlecht, aber er ist doch kein schlechter Kerl. Und daß er in den Busch desertiert ist, ist für mich die größte Überraschung. Er weiß doch, daß er nach Norfolk Island kommt, wenn er geschnappt wird. Und gegen dieses entsetzliche Lager ist SEVEN HILLS doch wahrlich das Paradies auf Erden.«

»Jack Mooshian muß ihn dazu angestiftet haben«, sagte Jessica. »Anders kann ich es mir nicht erklären.«

Er stimmte ihr zu. »Ja, bei Jack Mooshian liegen die Dinge schon etwas anders. Nur er kann die treibende Kraft, der Anstifter gewesen sein. Denn von sich aus wäre Rawley doch niemals auf den Gedanken gekommen, die Auborn-Farm in Brand zu setzen!«

»Es ist so widersinnig, daß Peter Rawley in den Busch geflohen ist. Aber noch weniger verstehe ich diese haßerfüllte Schmähung. Was hat das nur zu bedeuten? Ich hatte doch vorher nie ernstliche Schwierigkeiten – weder mit Rawley noch mit Mooshian«, grübelte sie.

»Mag sein, daß Jack Mooshian den Verdacht hegte, Sie hätten etwas mit der nächtlichen Gemeinschaftsaktion gegen ihn zu tun gehabt, hätten davon gewußt und sie gebilligt.«

»Was beides zutrifft«, murmelte sie bedrückt, »und jetzt mache ich mir deshalb Vorwürfe.«

»Das kann doch wohl nicht Ihr Ernst sein, Jessica!« protestierte Ian. »Jack Mooshian hat bekommen, was er schon lange verdient hatte, und das wissen Sie! Wollen Sie etwa demnächst auf jede Art von Strafe verzichten, nur weil Mooshian und Rawley ihre wahrlich milde Bestrafung zum Anlaß genommen haben,

wieder straffällig zu werden? Dann können Sie Seven Hills gleich von eigener Hand niederbrennen!«
»Entschuldigen Sie, Sie haben natürlich recht. Ich bin einfach nur verwirrt«, sagte Jessica. »Am liebsten würde ich sofort losreiten und mich mit eigenen Augen von dem überzeugen, was Sean uns berichtet hat. Erst dann werde ich es wohl glauben können.«
»Dafür ist es heute schon zu spät, Jessica«, bedauerte er. »Wir würden die Farm nicht mehr vor Einbruch der Dunkelheit erreichen, auch wenn wir die Pferde scharf rannehmen. Sie werden sich bis zum Morgen gedulden müssen – und ich auch. Heute können wir nichts mehr tun – abgesehen davon, daß wir eine Entscheidung treffen müssen, wie wir offiziell mit diesem Vorfall umgehen wollen. Es ist unsere Pflicht, unverzüglich die nächste Garnison zu unterrichten, wenn ein Sträfling entlaufen ist.«
»Ich weiß.«
»Aber es widerstrebt Ihnen.«
»Ja!« Jessica sprang auf und ging unruhig vor Ian auf und ab, während sie an ihrer Unterlippe nagte. »Sie haben es doch gerade selbst gesagt: Wenn wir sie melden und sie gefaßt werden, dann wartet Norfolk Island auf sie. Und diese Hölle wünsche ich nicht einmal meinen ärgsten Feinden!«
Er verzog das Gesicht. »Da gebe ich Ihnen ja recht, aber melden müssen wir es. Wir können und dürfen es auch nicht verheimlichen. Sie haben zwar keine Waffen, aber gefährlich werden können sie dennoch. Und geheimhalten können wir das, was auf der Auborn-Farm passiert ist, ja sowieso nicht.«
»Ja, ich weiß«, gab Jessica widerwillig zu. »Aber warten wir doch morgen erst einmal ab. Vielleicht finden wir eine Spur von ihnen und können sie bewegen, sich zu stellen. Dann brauchen wir die verdammten Rotröcke nicht zu unterrichten und könnten das unter uns bereinigen.«

Er machte eine skeptische Miene. »Ich glaube nicht, daß es da noch etwas zu bereinigen gibt – auch wenn sie es sich inzwischen anders überlegt haben, was ich sehr bezweifle. Aber wenn Sie es so wollen, warten wir noch einen Tag – und reiten morgen in der Früh erst einmal zur Auborn-Farm hinaus.«

21

Langsam fiel das Feuer in sich zusammen. Mitchell kauerte in der Höhle auf den Decken vor seiner Feuerstelle und wartete, bis die letzte Flamme erloschen war und nur noch die Glut ihren rötlichen Schein auf sein angespanntes Gesicht warf.
Er rieb sich die Arme, als die Nachtkälte nun wieder durch den fast mannshohen, ovalen Spalt in die Höhle drang und ihn die wohlige Wärme des Feuers vergessen ließ. Es wurde Zeit, daß er sich auf den Weg machte. Dies war eine klare Nacht, und mittlerweile mußte der Mond schon hoch genug stehen.
Ob Sarah schon unterwegs war?
Mitchell hoffte es sehr, und er beeilte sich nun, weil er sie nicht wieder verpassen wollte. Sorgfältig bedeckte er den kleinen Hügel der Glut mit einer dicken Schicht Asche. Wenn er in ein paar Stunden in sein Versteck zurückkehrte, würde er immer noch genügend Glut vorfinden, um ein neues wärmendes Feuer zu entfachen.
Er schloß die Jacke vor der Brust, wickelte sich den Wollschal mehrmals um den Hals und legte dann den warmen Umhang um. Als er sich durch den Spalt an den hohen Farnen vorbei ins Freie zwängte, schimmerte bleiches Mondlicht durch die Bäume und nahm der Nacht die tiefe Schwärze.
Er war den Weg in den vergangenen zwei Wochen schon so oft gegangen, daß er ihn vermutlich auch bei tiefster Finsternis gefunden hätte. Er folgte dem Bach zur Bucht hinunter, die wie eine polierte Silberplatte unter der vollen Mondscheibe glit-

zerte. Es war windstill, und in der kühlen Luft hing die Ahnung des nahen Winters.

Mitchell kehrte der Bucht bald den Rücken zu und tauchte im Wald unter. Er schlug ein forsches Tempo an, weniger um sich warmzuhalten, sondern mehr aus Angst, auch diesmal zu spät zum vereinbarten Treffpunkt zu kommen. Sarah hatte schon dreimal Lebensmittel und aufmunternde Botschaften an jener Stelle für ihn hinterlegt, wo er damals am Tag von Jessicas Abreise auf sie gestoßen war. Es waren mondhelle Nächte gewesen so wie heute.

Ob Sarah sich auch in dieser Nacht wieder aus dem Haus schlich und den langen Weg auf sich nahm, um dort etwas für ihn zu hinterlassen und ihm mit ihren kurzen Briefen Mut zu machen?

Mitchell hoffte es sehr, denn er mußte unbedingt mit ihr reden und herausfinden, warum sie ihn angelogen hatte – und was es mit dieser Lüge auf sich hatte. Er wußte zwar nicht, worin die Lüge bestand, doch es stand für ihn mittlerweile außer Frage, daß sie ihm damals am Bach nicht die Wahrheit gesagt und irgend etwas sehr Wichtiges unterschlagen hatte.

Er hatte Zeit genug gehabt, sich all das immer und immer wieder durch den Kopf gehen zu lassen, was Sarah ihm von den Soldaten und der Reaktion ihres Vaters erzählt hatte. Und je länger er darüber nachgedacht hatte, desto sicherer war er sich geworden, daß irgend etwas nicht stimmte. Sie hatte ihm etwas verschwiegen.

Doch was? Und warum?

Mitchell war entschlossen, das herauszufinden. Er wollte die Wahrheit wissen, und er beschleunigte seine Schritte noch mehr.

Er war schon gut eine Stunde gelaufen und inzwischen so erhitzt, daß er den Schal gelockert und den Umhang geöffnet hatte, als er plötzlich einen Schrei vernahm, der gedämpft vor ihm aus dem Wald kam.

Er schrak zusammen. Sarah! Das konnte nur Sarah sein! Er lief nun, so schnell er konnte, und wollte schon ihren Namen rufen, als er eine wütende männliche Stimme hörte.
Cedric Blunt!
Der Schreck fuhr Mitchell in die Glieder, und unwillkürlich verlangsamte er sein Tempo, während es hinter seiner Stirn arbeitete.
Der Töpfer mußte mißtrauisch geworden und seiner Tochter gefolgt sein! Was sollte er jetzt bloß tun? Sarah hatte ihn beschworen, ihrem Vater *unter keinen Umständen* entgegenzutreten. Auf jeder ihrer Nachrichten, die er bei den Lebensmitteln gefunden hatte, hatte sie diese Warnung wiederholt.
Aber warum?
»...Sand in die Augen streuen!« konnte er die aufgebrachte Stimme des Töpfers inzwischen deutlich verstehen, und geduckt schlich er sich näher heran. Er wußte noch nicht, was er tun sollte. Doch er sagte sich, daß es gewiß klüger war, zuerst einmal zu lauschen, solange er nicht wußte, was ihn erwartete. Cedric Blunt sollte es jedoch nicht wagen, Sarah noch einmal zu schlagen. Das würde er auf keinen Fall zulassen, mochte er sich dann auch selbst großer Gefahr aussetzen!
Noch konnte er sie nicht sehen, dafür aber deutlich verstehen, denn in der Stille der Nacht schien jedes Geräusch um ein Vielfaches lauter zu sein als bei Tag.
»Habe ich es doch geahnt, daß du nachts zu deinem feinen Geliebten läufst!«
Mitchell furchte ärgerlich die Stirn. Geliebten? Wie kam der Töpfer bloß auf diese Idee?
»Er ist nicht mein Geliebter!«
Cedric Blunt lachte verächtlich. »Nein? Ist er das nicht? Dann erzähl mir jetzt bloß noch, daß du auch nicht mit ihm herumgehurt hast!«
»Warum mußt du alles in den Dreck ziehen, Vater? Ich bin keine Hure, und er...«

»Hat er dir ein Kind gemacht oder nicht? Hat er dich entjungfert oder nicht?« donnerte er. »Verdammt, du bist schwanger! Meine Tochter wird einen elenden Bastard zur Welt bringen! Oder willst du das vielleicht auch abstreiten?«
»Nein, aber...«
»Dann stimmt es, was ich gesagt habe! Du hast mit ihm herumgehurt! Wie eine läufige Hündin hast du dich ihm an den Hals geworfen! Nachts bist du zu ihm in die Kammer geschlichen und hast mein Haus entehrt, meinen Namen, hast Gottes Gebote mißachtet!« schrie der Töpfer sie wütend an. »Und du kannst auch jetzt nicht genug von ihm kriegen, ja? Du denkst, weil du schon einen Bastard in dir trägst, kannst du nach Herzenslust mit ihm herumhuren.«
»Das stimmt alles nicht!... Er weiß doch gar nichts davon, und er wird es auch niemals erfahren!... Nur ein einziges Mal ist... ist es passiert! Er war krank und lag im Fieber, und weil es so kalt war, habe ich mich zu ihm gelegt und ihn gewärmt!« sprudelte sie tränenerstickt und beschwörend hervor. »Und dann... und dann ist es einfach geschehen.«
»Ja, weil du es so wolltest! Weil dein Blut so schlecht ist wie das deiner Mutter! Du bist vermutlich zur Hure geboren!«
»Nein! Das ist nicht wahr! Ich weiß nicht mehr, was damals in mir vorgegangen ist. Doch ich konnte ihn nicht abweisen, weil er so verzweifelt war und im Fieber phantasierte, und ich dachte, er bräuchte meine... meine Liebe, um neue Lebenskraft zu finden und gegen die Krankheit anzukämpfen...«
»Und du glaubst, ich nehme dir dein Gewäsch ab? Es hat dich zwischen den Beinen gejuckt, das ist die Wahrheit!« schrie er sie an.
Mitchell erstarrte. *Ein Kind?* Er sollte Sarah ein Kind gemacht haben? Aber das war doch unmöglich! Doch schon im nächsten Moment stieg eine dunkle Erinnerung in ihm auf. Eine Erinnerung an eine fiebrige Nacht. Ein verschwommenes Traumbild,

das er all die Zeit tief in sich getragen und verdrängt hatte. Doch es war kein Traum gewesen. Daß er Sarah in seinen Armen gehalten und ihren nackten Leib gespürt hatte, war Wirklichkeit gewesen! Deshalb war ihm ihr nackter Körper auch so vertraut gewesen, als er sie einmal dabei beobachtete, wie sie sich wusch. Ja, in Unterbewußtsein hatte er es die ganze Zeit gewußt, daß sich ihre Körper einmal vereinigt hatten. Und er hatte ihr ganz offenbar nicht nur die Unschuld geraubt, sondern sie bei diesem einen Mal auch geschwängert!
»O mein Gott!« formten seine Lippen stumm, und Eiseskälte ließ ihn von innen heraus fröscheln.
»Ich sollte dir den Bastard aus dem Leib prügeln!« stieß Cedric Blunt hervor. »Aber nein, das werde ich nicht tun. Du hast dich über alle sittlichen Gebote hinweggesetzt – und du wirst dafür büßen, Sarah! Geh zu deinem Beischläfer!«
»Aber ich kann nicht! Er darf nichts davon erfahren! Ihn trifft keine Schuld!«
»Um so schlimmer, denn dann trägst du die ganze Schuld – und ich will dich nie wiedersehen!« stieß er mit kalter Stimme hervor. »Wer sich wie du weggeworfen und der Hurerei ergeben hat, kann nicht mehr meine Tochter sein! Von diesem Tag an habe ich keine Tochter mehr! Für mich bist du tot, Sarah!«
»Vater!« Es war ein verzweifelter Aufschrei. »Vater!«
»O nein! Mit einem Kniefall und Tränen erreichst du bei mir nichts! Ich kenne dich nicht mehr! Ich verstoße dich! Ich habe keine Tochter mehr! Und wenn du es wagst, mir jemals wieder unter die Augen zu kommen, werde ich dich wie einen Hund vom Hof jagen! Ich schwöre bei Gott, daß ich das tun werde!«
Und damit stieß er sie von sich und entfernte sich rasch.
»Vater!... Bitte!« rief sie ihm verzweifelt nach und sank dann schluchzend zu Boden.
Mitchell hockte wie gelähmt ein paar Schritte von ihr entfernt hinter einem Beerenstrauch. In seinem Innern tobten Gefühle,

unvollständige Gedanken und Empfindungen. Angst und Zorn, Mitgefühl und Unglauben, Aufbegehren und Schwäche stürmten auf ihn ein. Doch ein Gedanke kehrte immer wieder: »Sarah bekommt ein Kind von mir!... Sarah bekommt ein Kind von mir!... Sarah bekommt ein Kind von mir!«
Er wollte nicht wahrhaben, was geschehen war. »Du hast nichts davon gewußt. Du hast es nicht gewollt. Du warst krank. Du bist nicht dafür verantwortlich!«
Wirklich nicht?
Er wußte nicht, wie lange er in fast panischer Verstörung dort hinter dem Strauch gekauert hatte. Später vermochte er auch nicht zu sagen, was ihn bewogen hatte, aufzustehen und aus seinem Versteck hervorzutreten.
»Sarah!«
Sie hockte auf dem Waldboden, die Beine bis zur Brust angezogen und mit den Armen umklammert, das Gesicht auf die Knie gepreßt, während ihr Körper unter einem Weinkrampf zuckte.
Wie mit der Peitsche geschlagen zuckte sie zusammen. Ihr Kopf flog hoch – und sie sprang auf, fassungsloses Entsetzen in den Augen. Sie wich vor ihm zurück.
»Ich habe alles gehört, Sarah.«
»Nein!« keuchte sie.
»Du hättest es mir sagen müssen.«
Sie schüttelte den Kopf und ging noch einen Schritt zurück. Lautlos liefen ihr die Tränen über das Gesicht. »Bitte gehen Sie!« flüsterte sie.
»Du trägst mein Kind unter dem Herzen. Und dein Vater hat dich verstoßen.«
»Ich werde Arbeit finden und für das Kind sorgen. Mein Vater hat recht: Für das, was ich getan habe, trage nur ich die Schuld. Vergessen Sie, was Sie gehört haben, Mitchell, und vergessen Sie mich. Ich habe nicht gewollt, daß Sie es jemals erfahren.«

»Ich weiß«, sagte er mit belegter Stimme und ging auf sie zu. »Aber ich bin der Vater des Kindes... *unseres* Kindes, Sarah.«
»Bitte gehen Sie!«
Er ignorierte ihre beschwörende Bitte und stand nun vor ihr. Einen Augenblick zögerte er, dann legte er seine Arme um sie. Sie klammerte sich an ihn, preßte ihr Gesicht auf seine Brust und weinte hemmungslos, ohne einen Laut dabei von sich zu geben.
Mitchell biß sich auf die Lippen, während er über ihr Haar strich, doch auch er konnte die Tränen nicht zurückhalten, und er weinte so stumm wie sie.
»Verzeih mir, Jessica«, murmelte er tonlos, während er mit feuchten Augen zu den Baumwipfeln hochblickte, die sich wie Scherenschnitte vom hellen Nachthimmel abhoben. »Verzeih mir, Jessica. Ich werde dich immer lieben!«

22

Jessica schlief diese Nacht wenig, und wenn sie einmal kurz in Schlaf sank, dann suchten sie Alpträume heim. Schon lange vor Tagesanbruch stand sie auf und kleidete sich an. Als sie in die Küche ging, traf sie dort auf Ian, der gerade Feuer machte und Teewasser aufsetzte.
Sie sprachen nicht viel.
Als es hell genug war, schwangen sie sich auf die Pferde und ritten nach Südwesten, begleitet von einem halben Dutzend zuverlässiger und bewaffneter Männer, deren Gesichter wilde Entschlossenheit zeigten.
Was Peter Rawley und Jack Mooshian getan hatten, empfanden auch sie als persönlichen Angriff, denn für viele von ihnen war SEVEN HILLS weit mehr als nur eine Farm, auf der sie Arbeit und ihr Auskommen hatten.
Der Himmel war hell und klar, als sie die Auborn-Farm erreichten. Jessica hatte geglaubt, auf das, was sie zu sehen bekommen würde, vorbereitet zu sein. Doch als sie dann die verkohlten Ruinen sah, die über den Hof verstreuten Tierkadaver, die mittlerweile von den Dingos zerfetzt und bis auf die Knochen abgenagt waren, und die verschmierte Schrift auf dem Brunnendach, wich ihr das Blut aus dem Gesicht, weil der Haß, den sie zu spüren meinte, ihr wie eine unsichtbare Woge entgegenschlug. Sie mußte gegen einen heftigen Brechreiz ankämpfen.
Es war Tim Jenkins, der zum Brunnen galoppierte, ein Seil um einen der Pfosten schlang und das Dach niederriß. Anschlie-

ßend schlug er die Bretter mit der Axt kurz und klein, bis nichts mehr übrig war als ein Haufen Holzstücke.

Von Rawley und Mooshian fanden sie keine Spur. Sie waren wie vom Erdboden verschluckt. Sie suchten den ganzen Tag nach ihnen, doch ohne Erfolg.

Jessica weigerte sich, die Suche aufzugeben und nach SEVEN HILLS zurückzukehren. Sie wollte sich und ihnen noch eine Chance geben und entschied: »Wir suchen morgen in östlicher Richtung weiter. Dort liegen die nächsten Farmen. Sie sind zu Fuß. Weit können sie also nicht gekommen sein.«

Ian sah sie nur an, sagte jedoch nichts. Er fühlte, wie es in ihr aussah, und so kampierten sie unter freiem Himmel. Die Männer waren gedrückter Stimmung, und am Lagerfeuer kam kaum ein Gespräch auf, so daß sich jeder bald in seine Decken einrollte und Schlaf zu finden versuchte.

Der folgende Tag verlief genauso ereignislos wie der vorherige, und Jessica mußte einsehen, wie aussichtslos ihr Unterfangen war, Rawley und Mooshian aufzustöbern.

»Überlassen wir das den Soldaten. Die haben erfahrene Fährtensucher«, meinte Tim Jenkins, als sich der Tag neigte.

Ian McIntosh warf Jessica einen fragenden Blick zu, und als diese niedergeschlagen nickte, gab er den Befehl: »Das war's, Männer. Wir reiten zurück. Sollen sich die Rotröcke darum kümmern. Entkommen können sie nicht. Im Busch hat noch niemand auf Dauer überlebt!«

Auf die Farm zurückgekehrt, schickte Jessica den jungen irischen Rotschopf mit einer Nachricht zur Garnison nach Parramatta. Kein Muskel zuckte in Jessicas Gesicht, als Sean ihr am nächsten Abend die Antwort überbrachte. Doch in ihr krampfte sich alles zusammen, als ihr der Rotschopf ausrichtete: »Beste Empfehlungen von Lieutenant Forbes, Ma'am. Ich soll Ihnen sagen, daß er sich der Sache höchst persönlich annehmen wird.«

Jessica lag auch in dieser Nacht noch lange wach, fiel dann in einen unruhigen Schlaf und schreckte lange vor Tagesanbruch aus einem Alptraum auf. Sie wußte nicht, was sie geträumt hatte, doch es mußte etwas Beklemmendes gewesen sein, denn sie spürte kalten Schweiß auf ihrer Stirn.

Sie vermochte nicht wieder einzuschlafen, und so lauschte sie in die Dunkelheit und suchte einen hellen Stern am Himmel, über den die Wolken zogen wie eine unendliche Flotte schemenhafter Schiffe. Ihre Gedanken wanderten mit den Wolken zu Mitchell, während sie ihre Hände unter ihre Kleidung schob und auf den Leib legte, der noch straff und flach war. Doch bald würde er sich zu wölben beginnen, wenn das Baby, das sie in sich trug, heranwuchs und mehr und mehr Platz verlangte. Sie klammerte sich an diesen Gedanken, ohne zu ahnen, daß noch eine andere Frau seinen Samen in sich trug und ein Kind von ihm erwartete.

»Dein Kind, Mitchell... unser Kind«, flüsterte sie den Wolken zu. »Es wird alles in Ordnung kommen, Mitchell... hörst du mich?«

Die Dunkelheit blieb stumm, und eine unbestimmte Angst stieg wie Nebel aus den Flußniederungen in ihr auf. Sie fröstelte unter der Decke, als sie daran dachte, daß die Männer, die die Auborn-Farm niedergebrannt hatten, sich frei und ungehindert auf ihrem Land herumtrieben und daß Ken gewiß bald wieder auf SEVEN HILLS auftauchen und sie bedrängen würde. Sie hatte Angst vor dieser Begegnung – ja, geradezu Angst vor allem, was die Zukunft für sie barg.

Mit hämmerndem Herzen lag sie im Bett. Anders als sonst brachte es ihr keinen Trost, als sie an Mitchell dachte. Im Gegenteil. Ein Gefühl der Verlorenheit erfaßte sie, und eine schreckliche Ahnung setzte sich in ihr fest, die Ahnung, daß etwas Entsetzliches und Bedrohliches aus der Tiefe der Nacht auf sie zukam.

Jessica schleuderte die Bettdecke von sich und schwang sich aus dem Bett. Sie fuhr in ihren warmen, flanellgefütterten Morgenrock und trat ans Fenster. »Es ist nichts!... Nichts wird passieren!... Es sind nur meine Nerven. Ich habe mir die letzte Zeit zuviel zugemutet!« murmelte sie beschwörend in die Nacht und versuchte, sich gegen dieses Gefühl der drohenden Gefahr und der Verlassenheit zu wehren, weil es lächerlich war. Es war nur die Einsamkeit, die Ungewißheit und die Dunkelheit der Nacht, die ihr zusetzten, und diese dummen, grundlosen Befürchtungen in ihr weckten.

»Am Morgen wird alles wieder gut sein«, raunte sie und wünschte, die Sonne würde schon aufgehen. Die Sonne war das Leben wie das Kind in ihrem Leib. Die Nacht war die Angst und die Einsamkeit. Sie würde auf den Sonnenaufgang warten – so wie sie auf Mitchell warten würde...

Knaur

Nin, Anaïs
Das Delta der Venus
Das schönste und direkteste Buch der geheimnisvoll-berühmten Autorin. 327 S. [742]

Djuna oder Das Herz mit den vier Kammern
Dies ist die Charakterstudie einer Leidenschaft, geschrieben in einer Sprache, die analytische Klarheit und poetische Bilder in unnachahmlicher Weise vereint. 208 S. [1270]

Susann, Jacqueline
Diese eine Liebe
Das Schicksal einer Frau, der das Leben alles gewährt und die doch das Glück nicht halten kann. 128 S. [575]

Die Liebesmaschine
Der erfolgreich verfilmte Weltbestseller. 426 S. [815]

Das Tal der Puppen
Ein hochdramatischer Roman über die gnadenlose Welt des Showgeschäfts. Erfolgreich verfilmt. 368 S. [238]

Nicolson, Catherine
Unter dem Pfirsichmond
Jung, attraktiv und ehrgeizig, will Corrie es mit der Welt aufnehmen, will ihr Talent entwickeln und als Sängerin berühmt werden. Mutig geht sie ihren Weg, mit Phantasie, aber auch mit beharrlichem Eigensinn, um ihr Leben zu meistern, um Erfüllung zu finden. 352 S. [1356]

Rogers, Rosemary
Die Sinnliche
Der Roman von Liebe und Leidenschaft unter Napoleon. 416 S. [1212]

Letzte Liebe, Letzte Liebe
Virginia und Steve – schön, reich, jung und verliebt – sind der glanzvolle Mittelpunkt des gesellschaftlichen Lebens in New Orleans. Doch das Schicksal reißt die Glücklichen auseinander. 320 S. [1271]

Die Blonde
»Blondinen bevorzugt« – unter diesem Gebot steht das Leben der reichen und schönen, aber glücklosen Anne. Als Männerfalle verschrien und als Seelchen verschlissen, kämpft sie verzweifelt darum, Mensch zu sein. 384 S. [1157]

Die Unbesiegbare
Ein weiblicher, von Leidenschaft geprägter Roman – vor dem historischen Hintergrund der gesellschaftlichen Entwicklung des jungen amerikanischen Kontinents. 576 S. [784]

Wildnis der Liebe
Eine titanische Familienfehde, Liebe, Haß und Leidenschaften von nicht alltäglichen Menschen. 377 S. [1008]

Cunningham, E.V.
Club der Geschiedenen
Eine knallharte, packende Story, die Einblick gewährt in aufschlußreiche, nicht immer erfreuliche, amerikanische Ehe- und Scheidungspraktiken. 192 S. [1398]

García, Consuelo
Auf der Suche nach Liebe
Consuelo García hat in ihren persönlichen Erzählungen die Suche des Menschen nach Liebe eingefangen: die Liebe der Frau zum Mann, die Liebe einer Mutter zu ihrem Kind, die Liebe, die sich in der beglückenden Erfahrung der Sexualität äußert, aber auch eine allumfassendere Liebe zu den Mitmenschen und zum eigenen Körper… 192 S. [1417]

Romane

Knaur

**Jessica oder
Die Irrwege der Liebe**
Weder das Elend an Bord des Sträflingsschiffes noch das harte, entbehrungsreiche Leben in Australien können Jessicas Lebensmut brechen. Sie weiß, sie ist unschuldig und sie weiß, daß es einen Mann gibt, der sie liebt...
384 S. [1184]

**Jessica oder
Das Ziel aller Sehnsucht**
Nach dem Tod ihres Mannes hat die schöne, junge Jessica, die nun alleine für ihre zwei Kinder sorgen muß, die Farm im fernen New South Wales zu einem Juwel gemacht. Doch ihr Lebenswerk ist in Gefahr...
320 S. [1388]

**Jessica oder
In der Ferne lockt das Glück**
In der lebensfeindlichen Sträflingskolonie Australien kämpft Jessica um die Existenz ihrer Farm – und um ihr Glück, das den Namen Mitchel Hamilton trägt... 320 S. [1537]

**Jessica oder
Was bleibt, ist die Hoffnung**
Zwei Männer werben um die verwitwete Jessica: der Farmer Hamilton, dem ihr Herz gehört, und der skrupellose Kenneth Forbes, der schnell zu Geld und Ruhm kommen will...
320 S. [1653]

Jessica oder Die Insel der verlorenen Liebe
Mitchel Hamilton ist verzweifelt. Königsfeindliche Rebellen haben die Macht in der Kolonie an sich gerissen und ihm seine Farm »Mirra Booka« genommen. Doch am meisten trifft ihn, daß er nun von Jessica, der Frau, die er seit Jahren mit verzehrender Leidenschaft liebt, getrennt ist...
256 S. [2834]

Jessica oder Die Sehnsucht im Morgenrot
Die australische Sträflingskolonie in der Hand einer korrupten Offiziersclique... 256 S. [2835]

Jessica oder Die Irrwege der Liebe / Jessica oder Das Ziel aller Sehnsucht
Die zwei großartigen Unterhaltungsromane, jetzt bei Knaur in einem Band.
1024 S. [2920]

**Valerie –
Erbin von Cotton Fields**
An ihrem achtzehnten Geburtstag erfährt Valerie, daß ihre vermeintlichen Eltern nur ihre Pflegeeltern sind. Ihr wirklicher Vater ist ein reicher amerikanischer Plantagenbesitzer. Sie macht sich auf nach Amerika, um ihren todkranken Vater auf »Cotton Fields« zu besuchen...
256 S. [2021]

**Valerie –
Herrin auf Cotton Fields**
Valerie scheint alle Wirren und Gefahren der Gefangenschaft überstanden zu haben, in die ihre Feinde sie gebracht hatten. Doch ihren Traum hat sie nicht aufgegeben: Sie will als rechtmäßige Herrin der Plantage Cotton Fields anerkannt werden...
256 S. [2022]

Romane von Ashley Carrington